SECRETOS EN LA PROVENZA

novela VERGARA

SECRETOS EN LA PROVENZA

Bridget Asher

Traducción de Victoria Morera

VERGARA

GRUPO ZETA

Barcelona • Bogotá • Buenos Aires • Caracas • Madrid • México D.F. • Miami • Montevideo • Santiago de Chile

Título original: *The Provence Cure for the Brokenhearted*
Traducción: Victoria Morera
1.ª edición: noviembre 2011

© 2010 by Bridget Asher
© Ediciones B, S. A., 2011
    para el sello Vergara
    Consell de Cent 425-427 - 08009 Barcelona (España)
    www.edicionesb.com

Printed in Spain
ISBN: 978-84-666-4756-4
Depósito legal: B. 30.430-2011

Impreso por NOVAGRÀFIK, S.L.

Esta novela está dedicada al lector.
Durante este momento único sólo estamos tú y yo

Podría decirse que el dolor es una historia de amor contada desde el final hasta el principio.

O quizá no tenga nada que ver con esto. Quizá debería ser más científica. El amor y la pérdida de ese amor existen en igual medida. ¿Ningún físico romántico ha escrito nunca una ecuación como ésta?

O quizá debería explicarlo de esta manera: imagínate una bola de cristal con nieve dentro. Imagínate una casa diminuta en su interior. Imagínate a una mujer dentro de esa casa diminuta. Está sentada en el borde de la cama, agitando una bola de cristal con nieve dentro, y en el interior de esa bola de cristal hay una casa diminuta cubierta de nieve, y en su interior hay una mujer. Y la mujer está de pie en la cocina, agitando una bola de cristal, y dentro de esa bola de cristal...

Todas las buenas historias de amor tienen otro amor escondido en su interior.

Primera parte

1

Cuando Henry murió empecé a perder cosas.

Perdía llaves, gafas de sol, talonarios... Perdí un cucharón de la cocina y lo encontré en el congelador, al lado de una bolsa de queso rallado.

Perdí una nota que había escrito a la profesora de tercero de Abbot explicándole que había perdido sus deberes.

Perdía los tapones de los tubos de pasta de dientes y de los tarros de mermelada y guardaba estos objetos abiertos, sin tapa, aireándose. Perdía cepillos de pelo y zapatos, no sólo uno, sino los dos.

Me dejaba las chaquetas en los restaurantes, el bolso colgado del asiento de los cines y las llaves de casa junto a la caja de los supermercados. Después, me quedaba unos instantes en el asiento del coche, desorientada, intentando averiguar qué era lo que no iba bien, y entonces regresaba al supermercado y la cajera, al verme, agitaba las llaves por encima de la cabeza.

Algunas personas eran lo bastante amables para telefonearme y devolverme las cosas que había perdido. En otras ocasiones, cuando algo desaparecía yo retrocedía sobre mis pasos y me perdía a mí misma. «¿Qué hago otra vez en el centro comercial?» «¿Por qué he vuelto a la caja de la charcutería?»

Perdí el rastro de mis amigas, quienes tuvieron bebés, presentaron tesis, inauguraron exposiciones de arte y celebraron cenas y barbacoas...

Pero, sobre todo, perdí el rastro de largos períodos de tiempo. Los niños que esperaban el autobús escolar en la misma parada que Abbot, sus compañeros de clase y los de la liga infantil de fútbol crecían repentinamente. Abbot también crecía, y esto era lo que me resultaba más difícil de aceptar.

También perdí el rastro de períodos de tiempo cortos, como las últimas horas de una mañana o de una tarde. A veces, levantaba la vista y, repentinamente, se había hecho de noche, como si alguien hubiera pulsado un interruptor. El punto clave era que la vida seguía sin mí. Dos años después de la muerte de Henry esta idea todavía me sorprendía, pero lo cierto era que se había convertido en una costumbre; era un hecho simple e inevitable: la vida seguía adelante y yo no.

De modo que no debería haberme sorprendido que Abbot y yo llegáramos tarde al brindis que teníamos que realizar las damas de honor en la boda de mi hermana. Abbot y yo nos habíamos pasado la mañana jugando al Manzana con Manzana, interrumpidos, sólo, por las llamadas telefónicas de La Pastelería.

—Jude... Jude ve más despacio. ¿Quinientas tartas de limón?

Me levanté del sofá donde Abbot estaba comiendo su tercer helado de la mañana; uno de esos helados líquidos en tubos de plástico y de vivos colores que tienes que abrir con unas tijeras; esos que, a veces, te hacen estornudar. Incluso este detalle me resultaba doloroso: Abbot y yo nos habíamos rebajado a comer jugo helado en tubos de plástico.

—No, no, estoy segura —continué yo—. Habría anotado el pedido. Al menos... ¡Mierda! Probablemente es culpa mía. ¿Quieres que vaya?

Henry no sólo había sido mi marido, sino también mi socio. Yo había crecido elaborando delicados pasteles, pensando que la comida era una especie de arte, pero Henry me convenció de que la comida era amor. Nos conocimos durante un curso de cocina y, poco después del nacimiento de Abbot, nos embarcamos en otra tarea de amor: La Pastelería.

Jude llevaba con nosotros desde el principio. Era una mujer menuda, habladora, con el pelo corto y aclarado y la cara en forma de corazón, y también era madre soltera. Constituía una extraña combinación de dureza y belleza. Fue nuestra primera empleada y tenía aptitudes naturales para el negocio: un gran sentido del diseño y facilidad para el marketing. Cuando Henry murió, ella subió de categoría. Henry se encargaba de la parte administrativa del negocio y, de no ser por Jude, estoy segura de que yo habría perdido la tienda. Jude se convirtió en la guía, en el timón. Hacía que las cosas siguieran funcionando.

Estaba a punto de decirle a Jude que estaría en la tienda en media hora cuando Abbot me tiró de la manga y señaló su reloj, cuya esfera tenía la forma de una pelota de béisbol. Quizá debido a mi desorientación, Abbot insistía en llevar el control del tiempo.

Cuando me di cuenta de que eran más de las doce, grité:

—¡La boda! ¡Lo siento! ¡Tengo que irme!

Y colgué el auricular.

—¡Tía Elysius se pondrá furiosa! —exclamó Abbot con los ojos muy abiertos.

Abbot se inclinó para rascarse una picada de mosquito que tenía en el tobillo. Llevaba puestos los calcetines de deporte blancos y parecía que estuviera moreno de los calcetines para arriba, como los jugadores de golf, pero en realidad estaba sucio de tierra.

—¡No si nos damos prisa! —exclamé yo—. Y coge la loción de calamina para no rascarte durante la ceremonia.

Corrimos como locos por nuestro pequeño apartamento de tres habitaciones. Encontré uno de mis zapatos de tacón en el armario y el otro en la enorme caja de los Legos, en la habitación de Abbot. Él se estaba peleando con su esmoquin de alquiler. Intentaba abrocharse los diminutos botones de los puños mientras buscaba la corbata de cierre de gancho y el fajín. Estas dos piezas las había elegido rojas porque era el color que Henry utilizó en nuestra boda. No estaba segura de que fuera saludable, pero no quería hacer hincapié en ello.

Me maquillé un poco y me puse el vestido de dama de honor por la cabeza. Me alegré de que no fuera el típico vestido horripilante de dama de honor. La verdad es que mi hermana tenía un gusto exquisito y aquél era el vestido más caro que yo me había puesto nunca, incluido el de mi boda.

Cuando rechacé el papel de primera dama de honor, aunque, para ser tristemente exacta, debería decir viuda de honor, mi hermana se sintió visiblemente aliviada. Ella sabía que yo lo único que haría sería fastidiarlo todo, de modo que, sin pensárselo dos veces, telefoneó a una antigua compañera de la universidad que era licenciada en empresariales y yo fui felizmente relegada a dama de honor a secas. A Abbot le encargaron llevar los anillos y, para ser sincera, yo ni siquiera me sentía preparada para el papel de madre del portador de los anillos. En el último momento, me inventé una excusa para no asistir a la cena de prueba que se celebró la noche anterior y al día de balneario y peluquería en grupo. Cuando tu marido ha muerto, te está permitido decir: «Lo siento, no puedo hacerlo.» Si tu marido ha muerto en un accidente de tráfico, como me ocurrió a mí, te está permitido decir: «Hoy no puedo conducir.» Puedes, simplemente, sacudir la cabeza y susurrar: «Lo siento», y los demás te disculpan de inmediato, como si eso fuera lo menos que pueden hacer por ti. Y quizá lo sea.

Sin embargo, mi hermana empezaba a cansarse de mis excusas y me hizo prometerle que estaría en su casa dos horas antes de la boda. Teníamos que ajustarnos a un programa estricto y éste establecía que las damas de honor teníamos que beber unas mimosas y realizar un brindis breve y personal por la novia. A Elysius le encantaba ser el centro de atención, pero yo no la criticaba por esto, porque era dolorosamente consciente de lo egoísta que era mi dolor. Mi hijo de ocho años había perdido a su padre. Los padres de Henry habían perdido a su hijo. Y

Henry había perdido la vida. ¿Qué derecho tenía yo a utilizar una y otra vez su muerte como una excusa para escaquearme?

—¿Puedo llevar mi equipo de buceo? —me preguntó Abbot desde el otro extremo del pasillo.

—Ponlo en una bolsa con una muda —le dije mientras metía mis cosas en una maleta de fin de semana.

Mi hermana vivía en el campo, en Capps, a sólo veinte minutos de nuestro apartamento en Tallahassee, pero quería que la familia nos quedáramos a pasar la noche. Para ella aquel encuentro representaba la oportunidad de monopolizar la atención de mi madre y la mía, y lo alargaría tanto como le fuera posible; quizá para revivir el fuerte vínculo que una vez nos unió a las tres.

—Podrás bucear por la mañana, con el abuelo.

Abbot salió corriendo de su dormitorio y se deslizó patinando por el pasillo hasta mi habitación. Todavía llevaba puestos los calcetines de deporte y sostenía el fajín en una mano y la corbata de lazo en la otra.

—No consigo ponérmelos —me dijo.

Llevaba el cuello almidonado de la camisa levantado y le llegaba a las mejillas, como el año que se disfrazó de conde Drácula en Halloween.

—No te preocupes por eso, sólo llévalos. Allí habrá muchas señoras nerviosas y sin nada que hacer. Ellas te lo pondrán.

Yo intentaba abrocharme el collar de perlas que mi madre me había prestado para la ocasión.

—¿Dónde estarás tú? —me preguntó Abbot con un matiz ansioso en la voz.

Desde la muerte de Henry, Abbot se preocupaba por todo y se frotaba las manos continuamente, como si se las estuviera lavando con frenesí. Se trataba de un tic nuevo que reflejaba un poco de histeria. Mi hijo se había convertido en un germófobo. Habíamos acudido a un terapeuta, pero no había servido de nada. Abbot se frotaba las manos cuando estaba ansioso y también cuando notaba que yo estaba inquieta. Yo intentaba no mostrar mi inquietud delante de él, pero descubrí que no era buena fingiendo alegría, y mi alegría falsa lo ponía más nervioso que mi inquietud, lo que constituía un círculo vicioso. ¿Se sentía más vulnerable ahora que su padre no estaba? Yo sí.

—Yo estaré con las otras damas de honor haciendo lo que tienen que hacer las damas de honor —le expliqué para tranquilizarlo.

Fue entonces cuando me acordé de que tenía que llevar el brindis preparado. Lo había escrito en una servilleta de papel en la cocina y, cómo no, la había perdido y ya no me acordaba de lo que había escrito.

—¿Qué cosas bonitas podría decir de la tía Elysius? Tengo que pensar algo para el brindis.

—Ella tiene los dientes muy blancos y compra regalos muy bonitos —contestó Abbot.

—Belleza y generosidad —dije yo—. Eso me da ideas. Todo saldrá bien. ¡Vamos a divertirnos!

Abbot me miró para averiguar si estaba siendo sincera, como un abogado miraría a su cliente para comprobar si decía la verdad. Yo estaba acostumbrada a este tipo de escrutinio. Mi madre, mi hermana, mis amigas, mis vecinos, incluso los clientes de La Pastelería me preguntaban cómo estaba mientras intentaban descubrir la respuesta real en mi contestación. Yo sabía que debería haber seguido adelante con mi vida. Debería haber trabajado más, debería haber comido mejor, debería haber hecho ejercicio y tener citas. Cada vez que salía tenía que ir preparada para una emboscada de algún bienintencionado conocido dispuesto a ofrecerme su lástima, sus ánimos, sus preguntas y sus consejos. Yo insistía: «No, de verdad, estoy bien. ¡Abbot y yo estamos estupendamente!»

Sobre todo odiaba tener que esquivar las muestras de lástima delante de Abbot. Yo quería ser sincera con él, pero también quería protegerlo. Sin embargo, en aquel momento no fui sincera. Aquélla era la primera boda a la que asistía desde la muerte de Henry. Yo siempre lloraba en las bodas, incluso cuando no conocía mucho a los novios. Lloraba incluso en las de la televisión, y en aquel momento tuve miedo de mí misma. Si era capaz de lloriquear en la boda de una película, ¿cómo reaccionaría en la de mi propia hermana?

No pude mirar a Abbot. Si lo miraba, él sabría que estaba fingiendo. ¿Que íbamos a divertirnos? Esperaba, simplemente, sobrevivir.

Me puse delante del espejo de cuerpo entero que Henry había colgado en el interior de la puerta de mi armario. Henry estaba en todas partes, pero cuando surgía algún recuerdo, intentaba no recrearme en él. En aquel momento me acordé de que el espejo se cayó cuando él lo estaba colocando y estuvo a punto de hacerse añicos. Recrearse constituía una debilidad. Para evitarlo, había aprendido a fijar mi atención en cosas pequeñas y manejables para mí. En un intento desesperado, intenté abrocharme el collar de perlas con la ayuda de mi reflejo en el espejo.

—Me gustas más cuando no llevas maquillaje —comentó Abbot.

El collar resbaló hasta la palma de mi mano. ¿Se acordaba Abbot de que su padre solía realizar ese comentario? Henry decía que le encantaba mi cara desnuda; «... como el resto de tu cuerpo», añadía a veces susurrando.

Yo parecía mucho más vieja que dos años antes. La expresión «golpeada por el dolor» acudió a mi mente, como si el dolor pudiera, literalmente, golpearte y dejar una marca imborrable. Me volví hacia Abbot.

—Ven aquí —le dije—. Veamos cómo estás tú.

Dejé el collar en la mesita de noche y me acerqué a Abbot. Le doblé el cuello de la camisa, le alisé el pelo y apoyé las manos en sus huesudos hombros. Contemplé a mi hijo. Contemplé sus ojos azules, que eran como los de su padre, y sus oscuras pestañas. A pesar de que sólo era un niño, Abbot tenía la misma piel morena de Henry y también sus mejillas coloreadas. Me encantaban su barbilla huesuda y sus dos dientes de adulto, que resaltaban, de una forma extraña, en su boca, que todavía era la de un niño.

—Estás fantástico —le dije—. Como un millón de dólares.

—¿Como un portador de anillos de un millón de dólares?

—Exacto —le contesté.

Aparcamos al final del serpenteante camino de grava que conducía a la casa de mi hermana, maniobrando entre un montón de furgonetas: la del proveedor de la comida, la del florista, la del técnico de sonido... El camino seguía hasta más allá de la piscina y de la pista de tenis de tierra batida y desaparecía en el césped, entre el estudio nuevo y el viejo garaje. Elysius se iba a casar con un artista tímido y amable de renombre nacional que se llamaba Daniel Welding, y aunque vivían allí desde hacía ocho años, a mí siempre me sorprendía la grandiosidad de aquel lugar que ella consideraba su hogar. Aquel día la casa todavía resultaba más impactante. La boda se celebraría en el exterior, en la loma por la que Abbot y yo subíamos tan deprisa como podíamos. Estaba llena de hileras de sillas enlazadas con unas cintas de tul, y los votos se realizarían al lado de la fuente de inspiración japonesa, donde habían instalado un dosel emparrado con flores. También había una carpa blanca con una pista de madera para el baile.

Abbot llevaba sus cosas en una bolsa de tela que le regalaron en la biblioteca del barrio. La llevaba abierta y vi la corbata de lazo y el fajín entre el equipo de buceo: el tubo, la mascarilla y las aletas, que eran un regalo de mi padre. Yo tiraba con dificultad de mi maleta con ruedas, que traqueteaba detrás de mí como un perro viejo y obstinado.

Corrimos hasta el estudio para dejar allí nuestro equipaje, pero la puerta estaba cerrada con llave. Abbot miró por el cristal ahuecando las manos alrededor de sus ojos. Daniel pintaba cuadros enormes y el estudio tenía el techo alto y un soporte retráctil para los lienzos que se introducía en el suelo. De esta forma, no tenía que mantenerse en equilibrio en una escalera de mano para pintar las zonas superiores. En el altillo había un sofá cama donde Daniel descansaba a veces a mediodía y donde Abbot y yo dormiríamos aquella noche. Las obras de Daniel se vendían muy bien, por eso podían permitirse aquella casa, las dos entradas para coches, la loma cubierta de césped y el soporte para lienzos retráctil.

—¡Daniel está aquí! —exclamó Abbot.

—No puede ser, es el día de su boda.

Abbot llamó con los nudillos y Daniel abrió la puerta de cristal. Daniel era ancho de hombros, tenía el cabello entrecano y siempre estaba moreno. Su nariz, algo curvada y majestuosa, destacaba en su elegante cara. Se quitó las gafas y bajó la barbilla hacia su pecho. Su papada se plegó como un acordeón. Entonces nos miró: a mí, que iba desarreglada pero con un vestido precioso, y a Abbot, con su esmoquin a medio poner. Daniel sonrió ampliamente.

—¡Qué contento estoy de que estéis aquí! ¿Cómo te va, Abbot?

Daniel tiró de Abbot y le dio un gran abrazo. Eso es lo que Abbot necesitaba, grandes abrazos y afecto de hombres paternales. Yo era buena dando besos en la frente, pero me di cuenta de lo feliz que se sintió Abbot cuando Daniel lo levantó en alto. Ahora tenía una sonrisa embobada en la cara. Daniel también me abrazó a mí. Olía a cosméticos y champús caros y a jabones de importación.

—¿Hoy te dejan estar aquí? Además vas vestido como si fueras el fugitivo de una boda.

Abbot pasó junto a Daniel y entró en el estudio como hacía siempre, con una expresión maravillada. Le encantaban las estrechas escaleras que conducían al altillo, la máquina de café, las vigas a la vista y, desde luego, los enormes lienzos en varias etapas de evolución que estaban apoyados en las paredes.

—Se me ocurrió una idea, por eso he venido —explicó Daniel—. Dar una ojeada a los cuadros me tranquiliza.

—¿No deberías ir calzado? —le preguntó Abbot.

—¡Ah, sí! —Daniel señaló unos zapatos que estaban a un lado—. Verás, pintar con el traje puesto es una cosa, pero los zapatos están hechos a medida. Una vez, en el desierto, un zapatero me hizo ponerme de pie y descalzo encima de unos polvos y, a partir de las huellas, me fabricó unos zapatos especialmente para mí.

Éste era el tipo de historia que Daniel y Elysius contaban: un zapatero en el desierto que medía las huellas que tus pies descalzos habían dejado en unos polvos.

Abbot corrió hacia los zapatos, pero no los tocó. Yo sabía que lo estaba deseando, pero los zapatos estaban en contacto con el suelo y éste estaba plagado de gérmenes. Si los tocaba, tendría que lavarse las manos enseguida. El simple gesto de frotárselas no serviría.

—¿Dónde está Charlotte? —preguntó Abbot mientras volvía a fijarse en los cuadros.

Charlotte era hija del primer matrimonio de Daniel. El divorcio y la pelea por su custodia fueron muy desagradables y Daniel juró que nunca más volvería a casarse, no porque se sintiera desencantado, sino más bien apesadumbrado. Sin embargo, pocos meses después de la muerte de Henry, cambió de opinión. Entre una y otra cosa había, desde luego, una correlación. ¿Qué podía hacerte consolidar más el amor que el recuerdo de la fragilidad de la vida?

—Está en casa —contestó Daniel. Entonces se volvió hacia mí y añadió—: Intentando volar por debajo del radar.

—¿Cómo está? —le pregunté yo.

Charlotte tenía dieciséis años y estaba pasando por una fase punk que inquietaba a Elysius, aunque la verdad es que la palabra «punk» estaba pasada de moda. Ahora había términos nuevos para todo.

—Está estudiando para el examen preparatorio para la universidad, pero no sé, parece un poco... taciturna. Yo me preocupo por ella. Soy su padre y me preocupa. Ya sabes a qué me refiero.

Daniel me miró como si estuviéramos conspirando. Lo que quería decir era que yo sabía lo que era la maternidad desde dentro, no como Elysius, algo que él nunca admitiría, salvo de aquella forma velada.

—¿Éste qué representa? —preguntó Abbot.

Los cuadros de Daniel eran abstractos, caóticamente abstractos, y Abbot se había detenido delante de uno especialmente tumultuoso, con trazos gruesos, densos y desesperados. Parecía como si, en algún lugar del cuadro, hubiera un pájaro atrapado que quería escapar.

Daniel contempló el lienzo.

—Representa un barco mar adentro, con las velas desplegadas. Y también la pérdida.

—¡Tienes que animarte! —le dije a Daniel en voz baja.

Él apoyó la mano en mi hombro.

—¡Mira quién habla! —me susurró—. ¿Has vuelto a diseñar?

A mí me enorgullecía que Daniel considerara mi trabajo de pastelera como un arte. Él creía que el arte no era algo excepcional, sino que estaba al alcance de todos, y siempre ensalzaba mi trabajo. En aquel momento, me habló como si yo fuera una artista.

—Tienes que volver a crear. Es la mejor manera de pasar un luto.

Me sorprendió que hablara de mi luto de una forma tan directa, pero al mismo tiempo me alivió, porque estaba cansada de la compasión.

—No, todavía no he creado nada —le contesté.

Él asintió con la cabeza con una expresión seria.

—Tenemos que irnos, Abbot —dije yo.

Abbot se acercó a mí con desgana.

—Aunque tú no sepas por qué, tus cuadros hacen que las personas se sientan tristes —le dijo Abbot a Daniel.

—Ésa es una gran definición de lo que es el arte abstracto —replicó Daniel.

Abbot sonrió y se frotó las manos, pero entonces, como si se hubiera dado cuenta de lo que estaba haciendo, se las metió en los bolsillos. Daniel no se dio cuenta, pero yo sí. Abbot estaba aprendiendo a disimular su problema. ¿Esto era un paso adelante o atrás?

—Llego tarde a las mimosas —comenté yo.

Daniel estaba contemplando un cuadro inacabado y se volvió hacia mí.

—Heidi... —Entonces titubeó—. He tenido que aplazar unos días la luna de miel para acabar las obras de una exposición. Elysius está furiosa. Cuando la veas, recuérdale que soy una buena persona.

—Lo haré —contesté—. ¿Podemos dejar esto aquí? —le pregunté señalando mi maleta y la bolsa de Abbot.

—Desde luego —contestó él.

—Vamos, Abbot —dije desenredando la corbata y el fajín del equipo de buceo.

Abbot corrió hacia la puerta.

—De verdad que me alegro mucho de veros —declaró Daniel.

—Yo también me alegro de verte —contesté yo—. ¡Feliz casi boda!

Como hacía ocho años que Elysius y Daniel vivían juntos en aquella casa, la boda parecía una extraña e inesperada decisión. Para mí, ellos no sólo estaban casados, sino que su matrimonio era algo sólido y duradero. Sin embargo, para mi hermana la boda era algo muy importante y, mientras atravesaba con Abbot el resplandeciente césped señalado con las marcas que había dejado el cortacésped, me invadió la culpabilidad por sentirme tan lejos del acontecimiento.

Al menos tendría que haber accedido a preparar su pastel de boda. En el pasado, yo tenía una apreciable y creciente reputación como diseñadora de pasteles. Todavía recibíamos pedidos de todos los rincones de Florida con un año o más de antelación. Las bodas eran nuestra especialidad, pero tras la muerte de Henry, me limité a preparar madalenas y tartas de limón a primera hora de la mañana y a encargarme del mostrador. Me juré que no volvería a ocuparme de ninguna boda; eran demasiado abrumadoras y las novias estaban demasiado implicadas en el evento. Me parecían ingratas, y tenía la impresión de que daban por sentado el amor, pero en aquel momento me avergonzó no haberme ofrecido a preparar el pastel de boda de Elysius y Daniel. Habría sido mi regalo, mi pequeña aportación.

Levanté la vista hacia las ventanas; las de la cocina y el salón estaban iluminadas con una luz dorada y brillante. Entonces me detuve.

—¿Qué pasa? —me preguntó Abbot.

Deseé dar la vuelta y regresar a casa. ¿Estaba preparada para aquello? Me di cuenta de que así era como me sentía yo respecto a la vida, como alguien paralizado en el césped de una casa enorme mientras contemplaba las bonitas ventanas detrás de las cuales las personas vivían sus vidas: llenaban los jarrones con flores, se cepillaban el cabello frente al espejo, soltaban carcajadas que se elevaban y se desvanecían en el aire... Y, entre ellas, la vida de mi hermana, rebosante de vitalidad.

—No pasa nada —le dije a Abbot.

Lo cogí de la mano y se la apreté. Él me devolvió el apretón, avanzó un paso y tiró de mí hacia la casa, la casa llena de los vivos.

De repente, la puerta trasera se abrió y apareció mi madre. Tenía el cabello de color miel, y lo llevaba recogido en su habitual moño. El tono y el brillo de su cutis la hacían parecer joven, lo que ella atribuía a la cara línea de cosméticos que utilizaba. Mi madre envejecía muy bien. Tenía el cuello largo y elegante, los labios carnosos y las cejas arqueadas. Me producía una extraña sensación haber sido criada por alguien que era mucho más guapa de lo que yo nunca llegaría a ser. Mi madre tenía una belleza majestuosa, pero en contraste con su porte real, su vulnerabilidad parecía más pronunciada. Las expresiones de su cara reflejaban dulzura y cansancio.

Vio que Abbot y yo subíamos por la loma.

—¡Acaban de enviarme a buscaros!

¿Mi hermana había enviado a mi madre a buscarme? Eso era malo. ¡Muy malo!

—¿Llegamos muy tarde?

—Pregunta mejor hasta qué punto está enfadada tu hermana.

—¿Me he perdido los brindis? —le pregunté esperando que fuera cierto.

Mi madre no me contestó. Cruzó la terraza y bajó los escalones. Su vestido de color café con leche se agitó a su alrededor. Era de un diseño elegante y dejaba al descubierto su clavícula. Mi madre es medio francesa y cree en la elegancia.

—¡Tenía que salir de la casa! —exclamó mi madre—. Y tú has sido mi excusa. Tengo órdenes directas de encontrarte y darte prisa.

Mi madre parecía inquieta, incluso un poco llorosa. ¿Había estado llorando? Ella es muy emocional, pero no llora con facilidad. Encaja perfectamente con la definición de persona mayor activa, pero aunque se mantiene siempre ocupada para aparentar satisfacción, a mí siempre me ha dado la impresión de que está a punto de estallar. En cierta ocasión estalló de verdad y desapareció durante un verano, aunque después regresó a casa. Aun así, cuando tu madre se ha ido dejándote atrás, aunque tuviera razón, te pasas el resto de la vida preguntándote si volverá a hacerlo. Mi madre se volvió hacia Abbot.

—¡Eres un chico realmente guapo!

Él se sonrojó. Mi madre causaba este efecto en todo el mundo: en el atribulado cartero durante las vacaciones, en el piloto que salía de la cabina para despedirse al final del vuelo, incluso en los estirados encargados de los restaurantes.

—¿Y tú cómo estás? —me preguntó echándome el cabello

hacia atrás por encima de mi hombro—. ¿Dónde están las perlas?

—Todavía me faltan unos retoques —contesté yo—. ¿Cómo está Elysius?

—Te perdonará —dijo mi madre con voz suave.

Mi madre sabía que aquella situación era difícil para mí: una hija conseguía un marido mientras que la otra lo había perdido, de modo que intentaba actuar con delicadeza.

—Siento mucho llegar tarde —declaré con un tono de culpabilidad en la voz—. Perdí la noción del tiempo. Abbot y yo estábamos...

—Ocupados escribiendo el brindis para la tía Elysius —terminó Abbot—. ¡Yo la estaba ayudando!

Él también parecía sentirse culpable; mi compañero de conspiración. Mi madre sacudió la cabeza. Tenía los ojos llenos de lágrimas.

—¡Estoy hecha un lío! —exclamó intentando alisar los pliegues de su vestido. Entonces se echó a reír de una forma extraña—. No sé por qué reacciono de esta manera.

Se pellizcó el puente de la nariz para detener el llanto.

—¿Reaccionar a qué? —le pregunté yo sorprendida por su repentina crisis emotiva—. ¿Por la boda? Las bodas son una locura. Sacan fuera mucha...

—No es por la boda —replicó mi madre—, sino por la casa. Nuestra casa de la Provenza. Ha habido un incendio.

2

Cuando éramos niñas, mi hermana y yo solíamos ir con nuestra madre a la casa de la Provenza. Se trataba de breves períodos vacacionales que mi padre, un adicto al trabajo, no podía compartir con nosotras. Un verano, mi madre se fue sola a la casa y desde entonces no volvimos a ir juntas. Mi madre se echó a llorar, allí en el césped de mi hermana. Entonces me rodeó con los brazos y dejó que yo la sostuviera durante unos instantes. Me acordé de la casa de la Provenza como recuerdan los niños las cosas, desde ángulos extraños, como un conjunto de detalles curiosos. Me acordé de que no había cortinas en las ventanas, de que las estrechas puertas interiores tenían pomos sensibles que parecían cerrarse y abrirse según su propia voluntad, de que los tallos de las hierbas silvestres que flanqueaban los senderos parecían estar cubiertos de florecillas blancas, pero que, cuando me acerqué, descubrí que eran caracoles diminutos con delicadas espirales gravadas en sus conchas blancas.

La casa y todo lo que había en ella me parecía atemporal, o quizá sería más exacto decir que estaba llena de tiempo, capas de tiempo superpuestas a más capas de tiempo. Me acordé de la cocina, de la mesa en la que comíamos, larga y estrecha, rodeada de sillas desiguales. Cada una de ellas era una superviviente de una época diferente. El fregadero, pequeño y casi plano, estaba hecho de una sola placa de mármol, marrón y moteada, como las cáscaras de los huevos. Era una pieza original de la casa, que había sido construida en el siglo dieciocho al borde de un pequeño viñedo. En el jardín había una fuente construida en la década de 1920. Estaba llena de kois rollizos de color naranja brillante y junto a ella había unas sillas de jardín de hierro forjado y una mesita cubierta con un mantel blanco agitado por el viento. La casa, que estaba a un cuarto de hora de Aix-en-Provence, se erguía a la sombra de las estribaciones traseras del pico de Sainte-Victoire, y pertenecía a mi madre desde que sus padres murieron, cuando ella tenía veintitantos años.

Cuando íbamos allí, mi madre nos contaba historias de la casa. La mayoría eran historias de amor bastante improbables que yo quería creer pero de cuya veracidad dudaba incluso de niña. Aun así, me aferraba a ellas y, después de que mi madre nos las contara, me las repetía a mí misma por la noche; las susurraba en mis manos ahuecadas, sintiendo la calidez de mi aliento, como si, de esta forma, pudiera dejarlas allí y conservarlas conmigo.

Todavía recordaba imágenes de nosotras tres en uno de los dormitorios de la planta superior. Mi madre estaba sentada en el borde de una de las camas o se acercaba a la ventana y se asomaba para sentir el fresco aire nocturno. Elysius y yo dejábamos que nuestro cabello, húmedo después del baño, creara halos de humedad en las almohadas blancas. Me acordé del incesante chirrido de las cigarras, que a veces se volvía más tenue para volver a intensificarse después.

«Al principio de todo...», decía mi madre, porque la primera historia trataba sobre la construcción de la casa, como si nuestra familia no hubiera existido hasta que la casa de piedra se construyó. Entonces nos contaba la historia de uno de nuestros antepasados, quien le pidió a una mujer que se casara con él. El joven estaba enamorado, y se trataba de un gran amor, pero ella lo rechazó porque su familia no lo consideraba digno de ella. Entonces él construyó la casa, piedra a piedra y sin ayuda de nadie, trabajando día y noche y sin dormir durante un año entero. Estaba loco de amor y no podía parar. Cuando terminó de construir la casa, se la regaló a ella, y la joven se enamoró perdidamente de la casa y de él. Entonces ella desobedeció a su familia y se casó con el joven. Después de la frenética construcción él se sintió débil y enfermo y, durante el primer año de casados, ella lo cuidó y lo devolvió a la vida con platos de sopa *pistou*, pan y vino. Vivieron cien años y, cuando él murió, a ella se le rompió el corazón y falleció una semana más tarde.

La casa era el resultado de un acto de amor, ése era el mensaje que teníamos que asimilar. Se trataba de una historia portentosa, demasiado asombrosa para que dos niñas se la tomaran en serio, pero no era la única.

Mis bisabuelos eran los propietarios de una pequeña zapatería en París y no podían tener hijos. Un invierno, mi bisabuela tuvo que quedarse en la casa para cuidar a una vieja tía soltera, pero mis bisabuelos estaban tan enamorados que él no soportó estar alejado de ella durante tanto tiempo. Una noche, se presentó en la casa y se quedó durante una semana. Por las noches oían el canto de las cigarras, a pesar de que éstas no solían cantar en invierno, y aquella semana concibieron un hijo. Después tuvieron seis más. Mi madre nos dijo que la casa tenía el poder de hacer que el amor se manifestara, que realizaba milagros.

La hija mayor de mis bisabuelos, mi abuela, una joven desenvuelta y tozuda, estaba en París durante las celebraciones del final de la Segunda Guerra Mundial. Entre el gentío que llenaba la plaza de la Ópera, conoció a un soldado norteamericano. Él la besó apasionadamente, pero entonces la multitud empezó a desplazarse y los separó. Ellos se buscaron, pero se perdieron en la eufórica agitación de las masas. Con el tiempo, él regresó a Francia y, gracias a una serie de pequeños milagros, volvió a encontrarse con ella en la casa, lejos de donde se habían conocido. Entonces juraron que no volverían a separarse nunca más. La casa tenía el poder de unir para siempre a las personas enamoradas.

Elysius y yo fuimos creciendo, pero aquellas historias siguieron hechizándonos. Nos las contábamos la una a la otra como si jugáramos a aquel juego de construir figuras con un cordel, pasando las intrincadas figuras de las manos de una a las de la otra. Cuando el interés de Elysius decaía, yo la incitaba a pensar en los motivos que empujaron a actuar a aquellas personas y en cuál debía de ser su aspecto. Entonces nos inventábamos los detalles y hacíamos que las historias fueran más largas y elaboradas.

Sin embargo, durante nuestro último verano en la casa, cuando yo tenía trece años, Elysius y yo empezamos a cuestionar aquellas historias. «¿Cuáles fueron los pequeños milagros que condujeron al reencuentro de nuestros abuelos?» Mi madre no lo sabía. «Existen razones médicas por las que algunas personas no pueden tener hijos temporalmente y después sí que lo consiguen, ¿no es cierto?» La respuesta fue que sí, pero que aun así... Además le dijimos que era físicamente imposible que un hombre solo construyera una casa de piedra, a mano y sin dormir ni alimentarse adecuadamente. «¡Sí! —contestó nuestra madre—. ¡Pero precisamente eso es lo que lo convierte en un acto de amor puro!»

Años más tarde, mi hermana volvió a creer en aquellas historias, porque fue en la casa de la Provenza donde Daniel, después de ocho años de convivencia y el juramento solemne de no volver a casarse, le pidió en matrimonio mientras ella estaba bañándose en la bañera.

En una ocasión, yo también estuve a punto de volver a creer en la magia de la casa. Un día, durante nuestras últimas vacaciones en la Provenza, mi madre, mi hermana y yo estábamos en uno de los dormitorios de la planta superior, doblando la ropa que habíamos tendido en el tendedero de madera. Aquélla era la habitación de mi hermana, y daba a la montaña. No sé quién se dio cuenta antes, pero de repente las tres estábamos asomadas a la ventana, contemplando una boda que se celebraba en la montaña. La novia llevaba puesto un vestido blanco y largo y su velo flotaba en la brisa. Teníamos unos prismáticos para observar a los pájaros y nos turnamos para contemplar la escena.

Al final, mi madre dijo:

—Vayamos a verla de cerca.

Bajamos corriendo las estrechas escaleras de piedra, atravesamos la cocina y salimos por la puerta trasera. La boda se celebraba en un emplazamiento bastante alto, así que avanzamos entre las hileras de vides mientras nos pasábamos los prismáticos. Recuerdo que yo siempre tenía que ajustarlos a mi pequeña cara, que los lentes estaban sucios y que la visión era borrosa, surrealista y hermosa. La novia se echó a llorar y se tapó la cara con las manos, pero cuando las separó, se estaba riendo.

De repente, mi madre, mi hermana y yo nos encontramos en medio de un enjambre de mariposas. Para ser exacta, se trataba de mariposas de la mostaza, con sus alas blancas y moteadas de negro. Elysius las identificó más tarde gracias a un libro que encontró en una pequeña librería en Aix-en-Provence. Las mariposas aletearon frenéticas a nuestro alrededor envolviéndonos en una agitada nube blanca.

Yo sólo veía trocitos de la falda rosa de mi madre y de su cabello oscuro. Su blusa blanca se difuminó entre las alas de las mariposas, de modo que, cuando habló, su voz sonó separada de su cuerpo.

—¿Es normal que las mariposas revoloteen de esta forma? —le pregunté yo.

—No —contestó mi madre—, se trata de otro encantamiento.

Nosotras cuestionamos su explicación porque consideramos que era nuestra obligación hacerlo, pero yo creí en el encantamiento de las mariposas de la mostaza y en el fondo supe que Elysius también.

Éste es el verano que recuerdo más vivamente. Me sentía tan nostálgica como puede sentirse una adolescente de trece años, con una nostalgia profunda e infinita, porque carece de dirección. Yo entonces quería ser víctima de un encantamiento.

Junto a nuestra casa había otra más grande en la que vivían dos hermanos que despertaban mi interés. El mayor sabía mantener objetos en equilibrio sobre la frente. Se trataba de objetos grandes, como sillas y rastrillos, y el menor se enfurruñaba cuando su hermano era el centro de la atención y me salpicaba sin piedad cuando nos bañábamos en la piscina, cuya agua era más verde que azul. Los dos hermanos tenían el cabello y los ojos negros, sonreían con timidez y para mí representaban lo exótico. Eran los muchachos con los que habría salido si mi abuela hubiera retenido a mi abuelo en Francia, si se hubiera negado a abandonar su hogar, su país, su idioma. Yo creía que ellos me comprenderían mejor que los jóvenes norteamericanos.

En cierta ocasión, le robé a mi madre una foto de los dos hermanos en la que Pascal, el mayor, sostenía un saltador de muelles en equilibrio sobre su frente. Pascal era alto y guapo, y en aquella época su musculatura ya se había desarrollado. Julien, el menor, lo observaba con desdén sentado en una silla del jardín. Yo me había medio enamorado del mayor —quien, por su parte, intentaba llamar la atención de Elysius— y medio odiaba al menor, el que se enfurruñaba y me salpicaba en la piscina. Doblé la fotografía y la escondí en el cajón de mi escritorio, en un estuche para lápices.

De todos modos, durante los años siguientes me acordé, sobre todo, de cómo estaba mi madre aquel verano: extrañamente distante, nostálgica, silenciosa, como si, de algún modo, supiera lo que sucedería después. Quizá su relación con mi padre ya estaba afectada, al menos eso creía yo, aunque en realidad no sabía nada acerca de su matrimonio.

El verano siguiente, cuando yo tenía catorce años y Elysius diecisiete, nuestra madre viajó a la Provenza sin nosotras. Se marchó cuando descubrió que mi padre había tenido una aventura, algo de lo que ella habló con franqueza, al típico estilo francés. Pero no estuvo fuera sólo unos días, sino durante todo el verano. A mi hermana y a mí nos escribió cartas en el papel fino y delicado que vendían especialmente para el correo aéreo. Yo se las contesté todas con el papel de cartas rosa y con mis iniciales grabadas que ella me regaló por Navidad, pero nunca se las envié. Simplemente, las guardé en mi escritorio. Era el verano de 1989. El último día de agosto, nuestra madre nos telefoneó para informarnos de que regresaba a casa.

Cuando volvió, empezó a elaborar postres que había probado en Francia: tarta de limón, flan, tiramisú, crema quemada, rollitos de pera... No consultó ningún libro de recetas porque parecía sabérselas de memoria. A ella nunca le había gustado cocinar pasteles, pero después de aquel viaje, se volcó en la elaboración de aquellos pequeños y exquisitos postres. Yo quería estar con ella, así que pasaba todo mi tiempo libre en la cocina. Quizá fue entonces cuando aprendí a relacionar el efímero arte de la pastelería con sentimientos abstractos como la nostalgia. De todos modos, durante muchos años lo consideré un arte y sólo después de conocer a Henry lo consideré un acto de amor. Mi madre y yo nos sentábamos en la mesa del desayuno y probábamos el postre que habíamos preparado criticándolo con un tono de voz grave y solemne. Al cabo de un rato, ella declaraba que nunca conseguiríamos prepararlo correctamente y dejaba de cocinar postres durante uno o dos días, pero después volvía a la cocina y nos volcábamos en la preparación de otro postre.

Mi madre era una mujer tranquila y reflexiva. Cuando hacía ya una semana que estaba en casa, llegó su última carta. En ella nos contaba que la montaña se había incendiado. Las llamas llegaron hasta los escalones de la puerta trasera de la casa y allí se detuvieron. «Un milagro», decía mi madre en la carta. Aunque a ella le encantaba considerarlo todo un milagro, aquél parecía auténtico. Nosotras le pedimos que nos describiera el incendio, pero ella no quiso hacerlo. «Os lo he explicado en la carta para que conservéis el recuerdo para siempre», nos dijo. Me pareció extraño que no quisiera contárnoslo en persona, pero no la presioné. Teníamos suerte de que estuviera en casa. Mi madre era una mujer frágil y nos había demostrado que podía salir corriendo, así que no volví a insistir.

Un día, mi madre dejó de preparar postres. Me dijo que habíamos intentado prepararlos todos y que nos habían salido mal, así que no tenía sentido que siguiéramos intentándolo. Después de esta declaración, pareció sentirse menos inquieta, más tranquila, y deduje que se trataba de una buena decisión.

Sin embargo, yo seguí preparando postres sola. Al principio en un torpe intento para atraer a mi madre de nuevo a la cocina, para que pasara más tiempo conmigo, y después, simplemente, para perderme en el mundo que había encontrado en aquella actividad.

Años más tarde, cuando amasaba la harina de una forma determinada o percibía un olor determinado, me acordaba de la joven que cocinaba sola en la casa de mis padres y entonces me preguntaba qué habría pasado con la fotografía de los hermanos, dónde estaban las cartas de mi madre y las que yo le escribí en el papel rosa y que nunca le envié. Tiradas a la basura. Enterradas. Perdidas, como todo lo demás.

3

Mi madre nos acompañó al interior de la casa. Estábamos en la cocina. La cocina de Elysius era como la de un restaurante, toda de mármol y acero inoxidable. La iluminación era elegante y siempre estaba impecable, porque ella apenas la utilizaba. La nevera estaba convenientemente surtida de alimentos como zanahorias tiernas, yogures y bolsas de saludables ensaladas de brotes orgánicos, además de alimentos exóticos como pescado procedente de islas lejanas, flores comestibles y raíces bulbosas que yo juraría que procedían del mercado negro y seguramente eran ilegales. Sin embargo, al interior de su nevera le faltaba color y consistencia, era demasiado espacioso, casi tenía eco y había muchos productos de color blanco.

En aquellos momentos, la cocina estaba llena de personas encargadas de preparar y servir la comida. Una mujer con un vestido de cóctel azul estaba al mando. Contempló su BlackBerry y salió a la terraza para contestar una llamada. Había soperas con cucharones, fuentes largas llenas de aperitivos espumosos, montañas de gambas, mejillones y almejas, cajas de vino y numerosas hileras de cristalería.

Mi madre le explicaba a Abbot, una vez más, que nadie había resultado herido en el incendio y que éste había ocurrido muy lejos, en Francia.

—Sólo se ha incendiado la cocina. No sabemos si se han producido muchos daños, pero todo el mundo está bien.

Abbot se frotaba las manos con una preocupación incesante.

—¿El fuego está muy lejos? ¿Dónde está Francia? —preguntó, y mi madre volvió a explicárselo todo otra vez.

Pero yo no los escuchaba, me sentía desapegada. La noticia del fuego parecía haber desatado en mí algo escondido. De repente los recuerdos de mi infancia en la Provenza invadieron mi mente y ya no pude detenerlos. Había aprendido a no recrearme en los recuerdos de Henry, pero él también había estado en aquella cocina y no pude resistirme. Me sentí incapaz de evitar que su imagen, vívida y real, ocupara mi mente. Sentí como si una potente marea me sumergiera en el mar. Al fin y al cabo, Henry y yo nos habíamos conocido en una cocina llena de gente.

La primera vez que vi a Henry Bartolozzi fue en una cocina. Él tenía veinticuatro años, el pelo negro y rizado y los ojos azul claro. Llevaba puestos unos pantalones bien planchados, un jersey y unas zapatillas deportivas. Los dos asistíamos a clases de cocina y nos habían invitado, a través de amigos de amigos, a la casa de un afamado cocinero de la ciudad. Mi madre me había advertido que no me enamorara de un hombre creativo. Elysius había intentado establecerse como pintora en Nueva York durante unos años y había salido con demasiados artistas muertos de hambre. Mi madre estaba harta de ellos.

«¿Qué tienen de malo los estudiantes de medicina? —solía preguntarnos mi madre durante la cena—. ¿Y si alguno de nosotros se atraganta? Al menos me gustaría que alguien de la familia supiera hacer bien la maniobra de Heimlich o improvisar un tubo respiratorio con un bolígrafo Bic. ¿Acaso queréis que uno de nosotros se caiga encima de un cuchillo y se muera desangrado?»

Yo creía que su consejo era bueno, porque también estaba harta de los novios de mi hermana. Además, yo no asistía a las clases de cocina para conocer a hombres. Estaba harta de ellos y creía que había arruinado la cuota de hombres de mi vida. De hecho, por aquel entonces ya había malogrado la carrera de un hombre en la NASA convenciéndolo para que se colocara; había sido la causante de que un hombre rompiera su compromiso con otra mujer y otro hombre me había culpado de provocar un accidente de motos acuáticas de proporciones considerables, eso sí, sin víctimas mortales. Tenía miedo de los hombres por la misma razón que tenía miedo de las ranas, porque no podía predecir en qué dirección saltarían.

En general, consideraba que el amor era como firmar un contrato que dependía de tu capacidad de compromiso. El origen de esta percepción estaba, cómo no, en el complicado matrimonio de mis padres.

La cuestión era que mi padre, un abogado de la Oficina de Patentes, había salvado a mi madre del departamento de mecanografía. Este hecho, que desde un punto de vista feminista era problemático por varias razones, era todavía más inadecuado si se tenía en cuenta un secreto familiar: mi madre era una persona brillante. Después de la guerra, su padre abrió una tienda de «todo a cien» que sirvió para mantener a la familia durante años, pero cuando ella alcanzó la edad universitaria, la tienda empezó a ir mal y, para empeorar las cosas, su padre enfermó, de modo que asistir a la universidad quedó totalmente descartado. En su papel de ama de casa, mi madre vio todas las películas que se estrenaron en los cines, incluidas las extranjeras, pero a éstas iba sola, porque mi padre se negaba a ver películas con subtítulos. Ella identificaba las películas por el nombre del director, lo que era una característica típicamente francesa; cuidaba del jardín de una forma metódica y leía libros de física, historia, filosofía y religión, aunque apenas hablaba de estos temas. Mi madre llevaba una vida mental activa y secreta. Unas navidades, alguien nos regaló un Trivial Pursuit y descubrimos que mi madre conocía todas las respuestas. Nos quedamos de piedra. «¿Cómo sabes eso?», le preguntábamos sin cesar. Al final mi madre ganó, cerró la caja y no volvió a jugar nunca más. ¿Realmente necesitaba que mi padre la salvara? Sin embargo, ella asumió que sí, de modo que no era de extrañar que, cuando conocí a Henry en la cocina de aquella fiesta, considerara que el amor consistía en un compromiso e incluso en una debilidad.

Henry fue la primera persona que conocí en aquella fiesta. Él estaba hablando con la hija del famoso cocinero, una niña rubia de unos nueve años. Henry tenía una sonrisa de medio lado, una sonrisa que enseguida me encantó.

Él se presentó: Henry Bartolozzi. Los dos nombres no parecían encajar el uno con el otro y yo comenté algo en este sentido. Él me explicó que su madre había elegido el nombre de Henry en memoria de su abuelo, un sureño de toda la vida, y que su apellido procedía de la sangre italiana de su padre.

Yo también me presenté:

—Heidi Buckley. Un apellido difícil de sobrellevar en el colegio, porque rima con unas cuantas palabras bastante desagradables.

Él se llevó el dedo a la barbilla.

—¿Buckley rima con algo? Es curioso, no se me ocurre nada.

Entonces me confesó que Pedolozzi tampoco le había ayudado mucho en su época escolar.

Henry se había criado en el barrio italiano de Boston, en el North End, y hablaba con el acento típico de Nueva Inglaterra pero más abierto, con influencias de los ambientes de béisbol y la ópera italiana.

Más tarde, la fiesta se desplazó al jardín. La niña rubia y su hermano mayor hicieron estallar petardos contra el suelo. Estaba oscuro y me resultaba difícil saber si Henry me estaba mirando o no.

Cuando la fiesta terminó, varias personas nos apretujamos en su viejo y oxidado Honda. Alguien sintonizó en la radio una cadena de música ligera y yo me puse a cantar *Brandy* a grito pelado. Después confesé que, desafortunadamente, era ese tipo de borracha de las que se transformaba en una diva de la música ligera. A pesar de ello o, quizá precisamente por ello, Henry me pidió mi número de teléfono.

La noche del día siguiente, Quinn, una amiga de las clases de cocina, me invitó a cenar a su casa. Yo le contesté que tenía mucho trabajo y ella replicó: «Bueno, entonces cenaremos Henry y yo solos.» Y yo le pregunté: «¿Henry Bartolozzi?» Y entonces le dije que había cambiado de idea.

Henry llevó a la cena un par de botellas de buen vino italiano, lo que constituía un derroche, porque en aquella época ninguno de nosotros tenía dinero. Como me resultaba incómodo levantarme a menudo del futón que Quinn utilizaba de sofá, cada vez que lo hacía aprovechaba la ocasión para beber un buen trago de vino, así que, hacia el final de la noche, olía como una licorería.

Mi medio de transporte habitual era una bicicleta de los años cincuenta que había comprado en una subasta de beneficencia. Cuando llegó la hora de volver a casa, la noche había refrescado y Henry se ofreció a acompañarme en coche. Al principio yo me negué, pero él insistió. Henry introdujo mi voluminosa bicicleta en el maletero de su viejo Honda, pero el coche no se puso en marcha. No hubo manera. Yo me sentí aliviada, porque si lo que Henry pretendía era salvarme, me alegré de que fracasara.

—Ya sé qué le pasa a tu coche —le dije.

Sus ojos azules se iluminaron.

—¿Tienes conocimientos de mecánica?

Yo asentí con la cabeza.

—Es muy sencillo, cuando giras la llave no se oye nada.

Henry consideró que mi explicación era encantadora, y yo consideré encantador que considerara que mi explicación era encantadora.

—Tienes razón —me dijo—. Probablemente se trata de un problema del efecto sonoro del alternador.

Henry me acompañó a casa caminando. Estábamos a unas seis manzanas de distancia. Cuando llegamos, me di cuenta de que me había dejado las llaves en la casa de Quinn. Henry me acompañó de vuelta a la casa de Quinn y después otra vez a mi casa. Ya eran las tres de la madrugada. Nos habíamos pasado buena parte de la noche caminando y charlando y nos entretuvimos un poco más junto a la entrada principal.

—Entonces, ¿te gusto? —me preguntó Henry inclinando la cabeza.

Sus negras pestañas enmarcaban sus ojos azules. Entonces volvió a esbozar aquella sonrisa suya. En realidad se trataba sólo de media sonrisa, una sonrisa de medio lado.

—¿A qué te refieres? —le pregunté—. Claro que me gustas, eres muy simpático.

—Sí, pero eso es una definición muy genérica. Yo me refiero a si te gusto realmente por quien soy o si, simplemente, te caigo bien.

—Es posible que me gustes por quien eres —contesté yo. Entonces bajé la vista al suelo y después volví a mirarlo a la cara—. Es posible que me gustes, pero la verdad es que no tengo suerte con los hombres. De hecho, he jurado que prescindiré de ellos.

—¿En serio?

Esta parte la recuerdo con mucha claridad. Él estaba muy cerca de mí, tanto que notaba el calor de su aliento.

—¿Y puedo preguntarte por qué? —añadió él.

—Los hombres implican trabajo. Ellos creen que van a salvarte, pero después te das cuenta de que requieren esfuerzo por tu parte. Necesitan que los convenzas continuamente para todo. En líneas generales, son como sofás parlantes.

—Para ser un sofá parlante, creo que mi lenguaje es muy enérgico —me dijo en un susurro, como si se tratara de una confesión—. De hecho, si me comparas con otros sofás parlantes, obtuve muy buenos resultados en las pruebas oficiales.

Entonces me miró directa e intensamente a los ojos. Yo me

estaba enamorando de sus hombros. Contemplé su clavícula, el vulnerable hueco entre ésta y el cuello y su bonita y fuerte mandíbula.

—Yo creo que prescindir de los hombres está pasado de moda —añadió Henry.

—Sí, es una idea anticuada. Quizás estaba borracha cuando lo dije.

—Quizás habías salido de juerga y acababas de cantar *Brandy* a pleno pulmón —comentó él esbozando de nuevo su media sonrisa.

—Es probable. Pero ahora que estoy sobria me doy cuenta de que fue una mala idea, como intentar escenificar *West Side Story* en el supermercado de tu barrio.

Henry estaba lo más cerca de mí que se podía estar.

—¿Alguna vez has intentado escenificar *West Side Story* en el supermercado de tu barrio?

—Dos veces, pero no salió bien —contesté yo—. De todos modos, ya he renunciado, me refiero a prescindir de los hombres.

—¿Se trata de una decisión seria? —me preguntó él.

—Sí —contesté yo.

—¿Estás segura?

Yo asentí con la cabeza, aunque no estaba segura.

Entonces me besó. Al principio dulcemente, casi como si tirara suavemente de mis labios, pero entonces yo me rendí. Él sujetó mi cara entre sus manos y presionó su cuerpo contra el mío empujándome hacia la puerta. Las llaves se me cayeron al suelo. Nos besamos una y otra vez y, tal como yo lo recuerdo, se trató de un momento eterno.

El beso no fue más que el principio. Henry y yo funcionamos como pareja porque él me convenció de que estaba equivocada acerca del amor. El amor no consiste en un compromiso. La vida es dura. La vida sí que requiere compromiso, pero cuando dos personas se enamoran, crean un refugio. Mi familia era frágil y en ella el amor estaba hecho de vidrio soplado, pero a Henry lo habían educado de una forma diferente. Su familia era ruidosa, apasionada, de genio fácil y rápida en olvidar. Siempre estaban rodeados de comida, comida sureña mezclada con italiana, dispuesta para ser consumida a la voz de: «¡A comer!» En la cocina, que latía como un corazón humeante, siempre había algo friéndose, hirviendo, salpicando...

En cierto sentido, yo no esperaba enamorarme, porque tenía muy presente aquella otra versión de mí misma en la que yo era una mujer dura e independiente que se abría camino sola en la vida, aunque, para ser sincera, también sentía que Henry era la persona, el alma que había estado esperando. Abrir su envoltorio era como encontrar un regalo dentro de otro: su aspecto, el sonido de su voz, sus recuerdos de la infancia... Yo creía que había estado buscando a un hombre, pero en realidad lo había estado esperando a él sin saber que lo echaba de menos incluso antes de que llegara a mi vida. Con el tiempo me di cuenta de que él era la respuesta a la nostalgia que sentía cuando tenía trece años. Antes creía que mi nostalgia era el dolor de la soledad, pero después de conocerlo descubrí que se trataba de la añoranza de un lugar al que todavía no había llegado.

Y allí, en la cocina de mi hermana, recordé nuestro primer beso, la sensación de sentirme presionada contra la puerta, el sonido de las llaves al caer de mis manos, el tintineo y el ruido del golpe cuando chocaron contra el suelo. ¡Cuántas horas, días, semanas se habían sucedido de una forma imprecisa para luego desvanecerse! Yo era un desastre en el día a día, no sabía valorar el momento.

Al final descubrí que la nostalgia formaba parte de mí misma. Se había atenuado, pero, con el tiempo, y sobre todo durante el año anterior a la muerte de Henry, volvió a aparecer. Se interpuso en mi capacidad para apreciar los detalles de la vida diaria, algo que Henry hizo maravillosamente mientras yo me sentía nostálgica y ansiosa... ¿Cómo pude ser tan descuidada? ¿Por qué no presté más atención al día a día?

Y allí, en la cocina de mi hermana y el día de su boda, volví a sentir nostalgia. Quería irme a casa, pero la casa que añoraba, la casa en la que vivía con Henry ya no existía.

—Podríamos dejar a Abbot con tu padre, así se entretendrán el uno al otro hasta que empiece la boda —me sugirió mi madre por encima del vocerío de la cocina.

Mi madre había conseguido llorar sin que se le corriera el maquillaje. Ésta era una de sus habilidades. Entonces señaló a mi padre, que iba vestido con un traje azul marino y estaba sentado en un extremo de la mesa del desayuno, rellenando Sudokus. Así es como el antiguo adicto al trabajo sobrellevaba el paso del tiempo. Los Sudokus eran un factor de fricción entre mis padres, y mi padre los hacía a escondidas. Para mi madre, los Sudokus eran una pérdida de tiempo, y ella odiaba perder el tiempo, pero a mi padre le atraían los trabajos minuciosos, por eso disfrutó en su trabajo de abogado de patentes. Le gustaban las subcategorías que había en las subcategorías dentro de las categorías. Él decía que lo que le gustaba eran los inventos, pero la verdad es que disfrutaba rechazando demandas por el simple hecho de que se solicitaran con un lenguaje incorrecto y, aunque en el fondo creo que habría deseado ser inventor, acabó siendo un gramático legalista, un guardián del lenguaje.

Abbot me miró con expresión lastimera. Adoraba a su abuelo, pero no quería que lo abandonáramos en el ruidoso ajetreo de la cocina. Además, había algo degradante en el hecho de ser dejado de lado, y él sabía que lo estábamos dejando de lado.

—Tú y tu abuelo sois buenos amigos —le recordé—. Os haréis compañía el uno al otro.

Nos acercamos a mi padre y él levantó la vista del Sudoku.

—¡Vaya, qué guapos estáis! —exclamó—. ¿Cómo te va, Abbot?

«Cómo te va» era una de las expresiones favoritas de Abbot desde que era pequeño. Él era un niño muy sociable y le preguntaba a todo el mundo cómo le iba: a los conserjes, los cajeros de los bancos, los bibliotecarios... «¿Cómo te va?», «¿Cómo te va?».

—¡Me va bien! —exclamó Abbot con expresión de felicidad.

—Podríais ir a ver la televisión en el estudio —sugirió mi madre.

Mi padre la miró intentando averiguar cómo se encontraba ella en aquel momento. Yo creo que se dio cuenta de que había estado llorando.

—Es una buena idea. Alejémonos de toda esta solemnidad y seriedad.

—Están retransmitiendo un partido de los Red Sox —dije yo.

Henry era un gran fan de los Red Sox y, como si fuera algo genético, Abbot había heredado su afición, y ahora era responsabilidad mía asegurarme de que él desarrollaba esa afición. Yo le había comprado todo tipo de complementos: gorras del equipo, camisetas, un banderín que habíamos pegado en la puerta de su dormitorio. Éste se estaba ondulando, como si fuera una flor seca, como si los banderines de los Red Sox necesitaran el frío de Nueva Inglaterra y el nuestro se estuviera marchitando debido al clima de Tallahassee.

—También dan un documental sobre las ballenas —declaró Abbot—. Las ballenas tienen pezones retráctiles. Son mamíferos, como nosotros.

—Los jugadores de béisbol también son mamíferos —declaró mi padre.

—Pero no tienen pezones retráctiles —replicó Abbot con expresión seria.

—No —admití yo.

Abbot es un niño muy listo, y en el mundo de la lógica infantil había ganado aquella batalla.

—Las ballenas son pura grasa —comenté yo.

—¡Viva la grasa! —exclamó mi padre.

Mi madre se dio la vuelta.

—Tu hermana me está llamando.

Yo también la oí, una voz chillona que procedía de la parte alta de la casa. Mi madre se dirigió a las escaleras y me dijo por encima del hombro:

—¡No te entretengas!

Mi padre me rozó el brazo y me dijo en voz baja:

—Te ha contado lo del incendio, ¿no? Está alterada. Ya sabes cómo le afecta todo lo relacionado con aquel lugar.

Él no había estado nunca en «aquel lugar», ni una sola vez. La casa era una causa de enfrentamiento entre mis padres. Al principio, porque mi padre siempre estaba demasiado ocupado para ir, y después, porque simbolizaba el hecho de que mi madre nos había abandonado cuando se enteró de la aventura de mi padre.

—Por lo visto, la mujer que se encarga de cuidar la finca se cayó y se rompió algo —comentó mi padre.

—Sí, me lo ha contado, pero no me ha dicho nada de Véronique —le contesté yo.

La casa de Véronique estaba a unos cincuenta metros de la nuestra y había pertenecido a su familia durante generaciones. Mi madre y Véronique compartieron las vacaciones estivales que mi madre pasó en la casa cuando era niña. Mi madre era hija única y Véronique sólo tenía hermanos, de modo que ellas decían que eran como hermanas. Poco después de divorciarse, cuando nosotras ya no íbamos a la Provenza, Véronique convirtió su casa, que era más grande que la nuestra, en un hostal, y a cambio de un mantenimiento mínimo podía utilizar la casa de mi madre durante la época alta, en verano. Éste era el acuerdo que habían pactado y que todavía seguía en pie.

—¿Qué se ha roto? ¿Su caída está relacionada con el fuego?

—No conozco los detalles —contestó mi padre—, pero tu madre está alterada. Sólo te aviso. Está hecha un manojo de nervios.

«Un manojo de nervios», ésta era la expresión que mi padre utilizaba para describir la profunda nostalgia que mi madre sentía por algo. Yo no sabía cuál era el objeto de su nostalgia, lo único que sabía era que yo también experimentaba nostalgia. Probablemente la había heredado de mi madre. Y también sabía la forma que esa nostalgia había tomado en mí: nostalgia de Henry, de que volviera a la vida.

Yo no creía que la aventura extramatrimonial de mi padre se debiera a que él también experimentaba algún tipo de nostalgia. Siempre pensé que él tropezó sin querer con aquella aventura, que ocurrió como suelen ocurrir los accidentes aéreos, no por una sola causa, sino por la coincidencia de varios factores: una acumulación de hielo en las alas unida a un fallo eléctrico de algún tipo y a una escasez de visibilidad... Aunque, quizá se trató, simplemente, de la crisis de los cuarenta. Mi padre había salvado a mi madre de ser una simple mecanógrafa y aquélla fue su oportunidad para revivir esa heroicidad. Su amante era una compañera del trabajo, aunque no estoy segura de qué puesto ocupaba. Ella, cómo no, era más joven que mi madre, y acababa de divorciarse. Mi padre tenía debilidad por las mujeres necesitadas. ¿Acaso aquella mujer lo necesitaba de una forma que mi madre había superado?

Mi madre lo descubrió enseguida, porque mi padre era un mentiroso horrible, lo que podría considerarse uno de los factores del supuesto accidente aéreo, aunque, en realidad, su incapacidad para mentir constituía una cualidad. Al menos indicaba que no tenía práctica mintiendo. Cuando yo tenía seis años, le sonsaqué la verdad acerca de Santa Claus. Al principio, lo culpé por haber vivido aquella aventura, pero ya lo había perdonado. La verdad es que su aventura extramatrimonial lo dejó destrozado, y la desaparición de mi madre casi lo mató.

Cuando su aventura salió a la luz, mi madre se marchó a la Provenza y no sabíamos si regresaría. Elysius y yo se lo preguntamos a mi padre y él nos dijo que debíamos prepararnos para decidir con cuál de los dos queríamos vivir, porque no sabía cómo acabaría todo aquello. En aquel momento, él intentaba inútilmente abrir una lata de sopa y yo, mentalmente, elegí vivir con él, pero sólo porque él estaba allí y lo consideré un acto de valentía. Creo que a las hijas nos resulta más fácil culpar a las madres, del mismo modo que a las madres les resulta más fácil culpar a las hijas, aunque no estoy segura del porqué.

Cuando mi madre regresó a casa, perdonó a mi padre, y él la perdonó a ella por haberse marchado, aunque todos nos sentíamos tan aliviados de que hubiera regresado que, en realidad, no necesitábamos perdonarla. Nuestra desestructurada vida familiar, repentinamente y sin ceremonias, volvió a estructurarse. El matrimonio de mis padres demostró ser resistente, tanto como un ciruelo silvestre severamente podado.

—Mamá se recuperará enseguida —le dije a mi padre—. Siempre lo hace.

Él asintió con la cabeza.

—Es cierto —declaró—. Muy cierto.

Abbot me arrebató el fajín de seda y la corbata de lazo de las manos.

—El abuelo me ayudará a ponérmelos —me dijo.

—Desde luego —confirmó mi padre.

Yo di una última ojeada a la cocina y, justo cuando Abbot y mi padre estaban a punto de salir de la habitación, le pregunté a mi padre:

—¿Te acuerdas de mi boda?

Él y Abbot me miraron sorprendidos. Yo raras veces mencionaba situaciones íntimamente vinculadas a Henry de una manera tan directa.

—Sí —contestó mi padre con voz triste—. Estabas muy guapa.

—Tú no parabas de referirte a mi velo como el sombrero de boda y al ensayo de la boda como el ejercicio de calentamiento.

—Nunca he sido bueno con las palabras —replicó él.

—Se vieron la misma mañana de la boda —intervino Abbot—, algo que no se puede hacer, porque trae mala suerte.

Abbot conocía todos los detalles de nuestra boda porque, en lugar de cuentos para dormir, yo le contaba historias de

Henry. Aquéllos eran los únicos momentos en los que me permitía recrearme en los recuerdos, aunque lo hacía por Abbot. Quería que recordara a su padre.

—Pero ellos tuvieron suerte —replicó mi padre—, porque, para empezar, se encontraron el uno al otro, y el mundo es un lugar muy grande y lleno de gente.

Mi padre no era un artífice de la palabra, pero sabía arreglar las cosas. De repente, me sentí llorosa, así que cambié de tema:

—¿De qué magnitud es el enfado de Elysius conmigo?

—De moderado a fuerte —respondió mi padre, y apoyó el fajín en la mesa para alisarlo—. Yo de ti me prepararía.

La casa de Elysius tenía los techos altos y focos empotrados para iluminar los cuadros que llenaban las paredes. Las hileras de ventanas daban a las montañas, a los viejos robledales y al cuidado jardín. El mobiliario era moderno y escaso y en el salón cabían cuatro salones como el mío. A pesar de que todo era muy elegante, yo nunca lo llamaría un hogar, quizá porque la definición de hogar que teníamos Henry y yo no incluía la palabra «elegante». Yo siempre me sentía un poco desorientada e incómoda en la casa de mi hermana; sin embargo, mi madre se sentía totalmente a gusto. Un día, cuando estaba un poco entonada con whisky, me dijo: «Yo habría sido una persona rica excelente.» Le contesté, intentando ser políticamente correcta, que todo el mundo lo sería. Ella levantó el dedo y negó con la cabeza. Mi madre tenía razón, a algunas personas les va más ese papel que a otras.

Llamé a la puerta del dormitorio principal y la abrí.

—Siento llegar tarde —declaré.

Mi hermana estaba sentada en el borde de la cama, con aspecto sombrío, y sostenía en la mano una copa medio vacía de mimosa con una rodaja de naranja dentro.

Elysius tenía la piel clara y el pelo del mismo color miel que mi madre. Lo llevaba recogido en un moño en espiral con mechones sueltos pero fijados con laca, y vestía un traje de novia largo y ajustado de color marfil con un escote pronunciado. Me sonrió.

—Estás muy guapa —me dijo, y entonces supe que estaba borracha.

Yo no estaba guapa, tenía el cabello encrespado y todavía no había acabado de maquillarme. Normalmente, Elysius habría saltado de la cama y se habría dirigido a mí dando zancadas para arreglar mi aspecto. Elysius caminaba dando zancadas porque era su forma natural de caminar. Tenía las piernas largas y era decidida, así que siempre caminaba dando zancadas. Lo hizo incluso en el funeral de Henry, aunque, entonces, yo la odié por ello. Claro que, aquel día, me enfadé con muchas personas por los detalles más insignificantes: por inclinar la cabeza mientras hablaban conmigo, por demostrar demasiada compasión; me enfadé con mi padre porque se tapó la boca con el puño mientras tosía. Entonces me di cuenta de que, en realidad, estaba enfadada porque Henry había desaparecido de mi vida.

—¿Cuántas mimosas se ha tomado? —le susurré a mi madre mientras contaba las copas vacías que había en la habitación—. ¿Y dónde están las otras damas de honor?

En aquel momento deseé que estuvieran allí, porque su agitación nos serviría de distracción.

—Tu hermana ha enviado a la primera dama de honor y a las otras dos al jardín, para que se coordinen con la mujer del BlackBerry —me explicó mi madre—. ¡Esa mujer y su maquinita portátil son tan eficientes!

—¿Le has contado lo de Nix? —le preguntó Elysius a mi madre.

—La idea ha sido tuya —declaró mi madre—, así que será mejor que se la cuentes tú.

—¿Nix? —pregunté yo.

—Jack Nixon —declaró mi hermana—. Vendrá a la boda y le he pedido que no traiga acompañante. En mi boda no están permitidos los acompañantes.

—¿Jack Nixon? ¿Y se hace llamar Nix? —pregunté yo.

—Bueno, en la universidad le llamábamos Sinvergüenza Nixon —me explicó Elysius mientras se arreglaba el cabello—. Le comenté que estarías aquí y que quizá congeniaríais y... Bueno, en realidad se trata de una cita a ciegas sin la presión de una cita a ciegas.

—¿Me has organizado una cita sin mi permiso con un tío que se llama Sinvergüenza Nixon? —le pregunté.

—Él es un encanto y es un liberal. Además, realiza trabajos como voluntario. No seas tan pretenciosa —declaró mi hermana.

—Sus tendencias políticas no me interesan. Lo que no me gusta es que alguien intente emparejarme sin mi consentimiento... Es una cuestión de principios.

Mi voz sonó aguda. ¿Se me notaba lo nerviosa que estaba? ¿Cómo podía mi hermana ponerme histérica en tan poco tiempo?

—Si no intentamos emparejarte, nunca volverás a salir con nadie. Tienes que mantener en forma tu capacidad para ligar. ¿Puedo ser sincera contigo? Tu capacidad natural de flirteo, que, para empezar, siempre ha sido dudosa, está empezando a atrofiarse.

—¿Y tú qué sabes sobre mi capacidad de flirteo? ¡Yo nunca he flirteado contigo! —Entonces me interrumpí—. ¿Que mi capacidad natural de flirteo siempre ha sido dudosa? ¿Qué quiere decir exactamente eso?

Elysius puso los ojos en blanco.

—Nix es muy guapo —declaró mi madre—. Lo he visto en una fotografía. Además, él no puede evitar llamarse Nixon de apellido. Podrías, simplemente, hablar con él. ¿Qué daño puede hacerte eso?

—No quiero ser una obra de caridad —repliqué yo—. Me parece que no es mucho pedir.

Mi hermana se tambaleó ligeramente, inclinó la cabeza, levantó los dedos en señal de victoria por encima de la cabeza y exclamó:

—¡Yo no soy una sinvergüenza!

—En serio —dije yo—. ¿Cuántos mimosas se ha tomado?

—Tu hermana está bien —declaró mi madre.

—¡Estoy bien! —exclamó Elysius.

Yo estaba nerviosa, así que cambié de tema.

—Papá me ha comentado lo de Véronique. ¿Se encuentra bien? ¿Su caída está relacionada con el fuego?

Elysius miró a mi madre como si compartieran un secreto.

—Se ha hecho daño en un tobillo, pero no creo que tenga nada que ver con el fuego. En realidad no lo sé —contestó mi madre—. He hablado con uno de sus hijos, pero fue muy parco con los detalles. Todavía no había visto a su madre, estaba de camino.

Durante nuestra última visita a la Provenza, el hijo menor de Véronique me retó a subir a la montaña hasta una capilla en la que vivía el espíritu de un ermitaño al que le habían cortado las orejas y que, más tarde, fue decapitado.

Entonces, sacudida todavía por la fuerza de los recuerdos que la noticia del incendio había desatado en mi interior, me acordé de la capilla. La capilla era tan oscura como una cueva, y el tenue eco de nuestras voces resonó en su interior. El hijo de Véronique me tomó de la mano y me condujo hasta el altar, donde contuvimos el aliento y esperamos a que el fantasma del ermitaño se nos apareciera. Entonces él me confesó que el ermitaño era un fantasma bueno. «*Écoute* —me dijo una y otra vez—. ¿Lo oyes susurrar tu nombre?» Yo escuché con tanta intensidad que creí oírlo.

—Podemos hablar del incendio más tarde —me dijo mi madre. Entonces miró a mi hermana y le sonrió—. Hoy es tu día.

—Ya casi es la hora, ¿no? —comentó Elysius.

Se puso de pie con un leve tambaleo y se miró en el espejo de cuerpo entero enmarcado en caoba. Debo decir que, a diferencia de mi madre, que podía beber mucho, Elysius no solía beber.

—¡Ojalá Daniel no fuera un adicto al trabajo! Es como papá, ¿sabes? ¿Acaso voy a casarme con una versión de mi padre?

—Daniel es un hombre muy amable —declaré yo cumpliendo con mi promesa.

—Además hay cosas mucho peores que una versión de tu padre —declaró mi madre un poco a la defensiva.

—¿Has visto a Charlotte? —me preguntó Elysius—. ¿Dónde estará? Hoy no tengo paciencia para tratar con ella. ¿Acaso no puede pasar un día, un solo día, sin que tenga que oír sus estupideces?

—¿Qué ha ocurrido? —le pregunté.

—Esta mañana hemos discutido sobre el comunismo. Nada más y nada menos. Su cabello se ha convertido en un indicador de su estado de ánimo. Ahora lo lleva teñido de azul y con las puntas negras. Es un camaleón del estado de ánimo.

—¿Y qué significa el color azul con las puntas negras? —le pregunté.

—Significa que está deprimida. Su madre no soportaba más verla todo el día deprimida y nos la ha enviado para que pase el verano con nosotros. ¡Como si a nosotros nos encantaran los estados depresivos! ¡Sobre todo en nuestra boda!

La madre de Charlotte no estaba muy equilibrada. Había intentado volver a la universidad para obtener alguna licenciatura superior y a menudo se apuntaba a retiros espirituales, aunque, en opinión de Daniel, debería realizar algún tipo de rehabilitación. ¿Para rehabilitarse de qué? Daniel no lo sabía. En cualquier caso, Elysius y Daniel siempre aprovechaban aquellas oportunidades para acoger a Charlotte y, aunque Elysius no lo pasaba muy bien, sabía que significaba mucho para Daniel, así que, en lo posible, intentaba no quejarse. Mi hermana no quería tener hijos propios, pero el papel de madre le permitía intervenir en las conversaciones entre mujeres, que, según se lamentaba ella, siempre acababan tratando sobre los hijos.

—¿Y por qué está deprimida? —le pregunté yo.

—A: porque es Charlotte y Charlotte se deprime.

—Yo creo que es una buena chica —dije.

Éste era mi estribillo: «Charlotte es una buena chica. Seguro que saldrá adelante. Un día, pondrá los pies en el suelo y nos dejará a todos pasmados.» Yo no la conocía mucho, pero me caía bien y confiaba en ella, aunque quizás éste era un lujo que podía permitirme porque no la veía muy a menudo.

—Y B: Adam Briskowitz —añadió Elysius—. Está obsesionada con él.

—¿Tiene novio? —le pregunté.

Mi madre se sentó y se frotó el juanete a través de la piel de los zapatos de tacón alto. Se negaba a ponerse calzado cómodo y afirmaba que éste hacía que pareciera ortopédicamente vieja.

—No, Charlotte no tiene novio, tiene un desastre. El muchacho se matriculará en la universidad el año que viene —comentó mi madre.

—Por favor, Heidi, ve a buscarla y asegúrate de que se está arreglando. Tú eres la única que puede convencerla para que no se presente en la boda hecha un adefesio. A veces juraría que pretende que la tomen por una colegiala asesina.

—Está bien, enseguida iré a buscarla —contesté yo mientras cogía un cepillo y me peinaba—. Creo que necesito otra capa de maquillaje.

Mi madre contempló el reloj que había en la mesilla de noche.

—Se supone que tenemos que alinearnos en la terraza para asegurarnos de cuál es el lugar que debemos ocupar durante la ceremonia.

Yo me dirigí a la puerta.

—¡Espera! —exclamó mi madre—. ¿Y tu brindis por Elysius, el que Abbot y tú estabais preparando?

—¡Mi brindis! —exclamó mi hermana levantando la copa.

—Es cierto —declaré yo hurgando entre los pliegues de mi vestido, como si tuviera bolsillos—. ¡Creo que lo he perdido!

Mi madre me miró preguntándose si aquello era un síntoma de una recaída emocional. Henry siempre estaba pendiente de todo. Si hubiera estado vivo, habría encontrado el brindis, lo habría mecanografiado y lo habría guardado en su bolsillo hasta que yo lo necesitara. Él siempre llevaba puesto el reloj, así que yo podía despreocuparme de la hora. Él escribía las listas de cosas pendientes para los dos, mientras que yo solía empezar esas listas con cosas que ya había hecho, por el simple placer de tacharlas. En cierto sentido, yo dependía de Henry, aunque esto me hacía sentir como si fuera una niña. «¡No necesito que me encarriles continuamente como si fuera una oveja descarriada!», me quejaba yo. A veces, esto daba lugar a una pequeña discusión que, normalmente, ganaba él, porque, en realidad, yo necesitaba que me encarrilaran. Otras veces, daba lugar a una discusión más profunda. Quizá los dos teníamos miedo de que me alejara demasiado, como hizo mi madre en una ocasión. Quizá me habría ido mejor si hubiera perdido La Pastelería, si hubiera tocado fondo y hubiera tenido que volver a empezar yo sola para que Abbot y yo pudiéramos sobrevivir. En el fondo sabía que Daniel tenía razón y que debería haberme volcado en el trabajo. En el pasado, cuando intentaba superar una pérdida hacía exactamente esto. A Henry le encantaba esta peculiaridad mía, el hecho de que pudiera convertir mi tristeza en algo bonito. A veces, al final del día, me confesaba que me había estado observando desde la ventanilla de la puerta mientras yo estaba sumergida en mi trabajo sin ser consciente de nada más. En aquella época, a veces yo también perdía la noción del tiempo, pero Henry lo consideraba un detalle simpático, algo bonito. Sin embargo, ahora tenía miedo de trabajar de aquella forma tan intensa, tenía miedo de contemplar el escaparate vacío.

Resultaba difícil saber qué significaba, exactamente, que hubiera perdido el papel del brindis. De todas maneras, mi madre sabía que yo seguía estando hecha un lío y que ni siquiera había empezado a recuperarme de la muerte de Henry. En realidad, yo tampoco estaba segura de que ella se hubiera recuperado del todo. Mi madre quería mucho a Henry. Lo llamaba «su chico». Daniel era mayor y ya era todo un hombre cuando ella lo conoció, pero Henry era su chico. En cierta ocasión, me confesó en un susurro: «No pude hacer nada para salvarlo.» «Claro que no», le contesté yo. En una u otra medida, todos, mi familia y la de Henry, compartíamos el lenguaje mudo de la culpabilidad y nos ofrecíamos, unos a otros, una silenciosa absolución. «No podíamos hacer nada.» «Fue un accidente, una desgraciada casualidad.» «No pudimos hacer nada para evitarlo.»

Entonces, aunque nadie mencionó a Henry, salvo por aquella asociación indirecta por la que sabíamos que, si él hubiera estado vivo, yo no habría perdido la nota del brindis, mi madre me cogió de la mano y dijo:

—Yo también lo echo de menos, pero él está aquí. Está aquí con nosotros.

Mi hermana me miró y después apartó la mirada, como si quisiera respetar mi intimidad. Yo me pregunté qué expresión de dolor reflejaba mi cara.

«Un brindis», pensé yo. Debía hacer un brindis por mi hermana, un brindis de verdad, pero la única idea que acudía a mi mente era: «No muráis en vida el uno por el otro.» ¿Era esto lo que había anotado en la servilleta que había perdido? Entonces di un paso adelante y dije:

—Tienes unos dientes muy bonitos y haces unos regalos preciosos. Abbot y yo te queremos.

Elysius, con los ojos llorosos, inclinó la cabeza, se acercó a mí y cogió mi cara entre sus manos.

—Mi dulce hermana. Mi Heidi. Ha sido un brindis horrible, pero casi me haces llorar.

Recorrí el largo pasillo pasando por delante de un bonito dormitorio tras otro, pero antes de llegar a la habitación de Charlotte, me detuve y me apoyé en la pared, simplemente para sentir que algo estable me sostenía. «¿Nix?», pensé, y sacudí la cabeza.

Llamé a la puerta de Charlotte.

Nadie respondió.

Volví a llamar y abrí la puerta poco a poco.

Allí, sentada en el suelo y rodeada de libros y libretas, estaba Charlotte, mirando a lo lejos, hacia la ventana, y moviendo la cabeza al son de la música que emitían los auriculares conectados a su iPod. Me di cuenta de que Charlotte tenía con frecuencia aquel aire distante, como si se sintiera embelesada por algo que nadie más veía. Lo hacía incluso de niña. Llevaba puesto un vestido de volantes que estaba hinchado a su alrededor, como si fuera una madalena excesivamente adornada con azúcar glaseado.

La habitación no correspondía con su forma de ser. Evidentemente se trataba de una creación de Elysius. No había pósters ni sillas originales ni colchas de diseño disparatado. Las paredes eran de color malva y estaban adornadas con pinturas al óleo; auténticas obras de arte que, seguramente, eran muy caras. Una de las estanterías de la librería empotrada estaba totalmente dedicada a las novelas clásicas juveniles de Nancy Drew. Probablemente se trataba de ejemplares de la primera edición. De jovencita, a Elysius le encantaba aquella autora, pero lo más probable era que a Charlotte no le interesara en absoluto. ¿Una adolescente aventurera con rebecas de punto? No, Charlotte no tenía nada que ver con eso.

—¡Charlotte! —grité yo.

Ella levantó la cabeza y se quitó los auriculares tirando de los cables. Éstos cayeron sobre su regazo y oí el tenue sonido de la música. Charlotte llevaba el pelo corto, de punta y con flequillo, y, efectivamente, se lo había teñido de azul y con las puntas negras. Charlotte era asombrosamente guapa. Detrás de su cabello azul y negro, del aro de la nariz y del delineador de ojos negro, se escondía una joven preciosa. Sus posturas habituales eran horrorosas, pero de vez en cuando inclinaba la cabeza o alargaba el cuerpo para coger algo y entonces se percibía su belleza; escondida pero innegable. Tenía los ojos de color gris azulado, como los de su padre, aunque no era tan delgada como él, sino, más bien, un poco robusta. De hecho, la ropa holgada que vestía normalmente: las camisetas negras con logos de conciertos y los pantalones de camuflaje con cientos de bolsillos me hicieron pensar que quizá se sentía un poco avergonzada de su cuerpo, pero ¿quién podía culparla? Elysius era una fanática del ejercicio físico que podía sobrevivir a base de yogures y zanahorias. Además, si la memoria no me fallaba, la madre de Charlotte era alta y delgada. Yo sólo la había visto una vez, en uno de los cumpleaños de Charlotte, cuando era pequeña. La madre de Charlotte no era feliz. Esto era lo único que recordaba con claridad. Ella no quería que Charlotte abriera sus regalos delante de los otros niños. «Es demasiado pretencioso —decía su madre—. Nadie quiere ser testigo de la felicidad ajena cuando no puede participar en ella.»

—¿Estás estudiando para el examen preparatorio para la universidad? —le pregunté—. Dentro de pocos minutos tenemos que estar abajo y en fila.

—Intento que parezca que estoy estudiando —contestó ella—. Es lo único que puedo hacer sin que me den la paliza.

—Realmente parece que estás estudiando —dije yo—, salvo por el hecho de que estabas mirando por la ventana.

—Me he vuelto muy convincente haciendo ver que estoy estudiando. Sólo tengo que abrir un libro muy gordo y destapar un rotulador. Y también tengo que dar la impresión de que soy una persona responsable.

—Pues yo soy la responsable de que estés lista a tiempo.

—¿Tú crees que estoy lista?

—Yo diría que sí.

Charlotte empezó a recoger sus libros.

—Entonces ¿todos estos libros forman parte del escenario? —le pregunté—. ¿Tú preparas escenarios de estudio falsos?

—Sí —contestó ella mientras se levantaba del suelo—. Pero ¿a que parece real? Es muy... predatorio.

—¿«Predatorio»?

—Sí, ya sabes... —Entonces contempló la palma de su mano, donde había escrito varias palabras con un bolígrafo rojo. Y llevaba las uñas pintadas de negro—. Humm, es muy redolente y recalcitrante.

—¿Sabes lo que significan estas palabras? —le pregunté.

—Se supone que tengo que utilizarlas en frases para entenderlas. Me lo ha dicho mi padre.

—Creo que él se refería a que tienes que utilizarlas en frases pero correctamente, no utilizarlas sin más.

—Está bien, lo que dices tiene sentido, pero entonces me resultará más difícil —contestó ella.

Yo estaba segura de que ella sabía que estaba siendo graciosa, aunque no sonrió en absoluto.

—Estás muy guapa —le dije.

—Parezco aquel muñeco de masa que se tira pedos —replicó ella.

¿Un muñeco de masa con pedorrea? Yo, como pastelera, quizá debería saber a qué se refería, pero nunca había oído hablar de aquel muñeco.

—Odio este vestido. Estoy en el tercer círculo del infierno de Dante. Las bodas sólo son recordatorios de que el amor es tan patético que necesita toda una institución para sostenerlo.

Entonces me miró con los ojos muy abiertos, como si hubiera dicho algo malo. Quizás al hablar mal del matrimonio creía que había dicho algo insensible sobre mi matrimonio y sobre Henry.

—Lo siento —añadió—. Me había olvidado. Bueno, no me había olvidado, es que no estaba pensando en ello.

—Tu padre hoy vuelve a casarse y mi hermana también va a casarse —dije yo—. Supongo que no es el mejor día para ninguna de las dos.

—Mi padre está totalmente volcado en su propia vida. Si pudiera, se casaría con su trabajo, ya lo sabes. Eso es lo realmente triste, que no pueda casarse con el arte.

Yo ya había oído a Charlotte realizar este tipo de comentarios. Ella quería pasar más tiempo con su padre, pero él no podía ofrecerle más y, aunque Charlotte parecía aceptar la situación, la aceptación no hacía que se sintiera menos herida.

—Creo que es bueno que Elysius y tu padre formalicen su relación.

—A mí me parece un simple paso burocrático, pero no me importa. —Entonces se encogió de hombros—. En general estoy bien, ¿sabes? ¡Estoy bien!

Me dio la impresión de que quería cambiar de tema.

—Yo también estoy bien a pesar de que Elysius quiere emparejarme con un tío durante la boda.

—¿De verdad? ¿Con quién?

—Con Jack Nixon.

—Ah, ¿sí? Un día vino a cenar. Es simpático.

—Pues a mí no me van estas cosas. Además, este tipo de montajes suelen ser engañosos.

—Es cierto. Muy veraz —dijo ella.

—Tenemos que reunirnos con los demás en la terraza para ponernos en fila como si fuéramos patos —le indiqué mientras me dirigía a la puerta.

De repente me sentí como si estuviera sumergida en agua, ahogándome. Íbamos a ponernos en fila. Íbamos a una boda. Hablaríamos del amor... Me acordé vívidamente de Henry y de la primera confesión que me hizo: cuando tenía once años, vio que su hermano casi se ahogaba en una piscina. Henry se quedó paralizado. Había recibido clases de natación y de recuperación cardiorrespiratoria en la Asociación Cristiana de Jóvenes, pero, llegado el momento, le entró el pánico. «Tuve la sensación de que pasaban horas, como si estuviera viviendo una pesadilla en la que veía cómo mi hermano se ahogaba. Al final, llamé a gritos a mi padre y él se tiró a la piscina vestido y todo.» Su padre salvó a su hermano, pero aquel incidente hizo que Henry se volviera excesivamente protector. Era él el que siempre se acordaba de la crema de protección solar, del botiquín de primeros auxilios, de los cascos... el que, en la playa, nos hacía señales y gritaba: «¡Demasiado lejos! ¡Demasiado lejos!» En aquel momento sentí que necesitaba oír su voz advirtiéndome de que estaba yendo demasiado lejos. «Demasiado lejos —pensé—. Demasiado lejos.»

Aun así, seguí caminando, y Charlotte me siguió.

Cuando llegamos al final de las escaleras, me dijo:

—Espera, te ayudaré.

Yo noté que tiraba hacia abajo de mi vestido y después dio dos tirones rápidos hacia arriba y me subió la cremallera. Se trató de un simple acto de amabilidad, pero en aquel momento sentí que, en caso de necesidad, ella podría hacerme regresar a la seguridad de la orilla.

—Gracias —le dije.

Ella se encogió de hombros.

—De nada.

Abbot estaba en la cocina, al final de la fila de damas de honor y padrinos de boda que iban saliendo por las puertas de cristal que comunicaban con la terraza. Estaba muy elegante, con su fajín y su corbata de lazo a juego. Un Henry en miniatura. Casi se me cortó la respiración, pero, por suerte, él me vio enseguida y se acercó a mí corriendo.

—Quiero un café —me pidió.

Entonces yo pude adoptar mi papel de madre y ponerle límites.

—No —le susurré casi sin poder hablar.

—¿Cómo te va, Absterizer? —le preguntó Charlotte. Y extendió el brazo para estrechar la mano de Abbot—. Estás muy elegante.

—Gracias —contestó él tímidamente mientras introducía las manos en sus bolsillos.

Abbot no quería estrechar la mano de Charlotte. Por lo de los gérmenes. En realidad, Charlotte le fascinaba, así que volvió a sacar la mano del bolsillo y estrechó la de Charlotte. A lo largo de los años, durante las vacaciones, Abbot y Charlotte habían coincidido y habían charlado, habían jugado a juegos de mesa y habían comido palomitas juntos. Los dos eran hijos únicos y, como ocurre en estos casos, el papel de los primos cobra mayor importancia, pero cada vez que se veían Charlotte era más adulta, y cada vez tenían que reiniciar su relación. Además, conforme Charlotte crecía, esto les resultaba más difícil.

Mis padres ya estaban en la terraza, rígidos, el uno al lado del otro. Los vi a través de las puertas de cristal.

—Tu zona de estudio falsa se veía muy real, muy auténtica, muy... ¿cuál sería la palabra? Verosímil —le comenté a Charlotte.

—¿«Verosímil»? No creo que esté en mi lista. —Miró hacia el techo mientras hurgaba en su memoria—. No, ésta no tengo que aprendérmela.

—Pero es una buena palabra.

—Verosímil —intervino Abbot—. Suena como un color.

—¿Como el violeta? —le pregunté yo.

Él se encogió de hombros.

—Puede que sea una palabra estupenda —declaró Charlotte—. No tengo nada personal en contra de ella, pero no tengo que aprendérmela.

—Pero, de todas formas, podrías aprendértela —dije yo intentando motivarla.

—No está en la lista.

—Está bien, lo pillo —dije.

—Tu boda con papá no fue como ésta —comentó Abbot.

Charlotte me observó para descifrar mi respuesta. A mí no me importó. Ella era una chica curiosa y quería saber cómo funcionaba el mundo de verdad, no sólo las cosas agradables. Charlotte había sufrido mucho y probablemente buscaba distintas maneras de sobrellevar el sufrimiento.

—Tienes razón —contesté yo—. No se parecía en nada a ésta.

En realidad, Henry y yo no sentíamos la necesidad de casarnos, y esto era bueno, porque tampoco teníamos mucho dinero. A mí no me atraía la idea de que el día de la boda fuera nuestro gran día. Yo esperaba tener días mejores con Henry, quizá más tranquilos, pero días que nos pertenecieran sólo a nosotros.

Durante la boda, tuve la sensación de que Henry y yo apenas existíamos. A nuestra manera, ya estábamos casados y aquello fue como una representación, algo que sólo estaba relacionado con nosotros superficialmente. Se produjeron los problemas habituales: las damas de honor se pelearon, un par de padrinos de la boda estaban excesivamente borrachos, el cantante de la banda tenía laringitis y el peinado de mi hermana parecía un platillo volante. Pero sobre todo recuerdo que, antes de la ceremonia, mientras esperábamos en el sótano de la iglesia, a Henry y a mí nos obligaron a esperar en habitaciones separadas. Como si fuéramos ganado estabulado, nos separaba una puerta. Yo la abrí y vi a Henry al otro lado de la habitación. Él llevaba puesto un esmoquin alquilado, con la corbata y el fajín rojos, como los que llevaba puestos Abbot. Paseaba de un lado al otro de la habitación con las manos en los bolsillos. Yo susurré su nombre y él me miró.

—Hola —le dije.

—Hola.

—Estoy a punto de casarme —le dije.

—¡Yo también! —me contestó él como si fuera algo realmente curioso.

Nos sentimos como si fuéramos dos desconocidos que acabáramos de conocernos y el hecho de que los dos nos fuéramos a casar constituyera una gran coincidencia. A lo largo de nuestro matrimonio, cuando uno le decía al otro que lo quería, el segundo le respondía lo mismo y a veces añadía: «¿Tengo alguna posibilidad?»

Henry no se acercó a la puerta, sólo con hablar ya parecía que estuviéramos transgrediendo las reglas.

—Estoy a punto de casarme, pero creo que me estoy enamorando de ti.

—¿Crees que deberíamos huir juntos? —le pregunté yo. Él asintió con la cabeza.

Entonces su padre entró en la habitación. Yo le dije adiós a Henry con la mano y cerré la puerta con sigilo.

La mujer encargada de la boda de Elysius gritó mientras apretaba el BlackBerry en su mano:

—¿Dónde está el portador de los anillos? ¡Tienen que colocarse todos en el orden previsto para el inicio de la boda!

—Ése eres tú, Abbot. ¡Buena suerte!

Abbot se abrió paso entre las damas de honor y los padrinos de boda y salió a la terraza, donde estaban mis padres. Charlotte y yo nos quedamos en la cocina, al lado de un corcho forrado con tela que colgaba de la puerta de la despensa. Estaba lleno de fotografías de los amigos y los hijos de los amigos de Daniel y Elysius: niños recién salidos de la peluquería posando junto a la playa, niños disfrazados de abejorro o de sirena cuyos disfraces parecían confeccionados a mano por diseñadores de Broadway, y muchos posando con un violín. Yo no sabía que Elysius tenía tantos amigos refinados con niños tan refinados.

También había una fotografía de Charlotte, una antigua que le tomaron antes de que empezara a teñirse el cabello en tonos violeta y se pusiera un aro en la nariz. En ella, Charlotte estaba en un muelle, probablemente en la finca que la familia de Daniel tenía junto a un lago, en el condado de Berkshire, y sostenía un pez en la mano. Se la tomaron cuando, aparentemente, ella se entusiasmaba por cosas como los peces. Yo comprendía la melancolía de Charlotte. Me recordaba la intensidad de mis propios sentimientos cuando tenía su edad; abrumada por la nostalgia sin saber qué hacer con ella. Además, las dos entendíamos lo que significaba vivir a la sombra de la perfecta y elegante Elysius.

—¡Mira esa niña! —exclamé señalando una recién nacida especialmente tensa—. Tiene el ceño fruncido, como los estudiantes de derecho de Yale. Es como si hubiera nacido completa, con su espesa mata de pelo, el chupete rosa y la angustia empresarial.

Charlotte se inclinó hacia la fotografía y dijo:

—Creo que el chupete no se lo dieron hasta más tarde.

Cuando Henry murió, recibí un montón de tarjetas de duelo y todas reflejaban el mismo tipo de sentimientos tristes y estandarizados. A Charlotte debieron de obligarla a escribir la que me envió, pero le imprimió su sello personal. Al final de la tarjeta escribió: «Henry era muy anticorporativo. Ésta es una de las cosas por las que me parecía tan fantástico.» En aquella época, éste era uno de sus mejores cumplidos. «...Y me enseñó a tocar la guitarra imaginaria. De hecho, me regaló una por Navidad, cuando yo tenía diez años. Todavía la tengo. Es de color azul eléctrico.» Aquel año, Henry y yo también le compramos un regalo de verdad. Yo insistí en que lo hiciéramos. Charlotte lo desenvolvió y se olvidó de él enseguida, pero la guitarra imaginaria quedó grabada en su memoria para siempre, como quedó en la mía la imagen de ellos dos interpretando a grito pelado a Lenny Kravitz con sus guitarras imaginarias. Aquélla fue mi tarjeta favorita. Una noche, presa de un ataque de rabia que no puedo explicar, tiré todas las tarjetas a la basura menos la de Charlotte. A Henry le habría encantado su tarjeta.

—¿Esta mañana has discutido con Elysius acerca del comunismo? —le pregunté.

En aquel momento, la mujer del vestido azul nos señaló y nos apremió a colocarnos en la fila.

—¿Elysius cree que hemos discutido acerca del comunismo?

Charlotte sacudió la cabeza.

—¿Y sobre qué crees tú que discutíais?

—Sobre la avaricia, el consumismo y, como de costumbre, sobre mi padre —declaró Charlotte—. Yo no le caigo bien a Elysius.

—Elysius te quiere —repliqué yo.

—Eso no significa que le caiga bien.

En aquel momento percibí algo en Charlotte. ¡Se la veía tan vulnerable, tan herida! Yo quería decirle que el mundo finalmente sería bueno con ella. En aquella época de su vida el mundo era un lugar duro y difícil, pero algún día ella encontraría a alguien y se enamoraría; algún día alguien la querría, alguien que la comprendería de verdad, alguien en quien podría confiar.

Pero ¿podía garantizarle yo que esto ocurriría?

No.

Además, aunque le dijera a Charlotte que tendría todas estas cosas, en el fondo sabía que también podía perderlas. Por mucha felicidad que logremos atesorar en nuestra vida, la muerte siempre está ahí. Ésta era mi realidad. La muerte estaba en todas partes. Aparecía en los momentos más inesperados, incluso cuando intentaba dar ánimos a alguien. No se me ocurrió nada que decirle a Charlotte acerca de ser amada y comprendida. Al fin y al cabo, yo era un triste recordatorio de lo que era experimentar una pérdida.

4

La ceremonia de la boda de Elysius y Daniel fue muy bonita, y mi opinión es objetiva, porque en aquel momento me sentía objetiva, desapegada. No sabía con certeza qué me pasaba, pero ni siquiera sentí deseos de llorar. Sabía que, si lloraba, mis lágrimas se transformarían, inevitablemente, en una expresión del dolor de la pérdida, y estar llorando una pérdida en la boda de tu hermana es algo imperdonable. Pero lo que ocurrió no es que me controlara, sino que me sentía vacía. La ceremonia fue muy bonita, sí, pero para mí no tuvo nada que ver con el amor tal y como yo lo conocía. Incluso me pregunté si estaba representando un papel en una obra teatral, porque era así como me sentía.

Estuve observando a Abbot, quien intentó con todas sus fuerzas no frotarse las manos. Después de entregar los anillos, introdujo las manos directamente en los bolsillos y las mantuvo allí, a ratos intranquilas, saltando como ranas. También busqué con la mirada a un hombre al que le hubieran prohibido asistir con una acompañante y al que podrían haberle puesto el sobrenombre de Sinvergüenza en la universidad. En otro momento, imaginé palabras que pudieran figurar en el examen preuniversitario: disoluto, artificioso, confabulador...

Sonreí para las fotografías y me fijé en la dorada luz de la tarde y en la elegancia de los invitados. Durante la fiesta, bordeé círculos de conversaciones brillantes, bordeé la pista de baile, donde algunos invitados bailaban con buen gusto, y bordeé el bar, donde otros invitados pedían bebidas caras. Desde la muerte de Henry tenía un nudo en el estómago, pero no era de hambre. Comía poco. En realidad picoteaba, mordisqueaba la comida y tomaba las bebidas a sorbos. De modo que, en la fiesta mordisqueé canapés, unos ligeros, otros sustanciosos, y bebí sorbos de vinos caros, secos y delicados.

Evidentemente, me sentí atraída por el pastel de bodas. Deseé tener el autodominio suficiente para ignorarlo, pero no lo logré. Me encontré dando vueltas a su alrededor. Se trataba de un pastel moderno, circular y de cinco pisos, un poco demasiado parecido a una caja de sombrero, blanco y decorado en negro con una manga de repostería, algo que yo siempre desaconsejaba a las novias. Para mi gusto, la decoración en negro sobre un fondo blanco recordaba demasiado a un esmoquin, lo que hacía que el pastel pareciera pasado de moda. Deduje que los diseñadores habían hablado con Elysius, quizás incluso habían visitado su casa. El pastel tenía un aire etéreo, como si estuviera hueco. Era el tipo de diseño que Henry y yo habríamos disfrutado criticando.

Yo sabía que algunas personas consideraban que nuestra proximidad rayaba en lo malsano. Henry y yo vivíamos juntos, trabajábamos juntos y criábamos juntos a nuestro hijo. Pero, sinceramente, cuando estaba con Henry me sentía más yo misma. ¿Quién era yo antes de conocer a Henry Bartolozzi? Me acordé de cómo era de joven: torpe, ensombrecida por mi guapa hermana mayor y por el endeble matrimonio de mis padres, como si ellos absorbieran todo el aire que nos rodeara en cada momento y yo me quedara sin oxígeno. Pero con Henry volví a tener aire. Pude volver a respirar. Él creía que yo era divertida, así que me volví más divertida. Él creía que yo era guapa, así que me sentí más guapa. Él creía que yo era creativa y brillante en la cocina, así que me volví todavía más brillante en mis creaciones. Teníamos nuestros problemas, desde luego, pero incluso éstos nos unían más. De modo que después de su muerte volví a experimentar lo que era ser la mitad de una pareja y menos yo misma.

Una noche, aproximadamente un mes antes de su muerte, se me agarrotó la pantorrilla mientras estábamos tumbados en la cama. Me incorporé de golpe y grité:

—¡Calambre en la pierna!

Henry casi estaba dormido y la única luz encendida era la del pasillo.

—¿La tuya o la mía? —me preguntó él.

Yo estaba flexionando el pie y frotándome la pantorrilla con ímpetu.

—¿Qué quieres decir con «la tuya o la mía»? ¿Cómo voy a saber yo si sufres un calambre en la pierna?

Henry guardó silencio unos instantes y luego dijo:

—Tienes razón. Mis piernas están bien.

La verdad es que Henry y yo estábamos tan unidos que a veces resultaba difícil saber dónde empezaba uno y terminaba el otro. Llevábamos tanto tiempo juntos que la mayoría de nuestros recuerdos formaban una única película, aunque grabada desde diferentes ángulos, pero después de comentarla durante años, incluso el límite entre los dos puntos de vista se estaba difuminando.

—¿A que es precioso? —comentó una mujer a mi lado señalando el pastel.

Era mayor que yo y olía a perfume de gardenias.

Asentí con la cabeza y me fui antes de que las críticas escaparan de mi boca. Había perdido la oportunidad de diseñar un pastel que reflejara realmente a Elysius y a Daniel. Yo me habría centrado en las obras de arte de la casa. El objetivo de la escasez de mobiliario era, precisamente, que uno se fijara en las obras de arte. Yo habría pasado horas en el estudio de Daniel, asimilando su trabajo, estudiando los inquietos pájaros que parecían aletear justo debajo de las capas superficiales de pintura. Y les habría preguntado por qué se amaban. Esto es lo que yo habría hecho. Éste es el tipo de diseñadora de pasteles que yo era. Mis pensamientos siempre buscaban la interpretación más ambiciosa posible. Un pastel que reflejara el arte abstracto. Un pastel con el aleteo de unas alas. Un pastel sobre la decisión de casarse después de tantos años. ¿Cómo lo habría hecho? Sentí una leve punzada de deseo, el paso anterior a querer crear, el deseo de querer crear.

Mientras vagaba por la fiesta pensando en estas cosas, me di cuenta de que estaba buscando a Henry con la mirada, algo que hacía a menudo. Ésta era una de mis teorías acerca de por qué perdía cosas continuamente. Estaba buscando a Henry. Él se había perdido y mi mente esperaba que regresara. Mis ojos querían encontrarlo. Seguía viéndolo por todas partes: su ancha espalda en la cola del cine, su mano saliendo de la ventanilla del coche para pagar en el restaurante de comida para llevar... A veces lo veía pasear con otra familia, cogido de la mano del niño o agarrado del brazo de la mujer. Pero al final siempre se trataba de otro hombre, un hombre con el pelo demasiado oscuro o demasiado claro, o la nariz demasiado estrecha, o demasiado abultada. Un desconocido. Durante un tiempo, cada vez que confundía a Henry con un desconocido me sentía traicionada, engañada. Y, de la misma manera que aprendí a no recrearme en los recuerdos, también aprendí a apartar la vista: justo antes de que el hombre se volviera y me mirara, justo antes de que viera su cara en la ventanilla. Y aprendí a tener un marido periférico, uno que, si conseguía apartar la vista en el momento oportuno, todavía estaba vivo.

En un día como aquél, mi subconsciente todavía estaba más decidido a encontrarlo. En algún lugar de mi mente, estaba convencida de que él no se perdería un acontecimiento tan importante para Elysius y Daniel. Al final, lo vi de espaldas, hablando con uno de los camareros, dándole una palmada a alguien en el hombro... y aparté la vista.

Entonces me giré bruscamente y casi me di de bruces con Jack Nixon, Nix y/o *Sinvergüenza* Nixon. Él se disponía a sa-

72

ludarme, pero yo le di un golpe a su botellín de cerveza y parte del líquido se derramó sobre sus zapatos. Se trataba de unos zapatos bonitos, de piel negra, con un reborde elegante, con la punta cuadrada en una época en la que la punta cuadrada estaba de moda.

—Hola, yo soy Jack —me dijo, aunque, de algún modo, yo ya lo sabía.

Tenía la edad correcta, estaba solo, un poco nervioso y era guapo según el criterio de mi madre, lo que significa que era guapo según los cánones tradicionales. Tenía las facciones adecuadas: una nariz bonita, unos ojos amables, una mandíbula fuerte y llevaba el pelo corto. No era ni gordo ni delgado, ni alto ni bajo.

—Hola —le dije—. Yo soy Heidi.

Extendí la mano, lo que hizo que mi presentación fuera todavía más patética. Él sonrió, me estrechó la mano y, en aquel momento, me di cuenta de que mi hermana tenía razón: mis habilidades de flirteo se habían atrofiado. Y, para ser sincera, yo sabía que nunca habían sido gran cosa. Ésta era una de las razones de que me enamorara de Henry tan deprisa, porque nunca sentí que estuviera flirteando con él.

—Sé que tu hermana pretende que esto sea una cita a ciegas —declaró Jack—. Yo odio las citas a ciegas y sólo quiero que sepas que no hay ninguna presión por mi parte.

—¡Oh! —exclamé un poco decepcionada.

¿Acaso intentaba desembarazarse de mí?

—Yo tampoco pretendo presionarte —respondí enseguida, quizá demasiado deprisa—. Aunque, de todos modos, estoy siendo yo misma.

—Humm, entonces estamos de acuerdo —declaró él mientras esbozaba una simpática sonrisa—. Ahora podemos relacionarnos con naturalidad. Les diremos que hemos hecho lo que hemos podido y que hemos quedado como amigos.

—Yo soy muy buena amiga. De joven, me dieron un premio por tener espíritu deportivo. Aunque en los deportes era un desastre. Me falta coordinación visomotora. —Entonces contemplé sus zapatos—. Ya ves. Por cierto, siento lo de tus zapatos.

—¡Oh, no te preocupes, no me molesta chocar con una mujer guapa!

Yo no estaba segura de cómo responder.

—Una mujer guapa hipotética —dije yo corrigiéndolo.

—Una mujer guapa hipotética o real —replicó él.

—Muy bien —dije inhalando hondo—. Entonces quedamos como amigos y nos relacionaremos con naturalidad.

—Exacto —corroboró él.

Y me fui. ¿Una mujer guapa? No estaba segura de cómo tomármelo. Hacía mucho tiempo que no me sentía guapa. De hecho, apenas me sentía mujer. Era una viuda, una madre monoparental. Decidí no pensar más en ello y buscar a Abbot. ¿Cuánto tiempo hacía que no lo veía? Me puse de puntillas y miré por encima de la multitud.

Al final lo localicé. Corría, con otros niños de su edad, alrededor de una mesa, al fondo de la carpa. Justo entonces la banda empezó a tocar y los niños se pusieron histéricos. Creo que algo relacionado con la batería despertó su espíritu tribal. Los otros niños se arrastraron por debajo de las mesas, pero Abbot se quedó de pie, dando saltitos con las manos en los bolsillos. Él nunca interactuaría tan íntimamente con el suelo y, aunque los otros niños parecían bestias salvajes, yo deseé que Abbot se uniera a ellos, o al menos que creyera que, si lo deseaba, podía hacerlo.

Me acerqué a él.

—¿Te estás divirtiendo? —le pregunté—. Ya sabes que, si quieres, puedes dejarte ir.

—Déjate ir tú —contestó él.

—Yo lo intentaré si tú lo intentas.

Abbot me pidió que le quitara la corbata. Los otros niños se la habían quitado hacía rato. Levanté el cuello de su camisa y desenganché el gancho metálico. Abbot se quitó la chaqueta y me la dio.

—Está bien, lo intentaré —dijo, y se marchó.

Charlotte y yo nos cruzamos, como si nos estuviéramos desplazando por el mismo círculo migratorio.

—No pares de moverte y podrás evitar todas esas conversaciones forzadas —me aconsejó.

—No sé cuánto tiempo aguantaré con estos zapatos —me quejé yo.

—Si un tiburón deja de nadar, se muere —declaró ella—. ¿Te has fijado en el clarinetista? —me preguntó—. Parece que tenga ciento cincuenta años. Creo que si él es capaz de sobrevivir a esta boda yo también podré hacerlo.

Miré hacia el arrugado y encorvado anciano que tocaba el clarinete. En aquel momento tenía las mejillas hinchadas de aire.

—Impresionante —dije, y seguimos caminando.

Vi que Jack Nixon estaba bailando con una de las damas de honor. Él me vio y me saludó levemente con la mano. Yo fingí que no lo veía. No estoy segura de por qué.

En los acontecimientos como aquél, a la larga, las mujeres casadas solían agruparse. Vi que unas cuantas se sentaban alrededor de una mesa del fondo, cerca de uno de los ventiladores. Aunque Elysius afirmaba que las mujeres siempre acababan hablando de los hijos, yo me había dado cuenta de que, inevitablemente, como por voluntad propia, sus conversaciones acababan girando en torno a los maridos: maridos decepcionantes, maridos emocionalmente inmaduros, maridos aburridos, maridos huraños, maridos exigentes, maridos desconsiderados, maridos que siempre llegaban tarde, maridos infieles, maridos desordenados, maridos perezosos, maridos adictos al trabajo, maridos tacaños, maridos que eran malos padres...

Por no mencionar a aquellos hombres que no se comprometían y nunca llegaban a ser maridos, y sus contrarios, los ex maridos.

Yo siempre había intentado evitar aquellos grupos, incluso cuando Henry estaba vivo. Ni siquiera nuestras peleas eran dignas de ser comentadas. De vez en cuando nos hacíamos daño, pero lo más difícil era decirle al otro que nos sentíamos heridos, porque sabíamos que había sido sin mala intención, pero aun así nos lo decíamos.

Al principio de nuestro matrimonio, yo les contaba a mis amigas nuestras peleas, pero ellas se aburrían.

—¿Lo dices en serio? —me preguntó una vez una de mis amigas—. No quiero menospreciar tus discusiones con tu marido, pero la verdad es que apenas pueden considerarse discusiones. Lo que quiero decir es que, cuando discutís sobre dónde ha puesto el otro el abridor de latas, el objeto en sí no es más que eso, un abridor de latas, no algo más importante.

—Lo siento —le contesté yo.

—No pasa nada —replicó ella—, pero para que lo sepas, resulta un poco irritante.

Henry y yo estábamos de acuerdo en que, en general, la culpa era de los hombres, quienes eran torpes dando afecto y carecían de recursos para resolver los conflictos; se enfadaban cuando tenían que disculparse, mentían cuando deberían confesar la verdad, daban su opinión cuando deberían guardársela para ellos solos... etc., etc., etc.

—¡Los hombres son simples sofás parlantes! —comentaba Henry.

—¡Pero mira el mío! —exclamaba yo—. Ha aprendido a caminar derecho y a ser consecuente.

—Soy un sofá parlante consecuente que camina derecho. ¿Qué puedo decir?

Pero, sobre todo, sabíamos que éramos muy afortunados, porque en otras circunstancias, y con otras parejas, seguramente habríamos dicho y habríamos hecho las cosas que no debíamos; habríamos cometido los mismos errores que los demás.

Un día, Elysius me oyó decir al final de una conversación telefónica con Henry:

—Tú también me gustas.

Cuando colgué el auricular, Elysius me dijo:

—No hagas eso delante de otras personas.

—¿El qué?

—Una cosa es que os queráis, pero lo que resulta realmente ofensivo es que os gustéis tanto. Es insoportable.

¿Qué era lo que le resultaba insoportable? Yo era consciente de que Henry y yo habíamos creado una vida única para los dos. A veces, cuando Henry llegaba un poco tarde o cuando nos despedíamos porque uno de los dos se iba de viaje, una ráfaga de miedo recorría mi cuerpo. Se trataba de una sensación casi eléctrica. «¿Y si es la última vez que lo veo? ¿Y si se muere? ¿Y si me muero yo?» En determinada ocasión nos confesamos el uno al otro que nos habíamos imaginado que nos ocurría una desgracia, pero sin profundizar mucho en esta idea.

—¿Cómo sería tu vida sin mí? —le pregunté yo.

Henry, que normalmente tenía una respuesta para todo, me dijo que no lo sabía, y se encogió de hombros.

—¿Y la tuya sin mí? —me preguntó.

—Yo no sé si podría sobrevivir sin ti —le contesté.

Pero Henry murió. Y allí estaba yo, sobreviviendo inexplicablemente.

Me pregunté qué era lo que podía considerarse insoportable ahora: todo lo que di por sentado y que no valoré lo suficiente.

Me senté lejos del grupo de mujeres, me quité los zapatos de tacón y me froté los doloridos pies por debajo de la mesa. Como si hubiera notado que yo había bajado la guardia, una de mis tías se acercó a mi mesa. Tía Giselle era la hermana menor de mi abuela, y era bastante vieja. Mis abuelos murieron cuando mi madre era joven; uno de cáncer y el otro del corazón. Tía Giselle tenía una espesa melena de cabello gris y se había pintado los labios de color rojo intenso. De joven fue a Norteamérica a visitar a su hermana y se casó con un botánico norteamericano que murió joven.

—¿Cómo estás? —me preguntó.

Ella no había perdido su acento francés y al hablar frunció sus rojos labios.

—¡Oh, estoy bien! La ceremonia ha sido muy bonita.

—Sí, claro —contestó ella con aquel desinterés que a veces mostraban los franceses.

—Me han dicho que ha habido un incendio —comenté.

—Yo también lo he oído. La noticia ha trastornado a tu madre.

—Creo que lo que la inquieta es la falta de información, el hecho de no conocer los detalles.

—Sí, quizá tengas razón, pero los incendios nunca podrán con la casa —contestó ella—. Cuando la montaña se quemó, en 1989, el fuego llegó hasta la puerta de la casa, pero no avanzó ni un centímetro más.

—Sí, conozco la historia —dije.

Me acordé de que a Henry le encantaba el aire rústico de la casa. Yo le conté todas las historias que mi madre nos había contado. A él la que más le gustaba era aquella en la que mi madre, mi hermana y yo nos perdíamos en el agitado revoloteo de las mariposas de la mostaza. A Henry le gustaba que mi madre nos hubiera educado para que nos sintiéramos orgullosas de nuestra sangre francesa. El padre de Henry era de los que, en la playa, llevaban camisetas con textos como: «BÉSAME, SOY ITALIANO», de modo que teníamos en común el orgullo familiar por nuestros orígenes. Mi madre ponía discos de Jacques Brel, nos leía cuentos de Babar en francés y en Nochebuena hacía que dejáramos los zapatos en el balcón para Santa Claus. Nos obligó a aprender francés con una curiosa mujer que vivía en nuestra misma calle y que tenía loros en jaulas. Los loros también hablaban francés; decían palabrotas que la mujer nos advirtió que no repitiéramos. Henry siempre deseó conocer el pueblo de su familia en Italia y la casa de la Provenza, pero o no teníamos tiempo o no teníamos dinero. Si Henry estuviera vivo, ¿seguiría queriendo ir?

—Esa casa nunca se quemará —comentó tía Giselle—. Sólo desea una cosa. Es como un niño. Quiere que le presten atención.

78

Yo ya había oído a otros parientes de mi madre hablar de aquella forma, como si la casa tuviera voluntad propia. Las leyendas de la casa no eran exclusivas de mi madre, sino que se pasaban de generación en generación, sobre todo entre las mujeres. Mi madre me había contado que Giselle también vivió durante un tiempo en la casa. Cuando su marido murió, ella vivió allí unos cuantos años para «reinventarse a sí misma», como decía mi madre.

—Sí, supongo que, de vez en cuando, todos necesitamos algo de atención —comenté yo de pasada.

—Lo sé —contestó ella—. Siento lo de tu marido.

Entonces apoyó su mano en la mía. Su mano era huesuda y tenía los nudillos prominentes, pero su tacto era suave. Giselle había cuidado su piel.

—Yo también sufrí una pérdida cuando era joven —me contó—. La guerra se llevó al primero, pero salí adelante. En aquella época, todos teníamos que hacerlo. No teníamos elección.

—No sabía que habías estado casada antes de venir a Estados Unidos —comenté yo.

Giselle sacudió la cabeza y me sonrió.

—No estaba casada, pero era amor. Algunas personas tienen una de las dos cosas, y otras, las dos al mismo tiempo. Ya me entiendes.

—Sí, te entiendo.

Entonces se me hizo un nudo en la garganta, me sonrojé y empecé a toser. Me puse los zapatos, me levanté y me marché sin disculparme.

«Salí adelante... Todos teníamos que hacerlo. No teníamos elección.»

Me dirigí con rapidez a la casa de Elysius, levantando terrones de tierra a mi paso con los tacones. Crucé la cocina abarrotada de cocineros y entré en el lavabo. Cerré la puerta y me miré en el espejo. Pensé en mi tía. Sentí celos de ella. Ella estaba en el otro lado, mirando hacia atrás. Pensé que tendría que haberle contado, en aquel mismo momento, lo que no le había contado a nadie. Me enteré del accidente de tráfico por la radio, después de dejar a Abbot en el colegio. Oí que había muchos muertos, que un camión cisterna estaba en llamas, que el tráfico en la interestatal estaba colapsado y mi único pensamiento fue que tenía que tomar una ruta alternativa.

Eso es todo: tomaría una ruta alternativa. Y lo que es peor, me sentí afortunada, no porque estuviera viva y otros hubieran muerto, sino porque me había enterado a tiempo de pasar por alto la bifurcación que me habría conducido al atasco.

Más tarde, después de que me informaran de que Henry había sufrido un accidente, después de que gritara y llorara enloquecidamente y me suministraran unos tranquilizantes, me desperté sola en una habitación a oscuras y me acordé del locutor de la radio, del parte aéreo sobre el tráfico y de la mujer que yo era antes, cuando escuché la radio y pasé de largo de la bifurcación. Y odié a aquella mujer más de lo que he odiado nunca a nadie. Fue un accidente, una casualidad, pero otro pequeño accidente o casualidad podría haber salvado a Henry. Yo podría haberlo salvado. Sé que podría haberlo hecho. Podría haberlo dejado dormir un poco más. Podría haberme metido en la ducha con él y haberlo entretenido. Podría haberlo telefoneado para decirle que lo quería y él se habría detenido en la cuneta para hablar.

Me agarré al lavamanos y volví a sentir aquel odio. ¿Qué tipo de mujer era yo entonces? ¿Por qué no lo salvé? ¿Por qué lo dejé marchar?

Pensar en cuánto lo quería me encogió el corazón. Tía Giselle había dicho: «Algunas personas tienen una de las dos cosas, y otras, las dos al mismo tiempo.» Henry y yo teníamos las dos cosas al mismo tiempo, amor y matrimonio. Lo echaba de menos profunda y desesperadamente. Yo amaba su alma, que lo iluminaba desde el interior. Y también amaba su cuerpo, aquella forma física que transportaba su alma, aquel cuerpo que no pude besar para despedirme, aquel cuerpo que no volví a ver nunca más, ni siquiera en mis sueños acerca de Henry, que eran extrañamente burocráticos. Soñaba que Henry bajaba de un coche patrulla mientras la voz de un narrador explicaba que, en realidad, no estaba muerto, que había sido un error administrativo, pero mis sueños siempre acababan antes de que Henry llegara a mi lado. No estaba. Se había ido. Suplicaba que me lo devolvieran, se lo suplicaba a Dios y, en aquel momento, deseé, simplemente, poder tocar su piel con las yemas de los dedos. ¿Tendría más posibilidades si sólo pedía ese pequeño favor? ¿Me concederían aunque sólo fuera eso?

Me eché a llorar desconsoladamente, con sollozos agudos y rápidos.

Alguien llamó a la puerta. Cuatro golpes fuertes con los nudillos.

—¡Soy yo, mamá! —Mi madre sacudió el pomo de la puerta—. ¡Abre la puerta!

Yo inhalé hondo y abrí el grifo.

—Espera —le dije, pero no estoy segura de si lo dije gritando o susurrando.

—¡Déjame entrar!

Contemplé mi cara en el espejo: el delineador de ojos se había corrido por mis párpados inferiores, mis labios estaban agrietados y parecía que me los hubiera mordido y mis mejillas estaban rojas, como enfebrecidas.

—Heidi, escúchame. Déjame entrar —susurró mi madre.

Cogí el pomo de la puerta. Entonces lo giré y el cerrojo se desbloqueó.

Mi madre abrió la puerta, entró y volvió a cerrarla detrás de ella. Me miró y abrió los brazos. Yo me precipité en sus brazos y ella me abrazó.

—Está bien. Lo sé. Lo sé. Está bien —me susurró mientras me acariciaba el pelo.

—Abbot —susurré—. Tengo que ir a ver cómo está.

—Está rodeado de familia —declaró mi madre—. Tómate tu tiempo.

Había dejado una mancha de máscara de pestañas en el hombro de su vestido y se lo indiqué.

—Lo siento —me disculpé.

—No tiene importancia, sólo es un vestido —me contestó ella.

—¿Cómo es que has venido? —le pregunté mientras sacaba un pañuelo de papel de una caja y me secaba las lágrimas. ¿Le había dicho Giselle que estaba trastornada?

—Tengo una idea —me dijo mi madre—. Tu hermana está enfadada porque mañana por la mañana Daniel tiene una teleconferencia importante. He pensado que podríamos distraerla. Tú, Elysius y yo podríamos tomar un ligero almuerzo aquí, en la casa, las tres, sólo las mujeres. A ella le gustaría.

—¿Ésa es la idea? ¿Un almuerzo?

Yo apenas la escuchaba porque intentaba limpiar el maquillaje de mi cara, pero sólo conseguí correrlo más. Así era como seguía adelante el mundo. ¿Cómo podía coexistir mi desesperación con el rímel, las cremalleras y los almuerzos? La vida seguía adelante cuando yo apenas conseguía mantenerme en pie.

—Te he estado observando —declaró mi madre.

Se apoyó en la puerta y me pareció más cansada y mayor de lo que la había visto en mucho tiempo. Había sido duro para todos, no sólo perder a Henry, sino también enfrentarnos a la idea de que, repentina e irreversiblemente, el mundo podía cambiar por completo. La muerte de Henry nos había recordado lo frágil y delicado que es todo; tan delicado como el papel de avión en el que mi madre nos escribió las cartas que nos envió el verano que desapareció. Así es la vida que tenemos y, en un abrir y cerrar de ojos, puede desaparecer. Sentí lástima por mi madre. Yo sabía lo que era no poder ayudar a un hijo, no poder cambiar la incomprensible aleatoriedad de la vida, no poder invertir una pérdida. Pero ella tenía un plan. Estaba siendo valiente.

—Quédate a almorzar con nosotras —me propuso—. Sólo para charlar.

Niños. Por todas las veces que dejas de hacer algo que te apetece por ellos, ellos te ofrecen un número igual de excusas para librarte de cosas que te gustaría perderte.

—Abbot está agotado —les dije a Elysius y a Daniel—. Tengo que llevarlo a dormir antes de que se desmorone.

Abbot estaba concentrado tomando pastel, cóctel sin alcohol y bombones de chocolate. Podría haber seguido así indefinidamente. Era yo la que estaba agotada. Estaba segura de que mi hermana sabía que había estado llorando, porque me había limpiado casi todo el maquillaje y mis ojos debían de estar rojos, pero no comentó nada, seguramente por ella, pero también por mí.

Ya había oscurecido. Del techo de la carpa colgaban unas pequeñas bombillas blancas, como si fueran collares de cuentas, y en las esquinas había unos focos más potentes. Los invitados seguían allí, charlando y riéndose, lo que indicaba que era una buena fiesta. Elysius parecía cansada, pero se la veía feliz, muy feliz. Daniel estaba descansando junto a una mesa llena de bolsos y ramilletes de flores que empezaban a languidecer.

—Gracias por quedarte tanto rato —me dijo mi hermana sin el menor atisbo de sarcasmo en su voz.

Las muestras de afecto que había recibido la habían ablandado y me había perdonado que llegara tarde. Yo acepté su buena disposición de inmediato.

—Siento no poder quedarme más rato. La ceremonia ha sido preciosa y la fiesta estupenda.

Una fuerte brisa se estaba levantando.

—Es posible que llueva —comentó Daniel mirando el distante cielo.

—Ahora ya puede llover —dijo mi hermana como si fuera una pequeña diosa—. Ya he hecho lo que tenía que hacer.

Abbot y yo bajamos por la loma. Si su padre estuviera allí, lo llevaría en brazos hasta el estudio, subiría las escaleras con él en brazos y lo metería en la cama. ¿Recordaba Abbot las veces que Henry lo había sacado del coche en brazos después de una larga noche fuera? ¿Recordaba el contacto de su abrigo y el olor de su loción para después del afeitado? Todos los niños merecen tener esos recuerdos. Yo también los tenía: recordaba que mi padre me llevaba en brazos por el camino que conducía a nuestra casa, bordeado de arbustos que mis zapatos rozaban al pasar; él tarareaba una canción que yo no conocía y el tono grave de su voz resonaba en su pecho y alcanzaba mi mejilla.

Abbot pesaba demasiado para que yo lo llevara en brazos, así que caminamos cogidos de la mano, y fui dolorosamente consciente, como me ocurría a menudo, de lo afortunada que era de tenerlo. Podría haber estado bajando por la loma sola. ¿Cómo habría podido seguir adelante sin la responsabilidad de tener que cuidar de Abbot? Henry y yo también nos habíamos formulado esta pregunta. ¿Qué sentido tenía la vida para nosotros antes de tener a Abbot?

Abbot constituyó una sorpresa para Henry y para mí; bueno, una especie de sorpresa... Cuando acabamos la formación culinaria, los dos nos pusimos a trabajar con frenesí, él en un restaurante de lujo muy exigente y yo en una panadería. Los dos queríamos tener hijos, pero no era un buen momento porque teníamos que devolver los préstamos estudiantiles y queríamos ahorrar para comprar una casa. Nos turnábamos para convencernos el uno al otro de que unas personas racionales no tendrían un hijo en aquel momento. No tenía sentido. Sería una locura, una locura del corazón, le dije yo.

Fue Henry quien finalmente se atrevió a proponerlo.

—¿Por qué no tenemos un accidente?

—¿Me estás diciendo que quieres dejarme embarazada? —le pregunté.

—Accidentalmente —me contestó él.

—Pero, si lo sé, ¿no sería intencionadamente?

—No se trata de una cuestión lógica. Seamos locos de corazón.

Así que, en lugar de practicar el sexo seguro, practicamos accidentes. ¡Y llegamos a ser muy buenos en esta práctica! Una semana, yo estaba esperando la menstruación pero no llegaba. Le dije a Henry que fuera a comprar un test de embarazo. Realicé la prueba y en la ventanilla apareció una línea borrosa.

—Ve a comprar otro —le pedí—. Mientras tanto beberé líquidos.

Él regresó con tres tests más, pero entonces tuvo que irse corriendo al trabajo. Henry no tenía teléfono móvil, así que, después de que aparecieran tres nítidas líneas rosas en las correspondientes ventanillas, decidí acercarme al restaurante a la hora que cerraban. Cuando vi que Henry estaba cruzando la calle para dirigirse al aparcamiento, hice sonar la bocina y, aprovechando que el semáforo estaba en rojo, bajé del coche.

Él se volvió hacia mí.

—¡Lo estoy! —grité.

Corrió hacia mí, me rodeó con los brazos y me levantó en volandas. El hombre del coche que estaba parado detrás del mío asomó la cabeza por la ventanilla.

—¿Y bien? —gritó—. ¿Qué pasa?

—¡Está embarazada! —gritó Henry con alegría—. ¡Ha sido una especie de accidente!

—¡En ese caso, os deseo una especie de felicidad! —gritó el hombre—. ¿Y ahora podéis quitar el coche?

Estábamos eufóricos. Telefoneamos a la familia y a los amigos. Henry alardeó de su esperma y enseguida nos pusimos a leer libros de nombres para niños.

—¿Qué te parece Bantu? —me preguntó Henry—. Quiere decir «la gente».

Yo estaba obsesionada con el queso: Gorgonzola, Gruyère... A la larga, el queso, como el resto de la comida, me dio náuseas, y las náuseas y el agotamiento me hicieron sentir traumatizada, como si estuviera drogada. Caminaba por la casa arrastrando los pies, hablando de todas las mujeres que habían estado embarazadas antes que yo y de su silencioso sufrimiento.

—Me siento como si hubiera sobrevivido a la explosión de una bomba.

Me miraba en el espejo y esperaba verme cubierta de polvo procedente de la explosión.

Henry me daba masajes en los pies y en la parte baja de la espalda. También me preparaba cruasanes rellenos de ensalada de pollo y salsa de arándanos. Para desayunar, para comer y para cenar. Durante tres semanas seguidas. Era lo único que podía comer.

Por lo visto, las náuseas y el agotamiento tenían un propósito: bloquear el miedo, pero cuando desaparecieron, me invadió la ansiedad. Ahora, en retrospectiva, no me extraña que Abbot sea un niño prácticamente obsesivo-compulsivo. El embarazo me aterrorizaba y la ansiedad que sentía por fuerza tenía que llegar hasta la placenta.

Henry estaba tranquilo, quizá porque los italianos están acostumbrados a las familias numerosas. Sea como sea, los niños nacen. En una ocasión, lo desperté en mitad de la noche para decirle que el parto había sido la primera causa de mortandad en las mujeres a lo largo de la historia.

—Ve a cualquier cementerio antiguo, lee las inscripciones de las lápidas y cuenta las mujeres que están enterradas con sus bebés.

Él se frotó los ojos.

—¿De qué me estás hablando?

—Ahora mismo podría llevarte a un cementerio y podríamos contar las tumbas de las mujeres a las que han enterrado con sus bebés.

—¿Me estás pidiendo una cita?

Henry sonrió de una forma somnolienta y seductora. Yo le di un manotazo en el brazo y apoyé la cabeza en su pecho.

Me leí todos los libros sobre embarazo que encontré, hasta que Henry me sugirió que parara.

—Siguiendo el consejo de los libros, no te daré pavo frío para comer, no quiero que caigas en un *delirium tremens*, pero creo que deberías parar.

Le hice caso, aunque, de todas maneras, ya los había leído todos.

—El daño ya está hecho —le dije.

Acudí angustiada a todos los análisis, a todas las ecografías, a todas las visitas médicas. Después de cada prueba que el bebé y yo superábamos me reafirmaba en el convencimiento de que fallaríamos en la siguiente, hasta que, al final, sólo quedó una: el parto.

El parto empezó como decían los manuales, con pequeñas punzadas y contracciones que se volvieron más y más intensas.

—Deberíamos ir al hospital, si no acabarás dando a luz en el asiento de un taxi —me sugirió Henry.

—Eso sólo pasa en las películas. Nosotros no tomaremos un taxi.

—Lo sé, pero aun así...

Él estaba de pie a mi lado, un poco encogido y con los brazos delante del pecho, como si esperara que el bebé fuera a salir disparado en cualquier momento y quisiera estar preparado para cogerlo.

—Se supone que no debo ir hasta que las contracciones me impidan hablar —le expliqué en medio de una contracción.

Así que salimos a caminar por el barrio. Aceras, pájaros, sol, vallas, perros... Se trataba de un barrio normal, totalmente inconsciente de lo que estaba ocurriendo en mi interior. ¿Y qué estaba ocurriendo?, pues que Abbot sentía que su mundo se movía, tropezaba, le apretaba y le soltaba.

Las contracciones se hicieron más fuertes y deseé salir de mi cuerpo para escapar. Tuve la aterradora revelación de que había algo alojado en mi interior. Alojado.

Le dije a Henry que había llegado la hora. Recuerdo que contemplé el cielo a través de la ventanilla del coche, y también los cables telefónicos, y los árboles, y dije:

—Si no salgo con vida de esto, deberías contarle al bebé lo que ha habido entre nosotros, lo mucho que nos hemos amado. Deberías contarle al bebé que el amor es posible y que es más grande que nosotros.

—Sobrevivirás al parto —me tranquilizó Henry—. Y el bebé también. Todo saldrá bien.

Yo lo miré con lástima, como si fuera un ingenuo.

—Piensa en todas las personas que existen —comentó él—. Todas han nacido de una madre, y ellas también han pasado por esto. ¡Y el mundo está lleno de personas!

Su explicación no me consoló. ¡Tantas mujeres sufriendo tanto dolor! ¿Cómo era posible que todas las personas nacieran de aquella manera? ¿Cómo podía haber tanto dolor en el mundo?

—Durante los monzones, una mujer tuvo a su hijo en la copa de un árbol —me explicó Henry—. Ella y el bebé están bien. ¡Incluso el árbol está bien! Las personas, y también los árboles, son fuertes.

A mí no me importaba la mujer del árbol. Durante una de las contracciones, cerré los ojos y el mundo desapareció. Cuando llegamos al hospital, sólo percibía la realidad en pequeños paréntesis indoloros; nítidos y luminosos paréntesis de enfermeras y agujas intravenosas, de camillas, paritorios, un balancín y Henry; Henry hablando con el médico, Henry tomándome la mano, Henry humedeciendo mis labios con un cubito de hielo.

El médico dijo que veía aparecer la cabeza.

—La veo —corroboró Henry.

«¿Ver qué?», pensé yo. En aquel momento para mí sólo existía aquella extraña fuerza de voluntad. Sólo había deseo, intención. El miedo se había esfumado. Sólo respiración, sólo piernas. Sólo la hinchazón de mi barriga y el deseo de sobreponerme para poder empujar.

Una enfermera colocó un espejo de forma que yo pudiera ver la cabeza del bebé, pero los espejos me superaban, y las cabezas de los bebés también. En aquel momento no tenían para mí ningún significado.

Mi cuerpo se estaba abriendo en lo más hondo. Sentía el movimiento de los huesos, las contracciones. Entonces alguien dijo que la cabeza estaba fuera. Otro empujón y algo se liberó, algo cayó. Nunca imaginé lo que vino a continuación: una criatura rojiza y ensangrentada gritaba. Alguien la levantó, la acercó a mí y la colocó sobre mi pecho.

—Lo has conseguido —declaró Henry con las mejillas coloradas.

Estaba llorando.

Tardé unos instantes en darme cuenta de que aquello era lo que había estado dentro de mí, aquel cuerpo con codos y talones. Los meses de patadas cobraron sentido de una forma nueva. Toqué sus deditos y percibí los latidos de su corazón en su pecho. Deslicé un dedo por el fino cabello de su cabeza.

—Es un bebé —le dije a Henry.

—Lo sé —contestó él—. Es nuestro bebé.

—Y los dos estamos vivos.

—Sí —contestó él—. Ya te lo dije.

Yo le contaba una versión reducida de esta historia a Abbot. Se trataba de otra de las muchas historias acerca de Henry que le contaba. A Abbot le gustaba esta historia en concreto porque era una historia de cuando él era un bebé. En realidad se trataba de una historia de Abbot, de sus comienzos. A Abbot le encantaban las historias de cuando era un bebé, pero a mí ésta siempre me alteraba. El acuerdo tácito con Henry... Pero al final de esta historia sobre la vida, Abbot estaba vivo, y yo también, pero Henry no. Este hecho irreversible pesaba con más fuerza en esta historia que en las otras. La última vez que se la conté a Abbot, aparté su flequillo a un lado y lo besé en la frente. «Buenas noches», le susurré, y entonces sentí un nudo en la garganta. «No llores —me dije a mí misma—. No llores.» Mientras apagaba la lámpara de los Red Sox de Abbot, las mejillas se me humedecieron. Entonces me fui a la cama y lloré hasta que no me quedaron más lágrimas.

Yo no le había contado a nadie que, casi dos años más tarde, todavía sufría aquellas crisis, ni siquiera a mi madre, quien probablemente habría encontrado las palabras que me consolaran. Pero yo no quería que me consolaran. No quería contárselo a nadie porque no quería que las crisis cesaran. El dolor era mi conexión con Henry y no soportaba la idea de que se terminara.

La noche de la boda de mi hermana, mientras arropaba a Abbot con las sedosas sábanas del sofá-cama del estudio de Daniel, me di cuenta de que le contaba a Abbot las historias de Henry de la misma manera que mi madre me contaba historias de la casa de la Provenza cuando era pequeña. Quizás esas historias eran su debilidad. Quizá se trataba de una tradición familiar. Abbot se sabía las historias de Henry de memoria. Si yo me saltaba algún detalle, por pequeño que fuera, como la mancha de salsa blanca que Henry tenía en la solapa del esmoquin el día que nos casamos, Abbot me interrumpía. «Cuéntala bien —me decía—. No te saltes nada.» Sentía que Abbot era mi mayor aliado, el guardián de los detalles. Aunque yo me equivocara, él se acordaba de todo. Juntos podríamos mantener a Henry con vida.

Me pregunté si aquella noche me pediría que le contara una historia de Henry, pero me sentía abrumada por los acontecimientos del día. La noticia del fuego y la bonita boda de mi hermana resonaban en mi interior. Quizás Abbot lo notó. «Esta noche no —le decía yo interiormente—. Esta noche no.»

Él simplemente hurgó en su bolsa de lona y sacó el diccionario. Entonces se metió en la cama, lo puso a su lado y lo tapó parcialmente con la sábana, como si fuera un osito de peluche. Henry se lo regaló cuando cumplió cinco años, y a Henry se lo regaló su padre cuando se fue a la universidad. El padre de Henry había escrito una dedicatoria en italiano y en inglés, una cita de Galileo: «Todas las verdades son fáciles de comprender una vez se han descubierto; la cuestión es descubrirlas. —Y después había añadido—: Utiliza bien tus palabras.»

En la página siguiente, Henry había escrito otra dedicatoria para Abbot: «Suscribo lo de papá. Sé curioso. ¡Feliz quinto cumpleaños! Con todo mi cariño, papá.»

Normalmente, Abbot guardaba el diccionario en su mesilla de noche. ¿Era esto una señal de que estaba demasiado apegado al pasado?

El diccionario era una segunda edición del American Heritage, y era muy especial para Abbot porque Henry había pegado pequeñas fotografías de Abbot en las imágenes que aparecían junto a las columnas de texto. Había pegado una fotografía de la cara de Abbot en la cabeza de un bisonte; en el casco de un astronauta, junto a la definición de «traje presurizado»; en la cara de un jugador de polo, encima de la palabra «polo»; en la cara de un inmigrante; en la de un timonel y también en la de la estatua de Eros. Y, cómo no, en la página en la que se definía la palabra «abbot», donde, además, añadió su propia definición: «Abbot (del lat. *Abbas*; pronunc. [ab'at]) n. El muchacho más maravilloso del mundo.»

Yo había visto a Abbot consultar el diccionario en varias ocasiones, pero no sabía que estaba tan apegado a él.

—Has traído el diccionario —comenté.

—Me ayuda a dormirme —contestó él sonriendo y realizando una rápida sacudida de hombros.

Entonces dio unos golpecitos en el diccionario con los nudillos, lo que me pareció un gesto extraño que no supe interpretar. Después levantó la mirada hacia el cielo estrellado que se veía a través de la claraboya.

Yo abrí una de las ventanas para que entrara la fresca brisa nocturna y colgué el esmoquin en una percha que encontré en un armario antiguo cuyo espejo estaba empañado por el tiempo.

—¿Te acuerdas de cuando papá, tú y yo fuimos al acuario? —me preguntó Abbot—. Aquel que tenía un tanque enorme con ballenas beluga.

—Sí —contesté—. Pasamos por el túnel de cristal subacuático y a mí me encantaron las medusas.

Sus vistosos tocados rosa con volantes parecían turbantes, y sus cuerpos, como si fueran relucientes trajes de fiesta, danzaron sobre nuestras cabezas: hinchándose y deslizándose, hinchándose y deslizándose. Henry vio que yo tenía los ojos llorosos y le conté que había asociado el movimiento de las medusas con la infancia de Abbot y con cómo se iba alejando de nosotros.

—Me he acordado del acuario cuando el abuelo y yo estábamos viendo un programa de *Animal Planet* —me contó Abbot—. ¿Te acuerdas de que a papá le encantaban las belugas?

—Sí —contesté yo.

—Papá decía que los huesos de sus aletas eran como los de nuestras manos. Me explicó que era como si un hombre estuviera atrapado en el cuerpo de la ballena. Y también me contó que tienen ombligo. Las ballenas son como nosotros.

¿Sabía Abbot que aquella visita me había impactado profundamente? Los niños se dan cuenta de estas cosas. Aunque no comprendan racionalmente un dolor, y quizá porque las emociones no son racionales, lo registran no en la mente consciente, sino en un lugar más profundo, donde se queda guardado.

El día del acuario, cuando regresamos al hotel en Atlanta, le pregunté a Henry si se sentía atrapado como el hombre que imaginaba en el interior de la beluga. Me preocupaba que lo hubiera dicho simbólicamente, como una metáfora. Quizás incluso era algo inconsciente. Él me miró con una expresión de sorpresa y me dijo:

—Yo no estoy atrapado en el interior de una ballena ni de una vida, ¿y tú?

Me di cuenta de que quizás estaba proyectando en él mis propios miedos. ¿Me sentía yo atrapada? ¿Era ésta la causa de la nostalgia no expresada que sentía a veces?

—No —le contesté yo negándome a admitir algo tan horrible.

Yo era afortunada. Nosotros éramos afortunados. Pero entonces añadí en voz baja:

—Simplemente me pregunto si la vida consiste en esto, en un momento y después otro y otro y otro... y al final se acaba. Y eso es todo.

Me di cuenta de que lo había herido.

—Nosotros hemos construido una vida que nos envuelve, pero no estamos atrapados en ella. Son dos cosas diferentes.

La noche de la boda de mi hermana, en el altillo del estudio de Daniel, vi las gigantescas belugas en mi mente. Henry tenía razón. Percibí sus poderosas extremidades debajo de su piel y me parecieron muy humanas. ¿Me sentía yo como una mujer atrapada en mí misma? No se me ocurría ninguna otra forma de vivir. Henry y yo habíamos construido aquella vida y, fuera o no una trampa, era la que nosotros habíamos construido. Y aunque en aquellos momentos me sentía sola en aquella vida, no quería salir de ella, lo único que quería era recuperar nuestra antigua vida doméstica.

Le dije a Abbot que yo también me acordaba de lo que Henry había dicho acerca de las extremidades y el ombligo de las ballenas.

—¿Te ha gustado la boda? —le pregunté.

—Sí —me contestó—, pero no ha sido tan bonita como la tuya con papá.

—¿Por qué lo dices?

—La de los tíos ha sido demasiado elegante. La vuestra fue perfecta.

Yo estaba de acuerdo con él, pero no se lo dije. La nuestra fue perfecta para nosotros, eso era todo.

—¿Tienes sueño?

—Ajá.

—Entonces a dormir —le dije.

Abbot abrió mucho los ojos y me miró fijamente.

—Aunque esto sólo sea un estudio, han puesto un detector de humos, ¿no?

—Sí, han puesto un detector de humos —lo tranquilicé—. No nos pasará nada.

—Está bien —contestó él, y cerró los ojos.

Me quedé allí escuchando su respiración, que enseguida adquirió un ritmo suave y regular. Después de todo, sí que estaba agotado. Cuando me aseguré de que se había dormido, saqué el diccionario de la cama y lo sostuve unos instantes en mi regazo. Los bordes eran afilados y no quería que Abbot se hiciera daño con ellos durante la noche. Pensé en la posibilidad de abrirlo y permitirme disfrutar de aquel recuerdo de Henry, pero no lo hice. No pude. Lo dejé sobre la mesilla, levanté la vista y me vi a mí misma en el espejo del armario. Una visión empañada y fantasmagórica de mí misma, de alguien que solía ser pero que casi había desaparecido.

5

Elysius, mi madre y yo estábamos almorzando juntas. Desde mi asiento podía ver a Abbot y a mi padre, que estaban en la piscina climatizada de Elysius. Abbot estaba nadando. Mi padre llevaba puesto un bañador que, en mi opinión, le quedaba pequeño. Probablemente lo compró en los años setenta. Tenía barriga y sus piernas eran de color rosado y casi sin vello. Aquella mañana, Abbot y él se tomarían la natación muy en serio. Fingirían que estaban en el Caribe y, para ello, tendrían que realizar un esfuerzo imaginativo, sobre todo porque ninguno de los dos había estado allí.

Mi madre, Elysius y yo estábamos comiendo unos pastelitos que mi madre había comprado aquella mañana, como si no quedara un trozo enorme del pastel de bodas. Yo comía los pastelitos intentando no juzgarlos, pero ocasionalmente, mi mente crítica hacía acto de presencia, y pensaba: «No está mal, pero le falta cremosidad.»

Elysius había preparado una cafetera con un café exótico que, según ella, ejercía un poderoso efecto en el trabajo de Daniel.

—Primera categoría. Alto octanaje.

Teníamos un programa, yo estaba convencida. Elysius y mi madre habían estado hablando y Elysius había tomado notas. Lo quisiera o no, teníamos una lista de recados que realizaríamos juntas. A mí no me habían dado una copia de la lista, pero yo sabía que existía, de modo que adopté una actitud de cautela.

Hablamos de la boda, de las anécdotas que se habían producido, de los detalles, de la ropa de los invitados... Mi madre y yo dejamos que Elysius se quejara de que Daniel había pospuesto la luna miel. Hasta que ella sola le dio la vuelta a la situación y acabó alabando su arte.

—Cuando te casas con un artista también te casas con su trabajo. Lo sé por experiencia. Pero yo amo su trabajo, no tanto como él, pero también lo amo.

Y como si la palabra amor estableciera una conexión lógica con lo siguiente, añadió:

—Jack Nixon me dijo que eres encantadora.

—¿Encantadora? —pregunté yo mientras notaba el rubor en mis mejillas—. Pero si apenas lo miré.

—Ya te lo dije, si no practicas el arte del flirteo, lo pierdes —me advirtió mi hermana.

—Bueno, pues ya lo he perdido.

Jack Nixon era atractivo y agradable, y me había dicho que era guapa incluso después de que lo liberara del compromiso, y ahora decía que era encantadora. De todos modos, a mí me asustaba no sólo él, sino también todo lo que representaba.

—Entonces, ¿qué? ¿Te gusta o no? —me preguntó Elysius—. Me dio a entender que quería llamarte para salir algún día contigo. Algo informal. Él nunca ha estado casado y no tiene hijos, así que no lleva lastre. No es un hombre complicado. ¡Es perfecto!

¿Acaso estaba intentando vendérmelo? Yo había estado casada y tenía un hijo. No sólo llevaba lastre, sino que tiraba de toda una ristra de anclas. No es que viera nada malo en Jack Nixon, en absoluto. Jack parecía un hombre totalmente correcto, pero ¿quería salir conmigo? ¿Salir? ¿Cómo iba yo a salir con alguien? Debí de parecer bastante alterada, porque mi madre intervino en la conversación.

—Bueno, bueno, ya volverá a encontrar el amor a su debido tiempo.

—¡Un momento! —exclamó Elysius—. Tú estabas de acuerdo conmigo. Me dijiste que Jack era un buen partido.

—Simplemente, no estoy preparada —declaré yo, y enseguida pregunté dónde estaba Charlotte.

—Todavía está durmiendo —contestó Elysius—. En general, necesita un día entero de sueño para poder funcionar con normalidad.

—Es cosa de la edad —declaró mi madre.

—Pues yo nunca tuve esa edad —replicó Elysius—. Yo siempre me he despertado temprano.

—De todos modos, tú tuviste un montón de otras edades: la edad de contestar mal, la edad de comer sólo queso cremoso y chocolate, la edad de los cigarrillos... —declaró mi madre con delicadeza.

Nos quedamos en silencio.

—Bueno... —dijo mi madre.

—Bueno, ¿qué? —pregunté yo.

Me sentía impaciente. ¿Cuáles eran sus planes y qué se suponía que tenía que hacer yo?

—Bueno... —repitió Elysius.

—La casa —dijo mi madre—. Alguien tiene que cuidarla.

—¿La casa? —pregunté yo.

Mi casa estaba un poco desordenada, eso era cierto, además el porche trasero necesitaba una mano de pintura y el lavavajillas estaba en las últimas, pero me parecía un poco exagerado decir que no la cuidaba.

Mi madre extrajo un montón de fotografías de su bolso, las puso encima de la mesa y las empujó hacia mí.

—¿Cuántas veces tengo que deciros que la casa de la Provenza se ha incendiado? —preguntó mi madre.

—Quizá sólo se ha producido un pequeño fuego en la cocina —comenté yo pensando en la casa como lo había hecho la tía Giselle, como si fuera un niño que había tenido una pataleta.

—En realidad no conocemos la magnitud de los daños —comentó mi hermana—, pero hace décadas que no nos ocupamos de ella. Yo iría, pero Daniel y yo ya hemos alquilado un yate con la tripulación y todo.

—Pues yo no puedo ir. Vuestro padre no querría ir conmigo y yo no puedo ir sin él. Sería demasiado... peso —declaró mi madre.

Elysius y mi madre guardaron silencio mientras yo contemplaba las fotografías. Se trataba de unas fotografías decoloradas de finales de los ochenta, de la última vez que las tres estuvimos allí. En una de ellas, mi madre vestía una falda ajustada, Elysius llevaba flequillo y el pelo largo y yo una gorra de béisbol. Detrás de nosotras, el monte Sainte-Victoire se veía luminoso. También había fotografías de la casa; de nosotras tres cenando junto a la fuente, en el jardín; de la enorme casa colindante; de la fornida Véronique, con una leve sonrisa en los labios; y de sus hijos, que, como siempre, parecían avergonzados. También había una fotografía de su padre, con unos calcetines negros, sandalias y la boca abierta, como si estuviera cantando; y varias en las que se sucedía la borrosa arquitectura de unas catedrales; y otras de interminables hileras de vides; y otra de un campo de girasoles. Y nosotras tres aparecíamos en ellas, de pie junto a la carretera.

La siguiente fotografía me pilló desprevenida. En ella mi madre llevaba puesto un bañador amarillo y estaba sentada en el bordillo de nuestra piscina, la cual estaba rodeada por una valla de hierro forjado y el jardín, surcado de pequeños senderos. A mi madre se la veía joven y elegante, increíblemente joven, claro que entonces debía de tener la edad que yo tenía en aquel momento.

—No me acuerdo de ese bañador —comenté yo.

—Esta foto es del verano siguiente —declaró ella impertérrita, como si no se refiriera al verano que desapareció.

En la fotografía, ella se protegía los ojos con la mano en una pose coqueta. Me pregunté quién había tomado la fotografía. ¿A quién le sonreía mi madre?

Debió de sentirse un poco incómoda por la forma en que

yo escudriñaba la imagen, porque realizó algunos comentarios superficiales.

—Nadie ha realizado ninguna reforma importante en la casa desde hace al menos una década. Aunque no haya quedado reducida a un montón de piedras calcinadas, hay que hacer muchas obras.

—Mamá tiene razón —intervino Elysius—. Todo está a punto de venirse abajo: la cocina, los lavabos... Cuando Daniel y yo estuvimos allí, la casa era bonita, pero tenía un aire decadente.

Apiñé las fotografías y les di unos golpecitos en la mesa, como si fueran una baraja de cartas.

—Hace tiempo robé una fotografía de este montón —declaré yo.

—¿De verdad? —me preguntó mi madre.

Asentí con la cabeza.

—Una en la que el hijo mayor de Véronique se lucía delante de la cámara mientras mantenía un saltador de muelles en equilibrio sobre la frente.

—¡Yo también me acuerdo de ese momento! —exclamó Elysius.

—El hijo mayor se llama Pascal —declaró mi madre—, pero yo con quien hablé del incendio fue con el menor, con Julien.

—¿El que siempre estaba enfurruñado y me salpicaba en la piscina? —pregunté yo.

—Esto también me suena —comentó Elysius.

—¿Dónde han estado las fotografías durante todo este tiempo? —pregunté mientras las empujaba por encima de la mesa hacia mi madre.

—Guardadas —contestó mi madre—. No tenemos por qué tenerlas a la vista. Bien está lo que bien acaba.

Se refería a su matrimonio, a nuestra familia. ¿Qué sentido tenía poner las fotografías en un álbum para que mi padre las viera? Las fotografías mostraban un lugar al que ella fue y del que estuvo a punto de no volver.

—Las dos sabéis perfectamente que yo no pienso ir —declaré—. Aquí tengo trabajo y Abbot irá a un campamento donde le enseñarán a hacer malabarismos...

—Hace casi dos años que Henry murió —dijo mi madre—. Tienes que seguir adelante con tu vida.

Hice rechinar el tenedor en el plato. Cada vez que alguien me decía que tenía que seguir adelante con mi vida, menos capaz me sentía de hacerlo. Era como si me dijeran que dejara atrás a Henry, y a mí esto me parecía una traición. En defensa de mi madre, debo decir que ella nunca me lo había dicho antes.

Fue entonces cuando mi madre soltó la frase que, evidentemente, había estado practicando. Se inclinó hacia delante y dijo:

—Todas las mujeres necesitan desaparecer durante un verano, y éste es el tuyo.

—¿Es obligatorio? —pregunté yo mientras cierto resentimiento del pasado resonaba en mi voz.

—Sí.

—¿Tú necesitabas desaparecer aquel verano, cuando éramos niñas? —le pregunté.

—Yo regresé —contestó ella a la defensiva—. Aquel verano me permitió volver.

—Ahora estamos hablando de lo que tú necesitas, Heidi —intervino Elysius.

—¿Queréis que deje solo a Abbot durante todo el verano? ¿Estáis locas? —les pregunté.

—Llévalo contigo —declaró Elysius.

—Quizá los dos necesitéis desconectar durante un verano —añadió mi madre.

—Eso de tener un verano para desconectar me parece una idea elitista —comenté yo.

—Yo no he dicho que todas las mujeres dispongan de un verano para sí mismas —replicó mi madre—. ¡Lo único que digo es que todas las mujeres necesitamos, nos merecemos tener un verano para nosotras después de toda la mierda que aguantamos de los hombres! —Se puso momentáneamente nerviosa. Además, yo no recordaba haberla oído blasfemar nunca—. ¡Y no estamos hablando de una casa cualquiera! Para nosotras es como ir de peregrinaje a la Virgen de Lourdes estando ciegas y regresar habiendo recuperado la vista, pero sólo para nosotras, para las mujeres de esta familia, y sólo en relación con asuntos del corazón.

—¿Como ir a Nuestra Señora de Lourdes? ¿En serio?

Mi madre nunca había sido una persona devota, pero a veces su educación católica salía a la superficie, como para contrarrestar sus otras peculiaridades, como su franqueza al hablar de la sexualidad, su deseo de ser rica y su debilidad por el chocolate y el buen vino.

—Sí, Lourdes.

Mi hermana apoyó los codos en la mesa y dijo con rotundidad:

—¡Ocho años, Heidi! Daniel y yo llevamos juntos ocho años. Él no quería volver a casarse nunca. ¡Nunca más! Entonces lo llevé a la casa de la Provenza y cambió de opinión. Yo no puedo explicarlo, pero es lo que sucedió. Me pidió en matrimonio, así, sin más.

—Por no hablar de vuestra abuela —continuó mi madre—. En esa casa es donde mis padres se enamoraron.

Ahora recurría a las viejas historias de amor. Yo lo consideré un síntoma de desesperación. Entonces sacudí la cabeza.

—¿Quién puede permitirse desaparecer durante un verano? Yo no, así de sencillo.

—Tú sí que puedes —replicó mi madre—. Sabes que Jude se encargará de la tienda. De hecho, en estos momentos ella se ocupa prácticamente de todo. Y yo tengo dinero reservado para la casa y nunca lo he utilizado. Sería como invertir en la casa. Alguien tiene que ir allí y asegurarse de que se restaura correctamente.

—Además —añadió Elysius bajando la voz—, tu viaje podría resultarme muy útil...

Entonces miró a mi madre en busca de respaldo.

—Continúa, díselo —la animó mi madre.

—Se trata de Charlotte —continuó Elysius—. Cuando mamá me comentó la idea, yo sabía que de ningún modo te irías sin Abbot. Y pensé en lo duro que debe de ser viajar sola con un niño de ocho años. Entonces pensé en Charlotte y en que... podría resultar beneficioso para las dos...

Mi madre resumió su propuesta:

—Como has decidido llevarte a Abbot contigo, también podrías llevarte a Charlotte.

—Yo no he decidido llevarme a Abbot. Ni siquiera he decidido ir —repliqué.

—Charlotte está en una edad en la que necesita ampliar sus horizontes. Necesita aprender que en la vida hay más cosas que...

Mi madre no terminó la frase, pero yo sabía que se refería a su novio, Adam Briskowitz.

—Además así dejaría tranquila a Elysius y las dos podrían estar más a sus anchas.

—Charlotte podría ayudarte con Abbot —añadió Elysius—. Ya sabes, para que puedas salir y vivir un poco la vida. —Ésta era otra forma de decirme que tenía que seguir adelante—. Y podrá mejorar su francés, incluso pasar al nivel III, y podrá estudiar para el examen preparatorio para la universidad sin distraerse.

Una vez más, la distracción no mencionada era Adam Briskowitz.

—Tú necesitas esa casa —declaró mi madre—. Todavía no lo sabes, pero con el tiempo te darás cuenta.

Me acordé de nosotras tres y del enjambre de mariposas de la mostaza. Pero no quería que me hechizaran. Entonces sacudí la cabeza.

—Sólo es una casa bonita, eso es todo. No nos dejemos llevar por la fantasía —declaré—. Yo fui a la casa cuando era niña y no me transformé mágicamente en nada.

—Entonces no tenías el corazón roto —dijo Elysius—. Ahí radica la diferencia.

Miré por la ventana hacia la piscina. «Y ahora sí —pensé—, ahora sí que tengo el corazón roto.» Mi padre hurgaba en un baúl lleno de juguetes acuáticos. El equipo de bucear de Abbot estaba en el suelo y él era una sombra borrosa en la parte honda de la piscina. Lo observé esperando que se diera impulso en el fondo, emergiera y sacudiera la cabeza para expulsar el agua de su cabello, pero transcurrieron varios segundos sin que pasara nada. ¿Se estaría ahogando? Me incorporé de golpe y mi servilleta cayó al suelo. Salí corriendo del comedor y atravesé la cocina gritando su nombre.

—¡Abbot! ¡Abbot! —grité mientras corría por la terraza.

Tropecé con una maceta que estaba en el bordillo y ésta se cayó sobre el césped y se rompió emitiendo un ruido sordo.

Mientras bajaba corriendo por la loma, Abbot emergió a la superficie, se agarró la escalera y sacudió el agua de su cabello.

—¿Qué pasa? —me gritó mi padre—. ¿Va todo bien?

Me había quedado sin aliento y el corazón me latía con fuerza en el pecho. Me detuve y flexioné el torso apoyando las manos en mis rodillas. Al final, me enderecé y le hice una señal con la mano.

—¡Todo va bien! —grité—. ¡Todo va bien!

Me di la vuelta y vi a mi madre y a Elysius en la terraza. La puerta de la casa se había quedado abierta y la tierra de la maceta estaba esparcida por el césped. Me di cuenta de la imagen que debían de tener de mí: temerosa, desequilibrada por el dolor, con miedo a vivir; una viuda gritando para salvar a su único hijo, que, en aquella bonita mañana, no se había ahogado, ni siquiera había estado a punto de morir ahogado.

Sacudí la cabeza.

—Lo siento —les dije—, pero no iremos. No podemos.

Me dirigí de nuevo hacia la piscina.

—¡Hora de irse, Abbot! —exclamé—. ¡Coge tus cosas!

6

Había una historia de Henry que sólo le había contado a Abbot de una forma vaga. Él sabía que yo había sufrido un aborto, que quedé embarazada de un bebé que no llegó a nacer. En realidad no se trataba de una historia de Henry, pero yo sí que me la contaba a mí misma, y me la contaba muchas veces, porque la pérdida de Henry encontraba eco en aquella pérdida anterior.

Abbot era tan perfecto —regordete, de sonrisas amplias y ronquidos ronroneantes— que Henry y yo nos sentíamos casi culpables por querer otro bebé, pero lo queríamos y enseguida. Sin embargo, decidimos no ir a buscarlo inmediatamente porque, desde la llegada de Abbot, estábamos mareados por la falta de sueño y la falta de tiempo para ocuparnos de nosotros mismos. Claro que, como Abbot era una manifestación de nosotros mismos, quizá lo que pasaba era que estábamos mareados de tanto ocuparnos de nosotros mismos. En cualquier caso, estábamos mareados de tanto amor.

Cuando Abbot cumplió cuatro años, años que pasaron a una velocidad vertiginosa, estábamos preparados. Más que preparados. De hecho quizá nos habíamos pasado esperando.

Henry y yo sabíamos que, en determinado momento, deberíamos dejar que Abbot viviera su propia vida. No podíamos tenerlo con nosotros eternamente.

—Cuantos más hijos tengamos, más preocupaciones tendremos. Es así como funciona, ¿no? —le pregunté a Henry.

—Supongo que sí, pero además de las preocupaciones, tendremos más de todo —contestó él.

En esta ocasión, sobrellevé mejor las náuseas matutinas. No tuve elección, porque tenía que ocuparme de Abbot, y Henry también, así que no podía dedicarse exclusivamente a mimarme. Cuando las náuseas remitieron, hacia la duodécima semana, me di cuenta de que mis pechos no habían aumentado tanto de volumen como en el embarazo de Abbot. Durante un chequeo rutinario, la ecografía Doppler no registró los latidos del corazón del bebé.

—No hay por qué preocuparse —me tranquilizó el ginecólogo mientras me limpiaba la sustancia gelatinosa de la barriga—. Mañana le haremos una prueba de ultrasonido y nos aseguraremos de que todo está bien.

«No hay por qué preocuparse», le dije a Henry por el móvil mientras me vestía. Más tarde, cuando estaba a punto de irme, oí que una de las enfermeras reservaba hora para mi ultrasonido. «Es urgente», dijo.

Entonces me di cuenta de que podía haber una razón para preocuparse.

Mi madre se quedó con Abbot y Henry me acompañó a realizar la prueba. Estábamos serios. Él no paraba de decirme que el médico me había dicho que no tenía por qué preocuparme.

Yo no decía nada.

El técnico nos condujo a una habitación pequeña y empezó a realizar la prueba, pero no comentó nada. Cuando estaba embarazada de Abbot, los técnicos siempre hacían comentarios. Señalaban las distintas partes de Abbot como si fueran guías turísticos. «Éstas son las vértebras. Esto es un pie... Si mira esta zona, verá sus genitales...» Así eran las pruebas.

—¿Eso es el bebé? —preguntó Henry.

—Sí —contestó el técnico.

—¿Y cómo está? —preguntó Henry.

—El doctor se lo explicará —contestó el técnico en voz baja.

—¡Ah! —respondió Henry—. De acuerdo.

Pero yo ya lo sabía, lo sabía de una forma que Henry no podía experimentar, lo sabía como cuando uno presiente una noticia devastadora, como cuando el teléfono suena a una hora intempestiva de la noche y uno sabe que algo no va bien. Volví la cara hacia la pared y lloré como no había llorado nunca. El llanto surgió de un lugar muy profundo de mi interior, fue un llanto salvaje y gutural.

—Heidi, escúchame —me dijo Henry—. Heidi, estoy aquí. Mírame.

Pero yo no estaba allí, me había perdido en mi interior.

Cuando me vestí, nos indicaron que el ginecólogo quería vernos enseguida. Entonces nos dio la noticia. El corazón del bebé no latía. El bebé se había muerto dentro de mí.

Henry telefoneó a mi madre.

—El bebé ha fallecido —le dijo.

Más tarde, cuando estábamos en la cama, Henry me dijo que tenía la sensación de que era él el que había fallado, que sentía que había hecho algo mal, que se trataba de algún fallo genético por su parte.

Yo no podía estar de acuerdo con él. Se trataba de un aborto y era yo quien llevaba al bebé en mis entrañas. Me veía a mí misma como si fuera un carrito que traqueteaba sobre un suelo de adoquines llevando un ser blando y frágil en mi interior.

—No ha sido culpa tuya. Te lo digo con la misma seguridad que podrías decírmelo tú a mí.

Al cabo de un rato, le dije que sentía lástima por él.

—Al menos yo pude tener al bebé en mi interior, pero tú no.

Llevar al bebé dentro de mí durante aquel corto espacio de tiempo me parecía un regalo.

—¡Santo cielo, no tienes por qué sentir lástima por mí! —exclamó él levantándose de la cama y recorriendo la habitación de un extremo al otro—. En esta situación yo no soy más que un mendigo.

Yo entendí lo que quería decirme. Él se sentía afortunado porque tenía más de lo que podía esperar. En realidad, todos somos unos mendigos. Henry volvió a meterse en la cama y puso su cara junto a la mía. ¡Era tan guapo, con sus tiernos ojos azules y sus dientes ligeramente torcidos!

Al día siguiente, Henry pasó a solas una hora estéril mientras a mí me realizaban la cirugía menor que suele acompañar a los abortos. Como si la pérdida emocional no fuera suficiente, además había que añadir la experiencia física. Durante aquella hora, Henry estuvo leyendo las noticias deportivas. Más tarde me explicó que nunca se había sentido tan lejos de mí. En la sala de espera había hombres mayores en actitud introspectiva y mujeres de la edad de su madre que hacían punto mientras comentaban, animadas, sus buenas noticias. Lo que no sabíamos era que, a continuación, oiríamos un montón de historias sobre abortos. Por lo visto, todos nuestros conocidos conocían al menos a dos personas de su entorno más cercano que habían sufrido un aborto: sus madres, hijas, hermanas, esposas, amigas.

—La gente que ha sufrido un aborto forma parte de una sociedad secreta, como la de los casados. Nosotros hemos entrado a formar parte de la del aborto de una forma accidental, llevados por la vida misma.

—¿Cuántas sociedades secretas más hay? —le pregunté.

—Prefiero no saberlo.

Más adelante, yo me enteraría de que también existía la sociedad secreta de las viudas jóvenes. La gente nos presentaba unas a otras, como si quisieran que habláramos de nuestra pérdida. ¿Cuántas veces me había dicho mi madre que debería pasar más tiempo con mi tía Giselle?

—Quizá tenga algo importante que decirte.

Yo ya sabía la verdad, que cuando dos viudas están solas, no tienen nada que decir. Nada en absoluto.

Después de la operación, se produjo un escape en nuestra

casa. Henry levantó las baldosas del lavabo y siguió el recorrido de las cañerías en busca del origen del escape. Él quería, desesperadamente, hacer algo bien.

Yo me volqué en los pasteles. Tenía la mente atiborrada de elaborados diseños. Creé maravillosos pasteles de boda. En aquella época, ya teníamos La Pastelería, aunque de momento sólo habíamos conseguido una clientela local reducida. Henry encargó una campaña publicitaria y el negocio empezó a prosperar.

Pocos meses antes de morir, Henry me confesó que seguía queriendo tener otro hijo.

—El dinero y todo lo demás no me importan. Y, desde luego, tampoco me importan la falta de sueño y todo el jaleo de los pañales. Y no quiero volver a ser padre por el orgullo inicial ni nada parecido. Lo que quiero es tener algo más de ti: una nueva perspectiva, otro tema de conversación, otra mirada de complicidad antes de irnos a dormir... Eso es lo que nos ofrecen los hijos, ¿no crees? Eso es lo que Abbot nos ha dado, un tema de conversación para toda la vida, un territorio común. Él nos ha dado, a cada uno de los dos, más del otro. ¿Acaso es malo querer más de ti? ¿Te parece una actitud avariciosa?

Su expresión era franca y su mirada nítida.

—Si eso es malo, a mí no me importa —le contesté yo—. ¿Y a ti?

—Podríamos ampliar nuestra avaricia, dejar atrás el grado de aficionados y entrar a formar parte del equipo profesional de avariciosos.

Entonces volvimos a intentar tener otro hijo.

Poco antes de su muerte, nos veíamos con ojos nuevos y, como no le habíamos contado a nadie que queríamos volver a ser padres, nuestra vida sexual se convirtió en algo clandestino que vivíamos con urgencia y secretismo.

—¿No tienes la sensación de que hacemos el amor como al principio de conocernos? —le pregunté—. No dejo de pensar en la palabra «revolcón».

Cuando Henry murió, yo tenía que comprobar si estaba o no embarazada.

No lo estaba.

Me hice la prueba del análisis de sangre. Otra pérdida. Nada.

¿Qué habría hecho si hubiera tenido que criar a otro hijo sin Henry? Los detalles no me importaban, ni tampoco lo duro que habría sido para Abbot y para mí. Sin embargo, sabía que habría tenido la posibilidad de tener algo más de Henry, de traer una nueva vida a las puertas de la muerte. Pero al final sólo hubo muerte. Otra parte de Henry, otra potencialidad de él perdida.

7

Pocos días después de la boda, empujada por un sentimiento de culpabilidad, entré en una tienda de ropa con mi madre, Elysius y Charlotte. Normalmente habría ideado una excusa para no ir a este tipo de actividad, sobre todo después del último almuerzo que tomamos juntas. «Tienes que seguir adelante con tu vida.» «Todas las mujeres necesitan desaparecer durante un verano.» Y «Entonces no tenías el corazón roto». Me sentía acorralada, pero también me sentía un poco culpable, y mi madre sabía cómo manipular la culpabilidad. Seguiría acorralándome hasta conseguir lo que quería. Yo no tenía la menor intención de llevar a Charlotte a la casa de la Provenza. Para empezar, no sabía si ella quería ir y, además, ella ni siquiera sabía que tenía esa posibilidad. En cualquier caso, yo tenía la impresión de que le estaba negando algo. Y también sentía lástima por mi hermana, porque había tenido que aplazar la luna de miel, así que me propuse hacer una buena obra ayudando a distraerla.

Elysius y mi madre entraron con decisión en una tienda grande, espaciosa y carísima que se llamaba Bitsy Bette's Boutique. De vez en cuando, se detenían, como mariposas aleteantes, para tocar una tela y decidir si era delicada, exquisita o de ensueño. Charlotte y yo las seguíamos mientras exhalábamos suspiros y poníamos los ojos en blanco. Charlotte despreciaba aquel lugar más que yo, y cada vez que Elysius o mi madre hacían un comentario sobre una pieza de ropa, Charlotte y yo nos susurrábamos la una a la otra el eslogan de la tienda: «Eternamente elegante.»

Elysius se volvió hacia Charlotte y le dijo:

—Te compro lo que quieras de esta tienda. Dos conjuntos de verano. ¡Los que tú quieras! Cualquier cosa que haya en la tienda.

Charlotte abrió mucho los ojos en una expresión de miedo.

—Lo digo en serio —añadió Elysius confundiendo el miedo con la excitación—. ¡Lo que sea!

Charlotte empalideció más de lo normal. Podría decirse que su piel adquirió un tono más blanco que el pálido. Yo no sabía que eso pudiera ocurrir hasta entonces.

Charlotte tiró de mi manga.

—Acaba con esto —me dijo.

—Sólo elige algo y deja que te lo compre —le susurré—. No creo que tardes mucho.

—Ni te lo imaginas —contestó Charlotte—. El tiempo no existe en este lugar. Podrían pasar años y ella no se enteraría.

Al poco rato, todos los dependientes estaban haciendo la pelota a Elysius y a mi madre. Yo deduje que trabajaban a comisión y que ya habían ganado un buen dinero con ellas anteriormente... mucho dinero. Una de ellas tenía aspecto señorial, era unos veinte centímetros más alta que yo y delgada como un junco. Se llamaba Rosellen. También había una rubia de aspecto caballuno que se llamaba Pru, y un hombre, Phillip, que estaba agachado, ayudando a una mujer mayor a probarse unos zapatos, aunque, al mismo tiempo, intentaba intervenir desde lejos en la conversación con Elysius. Ninguno de ellos nos miró ni a Charlotte ni a mí.

—Debería usted probarse la torera de seda salvaje —le sugirió Rosellen a Elysius—. Iré a buscar una de su talla.

Por lo visto, la talla de Elysius era del dominio público en aquel lugar.

—Pues yo sinceramente creo que se verá mejor con el vestido plisado de cóctel —intervino Pru desmereciendo la opinión de Rosellen.

—¡No os olvidéis del vestido de tul con gardenias bordadas! —gritó Phillip—. Lo iré a buscar cuando haya acabado aquí.

Ésa era una forma amable de decir: «¡Dese prisa, vieja, tengo auténticos clientes de pasta en perspectiva!»

—Quiero comprarle algo a Charlotte —declaró Elysius.

—Algo juvenil —añadió mi madre—. Y busca también algo para ti, Heidi; algo fresco y ligero.

Los tres dependientes se quedaron boquiabiertos, como si acabaran de vernos a Charlotte y a mí por primera vez. Ella iba vestida con sus habituales pantalones cortos de camuflaje, una camiseta estampada con un emoticono suicida, y antes de salir de casa se había puesto unas botas de lluvia auténticas. Yo iba vestida con unos tejanos, una camiseta sin mangas y un jersey de cachemira que estaba hecho polvo pero que me ponía con frecuencia porque era cómodo y suave.

Si mi madre y Elysius conocieran mejor a Charlotte, sabrían que ella ya no quería parecer juvenil y que tampoco quería ponerse ropa de la Bitsy Bette's Boutique y parecer «eternamente elegante». Ella quería madurar, ser una persona profunda y valorada. Ella sabía que el mundo real es un lugar doloroso, violento y a veces horrible, y quería que quedara claro que lo sabía. Ella no podía ir frívolamente por el mundo vestida con ropa juvenil de Bitsy Bette's Boutique. Pero Elysius, mientras intentaba ayudar a los demás, podía cometer este tipo de error. Lo consideraba un acto de generosidad. Yo había sido el blanco de muchos de estos errores a lo largo de la vida. Cuando era pequeña, mi hermana me cortó el flequillo. Durante la secundaria, me hizo un cambio de imagen y me obligó a ir a la pista de patinaje maquillada. Un niño me llamó prostituta. También mangoneó la elección de mi vestido para el baile del colegio. Por suerte, cuando me casé, ella todavía no se había casado y sentía desdén por las bodas, de modo que decidió no intervenir en la mía. Su deseo de emparejarme con Jack Nixon procedía del mismo impulso. Aunque parecía que intentaba ayudarme, y yo estaba convencida de que ella creía que me estaba ayudando, en el fondo daba la impresión de que me estaba criticando, como si me dijera: «Eres un desastre. Deja que yo me haga cargo durante unos instantes y haré que tu vida sea mejor, que sea más como la mía.» Charlotte y yo teníamos en común que las dos sufríamos el acoso de Elysius, y nuestro sufrimiento se había transformado en un entendimiento tácito y recíproco.

—¿Quieres dar una ojeada a las mallas elásticas de tela asargada y a las bermudas? —le preguntó Rosellen a Charlotte.

Hay tantas cosas malas en unas mallas elásticas de tela asargada de lujo que no sabría por dónde empezar. ¿Tela asargada y elástica? Me imaginé la tela asargada pegada a los redondeados muslos de las mujeres. ¡Y de repente, un sádico decidió poner de moda la tela asargada elástica utilizándola para confeccionar mallas! ¡Pobre Charlotte!

—¡Ya sé! —intervino Phillip—. ¡El chaleco de punto auténtico con adornos de ganchillo! Es ideal para ti.

¿Un chaleco de punto auténtico con adornos de ganchillo?

—Es ideal para una señora de ochenta años —murmuró Charlotte. Y a continuación me susurró—: ¿Bitsy Bette's Boutique explota a auténticas viejecitas de las residencias de ancianos para fabricar el auténtico chaleco de punto con adornos de ganchillo?

—¿Tú qué opinas, Charlotte? ¿Quieres probártelo? —le preguntó Elysius.

—¡Eternamente elegante! —contestó Charlotte.

—También tenemos este vestido con cinturón —declaró Pru percibiendo el sarcasmo de Charlotte—. Es juvenil y, al mismo tiempo, elegante —declaró mientras nos enseñaba el vestido.

Yo ya no pude aguantar más y solté:

—¡Sí, sólo le falta una correa de perro a juego!

Los dependientes se pusieron tensos, pero Charlotte se echó a reír. Por lo que yo recordaba, era la primera vez que la veía reír.

Me imaginé contándole esta historia a Henry: «Y entonces les dije que sólo le faltaba la correa a juego.»

Yo tenía un montón de historias como aquélla, pero nadie a quien contárselas.

—Pues yo lo veo refinado y elegante. Pronto tendrás que vestirte adecuadamente para las entrevistas de acceso a la universidad y este vestido es un buen comienzo —declaró Elysius.

—¿Qué talla tienes? —le preguntó Pru a Charlotte.

Esta cuestión era delicada, y me pregunté si se trataba de una injusta venganza porque Charlotte se había reído al oír mi comentario sobre el vestido y la correa. Por el tono en que había formulado la pregunta, lo parecía. Charlotte estaba más gorda que Elysius. Pocas personas eran tan obsesivas con el ejercicio físico como Elysius, y como Charlotte iba vestida con unos pantalones holgados de camuflaje y una camiseta también holgada, resultaba imposible saber si era mucho más robusta que su madrastra.

Charlotte se encogió de hombros.

Los tres dependientes la miraron fijamente mientras la señora mayor se ponía los zapatos ella sola.

—¿Por cuál empezamos? —preguntó Rosellen.

—No tengo ni idea —contestó Phillip.

—¿Una cuarenta o una cuarenta y dos? —sugirió Pru.

—¿En serio? —preguntó Elysius.

—Sacad varias para que se las pruebe —intervino mi madre intentando relativizar la cuestión—. Todos los fabricantes son distintos y hoy en día resulta difícil saber qué talla tiene uno.

Pru cogió el vestido con cinturón en varias tallas y condujo a Charlotte a los probadores. Cuando se fueron, yo dije:

—No insistáis con el vestido y las mallas, no son de su estilo.

—Pero si lo intentara, podrían serlo —declaró Elysius—. De vez en cuando tiene que vestirse con formalidad, con refinamiento. Es la hija de Daniel y tiene que empezar a actuar como tal.

—¿Qué demonios significa esto? —le pregunté yo.

—Nosotros no somos una familia de clase media que vive en una planta baja reformada y juega al GameCube —declaró Elysius—. ¡Por todos los santos! ¿La has mirado? ¡Si ni siquiera es capaz de aguantarle la mirada a nadie! Ella vive en el interior de su mente y quién sabe lo que hay allí dentro.

—Sólo está pasando por una fase, querida. ¿No te acuerdas de tus fases de artista bohemia? —le preguntó mi madre.

Aquélla era la segunda vez que mi madre mencionaba las fases de Elysius en pocos días y deduje que se trataba de una refinada venganza por el sufrimiento que le habían causado esas fases. Cuando Elysius se mudó a Nueva York para ser una artista, seguramente mi madre debió de pasar más de una noche en vela.

Elysius la miró fijamente. Ella no quería que sus días de aspirante a artista fueran considerados como una fase. Estábamos en territorio pantanoso.

—Sólo quiere que la tomemos en serio —dije yo, reconduciendo la conversación hacia Charlotte.

—Yo intento tomarla en serio, pero algún día viajará a Francia y me preguntó qué pensarán de ella los franceses —comentó Elysius.

—¡A mí no me importa nada lo que Francia pueda pensar de Charlotte, y a Francia tampoco le importa cómo vista Charlotte! —exclamé yo.

—Podría utilizar algún toque adulto, refinado. —Elysius me miró de arriba abajo—. ¡Y tú también!

—Tu forma de vivir no es la única en el mundo. Y tu casa es tan acogedora como un depósito de cadáveres, para que lo sepas.

Nada más decirlo, me arrepentí, pero no me disculpé, sólo me alejé de allí.

—¡Chicas...! —exclamó mi madre.

—Está bien —dijo Elysius—. Pero lo intento, lo intento...

Yo sabía que ella lo intentaba, pero aquél no era mi lugar. La maternidad es dura, y ser madrastra, todavía más. Elysius seguía hablando, pero yo ya no la escuchaba. No quería hablar de aquel tema. En situaciones como aquélla, oía un zumbido en mis oídos y los sonidos del mundo quedaban amortiguados. Entonces tuve ganas de decirle: «Henry ha muerto, así que tendrás que hablar más alto.»

Charlotte apareció con el vestido y las botas de lluvia. El cinturón le iba demasiado apretado y parecía que la hubieran metido a la fuerza en un tubo. Estaba sonrojada.

—¡Estás guapísima! —exclamó Elysius con demasiado énfasis.

—Le traeré una talla más grande —comentó Phillip.

—¡Lo odio! —exclamó Charlotte—. Es horrible y empresarial.

—Mira, Charlotte, yo he tenido que trabajar para llegar a donde estoy ahora —declaró Elysius—. Pero a ti te lo han dado todo y lo estás derrochando.

Este comentario era irracional y todos lo sabíamos. De repente, los dependientes se dispersaron. Evidentemente no era la primera vez que presenciaban una discusión como aquélla.

—Probablemente «derrochar» está en tu lista de vocabulario para el examen —le dije a Charlotte intentando apaciguar los ánimos.

No sabía que la situación entre Charlotte y Elysius estuviera tan mal. Aquello era una catástrofe.

—Yo no derrocho nada —replicó Charlotte—. Eres tú quien derrocha nuestro dinero en estas cosas superficiales. ¡Cosas, cosas, cosas...! ¡Este vestido cuesta ciento sesenta dólares y no es más que es un vestido ridículo al que sólo le falta una correa de perro a juego! Pero si quieres que me lo ponga, me lo pondré. ¡Cómpralo, vamos! ¡Derrochemos!

117

Yo nunca había visto ese aspecto de Charlotte, esa asertividad. Se quedó allí de pie, con los brazos cruzados sobre el pecho. Estaba a punto de llorar, pero se negaba a hacerlo. Su expresión era impasible, salvo por un ligero y ocasional temblor de la barbilla.

Elysius la miró, me miró a mí y volvió a mirar a Charlotte. Nuevos clientes estaban entrando en la tienda.

—Está bien, por qué no te lo quitas y registramos la venta —intervino Pru.

—Me lo llevaré puesto, gracias —replicó Charlotte.

—Quítatelo, Charlotte. No lo compraré —declaró Elysius.

—Me lo llevaré puesto, gracias —repitió Charlotte.

—Ya la acompaño yo al probador —intervino mi madre.

—No, gracias —dijo Charlotte.

En aquel momento sentí que el dolor de mi pérdida se aligeraba. Allí estaba Charlotte, sufriendo y mostrando su dolor, sin hacer nada para esconderlo. Aunque su dolor no era como el mío, en cierto sentido era lo mismo. Era profundo y oscuro. Y también hermoso. ¿Y si el dolor del mundo fuera limitado? En este caso, Charlotte estaba soportando más del que le correspondía, y esto me permitió tomarme un respiro.

Los clientes nuevos se estaban acercando a nosotras. Elysius miró por encima de su hombro.

—¡Maldita sea, Charlotte! —murmuró.

Evidentemente, Elysius conocía a aquellas personas. Los clientes, una mujer dicharachera con un corte de pelo moderno y su marido, avanzaban lentamente. Ella empujaba un cochecito de bebé mientras hablaba con su marido. Él estaba de espaldas a mí y sólo vi su polo rosa y su fornida espalda.

—Está bien, nos lo llevaremos —dijo Elysius sacando su cartera y poniéndola encima del mostrador.

Pru la miró y después registró el importe de la venta. Rosellen desapareció, regresó con una bolsa que contenía la ropa de Charlotte y se la tendió con más ternura de la que yo la

118

habría considerado capaz. Charlotte no lloraba, lo que era un increíble acto de contención, y mantenía la barbilla en alto.

Mi madre cogió la bolsa de Charlotte.

—Yo la llevaré —dijo intentando ayudar.

Elysius dobló el recibo.

—Salgamos por allí —dijo señalando la dirección opuesta a aquella en la que se encontraba la mujer del cochecito.

La vuelta a casa fue silenciosa. Yo me senté al lado de Charlotte, en el asiento trasero.

En determinado momento, le di un ligero pellizco.

—Ésta ha sido una interesante manera de acortar la salida.

Ella sonrió de medio lado con tristeza y me devolvió el pellizco.

—Eternamente elegante —me dijo.

—Eternamente —contesté yo.

8

Aquella noche, cuando estaba acostando a Abbot, quien de nuevo había dejado el diccionario en la mesilla de noche, me pidió que le contara una historia de Henry. El día había sido largo y yo estaba demasiado cansada para contarle una historia larga.

—Bueno... algunos veranos, cuando tu padre era un niño, iba con tus abuelos a la casa que tenían unos amigos de ellos junto a un lago, en New Hampshire. En la granja de al lado había unos seis perros Gran Pirineo, unos perros blancos y enormes que andaban sueltos por la granja. Cuando tu padre y su hermano Jim pasaban por allí en sus bicicletas, los perros corrían aullando hacia ellos porque estaban contentos de verlos. Pero eran muy grandes y, cuando querían frenar, resbalaban en el suelo, así que, aunque estaban contentos, resultaban aterradores. Tu padre decía que era como intentar conducir una bicicleta en medio de una avalancha de perros gigantescos. ¿Te imaginas a todos esos perros corriendo hacia ti?

—Esta historia ya la conozco —dijo Abbot con voz seria.

—¿Ya te la había contado?

—Sí —contestó Abbot—, y papá también.

—¡Oh! —exclamé yo.

Abbot se frotó las manos.

—Mañana por la noche cuéntame una historia que no conozca.

Su petición me sorprendió y permanecí callada unos instantes.

—De acuerdo —accedí.

Entonces aparté su flequillo y lo besé en la frente.

—¿Puedes comprarme una almohada nueva? —me preguntó Abbot.

—¿Por qué?

—Porque ésta tiene gérmenes de ayer por la noche, de anteayer por la noche y de la noche anterior a ésa.

—La almohada está bien —lo tranquilicé yo.

—¿Estás segura?

—Sí, estoy segura.

Abbot sacó la almohada de debajo de su cabeza.

—No necesito una almohada para dormir.

Yo me levanté, reduje la intensidad de la luz de su lámpara de los Red Sox y me dirigí al cuarto de los juguetes. Di un par de vueltas a la habitación. ¿Abbot quería una historia que no hubiera oído antes? Yo no me estaba inventando a Henry Bartolozzi, lo estaba manteniendo allí con nosotros, vivo en nosotros. Sentí que el corazón se me aceleraba.

Abrí la puerta principal. Necesitaba respirar aire fresco. Era una de esas noches de finales de la primavera en las que el aire de la casa estaba cargado, pero en el exterior hacía fresco. Intenté dominar mi creciente sensación de pánico.

Contemplé el jardín, que estaba iluminado por una farola, y me acordé de cuando mi madre intentó presionarme para que cambiara de vida. «Todas las mujeres necesitan desaparecer durante un verano.» Y también me acordé de las palabras de Elysius: «Lo intento, lo intento.» Y me acordé de Charlotte y sus botas de lluvia, y de lo valiente que había sido enfrentándose a todos en la Bitsy Bette's Boutique. Y después me acordé de las ballenas beluga del acuario y de cuando Abbot me contó que tenían ombligo. «Las ballenas son como nosotros.» Miré por encima del hombro hacia la casa y entonces me di cuenta de que mi vida era como un museo, un museo de la pérdida, y yo lo había creado. Las historias de Henry siempre estaban presentes en mi vida, tanto cuando intentaba no recrearme en los recuerdos como cuando éstos me dominaban. Todo eran recuerdos: una fotografía de Henry y de mí en un restaurante japonés, y Abbot, con cinco años, embutido entre nosotros; la vieja gorra de Henry de los Red Sox; sus zapatillas deportivas de la liga de béisbol para mayores de treinta años escondidas debajo de un banco; una fotografía de Henry y Abbot con el pastel a medio comer de su cuarto cumpleaños. Aquel día, Abbot pidió el deseo de tener una vela y a continuación apagó la vela de su pastel de un soplo.

Yo no había guardado ninguna de las pertenencias de Henry porque me resultaba insoportable. Contemplé las escaleras de la entrada como lo haría un desconocido. «Porque en esta casa soy una desconocida», pensé. Había macetas que no había cuidado desde hacía más de un año. Cogí una y eché la tierra que contenía en los arbustos, y después hice lo mismo con otra mientras lloraba de una forma entrecortada.

Cuando me disponía a vaciar la tercera maceta, encontré en ella un huevo de Pascua de plástico de color violeta. Lo cogí y lo sostuve en mis manos como si fuera un huevo de verdad y el pajarito estuviera a punto de romper el cascarón.

La primavera anterior, Abbot fue con unos amigos a buscar los huevos de Pascua al parque, por lo que aquel huevo debió de esconderlo Henry dos años antes.

Abrí el huevo y salió una nubecita de aire viciado. En el interior había dos rígidos ositos de goma y un chicle duro.

Aquel simple objeto rompió algo dentro de mí. Yo apenas estaba allí. Sólo era una nube de aire y, después, nada.

La última primavera que vivimos con Henry, Abbot se empeñó en saber por qué el conejito de Pascua dejaba huevos y por qué utilizábamos cestos y hierba artificial para cogerlos. ¿Qué significaba todo aquello? Henry le escribió una carta en nombre del conejito de Pascua explicándole que no tenía ni idea de cómo había empezado aquella tradición. Henry me leyó la carta en voz alta. «Sólo soy un conejito, ¿sabes? Hay muchas cosas que no entiendo.» Yo estuve de acuerdo con él. «Cuando el mundo no tiene sentido para nosotros, debemos ser sinceros —le dije a Henry—. No somos más que conejitos.» Henry dejó la nota en el cesto con la hierba artificial.

Volví a entrar en la casa con paso tambaleante y dejé el huevo encima de la mesa del comedor. Las dos mitades, los ositos y el chicle duro.

¡Echaba tanto de menos a Henry! El deseo de tenerlo conmigo creció en mi interior de una forma brusca y repentina. Lo echaba de menos en su totalidad; no sólo sus historias, sino también su realidad. Echaba de menos su cuello y el olor a loción para después del afeitado que se concentraba en aquel lugar de su anatomía. A veces, me ponía sus camisetas justo después de que él se las quitara, mientras todavía conservaban el calor de su cuerpo, y dormía con ellas puestas. Echaba de menos apoyar la cabeza en su pecho y oír los latidos de su corazón. Echaba de menos sus hombros, su clavícula, sus bonitas manos, la curvatura de sus costillas... Echaba de menos su cuerpo flotando en el océano, enrojecido por el sol; su cuerpo acurrucado entre las sábanas; su cuerpo doblado mientras ataba los cordones de los zapatos de Abbot. Yo quería adorarlo. Echaba de menos su cara, que, cuando dormía, parecía tan joven como cuando lo conocí. Y echaba de menos su barriga. Él tenía lo que yo llamaba un abdomen de rapero. Y, desde luego, echaba de menos hacer el amor con él. Habría dado cualquier cosa por volver a hacer el amor con él. Si podía elegir, el que practicábamos en verano, en una cama sin sábanas, y al final nos derrumbaríamos sobre ella, con la respiración entrecortada, como dos supervivientes de un naufragio que acaban de llegar a tierra firme.

Yo no quería ir a la Provenza para calmar a mi madre ni a mi hermana, ni para que la casa me hechizara. Yo podía aprender las lecciones que tenía que aprender allí mismo, en mi casa. «De ahora en adelante, intentaré no perder nada ni perderme. Dejaré de centrarme exclusivamente en Abbot. Aprenderé a vivir en el mundo real. Abbot y yo no necesitamos perdernos durante un verano para aprender a vivir. Ya hemos perdido demasiadas cosas.» Pero incluso mientras me decía todas estas cosas a mí misma, sabía que sólo se trataba de una forma de autoengaño.

Ahora que había encontrado el huevo de plástico violeta, necesitaba algo más, un mensaje de Henry. Él me diría que no me fuera. Me diría que me quedara con él, que me vinculara con la casa, que dejara que la vid que crecía alrededor de la entrada nos recluyera a Abbot y a mí en el interior de la casa. ¿O quizá querría que salvara a Charlotte? Yo quería salvarla, quizá porque sentía el deseo imperante de salvar a alguien y no podía salvarnos ni a mí ni a Abbot.

Entonces el diccionario de Abbot me vino a la mente. Volví a su dormitorio y allí estaba, iluminado por la tenue luz de la lámpara de los Red Sox. Contemplé a Abbot, cuyas facciones estaban suavizadas por el sueño, y cogí el pesado diccionario. Me sentí como una ladrona, pero aun así me lo llevé.

Lo dejé encima de la mesa del comedor y me senté delante de él. Lo abrí en la página de las dedicatorias, la del padre de Henry a Henry, y la de éste a Abbot. Pensé en el padre de Henry, un hombre duro que jugaba al rugby en la universidad y que se enorgullecía de que los cascos de entonces fueran endebles. Pero, al mismo tiempo, era un romántico de corazón tierno. En el funeral de Henry, se derrumbó y rompió a llorar. Cuando yo estaba a punto de entrar en un coche largo y oscuro, me cogió de la mano y me dijo: «No puedo aceptarlo. Él es mi chico, mi hijo. No es justo. No puedo superarlo ni lo conseguiré nunca.» Tuve la impresión de que me estaba realizando una promesa de algún tipo. Entonces apareció la cara de la madre de Henry por encima de su hombro. «Deja que se vaya, cariño —dijo con su dulce acento sureño—. Los coches tienen que marcharse.» Yo no pude mirarlo, así que asentí con la cabeza y me senté al lado de Abbot. El padre de Henry cerró la portezuela del coche y presionó la mano contra la ventanilla. Yo entendí aquel gesto. «Aguanta —me decía—. Simplemente, aguanta.»

«Henry», pensé para mis adentros. Sentí el impulso de buscar la palabra «Henry» en el diccionario. ¿Estaría? ¿Había pegado Henry una fotografía pequeña de sí mismo junto a la definición?

Hojeé el libro, encontré la página correspondiente y deslicé el dedo por las entradas. Esto es lo que encontré:

Hennery. Granja de gallinas.

Henotheism. Creencia en un solo dios sin negar la existencia de otros.

Henpeck. Dominar o acosar la mujer al marido con una actitud persistente.

Henry. Unidad de inductancia eléctrica en la que se produce una fuerza electromotriz inducida de un voltio cuando la corriente varía a un ritmo de un amperio por segundo.

¿Y después?

Hent. Agarrar; aprovechar. (Obs.) «Obsoleto.»

«Sólo soy un conejito, ¿sabes? Hay muchas cosas que no entiendo.»

Pero esto sí que lo entendí: la granja de gallinas, la insistencia en dominar al marido, la creencia en un solo dios sin negar la existencia de otros... Entendí la fuerza electromagnética de Henry que me decía: «Agarra la oportunidad, aprovéchala.»

«Vete.»

Segunda parte

9

Y fue así como agarré la oportunidad de perderme y desconectar durante aquel verano.

¿O debería decir que el verano nos agarró a nosotros? Por lo visto es así como algo te agarra, por sorpresa, sin que tengas tiempo para prepararte.

Los tres teníamos pasaportes, Abbot y yo porque Henry tenía la intención de que, algún día, viajáramos a Europa, y Charlotte por un viaje de quince días que realizó a Canadá con el grupo de francés del colegio, cuando estaba en octavo. Le pedí a Jude que se encargara totalmente de La Pastelería, lo que no era un cambio descomunal, porque ella ya estaba muy implicada en el negocio. Al principio yo estaba convencida de que mi ausencia duraría sólo quince días, pero mi madre insistió en que dos semanas no era tiempo suficiente para poner en marcha las obras de la reforma. Seis semanas era el tiempo mínimo necesario. Realicé las reservas enseguida, porque sabía que, si esperaba más tiempo, me echaría para atrás. Decidimos emprender el viaje en menos de una semana.

Mi madre y yo nos reunimos en mi comedor unos días antes para hablar de las obras. Ella había hablado con Véronique y se había hecho una idea más exacta de los daños que había causado el fuego. Por lo visto, se limitaban a la cocina. Yo tenía que rehabilitar la cocina, pintar los cuatro dormitorios, renovar el lavabo, las instalaciones y las tomas de corriente y contratar el acceso inalámbrico a Internet. También tenía que restablecer el antiguo esplendor del jardín, incluidas la piscina y la fuente de piedra.

Mi madre había recopilado una docena de revistas y me las entregó.

—Reforma libremente el interior de la casa y dale un aire más moderno. La combinación de lo nuevo y lo viejo le dará vida a la casa. Podemos mantener los dormitorios en tonos claros y luminosos.

Entonces sacó unas muestras de color de Sherwin-Williams: colores crema, marfil y ocres suaves. Cuando me enseñó una revista totalmente dedicada a azulejos y baldosas, me di cuenta de que aquello me superaba. Mi madre incluso había marcado algunas páginas que contenían inodoros de consumo ecológico.

—¿Cuál te gusta más? —me preguntó.

Yo los contemplé y al final elegí el inadecuado. Lo supe por la expresión de mi madre.

—¿Estás segura? —me preguntó.

—Supongo que sí. —Entonces señalé otro—. O éste.

—Sí, a mí también —contestó ella.

Entonces cerró y apiló las revistas.

—Mira, quiero realizar muchas reformas en la casa, pero no quiero actuar de mandamás. En última instancia, tú tendrás que decidir lo que te parezca más adecuado.

—¿De verdad? —le pregunté dudando sobre si creerla o no.

—De verdad —me contestó ella—. Tengo plena confianza en ti.

Ella y mi padre habían calculado un presupuesto generoso y mi madre me indicó que sacara el dinero de su cuenta para pagar las obras.

—Tendrás que ser paciente. En Francia estas cosas requieren mucha burocracia.

—¿Qué tipo de burocracia?

—Véronique te lo explicará —contestó mi madre—. Tú

empieza por sentir la energía de la casa. Conecta con ella y deja que las decisiones se formen en tu interior.

—¿Así que mi tarea consiste en conectar y tomar decisiones?

—No, tienes que permitir que las decisiones se formen en tu interior, que es algo totalmente distinto. La casa te dirá lo que tienes que hacer —me indicó.

Primero aterrizaríamos en París. Mi madre nos reservó unas habitaciones en un hotel e insistió en que disfrutáramos de unos días de turismo en la ciudad antes de trasladarnos al campo. Además de ahorrarme algunas de las gestiones logísticas —también nos compró los billetes de tren y nos alquiló un coche para desplazarnos por Francia—, me dio una pulcra lista de restaurantes, peluquerías, tiendas de ropa, parques, museos y teatros. Yo la guardé en mi bolso. Necesitaríamos meses para visitar todos aquellos lugares, los cuales constituían su viaje ideal, no el mío. Yo no tenía tanta energía.

Llegó el día del vuelo: películas en pantallas diminutas, pollo Alfredo servido en pequeñas bandejas compartimentadas envueltas en plástico transparente y mantas reglamentarias azules.

Charlotte se durmió con los auriculares puestos. Elysius y Daniel le habían contado el plan. Estaban preparados para enfrentarse a su resistencia, porque estaban convencidos de que ella no querría ir, pero ella simplemente parpadeó y dijo:

—Espera, ¿me estáis diciendo que me voy a Francia con Heidi y Abbot? ¿Ésa es la razón de que pongáis cara de palo?

Ellos asintieron con la cabeza.

—Pues me apunto.

—¿Te apuntas a qué? —preguntó su padre.

—¿Dónde hay que firmar? —preguntó ella.

Elysius y Daniel seguían sin entenderla.

—¡Que sí! —exclamó ella—. ¿Os queda claro? ¡Que sí, que quiero ir!

Yo, por mi parte, tuve que convencer a Abbot, quien quiso

examinar a fondo las fotografías y tomó prestados varios libros de la biblioteca sobre Francia. Entonces se enteró de que en el sur de Francia había escorpiones.

—Antes de ponerte los zapatos tienes que darles la vuelta y sacudirlos, porque a los escorpiones les gusta vivir en los zapatos —me explicó—. ¿Quieres ir a un lugar donde habrá escorpiones en tus zapatos? ¡Vas a poner en peligro nuestras vidas!

Abbot también tenía miedo de los gérmenes.

—Los gérmenes de Francia son totalmente distintos a los de aquí. ¡Son gérmenes franceses, y no estamos inmunizados!

Abbot y yo ya habíamos hablado de los gérmenes largo y tendido en otras ocasiones, de modo que él estaba familiarizado con el término «inmunizado». Le encantaba utilizarlo. Al final, accedí a comprarle un frasco de Purell para el viaje.

—No podremos beber el agua del grifo —se quejó—. Los Powell viajaron al extranjero y no pudieron beber el agua del país.

—Ellos fueron a Cancún —le expliqué—, y Cancún está en México, es diferente.

—México es un país extranjero y Francia también. Yo no pienso beber nada durante el viaje.

Abbot no podía quitarse de la cabeza que se había producido un incendio en la casa, lo que constituía una prueba irrefutable de que Francia era un lugar peligroso.

Encontré el diccionario empaquetado en la maleta de Abbot, debajo de su ropa interior. Lo cogí y miré a Abbot.

—Lo pondré en la mesita de noche, al lado de mi cama —me explicó.

Yo negué con la cabeza.

—Deberías dejarlo aquí. Te hará ilusión volver a verlo cuando regresemos a casa.

Él imaginó más miedos y excusas.

—No puedes permitir que los miedos te impidan vivir la vida —le repetía yo una y otra vez, aunque en el fondo sabía que me lo estaba diciendo a mí misma.

A pesar de todo, emprendimos el viaje. No había vuelta atrás. Su aluvión de miedos constituyó una prueba evidente de que necesitábamos irnos.

En el aeropuerto, Abbot tuvo miedo de que se produjera algún ataque terrorista y no paró de señalar a personas a las que consideraba sospechosas. Incluso me pidió que entregara a la policía a un niño que llevaba un estuche de clarinete.

Cuando el avión aterrizó en Charles de Gaulle, yo miré a Charlotte, quien parecía estar desconectada del mundo. Llevaba puestos los auriculares y miraba a través de la ventanilla con la mirada perdida. Me acordé de lo que Elysius había dicho de ella, que vivía en otro mundo, en el interior de su mente. ¿Cómo era aquel mundo? Me pregunté si algún día lo averiguaría y, por primera vez, se me ocurrió pensar que aquel viaje podía ser un desastre. ¿Y si a Charlotte le horrorizaba aquel lugar? ¿Y si se encerraba en sí misma por completo? Yo no sabía nada acerca de los adolescentes, y ni siquiera Elysius o Daniel, que eran personas racionales, sabían cómo manejar a Charlotte. Yo no me había imaginado que algo pudiera salir mal, pero podía ocurrir fácilmente. Podía quedarme atrapada en Francia con una adolescente desquiciada. ¿Qué haría entonces?

Mientras tanto, Abbot me apretaba el brazo con sus manos húmedas de desinfectante Purell. ¿Y si los gérmenes franceses, el agua contaminada, los posibles incendios y la amenaza de encontrar escorpiones eran demasiado para él? En ese caso él también podía desquiciarse.

¿Sería yo lo bastante fuerte para sobrellevar todo aquello?

¿Por qué estábamos allí? De repente pensé que los tres formábamos un trío realmente insólito. Aquel verano, Charlotte tendría la oportunidad de ampliar sus horizontes y Abbot de superar sus miedos, pero ¿y yo? Yo realizaba un peregrinaje planeado para los corazones rotos y se suponía que tenía que aprender a vivir otra vez, a estar viva. ¿Cómo se suponía que lo conseguiría? ¿Sería víctima de un encantamiento? ¿Tenía que sentir, conectar y permitir que las decisiones se formaran en mi interior? Me acordé de Henry. En el avión, cerré los ojos y le susurré: «Nos vamos. Después de todos estos años, nos vamos de verdad.» Pero no me refería sólo a Charlotte, a Abbot y a mí, sino también a él. ¿Cómo podía ver París y la vieja casa de la Provenza sin verlas como Henry las habría visto? ¿Cómo podía hacerlo sin compartirlo con él, sin ver el mundo con mis ojos y con los suyos?

Y, por encima de todo, estaba la casa, una casa chamuscada y abarrotada de historias de amor. ¿Y yo tenía que restaurarla?

Sin embargo, en aquel momento todas estas cosas eran ideas abstractas. El chirrido de los frenos del avión, las ruedas derrapando y rebotando en la pista, la azafata dándonos la bienvenida a París: éstas eran las cosas reales, muy reales.

Según nuestro reloj interno, aterrizamos en París en mitad de la noche. Estábamos agotados y adormilados, pero teníamos una energía intermitente. Teníamos que pasar la aduana, seguir aquella cola lenta de pies arrastrándose y sumergirnos en aquel oleaje de lengua extranjera. Escuché atentamente, porque no tenía más remedio. Me acordé de los libros infantiles de Babar, de los discos de Jacques Brel, de la mujer francesa de nuestro vecindario y de sus loros, que soltaban palabrotas en francés.

Me sorprendió la cantidad de cosas que sabía decir en francés gracias a mi madre, porque de vez en cuando, entre verano y verano en Francia, ella nos obligaba a hablarle en francés, lo que entonces nos parecía un capricho por su parte. Ella había establecido una norma: «Si quieres algo, pídemelo en francés. Ya no acepto más peticiones en inglés.» También nos enseñó el francés por medio del inglés. «*Maigre* significa "magro", "delgado". ¿Notáis cómo se parece a *meager*?» Hacía que nos fijáramos en palabras francesas que se parecían a las que utilizábamos normalmente, como *vacances* y *vacation*, *obligatoire* y *obligatory*, *bleu* y *blue*... Pero sobre todo me acordé de las reprimendas. En público, nuestra madre nos regañaba en francés porque creía que sonaba elegante a los oídos de los desconocidos, pero a nuestros oídos sonaba como si nos estuviera regañando. *«Ne touchez pas!»* *«Écoutez!»* *«Faites attention!»*

Cuando salimos del aeropuerto a la luz del sol aquellas regañinas acudieron de nuevo a mi mente. «¡Yo no he tocado nada!» «¡Te estaba escuchando!» «¡Estaba prestando atención!»

Nos metimos en un taxi y le indiqué al taxista la dirección del hotel. Él me entendió y me sentí impresionada por mis conocimientos de francés.

—¡Qué bien hablas el francés! —exclamó Charlotte.

—Inténtalo tú.

Pero Charlotte se puso en la oreja uno de los auriculares.

—Yo lo único que sé hacer es escuchar las cintas que nos ponen en la clase de francés —comentó con voz un poco demasiado alta.

Entonces se puso el otro auricular con actitud tajante y miró por la ventanilla mientras el taxi se alejaba del aeropuerto.

—En el hotel tienen detectores de humos, ¿no? —me preguntó Abbot.

—Claro —le contesté yo.

Al principio sólo vimos la autopista, un estadio deportivo y mucho tráfico. Abbot se fijó en lo pequeños que eran los coches y Charlotte comentó, por encima de la música, la abundancia de motos y motocicletas. Sin embargo, nada nos pareció muy diferente a como era en nuestro país hasta que llegamos al centro de la ciudad.

En París todo nos pareció distinto, aunque sólo fuera un poco, pero el efecto era acumulativo: las cabinas de teléfonos, las elaboradas barandillas de los balcones, los callejones, los verdes y exuberantes parques... y, de repente, a la vuelta de una esquina, una explosión de monumentos: puentes que cruzaban el Sena, Notre-Dame, que surgía de la nada, la Torre Eiffel, que rasgaba misteriosamente la línea del horizonte... Recordé haber visitado aquellos lugares de niña; la última vez cuando tenía trece años. Con mi madre siempre viajábamos a la Provenza vía París, nunca vía Marsella, porque así podíamos ir de tiendas y a la peluquería. Un telón de fondo estaba grabado en mi mente: el sabor del aire, la energía, la sobria estructura de los edificios mezclada con la delicada ornamentación de la puerta de una valla, los sonidos del idioma francés a nuestro alrededor, vibrando en las gargantas y apelotonándose en los labios.

La France.

Yo era la hija mestiza y poco elegante que vivía en la salvaje América, y ahora, de una forma genética y profunda, volvía a estar en casa. Me sentí orgullosa. Inexplicablemente orgullosa. No sólo por proceder de aquella maravillosa gente exquisitamente ajetreada y elegantemente ociosa, sino también por haber emigrado, por ser norteamericana. Ruda, con voz sonora y ojos grandes, yo era el producto de una guerra que había unido a dos países. Me imaginé a mis abuelos, empujados por la multitud, celebrando el final de la ocupación. El beso. Y sentí aquel lazo de unión en mi interior.

En París era por la mañana, y teníamos que sobrevivir en las calles hasta que la habitación que mi madre había reservado estuviera preparada, lo que no ocurriría hasta la tarde. Dejamos el equipaje en un rincón del pequeño vestíbulo del hotel, el Pavillon Monceau Palais des Congrès. Abbot tiró de mi brazo.

—Pregunta si hay detectores de humos. ¡Pregúntaselo!

Yo le contesté que le enseñaría los detectores cuando subiéramos a la habitación.

El hotel estaba en el distrito diecisiete, un barrio principalmente habitado por familias, con muchos cochecitos de bebé y jóvenes en motocicleta. Estábamos agotados, y matamos el tiempo curioseando en las tiendas. Una de las calles estaba casi exclusivamente dedicada a los niños. Había jugueterías, una librería donde compramos libros de Astérix, tiendas de ropa infantil... Paseamos por un mercadillo y compramos melocotones, yogures, comida para llevar china en bolsas enceradas,

136

una botella de Sunny Delight y bombones. Abbot no se separó de mí ni un segundo. En lugar de darme la mano, a través de la cual podía transmitirle gérmenes, enlazó su brazo con el mío y se concentró en sortear a los transeúntes en las estrechas aceras de las calles secundarias. Yo sabía que pensaba que los franceses estaban infectados de gérmenes completamente extraños para él.

Me acordé de cuando mi madre, Elysius y yo recorríamos ajetreadas las calles de París. Primero íbamos a una peluquería para que nos cortaran el cabello y después comprábamos como locas. Mi madre colgaba las bolsas de las tiendas de sus brazos hasta que ya no le cabían más. En París comprábamos los regalos de Navidad y los de nuestros cumpleaños. Comíamos en las cafeterías y, de vez en cuando, muestra madre nos dejaba tomar fotografías con nuestras Kodak Instamatic. Yo apenas tengo recuerdos de los grandes monumentos y los edificios famosos de París, porque cada vez que sacábamos las cámaras fotográficas, nuestra madre suspiraba, como si estuviéramos rompiendo algún tipo de promesa tácita: nosotras no éramos turistas. Mientras paseaba con Abbot y Charlotte, eché de menos a mi madre y a Elysius. No es que quisiera que estuvieran allí conmigo en aquel momento, pero sí que eché de menos el pasado. Deseé poder revivir aunque sólo fuera una de aquellas tardes soleadas antes de la desaparición de mi madre, durante aquel último verano, cuando yo tenía trece años. Deseé recuperar el trío que formábamos entonces.

En un mercadillo al aire libre en la Rue de Levis, vendían sombreros.

Abbot se soltó de mi brazo y gritó:

—¡Boinas! ¡Boinas!

—Absterizer, mira a tu alrededor —dijo Charlotte—. Los franceses no llevan boinas, con el tiempo prefirieron los sombreros y los tocados de plumas.

—¡Pero tenemos que ponernos una boina! —exclamó Abbot—. ¡Estamos en Francia! ¡Necesitamos boinas!

Mi madre nunca nos habría permitido comprarnos algo tan turístico como una boina, pero yo quería tener algo que nos uniera, algo frívolo y espontáneo.

—¡Claro que sí! ¿Por qué no? —dije—. ¡Boinas!

—Yo quiero una negra, como la de los artistas —comentó Abbot.

Charlotte exhaló un suspiro.

—Yo me compraré una roja. Supongo que llevar una boina me ayudará a mejorar mi acento. —Cogió una de la mesa, se la puso y dijo sonriendo—: ¡Eternamente elegante!

Yo elegí una azul.

—No sé si ponérmela o lanzarla al aire como hizo Mary Tyler Moore —comenté.

Ninguno de los dos supo a qué me refería. Henry sí que lo habría sabido. Sentí que tenía muchas cosas que contarle. En cada esquina quería informarle de lo que veía: «Aquí está el hotel.» «Aquí está el mercadillo.» «Aquí estamos nosotros con las boinas puestas.»

Comimos en el Parc Monceau, que estaba lleno de colegiales, oficinistas pálidos y corredores. No teníamos nada para limpiar los melocotones y, si en el parque había una fuente, no la habíamos visto. Además, Abbot tampoco habría querido utilizarla por miedo a contagiarse. Al final, los lavamos con Sunny Delight. Abbot utilizaba el desinfectante con generosidad y se negó a sentarse en el suelo para comer, de modo que permaneció de pie mientras observaba a los colegiales. No teníamos cucharas para los yogures y al final resultó que no eran azucarados. Por lo visto mi francés no era tan bueno.

Charlotte llamaba la atención de los transeúntes. Yo le conté que en Londres habría pasado desapercibida. La corriente punk estaba integrada en la cultura londinense y nadie habría prestado atención a su pelo azul con las puntas negras, pero en París la moda siempre gira alrededor de la belleza y nada más. El centro de la vida parisina no es la revolución, la política o las revueltas estudiantiles, sino la belleza. Quizá por esto los parisinos también se fijaban en Charlotte. Detrás de su cabello azul y negro, su aro en la nariz y su ropa holgada, se escondía una belleza extraordinaria. Eso era innegable.

Durante la mañana, ella caminó medio escondida detrás de mí, intentando pasar desapercibida en mi sombra, pero a mediodía se relajó, quizá debido al agotamiento extremo o porque se dio cuenta de que no iba a encontrarse con nadie conocido, de que nadie iba a etiquetarla. Si hacía algo vergonzoso, no le importaría a nadie. Esto es lo que tienen de maravilloso los países extranjeros.

Abbot también experimentó este tipo de liberación. Aunque no utilizó las manos para nada, de hecho se negó a empujar con ellas la barrera del metro y siempre esperó a que otra persona abriera la puerta de las tiendas, empezó a decir *bonjour* a los dependientes y *excusez-moi* a los transeúntes que esquivaba por la calle, como si fuera un hombrecito francés.

—¿No os parece fantástico ser anónimo? —les pregunté yo mientras bebíamos un refresco en una cafetería.

Al fin y al cabo, allí yo no formaba parte de la sociedad secreta de las viudas.

Abbot me miró con extrañeza.

—Anónimo significa que no firmas con tu nombre algo que has escrito.

—En este caso, no, Absterizer —replicó Charlotte—. En este caso significa que nadie nos conoce. Estamos volando por debajo del radar. Podríamos ser cualquier persona.

Abbot me miró con ojos penetrantes. Quizá sabía que, desde la muerte de Henry, yo sufría una crisis de identidad y que tener la posibilidad de ser cualquier persona me aterrorizaba, pero en realidad era todo lo contrario, me resultaba reconfortante.

—Aquí nadie sabe nada de nosotros —declaré.

Lo que quería decir era que nadie sabía que a Abbot y a mí se nos había roto el corazón y que éramos unos supervivientes. Allí nadie nos ofrecería su consuelo no deseado, sus consejos y sus frases inspiradoras para levantar el ánimo.

Allí no tendríamos que soportar todo aquello.

Por la noche, en el hotel, olí a humo.

Yo sabía que había un detector de humos en el techo de la habitación porque le había enseñado a Abbot su lucecita parpadeante. Ésta seguía parpadeando y el artefacto no emitía ningún pitido.

Habíamos dejado las dos ventanas abiertas para tener algo de ventilación. No había mosquiteras, tal y como recordaba de mi infancia, pero las mosquiteras no eran necesarias, porque ningún mosquito quería entrar en nuestra habitación, sólo el aire y, en concreto, una brisa cálida. Me acordé de las noches de verano en Tallahassee, cuando Henry y Abbot observaban las lagartijas que rastreaban nuestras mosquiteras a la caza de los insectos que se sentían atraídos por la luz. Unas veces, animaban a las lagartijas, y otras, a los insectos. Charlotte, Abbot y yo nos dormimos pronto, oyendo las risas y los gritos de la gente, las bocinas distantes y las extrañas sirenas, y percibiendo el olor de las cenas que preparaban los vecinos, que entraba por una de las ventanas y salía por la otra.

A media noche, me despertó el olor a humo. Enseguida me di cuenta de que era humo de verdad, no humo de cigarrillos ni de frituras. Abbot estaba conmigo en la cama y, camino de la puerta, pasé junto a la cama de Charlotte. Salí al rellano.

La escalera tenía una elegancia antigua. Era ancha y estaba cubierta con una alfombra roja y descolorida. En los rellanos había unas ventanas altas con marcos de madera viejos y pesados, y estaban abiertas de par en par.

¿El olor a humo era más intenso allí? Sí, aunque sólo un poco.

Corrí escaleras abajo, rellano tras rellano.

¿Era más intenso allí? ¿Se veía el humo en el aire? No, en

algunos lugares se percibía, y en otros, no. El humo aparecía y desaparecía.

Cuando llegué al vestíbulo, me di cuenta de que no me había puesto el sujetador. Sólo llevaba puestos una camiseta blanca y unos pantalones de pijama cortos. También iba descalza. Llamé al timbre sabiendo que, probablemente, despertaría al vigilante de noche. ¿Qué le diría exactamente? ¿Y cómo?

El somnoliento vigilante salió de una habitación trasera donde yo supuse que debía de haber un catre. Se trataba de un hombre joven, alto y desgarbado, e intentaba que no se notara que estaba medio dormido. Se alisó el cabello y se ajustó las gafas.

—*Fumer* —le dije para indicarle que había humo.

Yo sabía que, en francés, el verbo «oler» y el reflexivo «sentirse», eran iguales. Intenté explicarle que olía a humo, aunque sabía que podía estar diciéndole que me sentía fumada.

En cualquier caso, él me entendió. Salió de detrás del mostrador y me preguntó dónde había olido el humo. El hecho de que me tomara tan en serio todavía me puso más nerviosa. ¿Qué estaba haciendo yo en el vestíbulo? Debería haber despertado a Charlotte y haberla obligado a levantarse. ¡Debería estar sosteniendo a Abbot en mis brazos! ¿Por qué no sonaba la alarma contra incendios?

Señalé las escaleras y me dirigí a ellas. Él me siguió. Nos detuvimos en el primer rellano. Yo husmeé el aire y levanté el dedo.

—*Fumer?* —le pregunté.

Él negó con la cabeza, pero subió conmigo al siguiente rellano. Nos asomamos juntos por la ventana. Escuchamos los ruidos de la ciudad y olisqueamos el aire. Yo me acordé de mi noche de bodas. Henry y yo abandonamos la fiesta pronto. Nos dirigimos a un viejo hotel en el Cabo, donde habíamos reservado una habitación. Estaban celebrando el origen de la ciudad, como era costumbre en Nueva Inglaterra, y había fuegos artificiales. Una de las ventanas del pasillo comunicaba con un tejadillo. Salimos por la ventana, yo vestida de novia y Henry en esmoquin. Rodeados del zumbido de los aparatos de aire acondicionado, contemplamos los fuegos artificiales y el aire se llenó de humo. En aquel momento éramos dos personas nuevas y nuestra vida se extendía delante de nosotros. Nuestras familias nos habían dejado emprender el vuelo y Abbot todavía no había llegado a nuestra vida. Durante un corto espacio de tiempo, sólo estaríamos nosotros dos, dos jovencitos.

¿Acaso no había humo? ¿Se trataba sólo del recuerdo de lo que había vivido con Henry? ¿Había sufrido una alucinación?

—*Non?* —susurré—. *Non fumer?*

—*Non* —contestó el vigilante. Entonces apoyó su mano en la mía y me dijo en inglés—: No hay humo. El aire está limpio.

No se trató de un acto de seducción, sino de ternura. Él parecía saber que yo necesitaba que alguien me dijera que todo iba bien.

—De acuerdo —contesté yo—. Gracias. *Merci.*

En cierta ocasión, mi madre nos dijo a Elysius y a mí que, si prestábamos atención, oiríamos la palabra inglesa «*mercy*» dentro de la francesa «*merci*». Todavía me parecía oírla decir: «*Merci, mercy.* ¿Lo percibís? Es como si un idioma estuviera escondido en el interior del otro.»

Después de recorrer el hotel en busca de humo, decidí que lo mejor que podíamos hacer era no concedernos tiempo para pensar, adoptar el papel de turistas y visitar algunos de los lugares que figuraban en la lista de mi madre. Me di cuenta de que el auténtico reto surgiría cuando llegáramos a la casa, donde dispondría de largos períodos de tiempo sin nada que hacer. Hasta entonces, arrastraría a Abbot y a Charlotte por todo París.

Primera parada: la torre Eiffel. Tomamos el ascensor, aunque no parecía muy seguro.

Cuando llegamos arriba, Abbot se mantuvo alejado de la barandilla, pero Charlotte se asomó y contempló la ciudad. El viento azotó su cabello, como si estuviera en un barco. La ciudad, extendida a nuestros pies, reflejó los rayos del sol. Yo me acerqué a Charlotte.

—La ciudad se ve bonita desde aquí.

Ella suspiró con inquietud y miró a los otros turistas.

—París está plagada de amantes —declaró—. Empiezo a preguntarme si les paga el departamento de turismo.

Yo estuve de acuerdo con ella. A mí tampoco me ayudaba mucho verlos, pero no supe qué decirle. ¿Debía mencionar a Adam Briskowitz? ¿Se suponía que había oído hablar de él?

—Son todos un puñado de farsantes a sueldo —declaré con frivolidad.

Contemplamos las pirámides que hay en la plaza del Louvre, pero no entramos porque las colas eran demasiado largas y no habíamos reservado entradas. Estábamos en verano y los turistas acudían a París a montones. Empecé a sentirme como una traidora por estar en París sin Henry. «¿Cómo podía recorrer París sin él?» Entonces lo vi entre la multitud: una visión fugaz de sus zapatillas deportivas; su cara momentáneamente tapada por una cámara fotográfica; una gorra de los Red Sox tan desteñida y desgastada como la de él. Yo sólo lo vi de pasada. No me recreé. En todas aquellas ocasiones, aparté la mirada con rapidez mientras seguía avanzando entre la multitud y Abbot exclamaba:

—*Excusez-moi!*

Insistí en que fuéramos a la Plaza de la Ópera, donde se besaron mis abuelos. Les conté su historia de amor mientras viajábamos en el metro, camino de la plaza. Les expliqué las circunstancias: el final de la Segunda Guerra Mundial, las aglomeraciones, el beso, y que la multitud los separó, y también les conté que, con el tiempo, él regresó a Francia y que, gracias a una misteriosa serie de milagros, encontró a mi abuela en la casa de la Provenza. Terminé la historia como de costumbre: «Entonces juraron no separarse nunca más.» Cuando lo dije, sentí que un escalofrío recorría mi piel, como me pasaba de joven.

—Es una historia muy romántica —comentó Charlotte, y, por una vez, su voz no sonó hastiada.

—La casa de la Provenza tiene una larga tradición de amores —les dije—. A ti ya te he contado sus historias, ¿verdad, Abbot?

—No —contestó él—. Yo conozco las historias de Henry, pero no las de la casa.

—¡Vaya! —exclamé.

Entonces pensé que quizá seguía creyendo en aquellas historias y que, si no las había contado era para que nadie me las echara por tierra, como yo había hecho de joven. Pero Charlotte y Abbot tenían que saber adónde se dirigían.

—Bueno, eso tiene arreglo.

Entonces empezaron sus lecciones de historia, de la historia de la casa de la Provenza, de su larga tradición de amores y de todos sus milagros.

En cuanto a la plaza de la Ópera, nos pareció preciosa. Nos detuvimos delante del enorme edificio de la ópera, que se veía tan sólido como debía de serlo cuando mis abuelos se encontraron entre la multitud. A mí me recordó a un pastel: las hileras de arcos, las columnas, la cornisa ornamentada, las molduras, la bonita cúpula de cobre verde y los resplandecientes ángeles dorados.

Recorrimos la ciudad de historia en historia, de monumento en monumento. En Notre-Dame, a Abbot le impresionó la vidriera de colores que representa a un hombre condenado a sostener su cabeza decapitada durante toda la eternidad y, cómo no, también le impresionaron las gárgolas. Charlotte encendió una vela y dio un donativo, lo que me sorprendió. ¿No estaba demasiado rebotada con el mundo para hacer algo así? Nos sentamos los tres juntos en la parte trasera de la catedral, en la fresca oscuridad.

Los turistas avanzaban lentamente por los pasillos hablando en susurros.

—A mí no me irían mal unos cuantos contrafuertes, ya sabéis, apoyos —comenté yo—. Creo que envidio sus contrafuertes.

—Podrías agacharte para estar más cerca del suelo, pero está muy sucio —comentó Abbot.

—Según dicen, se tarda mucho tiempo en construir un contrafuerte —comentó Charlotte.

Entonces me tendió el folleto que había estado leyendo y después pareció desaparecer dentro de sí misma. Charlotte podía hacer esto de una forma que yo nunca había visto antes: estar presente y dejar de estarlo en un segundo.

Sin embargo, aunque mantenía sus comentarios al mínimo, parecía estar absorbiéndolo todo. Le impresionaron los vendedores callejeros de crepes y la rapidez con que volteaban las tortas.

—Me encanta que los franceses le echen chocolate a todo. Es como si tuvieran el mejor tic nervioso del mundo.

También le encantaban el café del desayuno y los terrones de azúcar, y le gustaba pasear por los mercados y contemplar los pescados y los cerdos asados. Y también se detenía para leer los menús que se mostraban a la puerta de los restaurantes, bueno, los que estaban traducidos al inglés.

—Del mismo modo que se puede conocer la ciudad recorriendo sus calles, uno podría conocerla yendo de restaurante en restaurante.

Charlotte me recordaba a... bueno, a mí cuando empecé a entender que la comida era más que comida. A Henry le encantaba la comida por los motivos adecuados: porque comer le reconfortaba y también porque cocinar era un arte. Para él la comida era identidad, cultura, familia, una definición de lo que es el amor y el hogar y la expresión de quiénes somos. Todo al mismo tiempo. Si pasábamos un par de días en algún lugar, él visitaba el mercado local para descubrir la esencia de su cocina. «La comida cuenta una historia», decía.

Charlotte describía la comida como lo hacía Henry.

—Noto la salsa en mi paladar y la siento casi excesivamente amarga, pero el sabor que deja en mi boca es dulce. ¿Cómo lo hacen? Prueba esto.

Yo probé lo que ella me ofrecía y, en aquel instante, el bullicio de los turistas se desvaneció. El tiempo se volvió más lento. Pero no quise concentrarme en el sabor. Quería percibir la textura de la salsa, pero me resistía a saborearla. Si hubiera estado allí con Henry, sí que la habría saboreado.

—¿Notas el sabor? —me preguntó Charlotte—. ¿Sabes a qué me refiero?

—Sé qué sabor debería percibir porque me lo has descrito perfectamente, pero yo no... No me concentro.

Sacudí la cabeza y me acordé de la vez que Henry rompió a llorar al final de una comida en Nueva Orleáns.

—¿Estás llorando por la tarta de nueces? —le pregunté.

—No —me contestó él secándose las lágrimas—. No es sólo por la tarta. Es por la química y la física. Es por el lugar, el tiempo, la historia, la religión, la música...

Se sentía abrumado.

A pesar del entretenimiento que suponía visitar París, la presencia de Henry me hacía sentir imprecisa. Me sentía abrumada por una doble visión: la de cómo veía yo el mundo y la de cómo lo habría visto Henry.

Charlotte pareció darse cuenta de que algo me agobiaba y no me presionó.

Cuando salimos del restaurante, no hablamos hasta que Abbot vio la Plaza de la Concordia.

—¡Mirad! ¡Tienen un lápiz gigante como el que nosotros tenemos en D.C.!

—Si te fijas, los hombres han construido erecciones por todo el mundo —comentó Charlotte—. Esto, Absterizer, es un símbolo de la opresión patriarcal.

—¿Qué has estado leyendo últimamente? —le pregunté a Charlotte.

—No tengo que leer mucho para decir algo así. Sólo era una broma.

—Yo no bromeé sobre la opresión patriarcal hasta que llegué a la universidad.

—Las bromas han evolucionado —contestó ella—. Además, mi novio, bueno, mi ex novio, es muy bromista y está muy en contra de la opresión patriarcal.

Por fin aparecía en escena Adam Briskowitz, quien no era un novio, sino un desastre. Y ahora era un ex. ¿Cómo debía de ser Adam Briskowitz si dos de sus características definitorias eran que era un bromista y que estaba en contra de la opresión patriarcal? Yo sabía que algo agobiaba a Charlotte, así que ahora fui yo quien no la presionó. Lo haría más adelante.

Cerca de Les Halles, vimos una estatua gigante de una cabeza inclinada, con la cara apoyada en la palma de la mano. Nos turnamos tomándonos fotos como si le estuviéramos hurgando la nariz.

¡Al fin y al cabo, somos norteamericanos!

10

Cuatro días después de llegar a París, tomamos el TGV, un tren increíblemente rápido que nos llevó a Aix-en-Provence. Yo me alegré de no tener que seguir manteniendo el ritmo típico de los turistas. Además, en contra de lo que esperaba, no me había servido como método de distracción.

Nuestro próximo objetivo era establecernos, crear ritmos cotidianos. Ya no tendríamos que comentar lo que veíamos ni fotografiarlo ni tratarlo como un recuerdo en potencia. Sólo tendríamos que vivir, que ser. En Norteamérica, yo me había convertido en una experta fingiendo que vivía. En la Provenza no me resultaría mucho más difícil.

Entre confusa y ansiosa, tomé las llaves del coche de alquiler que teníamos reservado cerca de la estación del tren en Aix-en-Provence, estación que no debe confundirse con la otra estación que hay en Aix-en-Provence, como le ocurrió a mi madre. Esto era un triste recordatorio de que hacía décadas que mi madre no viajaba a la Provenza. Nunca habíamos hablado de lo que ocurrió cuando regresó a casa después del verano que desapareció, pero yo sabía que ella y mi padre habían llegado a algún tipo de acuerdo. ¿Le había prometido ella no volver a la Provenza si él no volvía a tener una aventura amorosa, o se trató de un acuerdo tácito? ¿Sintió mi madre que tenía que renunciar a una parte de sí misma para conservar su matrimonio?

Mientras cargábamos el equipaje en el Renault de alquiler, me di cuenta de cuál era la causa de mi nerviosismo. No se trataba sólo de que nos habíamos equivocado al ir a buscar el coche de alquiler a la otra estación de tren y tuvimos que pedir un taxi para que nos llevara a la estación que debíamos, sino que tenía que conducir por Francia. Me acordé de cuando mi madre conducía por aquellas carreteras: se incorporaba con nerviosismo a las rotondas y se subía a los bordillos llenos de malas hierbas para esquivar a los coches que se acercaban de frente. Los conductores franceses le aterrorizaban y, aunque yo antes me enorgullecía de mi forma de conducir, el accidente de Henry me había hecho perder la confianza en mí misma. A veces me agarraba al volante y me imaginaba el impacto en sus costillas, en su pecho. Cuando le pedí a Charlotte que sacara el mapa y la nota con las indicaciones de uno de los compartimentos de mi bolso, debí de parecer nerviosa.

—¿Quieres que conduzca yo? —me preguntó—. Aunque aquí sea ilegal, puedo hacerlo.

—No te preocupes —contesté yo.

—Pero ya conoces el camino, ¿no? —me preguntó Abbot desde el asiento trasero—. De pequeña viniste muchas veces.

—Algunas cosas han cambiado, pero lo encontraremos —le contesté yo—. Seguro que más adelante reconoceré algunos lugares. Al menos las montañas no cambian.

Puse en marcha el motor y me incorporé a la circulación de la estrecha calle. Aix-en-Provence es una ciudad con mucho trajín y los coches circulan a gran velocidad. A la salida, tomamos la carretera principal, que, rotonda tras rotonda, permitía el acceso a otras carreteras secundarias. Los franceses están obsesionados con las rotondas. Las señales de tráfico, los peajes, el paisaje... todo me resultaba desconocido, aunque esto era positivo, porque así tenía que concentrarme y no podía pensar mucho en Henry.

Charlotte buscaba en el mapa los números de las carreteras y los localizaba en las señales de tráfico. Me mantuvo en el camino correcto. Al final llegamos a la zona rural, donde la circulación era más tranquila. El antiguo monte de Sainte-Victoire parecía que acabara de surgir de la tierra. Las nubes, oscuras y ocasionales, creaban zonas de luz y sombra en sus escarpadas y voluminosas estribaciones, que resaltaban contra el cielo.

Me acordé de las historias que mi madre me contaba y de lo misterioso que me resultaba entonces aquel paisaje.

—Al principio... —me oí decir a mí misma.

Entonces, como hizo conmigo mi madre, les conté a Abbot y a Charlotte la primera historia de la casa, el origen de la casa misma. Les conté que uno de mis antepasados la construyó él solo, piedra sobre piedra, sin descansar ni un solo día durante todo un año, para conseguir el amor de una mujer.

—... y ella se enamoró de la casa y del hombre que la había construido.

Nos quedamos en silencio mientras el aire que entraba por las ventanillas azotaba nuestras caras. Pasamos por delante de campos cultivados, de un puesto de frutas y verduras, y de viejas y bonitas casas provenzales.

—Si inclinas la cabeza y entrecierras los ojos, el cielo es igual que el de uno de los cuadros del tío Daniel —comentó Abbot con voz nostálgica.

—Si entrecierras los ojos lo suficiente, todo se ve como en los cuadros de mi padre —declaró Charlotte—. De hecho, si quieres ver las cosas como las pinta mi padre, lo mejor es que cierres los ojos del todo.

El rencor que Charlotte sentía hacia el trabajo de su padre o, mejor dicho, hacia la dedicación y pasión que él sentía por su trabajo, se reflejó en el tono enfadado de su voz.

—Abbot tiene razón —comenté yo—. Su último cuadro, el de trazos gruesos, me recuerda a estas montañas.

Charlotte no contestó. Entonces se inclinó hacia delante y puso en marcha la radio. Durante los minutos siguientes, estuvo cambiando de emisora, pero sólo encontró música tecno-pop y baladas francesas. Al final, encontró una en la que transmitían la canción *Hit me with your best shot*, de Pat Benatar. Yo me puse a cantarla a pleno pulmón y ella y Abbot se unieron a mí. Las cigarras cantaban con potencia entre las altas hierbas de los campos, tanto que se las oía por encima del ruido del motor, de la música y de nuestras estridentes voces.

Después pusieron una canción de Jacques Brel. Yo le dije a Charlotte que la dejara. Recordé haberla oído de pequeña en la casa de mi madre. La tarareé mientras seguía las señales que indicaban el camino a Puyloubier, el pueblo al que se podía ir caminando desde nuestra casa.

Abbot y Charlotte habían visto fotografías de la casa, tanto las de mi madre como las que Elysius tomó el verano anterior, cuando Daniel le propuso en matrimonio, aunque en éstas la casa se veía más vieja y deteriorada.

—Hay un letrero pequeño y un camino compartido por dos casas —les recordé—. Las casas quedan un poco apartadas de la carretera. La más pequeña, la que tiene las contraventanas azules, es la nuestra. Las montañas están detrás de las casas, y también hay unos árboles grandes y viejos. En nuestro terreno hay una fuente con unos peces gordos y de color naranja que se llaman kois, y también hay una piscina.

Ellos ya lo sabían, pero me escucharon atentamente. Quizá querían volver a oírlo. A ambos lados de la carretera había campos de vides, largas hileras de vides de tallos gruesos y hojas verdes que estaban sujetas a unos postes y cordeles que les hacían de guías. El valle entero vibraba con el canto de las cigarras. Me acordé de que le describí aquel sonido a Henry. A principios de primavera, él solía llevarnos a los pantanos, a escuchar los pitidos de los polluelos y la llamada de apareamiento de las ranas: un coro de canciones de amor.

Tomamos la estrecha carretera que conducía a Puyloubier. Las hierbas y las vallas estaban salpicadas de conchas blancas de caracoles, como cuando era pequeña. Yo estaba convencida de que en aquella carretera sólo podían circular los coches de uno en uno, pero pronto me di cuenta de que los que venían de frente no tenían miedo del reducido espacio, al contrario, pasaban disparados por nuestro lado, con los motores rugiendo, mientras yo metía medio coche en la cuneta. Cuando pasaban por mi lado, yo contenía el aliento e, instintivamente, encogía el estómago, como si esto pudiera ayudarnos. El corazón me golpeaba el pecho como si fuera un ariete. Entonces me acordaba de Henry, y me imaginaba que el volante se me clavaba en las costillas y las llamas nos envolvían...

No vimos el letrero que señalaba la entrada de la casa, así que, antes de que nos diéramos cuenta, estábamos en el pueblo.

—¿Cómo he podido saltármelo? —exclamé con los nervios crispados.

—Está ahí, en algún lugar —dijo Charlotte—. Vaya, que no habrá desaparecido. Podríamos dar una vuelta y estirar las piernas.

—¡Yo quiero visitar el pueblo! —exclamó Abbot.

—Está bien, daremos un paseo por el pueblo y compraremos algo de comida —dije yo intentando calmarme.

Aparqué cerca de una parada de autobús, delante de una tienda de vinos. Otro Renault aparcó a nuestro lado. Mientras dábamos una ojeada a nuestro alrededor para orientarnos, los dos ocupantes del otro coche salieron del vehículo y realizaron unos estiramientos, seguramente como preparación para tomar una de las rutas de senderismo. Los dos iban vestidos con bermudas y deduje que eran turistas alemanes. Por cómo se miraban, casi furtivamente, pensé que quizás eran amantes.

Pasamos junto a un grupo de niños que, con el torso desnudo y vestidos con pantalones cortos de flores, jugaban al fútbol en la plaza. Unos hombres mayores jugaban a la petanca debajo de unos árboles pequeños, en una pista polvorienta que había delante de un edificio municipal de grandes ventanas, paredes de color naranja intenso y tejado a dos aguas. Una mujer muy guapa, de cabello negro y liso, aparcó el cochecito de su bebé y se sentó en un banco, cerca de la fuente circular que había en el centro de la plaza adoquinada. Mientras tanto, vigilaba a otro niño que montaba en bicicleta por la plaza.

—*Doucement, Thomas!* —gritó indicándole que condujera con cuidado—. *Doucement!*

Aparte de ellos, el pueblo se hallaba tranquilo, incluso parecía que estuviera vacío.

El pueblo era pequeño. Era el típico pueblo en el que sólo había una cosa de cada: una tienda, una cafetería, una iglesia, un colegio... Todo en un entramado de cinco o seis calles. Éstas eran empinadas y serpenteantes, y estaban flanqueadas por hileras de casas altas y estrechas que ocasionalmente se encontraban separadas por un callejón formado por unas escaleras de piedra. A lo lejos, al pie de la montaña, se veía un pueblecito que parecía que estuviera agachado bajo la inmensa mole de piedra. Nos dirigimos a un mirador que daba a una pendiente llena de lilas. Enfrente había una extensión de terreno cultivado: tierra rica y bien cuidada.

—¿Lo hueles? —preguntó Charlotte—. Por fin sé lo que pretenden conseguir con las velas perfumadas.

Abbot tenía que hacer pipí, de modo que buscó un rincón escondido entre las lilas. Allí vio un montón de caracoles.

—¡Mirad! ¡Están por todas partes!

Examinamos de cerca sus tentáculos y las espirales de sus frágiles conchas.

—En francés se llaman *escargots* —declaró Charlotte—. Esta palabra me la sé.

Subimos por una callejuela y pasamos por delante del colegio y de la iglesia y su campanario. El acceso a las casas consistía en unas escaleras empinadas y las contraventanas estaban pintadas de color azul o verde pálido. Pasamos junto a una pequeña fuente en la que un querubín sostenía una jarra de agua. Una mujer mayor limpiaba un banco de mármol.

Después bajamos por el otro lado. Vimos un letrero en el que ponía: *LES SARMENTS.* Unas escaleras de piedra parecían conducir a un restaurante que estaba escondido en algún lugar. «*Sarments*», yo no sabía qué significaba esta palabra. Tendría que buscarla en el diccionario.

Giramos a la izquierda y llegamos al Café Sainte-Victoire, donde había unos cuantos lugareños. La televisión transmitía un vídeo musical francés que debía de ser de los años ochenta. Charlotte y Abbot examinaron la nevera y sacaron sendos cucuruchos que estaban cubiertos con un envoltorio de papel grueso. Yo pedí un café. Nos sentamos en la tarima de madera del exterior mientras la camarera iba y venía sirviendo comidas de última hora a los clientes. Me acordé de cuando era niña y del ajetreo que solía haber en aquel local. El aire era lo que me resultaba más familiar; era fresco y puro. Tuve la impresión de que mis pulmones estaban aprendiendo a respirar de una forma nueva.

Al lado de la cafetería había un supermercado pequeño con las paredes abarrotadas de artículos imperecederos y media docena de cajas de productos frescos. Abbot se obsesionó con el expositor compartimentado de las chuches de la marca Haribo. Me di cuenta de que quería tirar de los pomos de los compartimentos para ver de cerca las chuches, pero antes que él cientos, si no miles de manos mugrientas de otros niños los habían tocado. De modo que se quedó allí de pie, con las manos en los bolsillos de sus pantalones cortos. Hacía varias semanas que había cambiado sus habituales pantalones de deporte por los pantalones cortos con bolsillos. Me miró, pero yo fingí no darme cuenta del dilema en el que se encontraba y le dije que le compraría una bolsa.

—Pero sólo una, así que elige bien.

—Compra las de Coca-Cola —le sugirió Charlotte.

Abbot la miró y después me miró a mí.

—Acabo de tomarme un helado, así que no tengo hambre —dijo Abbot.

—Uno no come chuches porque tenga hambre —replicó Charlotte—. Es una norma básica de la infancia. ¿Acaso eres un extraterrestre?

No lo dijo con malicia, pero Abbot bajó la mirada y negó con la cabeza. Yo sabía que, a veces, se sentía como un extraterrestre.

—Ya volveremos otro día —comenté.

Compramos algunas cosas básicas: agua mineral, leche, queso Brie, galletas saladas, fresas y champú.

Y ya está, en esto consistía el pueblo. Un lugar sencillo iluminado por la luz de la tarde. Camino del coche, vimos que unas nubes oscuras se estaban apiñando sobre nosotros. También se había levantado un leve viento, aunque el aire seguía siendo ligero y transparente. Tuve la sensación de que estaba en otro mundo, como si las reglas de la gravedad no rigieran en aquel lugar.

—En fin, volvamos a intentarlo —dijo Charlotte mientras subíamos al coche.

—Telefonearé a Véronique para avisarla de que estamos a punto de llegar y para que me dé un par de indicaciones —contesté yo.

—O seis —añadió Abbot.

Puse en marcha el coche y metí la mano en el compartimento de la puerta para coger mi móvil. No estaba.

—¿Dónde está mi móvil? —pregunté mientras me volvía hacia Charlotte—. Quizá lo he metido en la bolsa de la cámara de fotos o en el maletín del portátil.

Charlotte buscó en el suelo y después se volvió para examinar el asiento trasero.

—¿Dónde está mi cámara de fotos?

—Abbot, ¿está ahí detrás el maletín del portátil?

—¡No! —exclamó él con ansiedad.

Nos habían robado. Asimilé la idea poco a poco. Tiré de la palanca que abría el maletero y salí del coche soltando maldiciones. La maleta de Abbot y la mía habían desaparecido. Charlotte había dejado su petate de lona en el asiento trasero. Tampoco estaba, y lo mismo ocurría con nuestros aparatos electrónicos: la cámara de fotos, el ordenador portátil y el iPod de Charlotte.

—Un momento... —dijo Charlotte—. ¡Mi música!

Me acordé de los dos hombres que viajaban en el otro Renault, los turistas alemanes gays que probablemente no eran gays ni alemanes ni turistas, sino unos vulgares ladrones que habían seguido nuestro coche de alquiler desde la carretera principal. Su Renault ya no estaba.

—Sólo son cosas —dije yo intentando conservar la calma—. Sólo nos han robado las cosas. No pasa nada.

Abbot parecía alterado. Estaba pálido y aturdido.

—¡El diccionario! —exclamó—. ¡El diccionario!

—Tranquilo —le dije yo—. No lo hemos traído, ¿te acuerdas? Lo dejamos en la mesilla de noche.

Él rompió a llorar con desconsuelo.

—Odio a los ladrones . ¡Los odio! ¡Los odio!

—Está bien, no pasa nada, nosotros estamos bien —lo tranquilicé yo.

Charlotte estaba furiosa.

—¡No me lo puedo creer!

—¿Cómo han entrado en el coche? ¿Es posible que no lo cerrara con llave?

Me di cuenta, con rabia, de que, efectivamente, era posible. En París y en el tren había estado alerta, pero allí, en aquel pueblecito idílico, había bajado la guardia.

Miré alrededor en busca de posibles testigos. Los hombres que jugaban a la petanca estaban demasiado lejos. La madre con el cochecito y el niño de la bicicleta se habían ido, pero cerca de la parada de autobús estaban los niños que antes jugaban al fútbol. Nos estaban mirando.

Decidí preguntarles si habían visto algo.

Abbot también había bajado del coche y me rodeaba la cintura con los brazos. Estaba llorando.

—Yo llevaba en la maleta cosas importantes —me aseguró—. ¡Muy importantes!

Charlotte también bajó del coche.

—Está bien, Absterizer, no pasa nada —dijo ella, pero también se la veía alterada.

Había empezado a llover y, aunque sólo caían unas gotas, era el tipo de lluvia que podía convertirse rápidamente en una tormenta de verano.

Volví a mirar hacia el grupo de los niños, que no debían de tener más de trece años.

—Voy a preguntarles si han visto algo.

En aquel momento, un niño que era un poco más alto que los demás y que iba vestido con unos pantalones cortos floreados y unas zapatillas deportivas sucias, levantó una pistola por encima de su cabeza y lenta e intencionadamente la bajó hasta que nos apuntó con ella.

—Meteos en el coche —dije yo en voz baja y con tono apremiante—. ¡Ahora!

—¿Qué pasa? Sólo es lluvia —replicó Charlotte mientras se metía en el coche y miraba alrededor.

Yo levanté a Abbot por las axilas, lo lancé sobre el asiento trasero del coche y cerré la puerta de golpe.

—¡Bajad la cabeza! —grité mientras me sentaba frente al volante.

El corazón me latía con fuerza en el pecho. Charlotte y Abbot se acurrucaron en los asientos.

—¿Qué pasa? —gritó Abbot.

—Nada, pero no levantéis la cabeza.

Yo puse la marcha atrás, apreté el acelerador, frené, puse la primera y salí a toda velocidad.

Charlotte y Abbot se agacharon todavía más.

—La he visto. Yo también la he visto —dijo Charlotte.

—¿Qué has visto? —preguntó Abbot.

—Ahora no me puedo morir —susurró Charlotte—. No puedo. Todavía no.

Yo en lo único en lo que pensaba era en escapar de allí, en conseguir que el coche alcanzara la mayor velocidad posible, en poner tanta distancia como pudiera entre la pistola y nosotros. El robo no tenía importancia. Agarré el volante con fuerza, me incliné hacia el parabrisas y apreté el acelerador. La lluvia había arreciado y martilleaba el techo del coche. Mi cabeza estaba llena de ruido. Conduje por la estrecha carretera mientras los limpiaparabrisas barrían con ímpetu el cristal. La mañana que Henry murió también llovía, y la niebla cubría la carretera. Encendí las luces del coche. La carretera se veía borrosa.

—¡Yo tengo mi móvil! —exclamó triunfalmente Charlotte.

Sacó su móvil de uno de los innumerables bolsillos de sus pantalones y me lo entregó.

Miré la pantalla del teléfono. Cuarenta y una llamadas perdidas. ¿Cuarenta y una? Lo abrí y marqué el 911. Es lo único que se me ocurrió. Oí el timbre de las llamadas y me sentí aliviada.

—¡Es el 911! ¡Funciona! —exclamé mientras reducía la marcha.

Un agente respondió en francés. Bueno, claro, ¿acaso esperaba que respondiera en inglés? Supongo que sí.

—*Bonjour!* —exclamé con mi francés elemental.

Le conté al agente, con frases cortas y sencillas, que estaba en Puyloubier, que nos habían... *violé*. Pero entonces dije: «*Non, non violé, volé.*» Las dos palabras se parecen mucho, pero una significa «violar» y la otra «robar». Le conté que nos habían robado las cosas del coche. Entonces le dije: «*Je suis américaine.*» No sé por qué, pero esta información me pareció crucial, como si esperara que alguien llamara a la embajada estadounidense. También le conté que había un chico con una pistola.

Él se echó a reír y me corrigió, porque las palabras para «pistola» y «cohete» también se parecen.

—*Oui! Correct!* —le dije corroborando que el chico tenía una pistola y no un cohete.

Un coche se acercó de frente y yo realicé un viraje brusco. El Renault se caló en el arcén, que estaba lleno de maleza.

El agente me indicó que me pondría con alguien de la comisaría de Trets que hablaba inglés.

Llovía tan fuerte que apenas oía su voz. Estaba perdiendo la recepción. Salí del coche y caminé de un lado a otro, encorvando los hombros para evitar que el teléfono se mojara.

Oí que un hombre me hablaba en inglés a través del auricular.

—¿Hola? ¿En qué puedo ayudarla?

El teléfono soltó un pitido que indicaba que estaba bajo de batería. Pronto se apagaría, y el cargador de Charlotte estaba en el maletín del ordenador. El maletín que no teníamos.

Le expliqué lo que nos había sucedido lo más deprisa posible.

El agente estaba muy tranquilo. *Tranquil*, como dirían los franceses.

—Probablemente la pistola no era de verdad. Aquí son ilegales, pero los niños juegan con pistolas de juguete. Debió de tratarse de... ¿cómo lo llaman ustedes? Una broma.

—De donde yo vengo las pistolas no son divertidas —declaré yo medio histérica.

—No, claro, en su país la gente se mata a tiros —declaró el agente.

Yo no estaba segura de cómo reaccionar a su comentario. Me sentía insultada, pero era verdad.

—Estaremos en la casa que hay al lado del hostal de Véronique Dumonteil. Mi familia es la propietaria.

—Sí, ya sé a qué casa se refiere. A veces, los ladrones tiran en la cuneta las cosas que no son de valor. Enviaré a alguien para que eche una ojeada. Le aconsejo que presente una denuncia en la comisaría de Trets.

Trets era la ciudad de tamaño medio más cercana. Yo la conocía bien. A veces íbamos allí de niñas porque la tienda de comestibles era más grande e interesante. Puyloubier era un pueblo muy pequeño y no tenía comisaría propia.

—¿Hoy? —le pregunté.

—No, no hace falta, puede venir mañana. Hoy descanse y tranquilícese —me aconsejó el agente.

Volví a meterme en el coche, empapada y humillada.

—El agente me ha dicho que la pistola era falsa.

Esto no me consolaba, estaba mareada y el corazón me latía con fuerza. Mi respiración era rápida y superficial.

—¿Qué pistola? —preguntó Abbot.

—La falsa —contestó Charlotte—. Sólo eran unos niños con pantalones cortos y floreados que tenían una pistola de juguete.

—A lo mejor eran miembros de una banda —comenté yo.

—¡Sí, probablemente en el sur de Francia los miembros de las bandas van vestidos con pantalones cortos de flores! —comentó Charlotte.

Giré la llave de contacto. El motor petardeó y se apagó. Golpeé el volante con el puño y volví a intentarlo. El motor realizó un par de pequeñas explosiones y volvió a pararse. Me acordé de Henry, de cuando estaba en la playa y nos gritaba a Abbot y a mí: «¡Estáis demasiado lejos! ¡Demasiado lejos!» Entonces me eché a llorar.

—¿Qué pasará si no podemos marcharnos de aquí y los ladrones nos encuentran y quieren matarnos? —preguntó Abbot agazapado en el suelo, a los pies del asiento.

—Me cuesta respirar, bajad las ventanillas —declaré yo.

—¡Pero si está diluviando! —replicó Charlotte.

—¡Qué más da, es un coche de alquiler! —grité yo—. ¡Abbot, levántate del suelo! ¡Era una pistola de juguete!

—No tenemos que ponernos histéricos —dijo Charlotte con calma.

Abbot se puso de rodillas en el asiento y acercó la cara a la ventanilla para ver el exterior.

—Estamos en un coche en el sur de Francia. Los ladrones se han ido. Nadie nos persigue. La pistola era de juguete. ¡Todo va bien! —dijo.

Cerré los ojos con fuerza. Henry habría sabido qué hacer. Henry nos habría salvado. Pero él se había ido, y nuestras cosas también.

—¿Qué estoy haciendo aquí? —pregunté en voz alta—. ¿Qué demonios estoy haciendo aquí?

—Telefonea a Véronique —sugirió Charlotte—. Eso es lo que ibas a hacer antes.

Miré a Charlotte. Su mirada era nítida y brillante. Estaba centrada. Sabía reaccionar en las situaciones de emergencia. Charlotte.

—Bien pensado —declaré yo.

Saqué de mi bolsillo el papelito en el que había apuntado el teléfono de Véronique y lo marqué. Esperaba oír su voz, pero no fue así. ¿Me había equivocado de número?

—*Allô?* —pregunté.

Charlotte me arrebató el móvil.

—Queremos hablar con Véronique Dumonteil —declaró. Entonces se quedó escuchando. Ahuecó la mano junto al teléfono—. Sí, sí. Gracias.

A continuación Charlotte explicó que el coche no funcionaba, indicó el lugar en el que nos encontrábamos y añadió:

—Humm... Sí, azul. Gracias. —Entonces colgó—. Alguien va a venir a buscarnos —dijo mientras subía la ventanilla.

—¿Por qué azul? —pregunté yo.

—¿Qué?

—Has dicho azul. ¿Por qué?

—Es el color del coche —explicó ella—. Parecía que estuvieran celebrando una fiesta.

—¿Una fiesta? —pregunté yo—. ¡Pero si acaban de robarnos!

—No creo que la fiesta fuera por nosotros —replicó ella—. No hay relación entre una cosa y otra. ¿Estás bien? ¿Conseguirás relajarte? —me preguntó.

—No —contesté yo—. Probablemente no.

La lluvia seguía aporreando el coche. Permanecimos en silencio, menos Abbot, que lloriqueaba un poco. El coche se llenó de vaho y los cristales se empañaron.

Al final, un deportivo descapotable se acercó a toda velocidad hacia nosotros bajo la lluvia. Tenía la capota bajada y lo conducía un hombre. Salió de la carretera y se nos acercó de frente. Se detuvo a pocos centímetros, morro con morro.

—¡Cielos! —exclamé yo.

El hombre se apoyó en el parabrisas, se sentó en el respaldo del asiento, se echó el pelo, negro y mojado, hacia atrás con la mano y nos saludó.

Charlotte le devolvió el saludo.

—Debe de ser el que viene a buscarnos.

Yo lo reconocí enseguida. Aunque ya era adulto, reconocí su cara de niño.

—Es el otro hermano —murmuré.

—¿El otro hermano de qué hermano? —preguntó Charlotte.

—Es el malhumorado que estaba sentado en una silla en el césped —le expliqué yo—. El que no hacía malabares con el saltador.

—Quedaos aquí —les dije a Charlotte y a Abbot—. Voy a hablar con él.

—¿Estás segura? —me preguntó Charlotte.

Yo asentí con la cabeza, pero no estaba segura. Me sentía aterrorizada e irracionalmente suspicaz y hostil. Salí del coche y me dirigí al descapotable bajo aquella lluvia torrencial y sin saber por dónde empezar.

—La capota del coche está estropeada —me explicó Julien con acento francés.

La «ch» sonó a «sh» y la «r» gorgoteó un poco en su garganta. Iba vestido con un traje caro y una corbata amarilla y estrecha, y estaba totalmente empapado. Si no estuviera sentado en un descapotable bajo la lluvia, podría haber sido un modelo anunciando ropa cara en una lancha.

—Normalmente, sólo conduzco cuando hace sol.

—¿Y si se pone a llover de repente? —le pregunté.

En aquel momento, eso no era importante, desde luego, pero fue lo único que se me ocurrió.

Él extendió los brazos.

—Entonces me mojo —dijo, y sonrió.

Sus labios brillaban a causa de la lluvia. Entonces se inclinó y se secó la lluvia de las pestañas. Julien era un hombre atractivo, de espaldas anchas. Vislumbré sus músculos a través de la empapada y fina camisa blanca. Estaba moreno, como si hubiera pasado bastante tiempo en las playas del Mediterráneo. De niños, habíamos ido varias veces a la playa con nuestras familias. Llevábamos cubos y metíamos cangrejos en ellos. Él y su hermano Pascal vestían trajes de baño diminutos y mi hermana y yo nos reíamos de ellos a sus espaldas. Me dio la impresión de que él también se estaba acordando de cuando éramos niños.

—Tú venías cuando eras una niña, con tu hermana y tu madre. Os quedabais un tiempo y luego os ibais. No me he olvidado de ti. Tienes la misma cara.

—Tú solías salpicarme en la piscina —declaré.

—¿Yo?

Julien reflexionó unos instantes. ¿Era él el tipo de niño que salpicaría a una niña norteamericana en la piscina? Por lo visto decidió que no.

—No —contestó—. No era yo.

—Nos han robado todas nuestras cosas del coche, mientras estábamos dando una vuelta por el pueblo —le expliqué repentinamente. Intentaba con todas mis fuerzas respirar con normalidad—. Estoy sufriendo un ataque de pánico.

—¿De verdad? —me preguntó él—. No lo parece.

—¿No parece que me hayan robado todas mis cosas o no parece que esté sufriendo un ataque de pánico? —le pregunté.

Él inclinó la cabeza y me miró fijamente.

—De pequeña eras una niña muy rara —declaró—. Eras

muy valiente y llevabas un pasador de pelo justo aquí —declaró señalando un lado de su cabeza—. El pasador tenía una flor. ¿Ahora también eres así?

Estaba sufriendo un ataque de pánico. Así es como era ahora.

—Después de que nos robaran, un niño nos ha apuntado con una pistola en el aparcamiento —dije señalando en dirección al pueblo—. Hace escasos minutos.

—¡Vaya! —exclamó él cruzando sus empapados brazos sobre su empapado pecho—. Probablemente se trataba de una pistola de juguete.

Yo ya estaba cansada de que todos me dijeran lo mismo.

—Creo que es mejor ir por la vida pensando que las pistolas son de verdad.

Él me miró como si estuviera a punto de decir algo en plan listo, pero cambió de opinión. De pequeño, iba de listo. Me acordé de que todo el mundo adoraba a su hermano y de que Julien encogía los hombros muchas veces, se guardaba las cosas para sí mismo y murmuraba cosas graciosas en voz baja. Y, cuando jugábamos a las cartas, a veces hacía trampas.

—¿Estás borracho? —le pregunté.

Pensé que era bastante probable, al fin y al cabo iba vestido con un traje y conducía un descapotable bajo la lluvia. Además Charlotte había comentado que, por lo visto, estaban celebrando una fiesta.

—Un poco —confesó él encogiéndose de hombros—. Estamos celebrando una fiesta.

—¿Qué estáis celebrando?

Él reflexionó durante unos segundos.

—Nada.

Entonces se sentó en el asiento, apagó el motor y sacó las llaves de contacto.

—Quizá sea mejor que conduzcas tú.

Me lanzó las llaves por el aire, pero yo no hice nada para cogerlas, así que cayeron junto a mis pies.

—¡Yo no puedo conducir, estoy en medio de un ataque de pánico! —exclamé yo.

Nos miramos fijamente y después él levantó la vista hacia el cielo.

—La suerte no nos acompaña —dijo en voz alta, por encima del estruendo de la lluvia.

Entonces miró hacia el coche de alquiler.

—¿Y la chica? —preguntó—. Ella sabe conducir, ¿no?

—No creo que hoy en día les enseñen a conducir con el manual.

—¿A qué te refieres con «el manual»?

—El cambio de marchas manual —dije yo simulando cambiar de marcha.

—¡Ah! —exclamó él—. El manual.

Entonces le hizo una señal a Charlotte para que bajara la ventanilla.

—¿Qué pasa? —preguntó ella.

—¿Sabes conducir? —gritó Julien—. Es manual.

—¿Manual? —preguntó ella.

—¿Sabes conducir con el cambio de marchas manual? —le grité yo.

—¡Ah, sí! —exclamó ella—. Aprendí a hacerlo una noche en el aparcamiento de un centro comercial.

Yo me la imaginé conduciendo de noche en el aparcamiento de un centro comercial con Adam Briskowitz. Quizás el «desastre», como lo llamaba mi madre, después de todo había resultado útil.

—¡Estupendo! —exclamó Julien, y sacudió la cabeza como solía hacer Abbot cuando emergía del agua.

Pensé que era un gesto infantil. ¿Había crecido Julien en algún sentido?

—Es normal que los norteamericanos consideréis que todas las pistolas son auténticas. No tienes por qué sentirte mal por ello. Los norteamericanos tenéis pistolas como los ingleses tienen bulldogs.

—¿Estás diciendo que soy la típica norteamericana? —pregunté yo.

—¿Los norteamericanos típicos mantienen largas conversaciones bajo la lluvia?

—Prefiero al otro hermano, al que hacía malabares con el saltador —comenté yo.

—Sí, en eso no eres la única —replicó él.

Estábamos a menos de dos kilómetros de la casa, algo que interpreté como una auténtica derrota. Era como una de esas historias en las que alguien se derrumba en el desierto a pocos metros del oasis. Sin embargo, la deshidratación no era uno de nuestros problemas. Estábamos calados hasta los huesos. Y seguía lloviendo torrencialmente. Debíamos de constituir un grupo curioso, los cuatro apretujados en el deportivo, sin capota y bajo la lluvia. Charlotte condujo bien el coche, y Julien le fue dando las indicaciones con el codo apoyado en la ventanilla, que estaba bajada. ¿Qué sentido tenía subir las ventanillas si la capota estaba plegada? Julien parecía extrañamente contento de haber escapado de la bulliciosa fiesta, de tener una excusa para conducir bajo la lluvia el viejo deportivo de su padre, pero yo percibí algo más en él, un nerviosismo, una inquietud profunda, algo que vibraba bajo la superficie.

Los asientos estaban empapados, pero el golpeteo de la lluvia en mis brazos y el aire frío me sentaron bien, como si me hicieran volver a mi cuerpo.

—Con suavidad —le decía Julien a Charlotte cuando ella cambiaba de marcha.

Cuando puso la tercera, Julien se asomó por la ventana como haría un perro en un día soleado.

Durante el trayecto, Abbot le contó de un tirón lo que nos había sucedido: el robo, la pistola de juguete, la lluvia, la llamada al 911... Julien se sorprendió de que el 911 todavía funcionara. A veces, Abbot reaccionaba así cuando estaba nervioso. «El aluvión de palabras», lo llamaba Henry.

Abbot se frotaba las manos con frenesí, como si intentara, desesperadamente, entrar en calor. Yo lo miraba atentamente. Los dos íbamos en el asiento trasero, con las bolsas de la comida en el regazo. Yo tenía la impresión de que habíamos hecho aquella compra en otra época, en los viejos y buenos tiempos, cuando uno podía caminar con tranquilidad por las calles sin temer que le robaran o le apuntaran con una pistola, aunque fuera de juguete. Abbot terminó su relato diciendo:

—Mi abuela me contó que, cuando las cosas salen mal, los budistas lo consideran un regalo.

A mí me sorprendió que mi madre hubiera compartido con Abbot aquella creencia. Normalmente, se guardaba para sí su visión trascendental de las cosas. De todos modos, ella tenía conocimientos de las distintas religiones del mundo y, en una ocasión, me confesó que le gustaba el budismo porque no te recriminaba que te hubieras comprado un BMW. Mi madre es una mujer complicada.

—¿Tú eres budista? —le preguntó Julien a Abbot.

Él se encogió de hombros.

—Más o menos. Pero echo de menos mis cosas. Eran cosas buenas.

—Yo antes tenía cosas buenas —comentó Julien mientras se aflojaba el nudo de la corbata—. Ahí está. ¿Veis el letrero? —nos preguntó.

Entonces lo vimos: un letrero blanco con letras negras y pequeñas situado a un lado del camino.

—No me extraña que no lo viéramos —dijo Abbot.

—Desde el incendio nadie se ha alojado en vuestra casa —nos explicó Julien—. Salvo una pareja de parisinos, porque no teníamos más habitaciones en el hostal. Estaban desesperados. Pero luego se pelearon durante una partida de croquet y se marcharon.

—¿Se alojaron en nuestra casa? Entonces es habitable —respondí yo.

—Sí —contestó Julien—. El fuego no llegó a los dormitorios, pero la casa necesita una reforma. Creo que la pareja parisina comentó, simbólicamente, que tenía un aire decadente. Así somos los franceses.

—Muy románticos —añadí yo.

—Es como si estuviéramos atrapados en una vieja película francesa —comentó él—. Las películas norteamericanas son diferentes, algunas tienen un final feliz, pero en las francesas, eso es imposible. Aun así, aquí estamos.

Julien extendió las manos, como prueba de su existencia. Tenía el cuerpo esbelto y musculoso, el tipo de cuerpo europeo que había dado lugar a los jugadores de fútbol.

—Nunca me había dado cuenta de la responsabilidad que implica ser francés —comenté yo.

—Sí, es una carga —contestó él.

Avanzamos por el camino común a las dos casas, que estaba flanqueado por viñedos, y botamos en los charcos recién formados. A la izquierda estaba su casa de piedra y, a la derecha, la nuestra, que era más pequeña y se veía destartalada y descuidada. Las contraventanas estaban torcidas, como si demasiados mistrales, los violentos vientos que soplan en la región, sobre todo en invierno y primavera, hubieran azotado la casa. Hacía poco que alguien había segado la hierba de nuestro jardín, pero pocas cosas más se habían hecho. Las malas hierbas habían invadido los parterres de flores y habían crecido tanto que la fuente apenas se veía desde la distancia.

—Todavía se mantiene en pie —dije en voz baja.

—No es sólo por el fuego —replicó Julien—. Mi madre está muy cansada y ha descuidado un poco la casa. Quiere hablar contigo.

Me miró durante unos instantes. Sus negras pestañas todavía estaban mojadas.

—Sí —dijo como si contestara a una pregunta que yo no le había formulado—. Un verano, cuando iba a la universidad, estuve estudiando en Norteamérica. Esperaba tropezarme contigo.

—¡Vaya! ¿Estudiabas en Florida?

—No —contestó él—, en Boston. No era consciente de lo grande que es vuestro país y no te encontré.

—Deberías haberme llamado.

—No, quería tropezarme contigo, que es diferente. Y ahora estás aquí.

Me miró y sonrió. ¿Estaba confesándome que se había sentido atraído por mí durante todos aquellos años? Entonces cambió de tema.

—Aquí las lluvias son escasas y breves —comentó.

Y tenía razón. La lluvia estaba escampando. Las estribaciones más lejanas de la montaña estaban iluminadas por el sol de última hora de la tarde.

Julien le indicó a Charlotte que aparcara en el garaje que había entre las dos casas, las cuales estaban a la sombra de la montaña.

Bajamos del coche. La lluvia goteaba desde los altos árboles que se cernían sobre nosotros. Desde allí veíamos la parte trasera de la cordillera, que se extendía durante kilómetros para acabar descendiendo bruscamente hacia unos pueblos que estaban fuera de los límites de la región de Aix-en-Provence. El monte Sainte-Victoire era una mole descomunal, uno de los monumentos terrestres más antiguos. Yo recordaba haber caminado por sus laderas de pequeña. La tierra de ese monte era seca y polvorienta, con grandes rocas que servían de apoyo a los pies y las manos, pero también había muchas piedras pequeñas que hacían que resbalaras. Resultaba fácil resbalar y hacerse un arañazo en la rodilla. Pero el esfuerzo valía la pena. Cuando conseguías escalarla, aunque sólo fuera parcialmente, y veías las casas como si fueran de muñecas, te sentías poderosa.

La finca de los Dumonteil se extendía hasta los pies de la montaña, pero una parte estaba limitada por unos árboles altos y allí había una mesa larga que ahora estaba cubierta con un mantel que chorreaba agua. Encima de la mesa había unas cuantas velas mojadas y unos vasos de vino que ahora estaban llenos de lluvia.

—Estáis invitados a la fiesta —comentó Julien—. Hay viejos amigos de la familia y muchos arqueólogos. Arqueólogos salvajes.

Entonces suspiró, como si estuviera cansado de los arqueólogos salvajes.

—¿Arqueólogos salvajes? —preguntó Charlotte dando a entender que la palabra «salvaje» no encajaba con su definición de arqueólogo.

—Últimamente hemos sufrido una plaga de arqueólogos. Han estado viviendo en las dos casas. De hecho, fue uno de ellos quien originó el fuego. Trabajan aquí durante el día y a veces comen en el hostal, pero ahora duermen en Aix. Es menos peligroso.

—¿Por qué están aquí? —le pregunté.

—Un fontanero encontró una tumba mientras trataba de localizar unas cañerías. Han estado excavando la tierra y sacando cosas.

Julien indicó con un gesto vago más allá de los árboles.

—¿Han encontrado huesos? —preguntó Abbot.

—Sí, han encontrado una tumba antigua galo-romana —explicó Julien—. A mi madre las tumbas antiguas le producen... ¿cómo lo llamáis? Nostalgia.

—Lo comprendo —contesté yo.

Pero no lo comprendía. La verdad es que nunca me había parado a pensar en las tumbas antiguas.

—¿Queréis entrar? —nos preguntó Julien—. La comida es excelente. Auténtica comida provenzal.

A mí me dio la impresión de que él no tenía deseos de entrar. Se estaba entreteniendo. Se oyeron unas carcajadas en el interior de la casa y la puerta trasera se abrió.

Entonces apareció Véronique. Llevaba media pierna escayolada y bajó los escalones de uno en uno.

—¡Nuestros norteamericanos! —exclamó.

Yo me acerqué a ella, y Charlotte y Abbot me siguieron. Véronique sonrió, me abrazó y me besó en ambas mejillas.

—Te has convertido en una mujer. ¡Y eres muy guapa! —Yo no me sentía nada guapa y menos en aquel momento—. ¡Siempre una sorpresa!

¿Yo era siempre una sorpresa o lo era mi familia? ¿O todos los norteamericanos lo éramos? Quizá se trataba de una vaga referencia histórica al día D.

—¿Mi madre no te dijo que veníamos? —le pregunté—. Siento que se haya producido un malentendido...

Ella levantó la mano y sacudió la cabeza.

—¡No, tu madre ya me lo había contado! Ella siempre es una sorpresa. Así es como tú lo aprendiste.

«¿Aprender qué? —pensé yo—. ¿A ser sorprendente?» Quizá sabía que mi madre se fue de casa por sorpresa: una mujer que huía de su vida. Véronique besó a Charlotte y a Abbot en las mejillas. Abbot cerró los ojos con fuerza y arrugó la nariz preparándose para los gérmenes de los besos, aunque yo ya le había advertido de aquella costumbre francesa.

En aquel momento, tres hombres salieron de la casa sosteniendo sendos vasos de vino y se dirigieron al jardín trasero. Yo me sentía como si formara parte de un espectáculo. «¡Mira, unos norteamericanos han aterrizado en el jardín! ¡Corre, antes de que se marchen!»

—Unos ladrones les han robado todo lo que tenían en el coche —le explicó Julien a su madre.

—¿Os han robado todo el equipaje? Tenemos que contárselo al alcalde —dijo Véronique.

—¿Al alcalde? —pregunté yo mientras miraba a Julien.

Él asintió con la cabeza.

—Sí, el alcalde de Puyloubier. Querrá saber lo que ha ocurrido.

—¿La casa tiene detectores de humo? —intervino Abbot.

—¡Sí, claro! —contestó Véronique un poco molesta.

—Abbot es un poco nervioso, eso es todo —comenté yo.

Una mujer joven y guapa apareció en la entrada. Iba descalza, con una camiseta sin mangas y una falda tejana descolorida.

—Julien *viens, je t'attends!* —exclamó haciendo un mohín.

—*J'arrive, Cami!* —gritó él, y me sonrió.

Entonces se me ocurrió la idea de que Julien, el niño enfurruñado que me salpicaba en la piscina y que me llevó a la ermita habitada por un hombre decapitado se había convertido en un playboy.

—¿Entráis? —me preguntó Julien.

—¡Sí, por favor! —exclamó Véronique.

—En otra ocasión —contesté yo—. Todavía tenemos que recuperarnos. Ya sabéis, el robo, la pistola...

—Entonces mañana —comentó Véronique—. ¡Os esperamos para desayunar!

—De acuerdo, gracias —respondí yo—. Allí estaremos.

—¿Tienes la documentación del coche de alquiler? —me preguntó Julien—. Si quieres yo me encargaré de todo. Llamaré a la agencia, les explicaré lo ocurrido y lo organizaré todo.

Yo metí la mano en el bolso y le tendí el contrato de alquiler.

—Tengo que denunciar el robo en la comisaría de Trets —le dije.

—Si mañana todavía no tienes coche, ya te acompañaré yo. Si tenemos suerte, no lloverá.

—Gracias —contesté—. Por todo.

Abbot y Charlotte estaban hablando de los dormitorios, de quién se quedaría con el más grande y cuál dejarían vacío. Yo me dirigí hacia ellos, pero entonces me volví.

—¡Quizá me tropiece contigo!

—¡Es posible! —contestó él mientras recorría mi cuerpo y mi ropa mojada con la mirada.

Me pregunté si mi ropa transparentaba. Él pareció sentirse avergonzado y enseguida añadió:

—En los armarios hay... ¿cómo los llamáis? Ah, sí, albornoces. Podéis ponéroslos mientras se os seca la ropa.

Entonces se dio la vuelta y entró en la casa.

«¡Ropa!», me dije a mí misma. Teníamos que comprar ropa nueva para los tres.

—¡Ropa! —exclamó Charlotte—. ¿Dónde voy a encontrar ropa que no sea... absolutamente francesa?

—Aquí los hombres llevan bañadores diminutos —se quejó Abbot—. Lo he visto en mis libros de vocabulario.

Mi madre siempre le compraba libros de vocabulario francés. Por lo visto a Abbot le aterrorizaba la perspectiva de tener que ponerse un diminuto *maillot de bain*.

—Sobreviviremos —comenté yo, y entonces añadí—: Eternamente elegantes, ¿de acuerdo?

—De acuerdo, eternamente elegantes —contestó Charlotte.

La casa de los Dumonteil y la nuestra estaban a unos cincuenta metros de distancia la una de la otra y sólo las separaba un camino de grava que se bifurcaba y desaparecía detrás de las casas. Los viñedos que crecían a ambos lados del camino de la entrada desaparecían bruscamente para dar paso al césped que cubría los dos jardines delanteros. El nuestro con su fuente de piedra, que era el doble de alta que una piscina infantil de plástico. El garaje estaba en la parte de atrás de la casa de los Dumonteil y, detrás de la nuestra, a un lado y rodeada por una valla, estaba la piscina. Desde allí, más viñedos se extendían hasta el pie de la montaña, a la que se llegaba caminando en un cuarto de hora. Los Dumonteil eran los propietarios de los terrenos que había detrás de su casa, pero los tenían alquilados a unos granjeros. Nuestros antepasados habían parcelado el terreno que había detrás de nuestra casa y lo habían vendido, de modo que no teníamos mucho. ¿Podía culparlos alguien? Aquellas tierras eran muy valiosas. De todas maneras, seguíamos conservando las vistas.

Cuando nos dirigíamos a nuestra casa, vi que había un claro entre los viñedos de los Dumonteil y en el claro había una especie de laberinto medio enterrado en el suelo, de unos sesenta centímetros de profundidad. Se trataba de una excavación. A Abbot seguro que le encantaría. La excavación estaba relacionada con la muerte y su relación con ésta era, lógicamente, intensa.

Pero tendríamos tiempo de sobra para explorar aquella zona, así que lo cogí de la mano y lo conduje hacia la casa.

—No se parece a la de las fotografías —comentó Abbot. Entonces se soltó de mi mano y corrió hacia la piscina—. ¡Está vacía!

Yo me dirigí a la fuente de piedra, que estaba rodeada de malas hierbas. Vi una concha blanca de caracol con una gota de lluvia encima. La fuente estaba llena de agua de lluvia estancada y no había ningún pez.

—Esto es una jungla —comentó Charlotte.

Yo contemplé la casa de dos plantas y vi que una golondrina salía por una ventana abierta de la planta superior.

—En realidad no tenemos que reformar la casa, sino reclamarla —comenté yo.

La puerta trasera se encontraba abierta, y los escalones de piedra estaban tan desgastados que se había formado un suave hueco en la parte central. Entramos las bolsas de la comida, que eran lo único que teníamos aparte de mi bolso. Por suerte los pasaportes los llevaba en el bolso. Entramos en la cocina, que olía a humo añejo. La cocina era un agujero negro, una boca oscura y vacía, y se hallaba completamente destruida. La puerta del horno estaba arrancada por los goznes y apoyada en el hueco. En la habitación también había una chimenea de piedra que, según contaba la leyenda familiar, había construido nuestro antepasado, el joven enamorado que construyó la casa. Más tarde la acondicionaron para ser utilizada como salida de humos. Las piedras estaban ennegrecidas, pero en buen estado. Los armarios de madera que había a ambos lados de la chimenea estaban destrozados por el fuego, y las paredes y el techo estaban ennegrecidos. El hollín que los cubría era más oscuro y denso cuanto más cerca estaba de la cocina. La habitación en general estaba carbonizada, pero la casa era sólida y resistente.

—Es como las fotografías de los pulmones de los fumadores que nos enseñaron en el colegio por si a alguno de nosotros se nos ocurría fumar —comentó Abbot.

Había una nevera pequeña que todavía funcionaba y una lavadora empotrada debajo de la encimera. Uno de los lados estaba agrietado y supuse que el agua se escaparía por allí. El fregadero, aunque era de un bonito mármol moteado, resultaba poco práctico. Yo estaba acostumbrada a los fregaderos dobles y hondos, en los que incluso podías bañar a un bebé, pero aquél era tan poco profundo que el agua se desbordaría en cuestión de segundos si unos simples trocitos de lechuga obstruían el desagüe. Al lado de una mesa larga había un ventilador. Abbot lo puso en marcha y empezó a girar lenta y ruidosamente. Cuando llegaba a los extremos de su recorrido horizontal, se detenía, como si también él examinara la casa y la encontrara... bueno, decepcionante.

—Nunca antes había deseado fregar un suelo, pero éste... —comentó Charlotte.

Se agachó y tocó las baldosas del suelo. Eran bonitas, pero las manchas estaban prácticamente incrustadas en ellas.

—No sé si limpiar este suelo te daría mucha satisfacción —dije yo.

En la mesa había un vaso alto y vacío que contenía un ramillete de lilas cenicientas. Lo señalé con la mano.

—Seguramente lo puso la pareja parisina atrapada en la película francesa —comentó Charlotte.

—Supongo que sí.

Entré en el pequeño salón y lo recorrí mientras deslizaba la mano por los lomos de los libros, pero no me entretuve en leer los títulos. Inspeccioné el pequeño lavabo y su diminuta ducha. Subí las empinadas escaleras y di una ojeada a los cuatro dormitorios. Las paredes estaban un poco sucias. Me acordé de que mi madre me dijo que quería que se vieran claras y resplandecientes. «Éste para Abbot.» «Éste para Charlotte.» «Éste para mí.»

Encendí la lámpara de la mesilla de noche de mi dormitorio, en el que había una cama de matrimonio con sábanas de lino y una colcha fina. El armario y los cajones de la cómoda estaban vacíos. Y yo no tenía nada con qué llenarlos. Charlotte y Abbot habían encontrado una radio y la pusieron en marcha. Una vieja canción francesa acompañada por un chirriante acordeón flotó en el aire. Charlotte y Abbot fingieron cantar en francés: «*Boshswacheee. Savasweee ponshadooo...*»

Los postigos estaban agrietados y la ventana parcialmente abierta. Giré el pomo y la abrí del todo. Contemplé la montaña, que bajo los últimos rayos del sol se veía de un brumoso color dorado. La atmósfera ya se estaba secando. El viento entraba y salía de la habitación. Tuve la sensación de que por fin había aterrizado. Había tocado tierra en un lugar que me resultaba desconocido —el sabor del aire, el reflejo y la calidad de la luz— y al mismo tiempo familiar, como si siempre hubiera sabido que el aire y la luz tenían que ser de aquel modo. Había experimentado esta sensación anteriormente, en el curso de cocina en el que conocí a Henry, y cuando me enamoré de él en aquella cena en la que me dejé las llaves y él me besó. Se trata de una sensación de añoranza por un lugar en el que nunca has estado, pero de repente llegas a un lugar nuevo y desconocido para ti y te sientes en casa.

Yo echaba profundamente de menos a Henry. En la Provenza habría conocido un nuevo aspecto de él. ¿Cómo habría sido Henry el extranjero en aquel país extranjero? Yo podía llorar la pérdida de innumerables versiones de Henry; él era mi amante, mi confidente, mi socio, el padre de mi hijo... Henry era el hijo de una mujer y de un hombre y el hermano de otro. Todas las personas que conocía tenían una versión distinta de Henry: mi madre, mi padre, Elysius y Daniel, Jude, nuestros vecinos, nuestros familiares y amigos, sus antiguos compañeros de la universidad, sus amigos de la infancia... Cuando murió, la gente me contó sus recuerdos, su versión de Henry, lo que hizo que la sensación de pérdida fuera todavía mayor. Yo deseaba decirles: «¿El tuyo también ha muerto? ¿Cuántos Henrys podemos perder?»

Abbot entró en la habitación y se lanzó sobre la cama con los brazos abiertos, como si fuera un águila.

—¿De qué están hechas las almohadas? —me preguntó mientras las apretujaba con las manos.

—De plumas —le contesté yo volviéndome hacia él.

—Mamá... —dijo en voz baja mientras apretaba una de las almohadas con los brazos.

—¿Qué pasa?

Los ojos se le llenaron de lágrimas y apretó los párpados con fuerza.

—Metí el diccionario en la maleta.

—¡Oh, Abbot! —exclamé yo, y corrí a abrazarlo.

Él empezó a sollozar.

—No te hice caso y lo puse en el fondo de la maleta, debajo de todo lo demás. Quería que papá viniera con nosotros.

—Está bien, tranquilo. Está bien... —lo tranquilicé.

—Pero no está bien. El diccionario ya no está, lo tienen los ladrones, y ni siquiera saben lo que es.

—Abbot —dije levantándole la barbilla para que me mirara a los ojos—. Sólo es un diccionario. No se trata de tu padre. El diccionario no es Henry Bartolozzi. Papá está aquí —añadí dando unos golpecitos con el dedo en su pecho—. Él siempre está con nosotros.

Abbot me rodeó con sus brazos.

—Yo no quería que lo robaran.

—¡Claro que no! No pasa nada. De hecho es mejor que haya ocurrido, así sabrás que tu padre no está en el diccionario. Así sabrás que él siempre estará contigo.

Abbot me miró y asintió con la cabeza.

Charlotte se acercó por el pasillo, asomó la cabeza y se apoyó en el umbral con expresión de felicidad.

—¿Por qué sonríes? —le pregunté.

—Acabo de darme cuenta de algo —contestó ella.

—¿De qué?

—Me han robado los libros de preparación para el examen. ¡Me siento como si estuviera libre de restricciones! —exclamó.

—¿Ésa es una palabra del vocabulario que tenías que aprender?

—Irónicamente, sí.

11

Cuando me desperté por la mañana, estaba en una cama lejos de mi cama. Durante unos instantes, no supe dónde estaba. Había dormido vestida con un albornoz y con las ventanas abiertas, con la brisa nocturna entrando y saliendo del dormitorio. La habitación estaba vacía. Vacía. Mis cosas habían desaparecido. Durante unos segundos, no sentí que me hubieran robado, sino que me sentí liberada.

Sólo cuando me acordé del diccionario experimenté una punzada de dolor, pero entonces me di cuenta de que el diccionario, mágicamente, ya había cumplido su función. Nos había llevado hasta allí. Y era mejor que Abbot no considerara que su padre era un espíritu en un libro que podían robarle en cualquier momento.

Quizás Abbot tuvo razón al citar a mi madre, quizás el robo constituía un regalo. Si hubiéramos tenido todas nuestras cosas, la ropa, los artículos de aseo y, sobre todo, la tecnología, por no mencionar una cocina que funcionara y un coche en buen estado, habríamos sido independientes y nos habríamos encerrado en la casa. Pero éste era el error que Abbot y yo cometíamos en Estados Unidos. Ahora tendríamos que salir al mundo.

Habíamos tendido nuestra ropa en un destartalado tendedero de madera en el dormitorio de Charlotte. El aire era tan seco que la ropa quedó rígida. Noté su aspereza en mi piel y recordé haber experimentado la misma sensación en mi infancia, en las toallas, que quedaban tiesas y ásperas como una esponja vegetal seca.

Mientras Abbot sacudía sus zapatillas deportivas, las Converse de Charlotte y mis sandalias de suela rígida para asegurarse de que no había escorpiones dentro, elaboré una lista de las cosas que necesitaríamos. La lista era larga. Necesitábamos de todo y, lo que era más importante, un cargador para el móvil de Charlotte.

Entonces miré a Charlotte.

—¿Cuarenta y un mensajes de voz? —le pregunté—. ¿No me he equivocado al leerlo?

—Son de Briskowitz —contestó ella—. Creo que mientras me los envía se pone a leer La *Ilíada* o algo parecido. ¡Quién sabe!

—¿Y tú no escuchas sus mensajes?

—No —contestó ella. Entonces cambió de tema—: Absterizer, ¿tu camisa no está como si acabaran de almidonarla?

—Es como si tuviera un exoesqueleto —contestó Abbot.

Salimos por la puerta trasera para ir a desayunar a la casa de los Dumonteil y vimos la montaña a la luz del sol. Tenía un tono azulado y sus sombras eran de color naranja. Se veía luminosa y caía como la falda de un vestido desde el cielo hasta la tierra. Esto era lo mejor que se podía uno encontrar al salir de casa.

—Hoy es más grande que ayer —comentó Abbot.

—Sí, eso parece, ¿verdad? —dije yo.

—Resulta imponente —añadió Charlotte.

A la luz del día vi lo distinta que estaba Charlotte sin el maquillaje y sin los productos que le dejaban el cabello tieso. Se la veía más dulce, más vulnerable, y también más guapa. Me acordé de las historias de amor de la casa: del hombre que la construyó; de la pareja que, milagrosamente, concibió un bebé cuando soplaba el mistral; de mis abuelos después de la Segunda Guerra Mundial; del enjambre de mariposas blancas que nos envolvió a mi madre, a mi hermana y a mí una tarde de verano. Y también del verano que mi madre desapareció.

A Elysius le habían pedido en matrimonio allí. No me extrañaba. ¿Era la magia de la montaña la que había hecho cambiar de opinión a Daniel? Quizá. Yo seguía impactada por la muerte de Henry. Desde que murió todo se había vuelto extremadamente frágil para nosotros. Henry me pidió en matrimonio en un hostal de la cadena Red Roof situado junto a la carretera I-95, donde, un mediodía y de una forma impulsiva, decidimos hacer el amor. En retrospectiva, esta decisión fue sorprendente, porque todavía éramos estudiantes y estábamos en la más absoluta ruina. Alquilar una habitación en el Red Roof era, para nosotros, todo un lujo. Fue allí, inspirado quizá por el lugar y mientras holgazaneaba desnudo en la cama, cubierto sólo por una colcha naranja, donde Henry me dijo que quería confesarme algo.

—Está bien —contesté yo apoyándome en un codo.

Henry guardó silencio unos instantes y, al final, dijo:

—Me gustas mucho.

A mí no me pareció que fuera una gran confesión, al fin y al cabo estábamos juntos desde la noche de nuestro primer beso. Acabábamos de llegar de una reunión con la familia de la madre de Henry y yo lo había presentado por teléfono a mis padres y a Elysius. Se podía decir que ya habíamos superado la etapa de gustarnos, incluso la de gustarnos mucho.

—No considero que eso sea una confesión —dije yo.

—¿Y esto? —Después de una pausa agregó—: Estoy enamorado de ti y quiero pasar el resto de mi vida contigo.

Eso sí que era una confesión. Me pareció totalmente valiente y elegante, sobre todo en medio de la decoración del Red Roof y de los cuadros que colgaban de las paredes. Lo consideré una petición formal.

—Sí —contesté yo como si dijera «acepto»—. Yo también te quiero.

Siempre recordamos aquel momento. La boda, con toda su solemnidad, no fue nada comparada con aquel momento fundamental que nosotros consideramos el inicio de nuestro matrimonio. Henry y yo ya habíamos hablado de que, en todos los matrimonios, hay un momento auténtico cuando los dos corazones se comprometen para siempre. No tiene por qué ser cuando él escribe en el césped de tu jardín, CÁSATE CONMIGO con una segadora o cuando entrena a un cachorro de perro para que te lleve la caja con el anillo. No tiene por qué ser cuando se realizan los votos ni cuando el juez de paz os declara marido y mujer. Al contrario, normalmente ocurre en un momento de tranquilidad, uno que suele pasar desapercibido, quizá mientras os estáis lavando los dientes o mientras estáis sentados en un coche que se niega a ponerse en marcha. Suele ser un momento improvisado, no planificado. Y aquél fue el nuestro. Sin la menor ceremonia, pusimos fin a aquel instante fundamental robando los jaboncitos y los botellines de champú del Red Roof.

Yo no tenía celos de la petición de matrimonio que Daniel le hizo a Elysius en la casa, aunque he de reconocer que su historia era más interesante que la mía. De lo que tenía celos era de que hubieran estado en la casa juntos y hubieran aportado a ésta su propia historia de amor. Henry y yo no tuvimos esa oportunidad, y yo estaba un poco enfadada con los dos por no encontrar el momento y/o el dinero. Deberíamos haberlo hecho, pero en aquella época dábamos por sentado que disponíamos de mucho tiempo.

Abbot, Charlotte y yo recorrimos el sendero creado por el uso que unía la puerta trasera de nuestra casa con la de los Dumonteil. Llamamos a su puerta.

—*Entrez-vous!* —exclamó una voz femenina.

Entramos en el oscuro y fresco vestíbulo trasero. Una alfombra persa de colores rojo, rosa y naranja cubría el pasillo que conducía a la puerta principal, cuyas hojas de cristal dejaban pasar la brillante luz del sol.

Véronique apareció por la puerta de la derecha, la de la cocina, apoyada en un bastón y renqueando con su pierna escayolada. Yo todavía no sabía qué le había pasado. Entrechocó las palmas de las manos y unas nubes blancas de harina flotaron en el aire. De nuevo nos dimos los rituales besos en las mejillas e intercambiamos los cumplidos de rigor.

—¡Mira a este muchacho! —exclamó ella refiriéndose a Abbot—. Tiene algo de ti, pero sólo un poco.

Abbot se sintió halagado, porque eso significaba que se parecía mucho a su padre.

Julien entró en la habitación agachándose para pasar por el umbral de la puerta. Yo no me acordaba de que fuera tan alto, y eso que caminaba con los hombros caídos, seguramente por el cansancio que todavía arrastraba de la noche anterior. Tenía cara de sueño y los rizos de su pelo estaban alborotados y un poco chafados en uno de los lados. Todavía no se había afeitado y vestía unos pantalones blancos y una camisa blanca sin cuello. Y estaba descalzo.

Evidentemente, no esperaba encontrarse con nadie.

—Pensaba desayunar en la cocina.

Me di cuenta de que tenía una protuberancia en el puente de la nariz, y sus bonitos dientes resplandecían cuando hablaba. También tenía un hoyuelo que resultaba ligeramente femenino. Me acordé de cuando era niño, en concreto del día de la fiesta nacional francesa, cuando todo el mundo lleva unos farolillos de papel que oscilan en el extremo de unos palos.

Julien se encogió de hombros y nos saludó según las normas de la cortesía francesa: cruzó la habitación y nos besó a todos en ambas mejillas.

—¿Qué te ha pasado en el pie? —le preguntó Abbot a Véronique.

—Me lo rompí cuando subía las escaleras, como si fuera una vieja. Una muchacha del pueblo vino a ayudarme durante el mes pasado, pero tenía las piernas arqueadas y las rodillas muy anchas y le costaba mantener el equilibrio. Además, era muy joven y no tenía muchas ganas de trabajar, así que, cuando se fue, Julien vino para ayudarme, aunque ya no lo necesito. —Entonces señaló a Julien con el dedo—. Julien, llévalos al comedor, yo iré enseguida.

Julien nos guio por el pasillo.

—¿Has dormido bien? —me preguntó.

—¿Y tú? —le pregunté yo.

Él esbozó la misma sonrisa tímida de la infancia.

—Muy bien —contestó mientras se rascaba la cabeza.

—Esta mañana no había escorpiones en nuestros zapatos —comentó Abbot.

—Por aquí no suele haber escorpiones. Probablemente no verás ninguno —contestó Julien.

—¿«Probablemente»? —murmuró Abbot.

—¿Dónde está Cami? —le pregunté yo, siendo consciente de que me estaba entrometiendo en sus asuntos.

—En su casa —contestó él sin más explicación.

Entonces llegamos al comedor. En el extremo más alejado de la mesa había dos arqueólogos con resaca que, cuando entramos, levantaron la vista.

—*Bonne anniversaire!* —exclamó uno felicitando a Julien por su cumpleaños.

Julien sonrió.

—*Merci!* —exclamó con un gesto de la cabeza.

—No nos habías dicho que era tu cumpleaños —comenté yo.

—No lo es, sólo es una confusión.

—Yo una vez mentí acerca de mi cumpleaños para que me dieran un postre gratis en el Olive Garden —comentó Charlotte.

—Ellos creen que la fiesta de ayer era por mi cumpleaños.

—¿Y por qué era? —le pregunté yo.

—Simplemente, para celebrar que estamos vivos —contestó él.

Sin tener en cuenta a los dos arqueólogos con resaca, el comedor era un lugar elegante. Las paredes estaban cubiertas de pinturas al óleo. Seguramente se trataba de retratos de sus antepasados. También había una cómoda con bandejas llenas de pastas, una cafetera, azúcar, crema de leche, una barra de pan, fresas, mantequilla, mermelada... Y una vajilla preciosa de brillantes tonos rojos y azules. Nos sentamos en las majestuosas sillas de respaldo alto en el extremo más cercano de la mesa para que los sufrientes arqueólogos gozaran de intimidad. Ellos bebieron mucho café, de hecho bebieron cuencos enteros de café en el que mojaron varias rebanadas de pan con mantequilla y mermelada. Charlaban en susurros en francés.

Mientras desayunábamos, le pregunté a Abbot si se acordaba de cuando era pequeño y yo le enseñaba francés.

—No —contestó Abbot—. ¿Papá te ayudaba a enseñarme francés?

—Él aprendió francés en el colegio y me ayudaba un poco —le expliqué yo—. Tú no lo soportabas. Te tapabas las orejas con las manos y gritabas. Una vez me dijiste que odiabas el francés porque tenían una palabra distinta para todo.

—Chico listo —comentó Charlotte.

Abbot se echó a reír y llenó de mantequilla un agujero que había hecho en el pan. Los arqueólogos salieron del comedor arrastrando los pies, con los ojos somnolientos y prematuramente polvorientos.

Julien se inclinó hacia mí.

—Mi madre y yo tenemos un plan. Yo te acompañaré encantado a la comisaría de Trets y al supermercado y, mientras tanto, los chicos pueden ayudar a mi madre. Esta tarde podrías dar un paseo por la finca con mi madre y así habláis las dos a solas.

—¿En el supermercado venden ropa? —le pregunté yo—. ¿Es un supermercado grande?

—Sí, allí venden de todo.

—No creo que aquí vendan ropa de la que yo llevo —comentó Charlotte—. Mi ropa es irónica. ¿En Francia venden ropa irónica?

—Aquí no te encontrarás a nadie conocido, así que, temporalmente, puedes ponerte ropa que no sea irónica —le dije yo.

—Más tarde, podría llevaros a todos a visitar la basílica de Saint Maximin —ofreció Julien.

Abbot exhaló un suspiro. Ya estaba harto de iglesias.

—En ésta hay una cripta —comentó Julien para contrarrestar el suspiro—. Y también podemos ir a ver... ¿cómo los llamáis? Son cerdos con dientes grandes.

—¿Cerdos con dientes grandes? —preguntó Charlotte.

—Sí, este tipo de dientes —declaró Julien curvando los dedos índices junto a su boca.

—¡Jabalíes! —exclamó Abbot.

—Sí, creo que se llaman jabalíes —dijo Julien.

—¿Cuántos hay? —preguntó Abbot.

—Unos treinta, quizá más. ¿Quieres venir?

Abbot reflexionó unos instantes y después asintió con la cabeza.

Julien y yo salimos de la finca y tomamos la carretera. El Renault de alquiler ya no estaba en el arcén. Julien me dijo que la agencia me enviaría otro coche a casa.

—¡Así que ahora soy tu chófer! —exclamó.

Atravesamos Puyloubier, con su pastelería, su pequeña iglesia y su silenciosa campana. Después la carretera se ensanchó y se extendió entre los viñedos situados en la falda del monte de Sainte Victoire. A las afueras del pueblo, Julien aceleró la marcha y, cuando puso la cuarta, y después la quinta, los viñedos se sucedieron de forma entrecortada. Julien era el tipo de conductor francés que me aterrorizaba.

El orden de los viñedos me encantaba, las hileras impecables, el tronco grueso de las vides, la forma en que los tutores sostenían las hojas y los frutos... Pero en los viñedos también había caos. De vez en cuando, había un espacio vacío: una vid que no había conseguido sobrevivir, que había caído víctima de alguna plaga exótica o no había recibido agua suficiente del sistema de riego. Las hojas, las nudosas ramas y los brillantes racimos de uvas verdes crecían desordenadamente en sus ordenadas hileras. Los verdes en contraste con los rojos, los granates en contraste con los marrones.

El trayecto de Puyloubier a Trets se convertiría en uno de mis favoritos. No es que en Trets hubiera nada especial aparte del supermercado Monoprix, la lavandería y, en aquel viaje en concreto, la comisaría de policía, no, lo que lo hacía especial era el trayecto mismo a través de los viñedos y la árida cuenca situada entre las dos estribaciones de la montaña.

—He esperado mucho tiempo a que regresaras —me dijo Julien mientras su camisa se hinchaba en el ventoso descapotable.

Julien era sexy de una forma que los norteamericanos no se permitían ser. Los norteamericanos son rígidos, como si intentaran ser masculinos según la definición más burda del término. En cierto sentido, a los norteamericanos no les está permitido ser sexys; eso es territorio de las mujeres, pero los europeos se supone que tienen que ser sexys. Ellos se sienten cómodos con la idea de serlo y, aunque parezca extraño, son sexys sin siquiera intentarlo. Al menos Julien lo era. Se ponía colonia, una de olor intenso y terroso. Su ropa era cara, pero se lo veía relajado y seguro con ella. Llevaba la camisa blanca de lino desabrochada un botón por debajo de como la llevaría un norteamericano, o quizá dos, según el hombre, pero se lo veía elegante.

—¿Qué quieres decir con que me has estado esperando?

—Tú, tu hermana y tu madre erais extranjeras y zarandeabais nuestras vidas —me dijo—. Cuando no estabais aquí, mi hermano y yo ansiábamos oír noticias vuestras. A veces, vuestra madre enviaba fotografías por Navidad, pero no muchas. Algunos veranos aparecíais, como por arte de magia, pero volvíais a desaparecer con la misma rapidez.

—Yo nunca lo había considerado de esa forma —comenté yo.

—Y después, cuando empezaste a volverte interesante, dejaste de venir.

—¿Interesante? —pregunté yo—. Creía que me habías dicho que era rara y valiente.

—Y lo eras.

—Vaya, en realidad yo me considero asustadiza —repliqué—. ¿De verdad era valiente?

—Mucho —contestó él.

—¿Y por qué me salpicabas en la piscina?

—Porque me aterrorizabas.

—¿Yo? ¿Con mi pasador floreado?

—Absolutamente.

Julien me miró.

Yo me pregunté si estaba flirteando conmigo y conduje la conversación a un terreno seguro.

—¿Así que estás ayudando a tu madre?

—Eso intento, pero es muy tozuda. De todas maneras ahora me va bien ayudarla. Es una distracción para mí.

Yo lo observé. Tenía un brazo fuera de la ventana, oponiendo resistencia al viento, y el otro agarrado firmemente al volante; y su cabello se arremolinaba alrededor de su cara. Tenía los mismos ojos rápidos y oscuros que cuando era niño.

—Estoy huyendo. De vuelta a mi infancia, en realidad, de vuelta a mi madre —me explicó sin separar la mirada de la carretera—. Eso es lo que hacen los niños pequeños. Huyen.

—¿Tú eres un niño pequeño?

—Eso es lo que he oído decir. —Entonces me miró—. ¿Y tú? ¿También estás huyendo? —me preguntó.

—No estoy segura.

Se produjo un silencio. Intenté poner en práctica la apreciación del aquí y el ahora, pero todo me gritaba: «¡El pasado! ¡El pasado! ¡El pasado!» Las granjas de piedra, con sus postigos de colores desvaídos y su vieja maquinaria oxidándose al sol, esperaban el viento invernal, que las azotaría castigándolas por haber disfrutado de aquellos espléndidos días veraniegos. El grosor de las vides indicaba su edad, su madurez, su capacidad para dar un fruto que años después sería el vino que acompañaría una simple comida a base de *pistou* y pan crujiente.

—¿Y quién dice que eres un niño pequeño?

—Mi mujer.

—¿Estás casado?

—Hace tan poco que estoy divorciado que podría contar con los dedos de una mano las veces que me he aplicado ese calificativo. En realidad, ésta es la cuarta. Ella se ha quedado con la casa, y yo, cuando no estoy viajando por cuestiones de trabajo, estoy en la casa de mi madre. Ahora ella necesita ayuda, así que es un buen momento para estar con ella. Pero la verdad es que me siento muy desgraciado.

—Pues tienes una manera extraña de demostrarlo.

—Cuanto peor está uno, más tiene que trabajarse la alegría.

—¿Así que la fiesta de anoche era un trabajo para ti?

—Desde luego —contestó él—. Dicen que cuesta más recuperarse de un divorcio que de una muerte.

—Pues se equivocan —repliqué yo con un enfado que nos sorprendió a ambos.

—Lo siento —se disculpó él sumamente avergonzado. Y parecía lamentarlo sinceramente—. Mi madre me contó lo de tu marido y no sé por qué he dicho lo de antes. Lo ponía en un libro y me sorprendió, pero es una afirmación estúpida, desde luego. La muerte es la muerte. Siento mucho que perdieras a tu marido.

—Está bien —contesté yo—. En cualquier caso, es absurdo comparar el dolor que produce una muerte o un divorcio. Todo el mundo tiene derecho a vivir su propio sufrimiento. Es el regalo de la separación. Se trata de un regalo de mierda, pero ahí está.

—Exacto —contestó él.

Entonces me di cuenta de que se sentía tan mal que estaría de acuerdo con todo lo que yo dijera.

—Hagámoslo —dije yo intentando animarlo—. Comparemos nuestro dolor. Averigüemos cuál de los dos está peor.

—No, no —dijo él.

—Dices que no porque tienes miedo de perder. Tienes miedo de descubrir que yo soy más desgraciada que tú y eso haría que tu desgracia fuera menor y entonces te sentirías todavía más desgraciado por sentirte desgraciado cuando hay personas que son mucho más desgraciadas que tú, como yo o las personas que se mueren de hambre en los países azotados por la guerra.

—¿Lo dices para que vea que me has perdonado y para que no me sienta mal por lo que te he dicho? —me preguntó.

—Aceptes o no mi propuesta, ya te he perdonado por lo de antes —contesté—. Pero, de todas maneras, comparemos nuestras desgracias.

—De acuerdo —dijo él—, pero debo decirte que me siento muy, pero que muy desgraciado.

—Está bien. Empezaré yo —le dije.

—De acuerdo, porque no sé cómo se juega a este juego.

Reflexioné durante unos instantes.

—Muy bien. A veces, en lugar de dormir, camino de un lado a otro por la casa, y todavía lloro tan intensamente que apenas puedo respirar.

—Pues yo no consigo dormir nunca.

—Pues yo apenas como y, cuando lo hago, no percibo los sabores.

—Pues yo no paro de comer, pero nunca me quedo satisfecho.

—Pues yo tengo la impresión de que veo a mi marido por todas partes. Lo veo fugazmente —repliqué.

Él me miró sobresaltado.

—A mí también me pasa. Veo la parte de atrás de su cabeza, su cabello, sus hombros... Pero entonces esa mujer se da la vuelta y no es ella. Alguien la ha suplantado en su cuerpo.

—Eso es porque la miras más tiempo del adecuado —dije yo con voz tenue.

—¿Qué quieres decir?

—Nada —contesté.

Durante un instante, percibí a Henry en mi mente de una forma visceral: sus brazos, su pecho, las sábanas de nuestra cama...

—Yo pierdo cosas continuamente.

—Yo he perdido el cincuenta por ciento de todo —dijo él—, incluida a mi hija.

Yo tenía el cien por cien de Abbot. Cerré los ojos lentamente y dejé que el sol calentara mi cara. Su última confesión hizo que sintiera que su dolor era próximo al mío.

—¿Cómo se llama tu hija?

—Frieda. Tiene cuatro años. Está pasando el verano con su madre —me explicó—. Quería salvar mi matrimonio, pero no pude hacerlo. Si hubiera sido un Julien mejor, lo habría conseguido, pero este Julien no lo consiguió.

Me acordé de la profunda inquietud que percibí en él cuando íbamos en el descapotable bajo la lluvia, el día que nos recogió en la carretera. Ahora sabía por qué me resultaba familiar su inquietud: era la inquietud que produce la culpabilidad.

—Mi marido murió en un accidente —le conté—. Yo estaba a treinta kilómetros de distancia, pero sigo pensando que podría haberlo salvado.

Ahora circulábamos por una carretera con más tráfico. A un lado, se celebraba una carrera de quads en un pequeño circuito de tierra. Un caballo contemplaba el espectáculo desde su cobertizo.

—Seguro que no soy la primera persona que te dice que no fue culpa tuya —respondió Julien—. A mí me dicen lo mismo, pero en mi caso yo creo que son ellos los que están equivocados, o al menos medio equivocados. De todos modos, ¿qué importancia tiene? Porque no puedes aplicar la lógica a algo que es ilógico y esperar que se convierta en lógico.

Me recliné en el asiento.

—Yo no quiero superarlo —comenté—. Eso sería un verdadero final, y no quiero que mi duelo termine.

Julien detuvo el coche en una rotonda mientras esperaba su turno para pasar.

—Yo sí que quiero superarlo, pero me temo que no lo conseguiré nunca —declaró Julien.

—Entonces, ¿quién es más desgraciado, tú o yo? —le pregunté mientras me protegía los ojos del sol con la mano.

Él sacudió levemente el cambio de marchas, que estaba en punto muerto.

—La gente que se muere de hambre en los países azotados por la guerra —contestó él.

—¡Ah! —exclamé yo—. Ellos siempre ganan.

Llegamos a la comisaría de policía de Trets, que estaba situada en una extraña intersección de tres calles. En la parte trasera del edificio, había un aparcamiento entero para los coches de los policías, pero sólo había dos plazas para el público en la parte frontal. Yo lo consideré una lección sobre el funcionamiento de la policía francesa; una táctica intimidatoria. «Te superamos en número.» «Somos tan buenos que ni siquiera tenemos que salir de la comisaría.»

Y quizá lo eran.

—Mi francés está oxidado —le comenté a Julien mientras bajaba del coche—. Escondido detrás de una década de óxido.

—Ellos hablan inglés. Lo harás bien y yo estaré a tu lado por si me necesitas —me dijo él.

Nos dirigimos a la puerta de hierro que permitía el acceso a la gendarmería. Junto al botón de llamada había unas instrucciones que no comprendí. Miré a Julien y él simplemente me indicó que presionara el botón.

Alguien respondió con esa voz mecánica que se oye a través de los intercomunicadores. Yo me puse nerviosa y enseguida dije en francés que era la norteamericana a la que... no me acordaba de la palabra francesa que significa «robaron» y no quería volver a decir que me habían violado, así que utilicé el término inglés.

Curiosamente, mi explicación funcionó y la cerradura de la puerta emitió un zumbido. Yo la empujé y se abrió.

—¿A qué viene lo de la verja de hierro? —le pregunté a Julien—. ¿Trets es un punto neurálgico del terrorismo o de la violencia contra la policía?

—Los policías franceses son como los norteamericanos, siempre están comiendo pasteles, y los franceses nos tomamos muy en serio nuestros pasteles. La verja es para proteger los pasteles.

—Donuts —comenté yo sonriendo—. Los policías norteamericanos son famosos por los donuts. Es un detalle simpático.

—Sí, donuts —dijo Julien—, los que tienen el agujero en medio.

No había nadie en el largo mostrador de la recepción, y a la derecha había una hilera de sillas que también estaban vacías.

—¿No hay ningún timbre para llamar? ¿Tenemos que coger número?

Julien se encogió de hombros.

—Esperaremos. Estamos en verano.

Nos sentamos y oímos que unos hombres bromeaban y reían en una habitación del fondo. Debo decir que Julien era un hombre popular. No tenía el móvil en modo de llamada o vibración, pero, cada vez que alguien lo llamaba, emitía un ruidito como el que emiten las maquinitas de los revisores de tren cuando comprueban los billetes. Me pregunté quién lo llamaba. Él siempre miraba la pantalla para ver quién era, pero nunca salió afuera para contestar.

—¿En qué trabajas? —le pregunté yo.

—Soy diseñador gráfico, pero también tengo experiencia como hombre de negocios. Mi cliente principal vive en Londres, así que me resulta cómodo vivir aquí. Me proporciona flexibilidad. Durante el verano y el otoño tendré que viajar unas cuantas veces a Londres.

—¿Las llamadas que recibes son de trabajo? A mí no me importa si las contestas.

—No —replicó él—, no son de trabajo.

Me pregunté si las llamadas serían de mujeres. ¿Tal vez Cami? Al final, un agente apareció al otro lado del mostrador. Se ajustaba exactamente al estereotipo francés; era el típico francés maduro que Norman Rockwell habría pintado si pintara hombres franceses maduros. Tenía la nariz larga y torcida, los labios oscuros y los dientes manchados de nicotina. Su cabello era grasiento y tenía una barba de un par de días. Su postura era encorvada y vestía un chaleco que parecía tener veinte años de antigüedad.

—*Bonjour* —nos saludó.

Entonces recitó una frase automática que terminó en pregunta.

Julien me miró esperando que contestara, pero yo no tenía ni idea de lo que el agente había dicho. Mi silencio permitió que el agente se diera cuenta de quién era yo.

—*Ah, l'Américaine! Venez ici.* Por aquí —me dijo señalando el extremo izquierdo del mostrador.

Me dirigí hacia allí y Julien se detuvo preguntándose si debía acompañarme o no.

—Su marido también —dijo el agente en francés.

Yo enseguida le expliqué que Julien no era mi marido, pero él me miró como si creyera que le estaba mintiendo.

—Sí, claro —dijo.

Julien le explicó que no era mi marido.

El agente pareció sentirse ofendido por el hecho de que los dos le mintiéramos de una forma tan descarada y esto me molestó. Me sentí acosada. ¿Tratar a la gente de mentirosa y ponerla a la defensiva era una táctica policial?

Lo seguimos a una sala en la que había cuatro escritorios de la época de la Segunda Guerra Mundial. A la izquierda había más despachos con pósters de futbolistas famosos.

Esperaba que la comisaría fuera diferente, más francesa, como si acabaran de sacarla de... me avergüenza admitirlo, de las viejas películas en blanco y negro sobre la Legión Extranjera francesa. Pero aquélla era una sencilla comisaría de un pueblo francés y el hombre que tenía delante era un simple agente. Las paredes estaban pintadas de un nauseabundo y descolorido color verde. Todo tenía un aire frío e inquietante y, al mismo tiempo, me resultaba familiar.

Entramos en una salita y otro agente se unió a nosotros. Éste tenía un bigote espeso. Me tendió un formulario y me pidió que lo rellenara. Yo anoté todas las cosas que nos habían robado, incluido el diccionario, que era lo que más deseaba recuperar. Aunque le había dicho a Abbot que podía aprender algo bueno e importante del hecho de que nos lo hubieran robado, yo seguía queriendo recuperarlo por encima de todo lo demás. Dibujé un asterisco al lado de la palabra «diccionario» y decidí que les explicaría lo valioso que era el diccionario para nosotros. Claro que a ellos no les importaría, pero yo sentí la necesidad de contárselo.

Los agentes me pidieron que les explicara lo que había sucedido y yo se lo expliqué lo mejor que pude en francés. Les conté que los dos hombres iban: «... *habillés comme les touristes d'Allemagne*», o sea que iban vestidos como turistas alemanes. Ellos me preguntaron si había cerrado el coche con llave. Yo no estaba segura. Me pidieron que les describiera el coche de los ladrones. Me acordaba de que no tenía llantas, pero no conocía esta palabra en francés. Julien sí que la conocía y la dijo. Me preguntaron acerca de los daños que habíamos sufrido y los objetos que nos habían robado.

El agente del chaleco me preguntó qué quería decir yo con que los ladrones iban vestidos «*comme des touristes allemands.*»

Yo le expliqué que vestían camisetas ajustadas, sandalias con calcetines y bermudas. Miré a Julien para que me ayudara a explicar lo de las bermudas, pero él estaba disfrutando con mi pantomima.

—Continúa —me dijo—, lo estás haciendo muy bien.

El agente del bigote me preguntó por qué creía yo que los turistas alemanes llevaban bermudas.

Yo no supe qué contestar. No tenía ni idea, simplemente tenía muy claro que los turistas alemanes siempre vestían bermudas. Me encogí de hombros.

Julien me tradujo la pregunta del agente.

—Ya le he entendido —dije yo—, simplemente no tengo una explicación racional sobre esta cuestión.

Los agentes tenían una transcripción de mi llamada telefónica y el agente del chaleco me preguntó con escepticismo si los ladrones iban armados.

—*Les voleurs ont eu un pistolet?*

—*Non, les voleurs n'ont pas eu un pistolet* —le contesté yo.

Para evitar la embarazosa confusión entre los términos franceses para las palabras «pistola» y «cohete», utilicé el término *«pistolet»* que había empleado el agente y le conté que eran los niños con los pantalones cortos de flores —*les shorts avec les fleurs*— los que iban armados.

El agente del chaleco dedujo que la pistola era de juguete.

—*Le pistolet était un jouet!* —exclamó divertido.

—¿Lo ves? —me dijo Julien inclinando la cabeza y encogiéndose de hombros—. Todos estamos de acuerdo.

—Ya lo veo —contesté—. Ya lo he entendido: aquí las armas son falsas.

El agente del chaleco me preguntó qué quería decir el asterisco que había al lado de la palabra «diccionario».

Yo le expliqué que aquel libro era muy importante para mi familia, que era de alguien que había muerto y a quien queríamos mucho.

—*Qui?* —me preguntó el agente del bigote.

—Mi marido —le contesté en francés.

El agente del chaleco le preguntó a Julien si yo era viuda. Se le habían llenado los ojos de lágrimas y me pregunté si él habría perdido a su mujer.

—*C'est une veuve?* —le preguntó a Julien.

—*Oui* —contestó él.

—*Si jeune...* —dijo el agente del chaleco refiriéndose a lo joven que era yo para ser viuda.

Los agentes se reclinaron en sus asientos y me dijeron que buscarían los objetos que nos habían robado. Uno de ellos se inclinó hacia el otro y mantuvieron una breve conversación entre susurros. Entonces el agente del chaleco se apoyó en la mesa y le indicó a Julien que se acercara. Después le preguntó algo en voz baja.

Julien lo miró socarronamente, se encogió de hombros y se volvió hacia mí:

—Quieren saber si conoces a algún norteamericano famoso.

—¿A gente famosa? ¿A estrellas de cine? —pregunté yo.

—¡Sí! —exclamó en inglés el agente del bigote con un marcado acento francés—. *Des stars!*

—¿Conoce a Daryl Hannah? —me preguntó el agente del chaleco.

Pronunció la «r» de una forma gutural y la «h» muda, de modo que no reconocí el nombre.

—¿A quién? —pregunté yo.

—¡Ya sabe! —exclamó él medio enfadado—. ¡Darrr-il Anna! De la película *Splash*, con Tum Anks.

—Daryl Hannah —dijo Julien.

—¡Ah, Daryl Hannah! —exclamé yo.

El agente miró al techo, como si Julien y yo nos estuviéramos burlando de él, y pareció odiarnos un poco.

—La conozco porque he oído hablar de ella, como he oído hablar de Sophie Marceau y Edith Piaf.

—Edith Piaf está muerta —me explicó el agente del bigote.

—Es cierto —comentó Julien esforzándose para no echarse a reír.

—Ya lo sabía —dije yo.

—Sophie Marceau es muy buena actriz. Aunque la película sea mala, ella lo hace muy bien. Es francesa.

Julien parecía estar a punto de estallar de risa.

—¿No está de acuerdo? —le preguntó el agente del bigote con actitud a la defensiva.

—Sí, es buena —contestó Julien—. Muy buena.

—¡Como Julia Rrro-berrrs! —exclamó el agente del chaleco.

—Es cierto —contesté yo.

—¿Conoce a alguien más? —me preguntó el agente del chaleco—. ¿Alguien famoso?

Los dos agentes me miraron expectantes.

—Una vez vi a Al Pacino —les dije.

Henry y yo lo vimos de casualidad cuando nos dirigíamos a la boda de un amigo en Nueva York y él acudía a un estreno cinematográfico.

—¡Pacino! —asintieron ellos con actitud reverente y los ojos entrecerrados.

—Y en una ocasión asistí a una conferencia que daba Bill Clinton —añadí yo.

Los agentes se echaron a reír y le preguntaron a Julien algo en francés y muy deprisa. Yo distinguí con claridad la palabra «embrasse».

Julien sacudió la cabeza y levantó las manos en señal de negación.

—Caballeros —dijo—. *Non*.

El agente del bigote le lanzó una mirada airada por su desobediencia.

—Queremos saber si... lo abrazó.

—Como la mujer... —añadió el agente del chaleco.

—¿Cómo Monica Lewinsky? —Negué con la cabeza—. No, no abracé a Bill Clinton como lo hizo Monica Lewinsky.

—Monica Lewinsky es muy conocida... —dijeron ellos, y se rieron.

—Ya está bien —comentó Julien.

—¿Podemos irnos ya? —pregunté yo.

—Nos vamos —dijo Julien levantándose de la silla.

—*Oui* —dijo el agente del bigote.

Los agentes volvieron a adoptar una actitud policial, me tendieron una copia de la denuncia y me dijeron que la guardara con el seguro, por si acaso.

El agente del chaleco nos acompañó a la salida y frunciendo los labios al estilo francés me dijo en francés:

—Quizás encontremos sus cosas. ¡Quizá pise usted mierda con el pie izquierdo!

—Te está deseando buena suerte —me explicó Julien.

—Gracias —le dije al agente.

El agente puso los brazos en jarras y sonrió en un gesto de grandiosa benevolencia.

Yo me despedí con una sonrisa y le dije a Julien:

—Ya me puedo despedir de nuestras cosas para siempre, ¿no?

—Sí —me contestó Julien—. Para siempre.

Minutos después, Julien presenció lo que podría llamarse una compra frenética. Yo le había prometido a Charlotte que iríamos de compras en Aix y le dije que sólo compraría en Trets lo más urgente, de modo que ella me dio su talla y me dio libertad de elección.

—Ante cualquier duda, cómpralo en negro —me indicó dándome una palmadita en el hombro.

Yo realicé todas las compras en el Monoprix, desde la ropa interior de Abbot, hasta los sujetadores, los zapatos, unos cuantos vestidos de tejido elástico que se adaptaban a varias tallas, los cepillos de dientes y de pelo y unas vitaminas. También compré comida que no había que cocinar, porque donde solía estar la cocina, sólo había un hueco ennegrecido. Compré un frasco gigante de Nutella, porque a Abbot le encantaba, y un paté raro, porque estaba de oferta y los franceses lo compraban en cantidades ingentes. También compré una cámara de fotos, un adaptador de electricidad y un cargador universal para móviles. No tuve el valor suficiente para comprar otro móvil. La idea de tener que pasar por todos los trámites en francés me aterraba. Nos las arreglaríamos con el de Charlotte.

—¡Me siento tan norteamericana! —exclamé durante el trayecto de vuelta, con el coche atiborrado de bolsas reutilizables que había tenido que comprar y que se agitaban con el viento.

—Sí, ha sido una auténtica invasión —comentó él.

—El asalto a las playas de Normandía —comenté yo.

—¡Tú sí que has asaltado!

—No he tenido más remedio —repliqué yo.

—Churchill estaría orgulloso de ti.

—En mi defensa diré que no lo he disfrutado —dije.

Y era verdad, salvo por el paté, que había sido un capricho. En parte, me sentía norteamericana porque el Monoprix era típicamente norteamericano: un supermercado inmenso, diáfano, iluminado con fluorescentes.

—Para que te sientas más francesa, iremos a una pastelería. Así podrás comprar pan francés y te sentirás mejor.

Circulamos por las estrechas y serpenteantes calles de Puyloubier y Julien se detuvo en una de las calles secundarias, delante de una pequeña pastelería.

¡Una pastelería!

Entonces me di cuenta de que no quería entrar en una pastelería. Aparte de mi negocio, que había intentado evitar en lo posible, no había entrado en una pastelería desde la muerte de Henry. ¿Acaso no estaba allí para escapar de las cosas que suponían una carga para mí? ¿No se me permitía siquiera una tregua?

Pensé en contarle a Julien que eso era lo que hacía para ganarme la vida, pero no pude hacerlo. Él podía formular preguntas, preguntas normales y bienintencionadas que me obligarían a revelar detalles, y yo no podía separar mi trabajo de mi vida amorosa. Yo sólo quería contar historias que deseara contar, y las preguntas podían pillarme desprevenida. Tenía miedo de la naturaleza caprichosa de mi memoria.

Me puse nerviosa y las manos me temblaron. Las froté una contra la otra para librarme de aquella sensación y me convencí a mí misma de que lo más fácil era entrar y superarlo. Podía adoptar una actitud crítica, como hice con el pastel de boda de Elysius y Daniel, así podría ser objetiva y distante, lo que me ayudaría a superar la prueba.

Bajamos del coche y entramos en la tienda. Se trataba de

una construcción de piedra con un toldo verde, y estaba situada al final de una hilera de casas con grandes postigos de madera. La campanilla de la puerta alertó al pastelero, quien se colocó al otro lado de los expositores de cubierta abovedada. Se trataba de un hombre delgado de sesenta y tantos años y vestía una camisa blanca e impecable. De su cuello colgaba una cadena fina y una medalla de plata simple y circular, con una inscripción que era demasiado pequeña para que alcanzara a leerla. Apoyó la mano sobre el mostrador y bromeó con Julien. Su medalla brillaba de vez en cuando.

Contemplé las tartaletas coronadas con frutos del bosque, los cruasanes bañados en chocolate y los pastelitos glaseados.

—De niños vinimos aquí —comenté.

Me acordé de que Véronique y mi madre se pelearon para pagar la cuenta.

—Sí —dijo Julien—, para la celebración de tu cumpleaños.

El último verano que fuimos a Francia, cuando yo tenía trece años, llegamos a principios de junio y celebramos allí mi cumpleaños. Compramos los dulces en aquella pastelería, aunque yo me sentía demasiado mayor para celebrar una fiesta con pastelitos.

Me acordaba de la tienda con exactitud, y ahora sabía de qué estaban hechos los pasteles. Algunos de ellos los conocía muy bien. De repente deseé oír los nombres en francés. Señalé uno de aquellos pasteles exquisitamente adornados y le pregunté al pastelero de qué estaba hecho:

—*Qu'est-ce que c'est?*

—*Américaine?* —me preguntó él.

—*Oui* —le contesté.

Él se puso serio, me miró y después miró a Julien. Se notaba que quería formular una pregunta —¿algo acerca de Daryl Hannah, quizá?—, pero no la formuló. Entonces me contó que se trataba de una mousse de frambuesa y pistachos con dos capas de bizcocho empapado en sirope de frambuesa.

Yo señalé el pastel siguiente y repetí mi pregunta.

Él me explicó con paciencia que se trataba de una tarta hecha con una base azucarada y crema de limón.

Seguí preguntándole acerca del resto de los pasteles: un tiramisú, con sus capas de bizcocho empapado en licor de café; un molinillo de pera escalfada en vino blanco; un merengue de avellanas con una crema de mantequilla, chocolate y nata; un pastel blanco y redondo hecho de mango salteado, ron y coco tostado y coronado con una capa de mangos troceados; trufas de chocolate con un relleno esponjoso y cubiertas de chocolate amargo; una tarta de chocolate, mazapán y nueces...

Yo repetía las palabras en voz baja, casi saboreándolas. Me encantaba su sonido: *framboise, mousse, pistaches, citron, coco...*

Me acordé de cuando cocinaba con mi madre, después del verano que pasó sola en la Provenza. Me acordé de sus manos cubiertas de azúcar de pastelería y de cómo extendía la pasta de fondant, batía la nata y separaba las yemas de los huevos de las claras pasándolas de una mitad de la cáscara a la otra. Mi madre cocinaba con frenesí mientras yo asomaba la cabeza a la altura de sus codos. Elysius se iba con sus amigas, pero yo me quedaba con mi madre en la caldeada cocina tanto tiempo como podía, inmersa en el olor a cacao, a azúcar caramelizado, a pastel... un olor que se expandía a ráfagas por la cocina.

Cerca de la casa en la que crecí, había una pastelería, con sus cajas de cartón blanco que ataban con cordeles, con sus expositores de cristal curvado y sus figuritas para adornar los pasteles de cumpleaños. Las dependientas iban vestidas con batas blancas y escribían tu nombre en el pastel con una manga de pastelería delante de ti. Cuando la obsesión pastelera de mi madre llegó a su fin, sólo acudíamos a la pastelería para comprar los pasteles de cumpleaños y de graduación. En aquel momento, con la mano presionada contra el cristal del expositor de la pastelería francesa, volví a experimentar el deseo de estar en la cocina con mi madre y presenciar el proceso de sanación de una mujer que, aunque había vuelto a casa, necesitaba más tiempo para volver a sí misma.

No estaba segura de lo que me embargaba en aquella pastelería francesa. Me sentía mareada y hambrienta como hacía mucho tiempo que no me sentía. Aquella sensación de hambre me inquietaba tanto como el sentimiento de culpabilidad que experimentaba desde la muerte de Henry. Después de escuchar las explicaciones del panadero, le dije:

—*Une* de éstos. *Trois* de ésos. *Deux* de aquéllos. No, dos no, *quatre*.

El panadero miraba a Julien como si le preguntara si yo estaba cuerda y si tenía permiso para comprar todos aquellos pasteles. Julien asentía con la cabeza.

—Sí, sí, póngale lo que pide.

Camino de casa me sentí ridícula. Como los asientos traseros estaban llenos con las bolsas del Monoprix, tuve que cargar las cajas de los pasteles en mi regazo. El montón era tan alto que me impedía ver. Coloqué las barras de pan entre la puerta y el asiento del coche.

—Todo esto es consecuencia de mi educación francesa —comenté.

—No tienes por qué racionalizarlo —respondió él—, pero ha sido...

—¿Qué? —dije—. Sólo es mi contribución a las comidas de la casa.

—Sí, lo entiendo —replicó él—, pero ha sido...

—Un acto de alegría —contesté yo—. Me estoy trabajando la alegría, ¿de acuerdo? Según tú, eso es lo que tienen que hacer las personas cuando se sienten desgraciadas.

—Ha sido...

—¿Qué? —le pregunté yo—. ¿Ha sido qué?

—Erótico.

Yo arqueé las cejas.

—¡No seas tan francés! —exclamé yo con una leve sonrisa.

—No estoy siendo francés. Se trata de un idioma interna-
cional y ha sido erótico.

Yo suspiré.

—Me sentía extasiada.

—Sí —contestó él—. Eso parecía. Es un comienzo.

—¿Un comienzo de qué? ¿Te refieres a que estoy empezando a vivir un poco?

—Sí —respondió él—, sólo un poco, pero es un comienzo.

Julien me ayudó a llevar las bolsas del Monoprix a mi casa,
pero llevamos los pasteles y las barras de pan a la de su madre.
A través de las ventanas, que estaban abiertas, oímos unos la-
mentos extraños y atonales. ¿Se trataba de música, de una ba-
lada triste y desgarradora?

Charlotte, Abbot y Véronique estaban en la cocina, trabajando intensamente. Véronique estaba sentada en un taburete
junto a la encimera, vigilando el contenido de una olla de gran
tamaño.

Charlotte levantó la vista de la tabla de picar. Tenía los
ojos llorosos. ¿Era ella la que gemía? Me puse nerviosa. ¿Había sucedido algo malo? ¿Alguien había telefoneado para co-
municarnos malas noticias?

Pero ella dijo con una sonrisa:

—Es la primera vez que corto cebollas.

—¿Cómo puede ser? —le pregunté yo.

—Nadie que yo conozca cocina comida de verdad —contestó.

—Se trata de una reacción química —explicó Abbot—.
Las cebollas tienen unas células diminutas y, al cortarlas, se
abren.

Era la típica explicación que Henry le habría dado. Henry
era el típico cocinero que hablaba de la química de la comida.
¿Cómo podía Abbot acordarse de estas cosas?

Abbot estaba sentado delante de una hilera de copas llenas

de agua a distintos niveles. Sumergió el dedo en una de las copas y lo deslizó por su fino borde. Ése era el sonido que yo había confundido con un lamento. Se trataba de música.

—Yo he diseccionado una sardina —me explicó Abbot.

La intensidad que se percibía en la habitación se debía a la concentración con la que cocinaban, no a la tristeza. ¿Por qué me costaba ahora distinguir una cosa de la otra?

—Mira, su educación francesa ya ha empezado —le comenté a Julien.

—Son unos muchachos fenomenales —aseguró Véronique.

Aunque ahora estaba totalmente serena y relajada, evidentemente era ella la que había provocado en los chicos aquel estado de concentración e interés.

Dejamos las cajas de los pasteles encima de la mesa de la cocina.

Véronique soltó un respingo.

—¿Qué es esto?

—Sufrí una especie de ataque en la pastelería —contesté yo.

—¡Ábrelas! —gritó Abbot.

Abrimos las cajas, dejando a la vista las vistosas y brillantes creaciones.

—¿Por qué habéis comprado tantos? Los tomaremos de postre —dijo Véronique.

Y cerró las cajas sintiéndose, quizás, un poco incómoda por tanta abundancia.

—¿Qué ha dicho la policía? —me preguntó Abbot—. ¿Encontrarán nuestras cosas?

—Probablemente, no —le contesté yo.

Abbot bajó la mirada.

—¡Os prometí que esta tarde iríamos a ver la basílica y los jabalíes! —exclamó Julien.

—¡Pero primero...! —dijo Véronique.

Yo me acordé de Hercule Poirot, el protagonista de las

películas basadas en las novelas de Agatha Christie que tanto me gustaban de niña. Yo esperaba que ella añadiera: «... quiero explicaros la razón de que os haya convocado aquí a todos». Y que a continuación revelara los distintos vínculos que nos unían al asesinato de turno.

—Antes de que os vayáis, quiero dar un paseo con Heidi por la finca —dijo Véronique.

Pronunció mi nombre con la «h» muda, lo que hizo que sonara ID,* como si se requiriera una identificación para pasear por la finca.

A mí Véronique me daba un poco de miedo y, al mismo tiempo, la admiraba. Me parecía una mujer muy fuerte, porque hacía mucho tiempo que se había divorciado y dirigía el hostal ella sola. Entonces me miró de una forma extraña, como si quisiera ver qué había en mi interior. Me pregunté qué esperaba encontrar.

—Sólo tardaré unos minutos en prepararme —me dijo.

—Yo tengo que desempaquetar unas cosas —declaré—. ¿Por qué no me recoges en casa cuando estés lista?

—De acuerdo —contestó ella.

—Y después iremos a ver la basílica y los jabalíes —añadí—. No quiero perdérmelo.

Charlotte y Abbot ayudaron a Julien a preparar unas bolsas con comida que nos llevaríamos a la excursión y yo regresé a casa para organizar la compra.

Durante el breve recorrido entre las dos casas, la montaña volvió a sorprenderme. Su visión fue tan repentina e imponente que me detuve en seco. El hecho de que alguien pudiera disfrutar de un paisaje como aquél desde el jardín trasero de su casa seguía pareciéndome extraordinario, por no mencionar la excavación.

---

* ID son las siglas inglesas de «documento de identidad», que fonéticamente suenan como «Heidi» pronunciado en inglés con la «h» muda. *(N. de la T.)*

Me resultó extraño estar sola en la casa. Me moví con rapidez, separé la ropa en montones y metí la comida en los armarios y en la mininevera. Si, miles de años más tarde, unos arqueólogos hallaran la casa, la encontrarían atiborrada de cosas. ¿Cómo nos definirían aquellos objetos? Los envoltorios, el plástico, la pasta de dientes, los enchufes múltiples: ¿qué decían acerca de nuestras vidas? Pensé en los arqueólogos, en lo que debían de sentir mientras desenterraban el pasado, lo desempolvaban e intentaban recrear cómo era la vida de aquellas gentes. En nuestro caso sería imposible. Aunque encontraran la casa, no encontrarían ningún rastro de Henry. Y él estaba muy presente en nuestras vidas.

En el fondo de una de las bolsas encontré el cargador para el móvil de Charlotte, el cual estaba en la mesa de la cocina. Lo enchufé al cargador. El móvil emitió un pitido y la pantalla se iluminó. Ahora había cincuenta y siete llamadas perdidas.

Adam Briskowitz, pensé para mí. ¡Pobre muchacho! ¿Le estaba consumiendo la añoranza? Me acordé de John Cusack en *Un gran amor*, con la minicadena levantada por encima de su cabeza; aquella serenata fallida.

Subí a mi habitación y me puse una falda, una camiseta y unas chanclas que había comprado en el Monoprix.

Mientras bajaba las estrechas y empinadas escaleras de piedra oí que el móvil de Charlotte emitía un zumbido y vibraba contra la mesa. Lo cogí. En la pantalla se leía: Brisky. Yo exhalé un suspiro y contesté la llamada.

—¿Diga?

—¿Hola? —preguntó él con voz de sorpresa—. ¿Hola? ¿Charlotte?

—Soy Heidi, la tía de Charlotte —contesté.

—¿Está Charlotte? ¿Puedo hablar con ella? Es urgente. Hace tiempo que intento ponerme en contacto con ella y es muy urgente que lo haga.

—Ahora mismo no está aquí —le expliqué.

—¿Dónde está?

—Está en Francia conmigo.

—¿Se ha ido a Francia?

—Sí —le contesté—. No creo que quiera hablar contigo y no ha escuchado tus mensajes de voz, pero puedo transmitirle un mensaje de tu parte.

—Tomar un avión a Francia ha sido un acto realmente irresponsable —comentó Adam más para sí mismo que para mí.

—¿Irresponsable?

—Sí —respondió él—. No debería haberlo hecho, al menos eso creo yo, ¿tú no opinas lo mismo?

—¿Ése es el mensaje que quieres que le dé, que es una irresponsable por haberse venido de viaje conmigo? —le pregunté.

—No —contestó él suavizando la voz—. No, por favor. Dile que la quiero y que no quería que se quedara Briskowitzada.

—De acuerdo. No estoy familiarizada con esa palabra, pero se lo diré.

—Aunque sé que no quiere verme, quizá podría escribirle una carta de las de antes.

—Me parece una buena idea, porque además aquí no tenemos conexión a Internet.

—¿Cuál es la dirección?

Oí que buscaba un bolígrafo y un papel. Yo me dirigí a la nevera y leí la dirección que figuraba en una nota. Él la repitió y yo se la confirmé.

—Estupendo —me dijo—. Muchísimas gracias. Y puedes olvidarte del mensaje. Ni siquiera le digas que he telefoneado, ya le enviaré hoy mismo una carta explicándoselo todo. ¿Te parece bien?

—Sí, me parece bien.

—Entonces, de acuerdo. Muchísimas gracias. Me parece estupendo. Nunca lo olvidaré, gracias —me dijo.

—De nada —le contesté yo—. Adiós.

—*Au revoir!* —se despidió él con un acento horroroso—. *Merci* y *au revoir!*

Cézanne contemplaba el monte Sainte Victoire desde el frente, mientras que nosotros lo veíamos desde el costado. *La longueur*. «Nuestro lienzo es alargado», me dijo Véronique. Habíamos atravesado el camino de grava y ahora nos dirigíamos hacia los viñedos y la excavación arqueológica, que debido al calor diurno estaba vacía. Véronique llevaba un bastón con la empuñadura de mármol. Más que para caminar, lo utilizaba para señalar. Lo utilizaba de una forma tan natural que me pregunté cómo podía haber vivido sin él.

—Si tienes paciencia, puedes ver cómo cambia de color la montaña a lo largo del día. El último verano que estuvo aquí, tu madre la contempló durante mucho tiempo.

Yo no estaba segura de cómo tomarme aquella información. Tuve la impresión de que Véronique quería que le formulara una pregunta, pero yo no sabía qué debía preguntarle. De lo único que me acordaba era de nuestra vida sin ella, de mi padre forcejeando con un abrelatas en la cocina. «Creo que deberías prepararte por si tienes que decidirte entre uno de los dos. ¿Quién sabe cómo acabará esto?» Pero aquello no se acabó, porque ella regresó a casa. Yo intenté no pensar demasiado en lo que aquel verano significó para ella o para mí. Fue un verano perdido, pero al final ella se encontró a sí misma y volvió con nosotros. De todos modos, mientras estaba allí con Véronique no pude evitar preguntarme qué le ocurrió a mi madre. ¿Qué aprendizaje le permitió regresar a casa?

—La montaña es preciosa —comenté simplemente.

Ella esperó a que dijera algo más.

—Sí, lo es —dijo al cabo de unos segundos. Entonces señaló un árbol que había a cierta distancia, entre las dos casas—. Allí acaba vuestra finca. El límite entre las dos fincas sigue, más o menos, esta línea hasta aquel árbol. Caminaremos por el perímetro.

La divisoria entre las dos fincas era como la continuación del camino de la entrada.

—Pero tu pie... —comenté yo.

—Tengo que moverlo. Así la circulación se activa, y esto es bueno para los huesos —me explicó—. Tu madre es una mujer muy fuerte —añadió al cabo de un rato.

—Creo que la última vez que estuvo aquí tenía muchas cosas en la cabeza. Supongo que tenía que decidir si volver o no a casa, si nosotros merecíamos la pena o si quería dejarlo todo y empezar una vida nueva aquí, en la Provenza.

Yo lo dije medio en broma, pero creo que mis palabras no reflejaron mi frivolidad.

—Sus hijas siempre merecieron la pena para ella, la duda que se planteaba era acerca de su marido. Él era... un embustero. ¿Es así como lo llamáis?

Asentí con la cabeza, aunque me incomodó oír aquel calificativo aplicado a mi padre. Él había sido un embustero, pero seguía siendo mi padre y, después de dedicar tantos años a intentar salvar su matrimonio, yo lo había situado en un puesto mejor.

—Mi ex marido era un imperialista. Él también era un embustero. Se marchó. El verano que tu madre estuvo aquí, mientras su matrimonio se desmoronaba, el mío también se estaba desmoronando.

Yo no lo sabía. Una cosa más que mi madre y Véronique compartían.

—¿Dónde está ahora tu marido?

—Está muerto. Nos abandonó el invierno siguiente. Sin decir una palabra. Fundó una nueva familia y vivió con ellos en Arles. En realidad, mis hijos no han tenido un padre. —Véronique suspiró—. Yo prefiero vivir así, sin un hombre a mi lado.

—Sí, yo creo que una mujer puede vivir sola y ser feliz —respondí—. Te entiendo y lo considero algo positivo.

Ella se detuvo y clavó el bastón en la tierra.

—No, no es positivo. Yo cerré las puertas de mi corazón,

pero tu madre no pudo hacerlo. Su corazón tiene las puertas abiertas. Ella las ha dejado abiertas. Una ha cerrado las puertas de su corazón y la otra las ha mantenido abiertas, ¿quién es más fuerte? ¿Quién es más débil? Quizá las dos somos, simplemente, tozudas.

—No lo sé —contesté.

—El verano que tu madre pasó aquí, mi matrimonio se terminó. Mi ex marido y yo continuamos viviendo juntos un tiempo, pero yo sabía que, algún día, él se marcharía. Después, yo tuve algún que otro amante, pero no volví a enamorarme. Por miedo, cerré las puertas de mi corazón, pero eso no es lo correcto. Después establecí mis propias normas, y ahora soy feliz.

—Yo creo que establecer tus propias normas y crear tu propia felicidad es bueno —comenté.

Ella me miró y me sentí transparente. ¿Había cerrado yo las puertas de mi corazón debido al miedo? Véronique reemprendió la marcha.

—¿Después de todos estos años tu padre ha merecido la pena? ¿Tu madre es feliz?

Asentí con la cabeza.

—Creo que sí. Su matrimonio es sólido.

Con esto yo quería indicarle que mi padre no había vuelto a engañar a mi madre, que aquello fue un hecho aislado.

—Comprendo —dijo ella sin mostrar la menor emoción.

Yo no quería seguir hablando de la vida de mi madre. En cierto modo me asustaba. Ahora entendía lo intenso que debió de ser para ella pasar aquel verano en la Provenza, en aquella tierra potente, sintiendo la gravedad de la montaña, y lo débil y frágil que debió de parecerle entonces su familia, tan lejana. ¿Nos imaginó a Elysius y a mí en las clases de natación, cantando en el campamento o intentando dormir por las noches? ¿Se preguntó si teníamos urticaria, si nos habíamos quemado con el sol o si habíamos salido a pasear en bicicleta sin sombrero y una garrapata se paseaba por nuestra cabeza? Se suponía que ella tenía que ocuparse de todas estas cosas, porque mi padre no tenía ni idea. Aquel verano, Elysius y yo cuidamos la una de la otra. Yo tuve mi primera menstruación y Elysius me enseñó que la caja de las compresas estaba escondida en el armario de la ropa blanca. Ella me enseñó a utilizar agua fría con sal para limpiar las manchas de sangre de las sábanas. ¿Sabía mi madre que vivimos aquel verano como unos autómatas, que contuvimos colectivamente el aliento esperando que regresara con nosotros?

—Mi madre me dijo que tú podías informarme acerca de la renovación de la casa, acerca de la... *bureaucracy*? Quizá puedas recomendarme a algún contratista. Quiero poner las cosas en marcha, ¿sabes? Quiero que las obras estén en marcha antes de irme, así podré controlarlas mejor desde Norteamérica.

—¿Cuánto tiempo piensas quedarte?

—Seis semanas.

Ella se echó a reír.

—¿Por qué te ríes?

Su risa era tan fuerte que tuvo que dejar de caminar para recuperar el ritmo de la respiración.

—En serio —dije yo un poco ofendida—. ¿Qué te resulta tan divertido?

—Tu madre —contestó ella sacudiendo la cabeza y recobrando la compostura—. ¡Es una mujer muy divertida!

—¿A qué te refieres?

—¡Estamos en Francia! —exclamó Véronique agitando el brazo—. Tardarán de uno a dos meses en darte el *permis de construire* y el *devis* de los trabajadores, *le cahier des charges.*

—¿El *permis de construire* es el permiso del ayuntamiento?

Ella asintió con la cabeza.

—¿Y el *devis* es lo mismo que el *cahier des charges,* o sea el presupuesto?

—El *devis* es cuando les preguntas a los trabajadores cuánto te van a cobrar. *Le cahier des charges* es un documento muy largo con detalles muy concretos. Y estos documentos tienen que ir con *les tiroirs.*

—¿Los cajones?

—Exacto —contestó ella como si así explicara qué tenían que ver los cajones con el presupuesto—. Pero cuesta mucho que los contratistas vengan y redacten estos documentos. Tienes que telefonearlos y pedirles muchas veces que vengan y decirles que has oído *bouche-à-oreille*, de boca a oreja, que trabajan maravillosamente bien y todo esto. Y si vienen enseguida una se pregunta si no será un indicio de que no son buenos trabajadores.

Véronique siguió hablando un poco más, pero lo que me quedó claro es que algunas cosas relacionadas con la construcción son universales. Todo llevaría más tiempo del previsto. Lo que sí que era previsible era que algo imprevisible sucedería en el transcurso de unas obras aparentemente previsibles y sin importancia. Véronique me miró con expresión seria.

—Es posible que nadie empiece a hacer nada hasta dentro de unos meses.

—¡Yo no estaré aquí dentro de unos meses!

—Me parece una buena idea, porque, cuando empiecen a echar abajo las paredes, se llenará todo de polvo. Entonces realmente podrías sentir la casa en tus pulmones y notarías su sabor en todas las cosas. Es mejor que entonces no estés aquí.

—¿Y tú crees que mi madre sabía todo esto?

—Ella quería que vinieras y te empujó a venir.

—¿El fuego de la cocina fue falso?

Ella sacudió la cabeza y realizó el típico chasquido que realizan los franceses.

—El fuego fue real, pero ella lo utilizó para hacerte venir.

Contemplé la cordillera, la tierra y después la casa.

—¡Pues incluso me enseñó revistas de baldosas! ¡Y me dio muestras de pintura! Me pidió que le diera un toque moderno a la casa y me dijo que la sintiera, que conectara con ella y dejara que las decisiones se formaran en mi interior.

—¡Ah! —Véronique levantó un dedo y sonrió—. *Et voilà!* ¡Eso sí que lo puedes hacer!

En aquel momento llegamos a la valla que rodeaba la piscina, la cual estaba llena de hojas muertas. ¿Meses? ¿Se necesitaban meses de burocracia? ¿Tendría que hacerles la pelota a los contratistas sólo para que prepararan el presupuesto?

—La piscina no está en mal estado, pero tiene una grieta —me explicó Véronique.

—¿Y cuántos meses tardarán en arreglarla?

Mi voz sin duda sonó rabiosa.

—De eso me puedo encargar yo. Conozco a un albañil que se encargará de arreglarla.

—Me gustaría que estuviera llena de agua.

—Sí, no hay problema.

—¿Y puedes encargarte de que la fuente vuelva a funcionar? Quizá podríamos poner unos koi.

—¿Koi?

—Sí, peces.

—La bomba está estropeada —me explicó ella—, pero no se necesitan permisos para arreglarla. También podemos llenarla de agua, pero la estructura necesita algunos arreglos.

—Yo quiero poner koi —comenté siendo consciente de que parecía una mujer caprichosa—. Eso como mínimo.

Ella miró hacia la excavación y señaló los montones de tierra con el bastón.

—Ellos sí que trabajan en serio. Han encontrado una tumba —me comentó.

—Sí, Julien nos lo ha contado.

Intenté superar la decepción que me producía el hecho de que mi madre me hubiera encargado una misión falsa.

—Huesos —comentó Véronique—. Al final todos nos convertimos en huesos.

—Es verdad —contesté yo—, pero no todos llegamos al final. Algunos mueren antes de tiempo. Llegar al final es un regalo.

—Tu madre me contó lo de tu marido —dijo Véronique—. Lo siento, pero te prometo que no mostraré lástima por ti. Siempre he odiado la compasión.

Véronique sonrió.

—Yo también odio la compasión —respondí.

—Tengo una cosa de tu madre. Algo que encontramos después del fuego.

—¿De qué se trata?

A mí no se me ocurría qué podía ser. Mi astuta madre. Me acordé del traje de baño amarillo que llevaba puesto en la fotografía. Yo nunca la vi ponérselo en Norteamérica. ¿Lo había comprado en Francia y lo había dejado allí? Pero no, Véronique no habría guardado un traje de baño durante tantos años.

—Te la daré antes de que te vayas. Es pequeña, pero creo que es importante para tu madre. Sólo se trata de una caja con cosas. —El viento ondeó su falda y, antes de que pudiera preguntarle qué contenía la caja, dijo—: Ya sabes que tu madre es una ladrona.

Lo dijo sin enojo, simplemente constatando un hecho.

—¿Una ladrona?

Nunca había oído a nadie decir nada malo sobre mi madre. Claro que tampoco era el tipo de persona a la que los demás elogiaran. La gente no me paraba por la calle para decirme que mi madre les había llevado un guiso cuando estaban deprimidos o que había estado genial recaudando fondos para un acto benéfico. Pero tampoco me habían dicho nunca nada malo sobre ella.

—¿Mi madre? ¿Te robó algo?

—Es una ladronzuela. Una ladrona de corazones.

—¿Qué quieres decir con eso?

Véronique sacudió la cabeza. Estaba claro que no pensaba darme ninguna explicación. Quizá se trataba de un malentendido.

Por otro lado, la expresión «ladrona de corazones» podía ser una forma suave de decir adúltera, querida o destroza hogares. ¿Era mi madre una destroza hogares? ¿Había tenido algo que ver con el hecho de que el marido de Véronique abandonara el hogar? Me acordé de una historia que mi madre me contó acerca de una amiga suya. Unos primos de su amiga vivían en el extranjero y, después de la muerte de una tía de ella, la menospreciaron durante varios años. Al final, uno de ellos le explicó que ella nunca les envió el anillo que les había prometido. «¿Qué anillo?», preguntó la amiga de mi madre. «Nos dijiste que nos darías un anillo y nunca nos lo diste», le contestaron. La amiga de mi madre les explicó que la palabra inglesa *ring* significa «anillo», pero que la expresión *to give you a ring* significa «telefonear a alguien». De modo que no había ningún anillo. Quizás esto era lo que había ocurrido con Véronique, así que decidí no darle más importancia. Seguramente, más tarde encontraríamos una explicación y nos reiríamos las dos.

Véronique se colgó el bastón del codo y se cruzó de brazos.

—Me preocupan la casa y las tierras. No sé qué pasará con ellas cuando yo no esté.

Su confesión me tomó por sorpresa. Bueno, la confesión y el hecho de que me hubiera elegido a mí para contarme sus preocupaciones. A mí Véronique me daba un poco de miedo, aunque también me atraía como persona. Aquella conversación me resultaba compleja, desconcertante, difícil de seguir y, al mismo tiempo, extrañamente estimulante. No tenía ni idea de qué tema íbamos a tratar a continuación.

—Yo ya soy vieja.

—Quizá Julien querría quedarse con la casa —comenté yo.

—Los chicos se pelearían. Ya sabes que tienen problemas.

Yo no sabía nada acerca de los problemas que tenían sus hijos. Ella sacudió la cabeza.

—Hoy en día, los jóvenes sólo quieren dinero. Seguramente venderán la casa.

—¿Se lo has preguntado?

—No —me contestó Véronique—. Cuando ellos la vendan, será un buen momento para que vosotros vendáis la vuestra. Quizás alguien quiera comprar las dos casas con el terreno.

—No me corresponde a mí tomar esa decisión —comenté yo.

—Lo comprendo.

—¿Y a Pascal no le interesaría quedársela?

Ella sacudió la cabeza y chasqueó la lengua.

—Creo que deberías contarles a tus hijos tu inquietud —le dije—. A lo mejor a ellos les encantaría quedársela. Podrías llevarte una sorpresa.

—*Voilà!* —exclamó ella tocándome el brazo—. Lo percibo claramente. Tu voz... Eres igual que tu madre, ¿a que sí?

—En realidad no —comenté yo—. Es Elysius la que...

—Sí, Elysius tiene la misma cara que tu madre, pero tú... —Véronique se dio unos golpecitos en el pecho—. Tu madre está en ti. Se nota en tu forma de mirar la montaña. Tu hermana nunca la miró de esa forma. Ella es...

Véronique chasqueó los dedos en el aire alrededor de su cabeza y siguió los chasquidos con la vista.

—¿Dispersa?

—Sí, dispersa —contestó Véronique—. Pero tú...

Véronique sacudió la cabeza y me miró como si fuera la primera vez que me veía, pero yo no estaba segura de qué era lo que veía en mí.

—¿Alguna vez te has preguntado por qué tu madre no ha vuelto nunca más a la Provenza? —me preguntó.

Yo sabía que las causas eran varias y muy complicadas. A mi madre le encantaba aquel lugar y siempre quiso volver, pero éste era un tema escabroso entre mis padres. Incluso yo asociaba aquella casa con el abandono del hogar por parte de mi madre.

—Supongo que está lejos —contesté yo—. Y el viaje resulta caro...

—No es por eso —contestó ella—. Pregúntaselo a tu madre. Ella puede transmitirte lecciones.

Véronique se encaró al viento y dejó que éste apartara el cabello de su cara. Me la imaginé de niña. Ella y mi madre se conocieron durante los veranos de su infancia. Me las imaginé juntas, haciendo algo idílico, como correr entre los viñedos, hilera tras hilera.

—Los veranos aquí son muy secos, lo que hace que la tierra y el aire sean perfectos para que los incendios se propaguen, como el que vio tu madre antes de irse. El fuego quemó los árboles y limpió la tierra de maleza, y eso permitió a los arqueólogos encontrar las ruinas y realizar la excavación. —Véronique dio unos golpecitos en el suelo con el bastón—. Resulta interesante, ¿no crees? El incendio constituyó una tragedia, pero permitió a los arqueólogos indagar en el pasado.

—Sí —respondí.

Evidentemente, se trataba de una metáfora. ¿La tragedia a la que se refería era la que vivió mi madre? ¿El hecho de que hubiera estado a punto de perder su matrimonio? ¿O se refería al fracaso de su propio matrimonio? ¿O estaba pensando en mi tragedia, en la muerte de Henry? ¿Había llegado la hora de excavar?

Extrajera la conclusión que extrajera de aquella metáfora, habíamos llegado al final de la conversación. Y también del paseo. Véronique emprendió el regreso a casa. Caminaba con tanta rapidez y determinación que parecía que su cojera, en lugar de dificultar sus movimientos, la impulsara hacia delante.

—Con el tiempo quizá tu madre, esa ladrona, te sorprenda.

Ella sí que me había sorprendido.

12

Mientras el viento racheado del descapotable nos sacudía, Julien nos explicó que no debíamos confundir Saint-Maximin-la-Sainte-Baume con Saint Maximin, otra catedral que estaba en Arles, no muy lejos de allí.

—La principal diferencia es que en ésta está enterrada María Magdalena y en la otra no.

Estábamos realizando la prometida visita a la basílica y los jabalíes. Primero iríamos a la basílica, porque los jabalíes eran el premio por haber visitado la iglesia.

—¿María Magdalena no vivía en Oriente Medio con Jesucristo? —preguntó Charlotte.

—Así es —contestó Julien—. Pero después —dijo levantando un dedo en el aire—, se embarcó con Maximin, antes de que fuera declarado santo, y con otras personas en una pequeña barca sin velas ni timón y llegaron a Marsella. Se trató de un milagro.

—Suena milagroso —comentó Charlotte—. Turísticamente milagroso.

—Creo que antiguamente a los turistas se los llamaba peregrinos —replicó Julien.

—Entonces es peregrinamente milagroso.

—¿Y cómo murió? —preguntó Abbot.

Estaba sentado en el asiento trasero, apoyado en la puerta

y con los brazos cruzados, y el viento le ponía los pelos de punta. Tenía el entrecejo fruncido y los ojos entornados para evitar que el viento le hiciera saltar las lágrimas.

—María Magdalena convirtió al cristianismo a los habitantes de Marsella y, de vieja, vivió en una cueva situada en las montañas de Sainte-Baume.

—Pero ¿cómo murió? —insistió Abbot.

—Creo que ya era muy vieja —le expliqué yo—. Murió en paz porque era vieja, como les ocurre a la mayoría de las personas.

Yo sabía que Abbot tenía miedo de morirse antes de tiempo, como le había ocurrido a su padre. Él tenía la sensación de que morirse anticipadamente era como un legado que había recibido de su padre. Yo no quería ni pensar lo que debía de ser vivir con ese peso y aprovechaba cualquier oportunidad para explicarle que, normalmente, la muerte era un proceso natural que ocurría al final de una larga vida. Me preocupaba no haber hablado con él lo suficiente acerca de la muerte y, al mismo tiempo, me preocupaba haberlo hecho demasiado.

Abbot levantó las manos y dejó que el viento se deslizara entre sus dedos. ¿Creía que así se libraba de los gérmenes, como cuando se secaba las manos con los secadores de aire que había en los lavabos de los restaurantes?

—¿Dónde está su cadáver? —preguntó Abbot—. ¿En la iglesia?

—En una cripta situada dentro de la iglesia —explicó Julien—. Y allí tienen unos graffitis increíbles, de verdad. Muy, muy antiguos.

—Graffitis antiguos —repitió Charlotte—. Suena interesante.

Me pregunté si debía contarle a Charlotte que Adam Briskowitz iba a escribirle una carta. Ella parecía sentirse mejor desde que llegamos a Francia, más libre, más alegre, menos... condenada. Yo no quería que una carta sorpresa acabara con su buen humor. Claro que ella también podía decidir no abrirla, como había hecho con los mensajes del móvil... Evidentemente, era muy capaz de hacerlo, así que decidí esperar.

Delante de la basílica había un banco de piedra y una especie de bebedero con un grifo. Comimos nuestros bocadillos de jamón con mantequilla y bebimos los botellines de agua y Orangina allí, sentados al sol. Vimos que una mujer permitía que su perro bebiera del bebedero y, más tarde, un hombre también bebió de él. Abbot terminó enseguida de comer y correteó por la plaza. Como en la mayoría de los espacios al aire libre que habíamos visitado en Francia, había muchas colillas de cigarrillos y excrementos duros y secos de perro por el suelo. Abbot nos señaló todos y cada uno de los excrementos, como si estuviera de patrulla. Ésta es una de las peculiaridades de viajar con niños. Ellos tienen una visión distinta del mundo. Unas veces debido a su inocencia, y otras, simplemente, porque están más cerca del suelo.

La catedral estaba construida con piedras grises e irregulares, y las puertas eran de madera oscura y sólida. El interior era estrecho, alto y poco iluminado. A un lado había un pequeño púlpito al que se accedía por unas estrechas escaleras en espiral. Abbot descubrió un sistema acústico con luces e interruptores, y yo le dije que no lo tocara. Me pareció inadecuado que hubiera semejante tecnología en una iglesia. En mi opinión, la voz de un hombre de Dios debía vibrar con su intensidad natural.

Como había hecho en Notre Dame, Charlotte se dirigió de nuevo a las capillas laterales. La nave principal estaba flanqueada por dieciséis capillas. Charlotte se paró unos instantes en cada una de ellas, absorbiendo su arte, hasta que, finalmente, se detuvo en una para rezar. Elysius y su padre eran ateos y yo intenté recordar si su madre era religiosa. Me parecía que era de la Nueva Era, pero no estaba segura. En realidad, no la conocía. Curiosamente Charlotte, con su cabello azul de puntas negras y su aro en la nariz, parecía sentirse cómoda en aquel lugar. Allí, con la cabeza inclinada y las manos entrelazadas, se la veía tranquila. La envidié. Yo solía rezar por las noches, como una especie de meditación, pero cuando Henry murió, me sentí desconectada. Ya no me acordaba de por qué o cómo rezaba. Era como si rezar fuera un idioma extranjero que antes conocía pero del que ya no me acordaba en absoluto. Me acordaba de la idea de rezar, de la sensación de tranquilidad que experimentaba cuando era niña y rezaba, pero eso me parecía muy lejano.

Julien se acercó a mí.

—Abbot quiere ir a buscar la cripta.

—¡Vaya! —exclamé yo.

Durante unos segundos me preocupó su interés morboso por la cripta y por la excavación arqueológica de la casa. Me pareció extraño que no tuviera miedo de sus gérmenes. No creía que Abbot se acordara del funeral de su padre, y apenas habíamos hablado de su muerte, porque yo siempre me centraba en su vida. Quizás el interés que Abbot sentía por la muerte se debía, precisamente, a que yo había evitado ese tema. ¿O se trataba de una fascinación normal que experimentaban todos los niños?

—¿No será *sacrilegious*? —me preguntó Julien.

A continuación me preguntó si utilizábamos la misma palabra en inglés.

—Sí —le contesté yo—, pero no pasa nada, puede ir a buscar la cripta.

—De acuerdo.

Julien se fue hasta donde estaba Abbot, le dio una palmada en la espalda y le dijo:

—Cuando la hayas encontrado, avísanos.

Me senté en uno de los bancos y Julien se sentó a mi lado. Su rodilla rozó la mía y me di cuenta de lo largas que eran sus piernas, o quizá los bancos habían sido construidos mucho tiempo atrás, cuando las personas eran más bajitas.

—¿Te acuerdas del último verano que pasó aquí mi madre, cuando se produjo el incendio? —le susurré.

Él asintió con la cabeza.

—Yo sólo era un niño y vivía en mi propio mundo, pero sí, me acuerdo.

—¿Cómo era ella entonces?

—Bastante callada. Asistía a clases y trabajaba en el jardín. La veía asomada a la ventana de vuestra casa, contemplando la montaña. Yo sabía que tenía problemas sentimentales y tú y tu hermana no vinisteis con ella. Algo no iba bien.

—Tu madre se ha referido a ella como una robacorazones —le comenté.

—¿A qué se refería?

—Pensé que tú lo sabrías.

—No, no lo sé.

—Me ha dicho que las puertas del corazón de mi madre estaban abiertas y que las del suyo estaban cerradas.

—Sí, ésa es una expresión típica de mi madre. Ella habla de los corazones de las personas como si fueran habitaciones que, a veces, están cerradas.

—Creo que mi madre vivió una aventura mientras estaba aquí —comenté.

—Las personas se enamoran —declaró él mientras contemplaba los altos tubos del órgano forrado de madera.

—Ella vino aquí porque mi padre tuvo una aventura. Se podría decir que, de un día para otro, desapareció de nuestras vidas. Nosotros no sabíamos si volvería a casa. Quizás esta idea le pasó por la cabeza.

—Mi padre se marchó y no regresó. Tú tienes buena suerte. Ella volvió con vosotros.

Yo asentí con la cabeza. Me di cuenta de que Véronique me había estado pinchando para que le formulara preguntas a mi madre. Me dijo que mi madre tenía lecciones que podía transmitirme a mí, pero aquel verano le pertenecía sólo a ella, y si hubiera querido hablarme de él, lo habría hecho. Quizás ésta es una característica importante de los veranos en los que uno se pierde: que deben seguir escondidos.

Abbot se acercó corriendo a nosotros, casi sin aliento.

—He encontrado un sitio con unos escalones que bajan y creo que está allí. Creo que eso es la cripta.

—Enséñanosla —dijo Julien.

Charlotte se unió a nosotros y los tres seguimos a Abbot hasta unos escalones de piedra que conducían a una habitación oscura.

—¡Mirad esto! —comentó Charlotte mientras deslizaba el dedo por unas inscripciones grabadas en piedra—. Este graffiti es de 1765. Y ese otro es de 1691. ¿Quién era el bromista en 1691?

—Creo que ha habido bromistas a lo largo de toda la historia —contesté yo.

—Aquí hay otro que es tan viejo como nuestro país —declaró Charlotte—. Si fuera nuestro, construiríamos un museo sólo para él en uno de los parques de Washington D.C. A los norteamericanos nos encantan las antigüedades.

—Bueno, al menos el sombrero vaquero lo inventamos nosotros —comenté yo—. O eso creo.

Descendimos por las estrechas y oscuras escaleras. Abbot iba delante y, cuando llegó abajo, se detuvo. Miramos hacia el final de la pequeña cripta de techo bajo y abovedado. Allí, rodeado por un halo de luz, se veía algo parecido a una estatua dorada. Un sarcófago. Los restos de María Magdalena.

—¡Allí está! —exclamó Abbot, y echó a correr hacia el sarcófago.

—¡Espera! —exclamó Julien.

Pero era demasiado tarde. Abbot no vio el reflejo de la luz en la pared de metacrilato que protegía el sarcófago y chocó contra ella, como un pájaro contra una ventana. Cayó de espaldas contra el suelo y se golpeó la cabeza contra la piedra produciendo un escalofriante ruido sordo.

—¡Abbot! —grité yo mientras me arrodillaba a su lado—. ¿Te encuentras bien, cariño?

Le toqué la parte de atrás de la cabeza para ver si sangraba. No había sangre, pero en su frente ya asomaba un chichón rojo.

Enseguida empecé a pensar en hospitales y conmociones cerebrales. Supuse que los médicos franceses serían como los policías franceses, perezosos y deseosos de hablar conmigo acerca de Daryl Hannah. Una oleada de rabia creció en mi pecho. ¿Por qué me enfadaba? Porque estaba sola. Henry me había dejado sola. Ahora no estaba en la orilla llamándonos y diciéndonos que habíamos ido demasiado lejos. Demasiado lejos.

Abbot levantó la cabeza lentamente. Los ojos se le humedecieron, parpadeó y dos lágrimas resbalaron por sus mejillas. Contempló las palmas de sus manos y las sostuvo delante de su cara. Estaban sucias de tierra y tenían unos arañazos pequeños, pero él no se las frotó, sino que me miró y sonrió.

—La he encontrado —me dijo—. ¡Y brilla!

Cuando salimos de la basílica y antes de entrar en el coche, le lavé las manos a Abbot con el agua que me quedaba en la botella. Esperaba que me dijera que yo había bebido de la botella y que mis gérmenes podían entrar en sus heridas, pero no lo hizo. Se quedó callado. Estaba trastornado. El chichón había crecido y ahora era un bulto azul en su frente, y tenía otro en la parte trasera de la cabeza. Le pedí que levantara la vista para asegurarme de que no sufría una conmoción. Él miró hacia el sol y me sentí aliviada al comprobar que sus dos pupilas se dilataban al mismo tiempo. Julien encontró una pequeña tienda de cerámica en la plaza y el vendedor tenía una nevera con hielo en la parte trasera del local. Apliqué sendos cubitos de hielo envueltos en servilletas de papel en los chichones de Abbot.

—Podríamos volver a casa, relajarnos y comer unos pastelitos glaseados —sugerí.

—Creo que Abbot ha vivido un milagro —comentó Julien—. ¿Soléis comer pasteles después de los milagros?

—¿Qué tipo de milagro he vivido? —preguntó Abbot.

—No lo sé —contestó Julien—. Tenemos que esperar y ver qué te pasa. ¿Antes eras ciego y ahora puedes ver?

—Yo nunca he sido ciego.

—Deberíamos volver a casa —insistí yo—. Siempre va bien comer pasteles glaseados.

—¿Tú qué quieres, Absterizer, jabalíes o pasteles? —le preguntó Charlotte.

—Jabalíes —contestó Abbot con decisión.

Contemplé su pequeño chichón azul y pensé en la palabra francesa *blessure*, que significa «herida». Pero la palabra inglesa que significa «bendecir» también tiene el mismo origen. Abbot había sido bendecido.

Insistí en sentarme en el asiento trasero, al lado de Abbot, pero él se acercó a la puerta tanto como pudo, estrujó las servilletas empapadas y contempló el paisaje, viñedo tras viñedo. Charlotte se sentó delante y, como no había podido escuchar música desde que le habían robado el iPod, enseguida puso en marcha la radio. Cambió varias veces de emisora, de una mala canción tecno-pop a otra, hasta que finalmente dio con una del grupo Abba y todos nos sentimos aliviados cuando dejó que sonara hasta el final.

Julien siguió los letreros que indicaban «Legión Extranjera» y al final tomó una carretera sin asfaltar y polvorienta.

—Aquí viven algunos de los auténticos legionarios —me explicó Julien—, los de las películas en blanco y negro. El gobierno construyó casas para los viejos veteranos y para los que necesitan rehabilitación y cuidados especiales.

—¿Los jabalíes se utilizan para la rehabilitación de los legionarios? —preguntó Charlotte.

—No sé por qué decidieron traer aquí a los jabalíes —comentó Julien—, pero aquí están.

—*C'est comme ça* —intervine yo.

—¿Qué quiere decir eso? —preguntó Abbot.

—Quiere decir que es así. Se trata de una expresión francesa —le expliqué yo.

—Porque, a veces, las cosas son así. Eso es todo. Simplemente, es lo que hay —añadió Julien.

—Es verdad, es lo que hay —comentó Charlotte.

Aparcamos y subimos por un largo camino que conducía a los cercados. Olimos a los jabalíes incluso antes de verlos. Despedían un olor fuerte y animal. Los jabalíes eran impresionantes. A Abbot le llegaban hasta la cintura. Tenían el tronco ancho y fornido, las ancas estrechas y cubiertas de barro, y sus colas eran finas. El poco pelo que tenían era áspero, y sus colmillos sobresalían de sus gruesos hocicos. Sus pezuñas, comparadas con el resto del cuerpo, podían considerarse delicadas, y lo mismo podía decirse de sus patas traseras, que parecían doblarse. Esto hacía que, vistos por detrás, parecieran patizambos. No desentonaban con el polvoriento recinto, que estaba salpicado de agujeros lodosos y troncos de árboles huecos. Cuando llegamos, algunos de los jabalíes se alejaron trotando. Otros golpearon enojados la valla metálica mientras unos profundos gruñidos salían de sus gargantas. Unos cuantos estaban entretenidos bebiendo y comiendo semillas y granos que había amontonados en un comedero de cemento, cerca de una hilera de chozas en las que podían cobijarse. Sólo uno parecía interesado en olisquear una mano humana. Abbot lo miraba fijamente a los ojos a través de la verja.

—Está sucio —dijo Abbot.

—Muy sucio —respondí yo.

Por una vez, me sentí aliviada de que mi hijo tuviera una fobia y no metiera la mano por la verja para tocar a aquel animal.

—Muy sucio —comentó Julien.

—¡Mirad! —exclamó Charlotte—. ¡Hay crías!

Charlotte señaló el otro extremo del cercado, donde, pegados a sus robustas madres, había unos cuantos jabatos. Sus patas eran comparativamente más largas y se veían más proporcionadas a sus cuerpos, que todavía no se habían ensanchado.

—Los pequeños son iguales que los grandes pero de menor tamaño —comentó Charlotte.

—Y no tienen colmillos —dijo Julien.

—Sería duro parir algo que tuviera colmillos —comenté yo.

—Hace calor, volvamos al coche —sugirió Charlotte—. Cerdos grandes en un cercado, ya lo he pillado.

Si en algo me sorprendió su repentino cambio de humor fue en que no se hubiera producido en más ocasiones. Al fin y al cabo, Elysius me había advertido que era algo habitual en ella.

—Los jabalíes son originarios de África occidental —comentó Julien.

—Yo ya estoy harta —declaró Charlotte mientras emprendía el regreso al coche.

Yo estaba concentrada en los jabalíes. Me impresionaba que fueran tan «terrenales». Ésta es la expresión que acudía una y otra vez a mi mente. Eran absolutamente terrenales, no estaban constantemente en sus mentes. Y, desde luego, no estaban obsesionados con el pasado.

—Viven en el barro y en su propia caca —comentó Abbot.

—Y están la mar de bien —añadió Julien—, salvo por el hecho de que viven exiliados en una prisión extranjera.

Pensé en el divorcio de Julien y en lo mucho que debía de echar de menos a Frieda, su hija de cuatro años. Me pregunté si ella se parecería a él, si tendría sus mismos ojos oscuros y su sonrisa fácil.

—Al menos es una prisión real, no una metafórica como la de la pareja parisina, que creían que la casa quemada era un símbolo de su vida matrimonial —comenté yo.

—¡Tienes razón! —exclamó Julien, y me sonrió.

—Son realmente terrenales —añadí yo—. Miradlos, armonizan perfectamente con la tierra y los troncos de los árboles. Excavan agujeros en la tierra y se revuelcan en ella.

—Sí, en la tierra y en la caca —insistió Abbot.

—Si quieres puedes tocarlos —le dijo Julien—. Ellos viven revolcándose en la tierra y en la caca, pero son felices.

Abbot me miró. El brillante chichón azul que había en medio de su frente me recordó a los huevos bañados de caramelo que se vendían en las tiendas justo antes de Pascua. «Yo sólo soy un conejo. Hay muchas cosas que no entiendo.» Volví a fijar la atención en los jabalíes y me pregunté qué pensaría Henry si nos viera allí, con Abbot doblemente bendecido y a escasos centímetros de la suciedad de los jabalíes. Supuse que si Henry estuviera con nosotros, se preocuparía. No mucho, pero una pequeña arruga de preocupación surcaría su entrecejo, porque los restos de la culpabilidad que experimentó cuando su hermano estuvo a punto de ahogarse todavía lo acosaban de formas insospechadas que no podía controlar. Nos convenceríamos el uno al otro de que Abbot estaba bien. Nos diríamos que, evidentemente, no sufría una conmoción cerebral y que no le pasaría nada. Abbot era hijo único y no podíamos volcar en nadie más nuestra ansiedad parental. Pero formábamos un buen equipo y compensábamos nuestra preocupación con la razón. «Acaricia a uno de los jabalíes», le habría dicho uno de nosotros a Abbot. «¡Vive la vida!», le habría dicho el otro.

Pero Henry no estaba allí para compensarme y yo tenía que preocuparme por los dos. ¿Qué ocurriría si Abbot tocaba a uno de los jabalíes y después se arrepentía de haberlo hecho? ¿Le entraría el pánico? ¿Estaba superando realmente su fobia o no era él mismo y estaba bajo los efectos de los golpes que había sufrido en la cabeza? ¿Si yo tenía que preocuparme por los dos, no tenía también que tener el valor y el raciocinio de los dos? Durante unos segundos me quedé paralizada y, al final, exclamé:

—¡Hazlo, Abbot! Eres un niño. Haz lo que hacen los niños.

Abbot me miró desconcertado, como si no supiera qué hacían los niños.

—No te morderán —dijo Julien con voz amable—. Es como si tocaras un objeto de goma.

Julien aproximó la mano a la valla, cerca del hocico de uno de los jabalíes. El animal frotó su hocico contra la mano de Julien y sus colmillos rozaron la valla.

—Son feos, pero muy cariñosos —comentó Julien.

Abbot lo miró y entonces sacó las manos de los bolsillos. Después levantó una mano y la puso junto a uno de los agujeros de la valla, como había hecho Julien. Otro de los jabalíes se acercó y acarició la mano de Abbot con el hocico, probablemente buscando comida.

Abbot se volvió hacia mí sin apartar la mano de la valla. «¿Es éste el milagro? ¿Está curado?», pensé yo. Porque allí estaba Abbot, mordiéndose el labio inferior con sus dos incisivos de adulto, riéndose.

—¡Es un hocico de verdad! —gritó—. ¡Un hocico vivo!

13

Cuando has estado encerrado en ti mismo y empiezas a abrirte de nuevo a la vida, ¿qué se despierta primero? Lo primero que te viene a la mente es lo corriente: los sentidos, el corazón, la mente, el alma... Sin embargo, todas estas cosas están tan interconectadas que resulta difícil diferenciar un aroma de un estremecimiento del corazón, un susurro del alma de la brisa en tu piel, un pensamiento de un sentimiento, un sentimiento de una oración.

Si tuviera que precisar el momento en el que empecé a abrirme de nuevo a la vida, no creo que pudiera. Quizá fue cuando estaba bajo la lluvia, aterrorizada por el robo que sufrimos. Quizá fue al ver la inmensidad y solidez de la montaña. Quizá fue cuando fuimos a la pastelería, envuelta en el olor a pan cocido, a cacao y a azúcar caramelizado. Quizá fue cuando vi a mi hijo, doblemente bendecido en la cabeza y acariciando el hocico de un jabalí.

O quizá fue, simplemente, mientras comía.

Aquella noche disfrutamos de un festín provenzal en la larga mesa del comedor de los Dumonteil, a la tenue luz del atardecer. Las sillas eran incómodas: los asientos tenían bultos, la altura no era la adecuada y te obligaban a inclinarte hacia delante, pero yo estaba tan cansada y hambrienta que dejé que mi silla me colocara a la altura e inclinación que deseara.

Aquella noche no había huéspedes ni arqueólogos, así que sólo estábamos nosotros tres, Véronique y Julien. Charlotte sacó el pan que yo había comprado en la pastelería y un paté oscuro y granuloso que estaba hecho de aceitunas trituradas.

Julien le enseñó a Abbot los jarabes que guardaban en una de las cómodas, en una cesta de metal compartimentada y con asa parecida a las que se usaban antiguamente para transportar la leche, pero en este caso las botellas contenían jarabes densos con sabor a arándano, menta, frambuesa... Julien enseñó a Abbot y a Charlotte a mezclar los jarabes con agua para preparar bebidas dulces no carbonatadas. Fueron añadiendo agua y removiendo la mezcla hasta que el jarabe se aclaró y adquirió la tonalidad justa de azul, verde o rojo.

Véronique entró cojeando y dejó la olla de barro cocido en el salvamanteles del centro. Cuando la destapó, el vapor escapó del recipiente y llenó la habitación. Mi mente se quedó en blanco.

El pollo de color dorado reposaba en la sustanciosa salsa de tomates, pimientos y ajo. Percibí también el olor a vino y a hinojo. Véronique nos sirvió el pollo y la salsa se extendió por mi plato. Un ligero aroma a cítrico subió por mis fosas nasales y llegó hasta mi mente.

—¿Lleva limón? —le pregunté a Véronique.

—No, es naranja —me contestó ella—. Es una receta corriente para cocinar el pollo.

Véronique dejó el cucharón de servir en la olla y se sentó.

—Si quieres, hay más.

No pareció darle ninguna importancia a la cena, que también consistía en unas vistosas patatas de piel rojiza y una ensalada abundante. Era como si aquello fuera lo que cocinara cuando no tenía ganas de cocinar.

Cuando empecé a comer tuve la sensación de que era la primera vez que comía desde la muerte de Henry. ¿Por qué en aquel momento? ¿Era porque estaba en otro país? ¿Era porque mis sentidos habían empezado a despertarse? ¿En eso consistía estar hechizado?

El primer bocado fue increíble, absolutamente sabroso. ¡Y tenía tanta hambre! Julien nos ofreció una botella de vino rosado de unos viñedos locales.

—Sí, por favor —le respondí.

Me sirvió una copa. Tomé un sorbo largo y lo dejé deslizarse por mi garganta. Normalmente, no bebía vino rosado porque lo encontraba demasiado femenino, demasiado dulce, pero los rosados de la Provenza eran complejos. El frío acentuaba su aroma afrutado, pero impedía que desarrollara su dulzor.

No me enteraba de nada, ni de si era de día o de noche. Estaba totalmente centrada en lo que tenía delante. En el siguiente bocado, la dulzura de las cebollas y los pimientos inundó enseguida la carne tierna y ligeramente salada del pollo. Los aromas a hinojo y naranja alcanzaron más tarde mi paladar proporcionando al bocado un exquisito toque final.

Contemplé a Abbot, quien engullía la comida con la cabeza baja. Ése era su cumplido personal. «Abbot está bien —me dije a mí misma—. Míralo. Está bien.» Se había lavado las manos antes de comer, como era habitual, pero no se las había frotado. «Está bien.»

—Es una cena genial —comentó Julien.

—No —replicó Véronique—. Es una cena sencilla.

—¡Es tan buena que me resultaría imposible describirla con palabras! —exclamó Charlotte.

Yo, personalmente, me había quedado sin palabras.

Después llegaron los pasteles. Véronique los dejó encima de la mesa, uno tras otro, en una hilera aparentemente interminable que ocupó todo el largo de la mesa. Yo probé la tartaleta de limón. El sabor era muy parecido al de las tartaletas que preparó mi madre cuando regresó de la Provenza.

—Cuando mi madre volvió a casa, durante un tiempo se dedicó a preparar postres franceses. Estuvimos a punto de conseguir que nos salieran bien. ¡A punto! —comenté yo sin dirigirme a nadie en concreto.

Véronique me miró y después miró a Julien. Luego levantó el tenedor en el aire.

—¿Empezó a preparar pasteles cuando volvió a vuestra casa? —me preguntó.

—Sí —contesté yo—. Fue entonces cuando yo empecé también a cocinar pasteles.

—Sí, tu madre me contó que tienes una pastelería —me explicó Véronique.

—Ahora ya no trabajo mucho, pero soy pastelera de oficio. Es mi profesión.

Véronique asintió con la cabeza.

—Así que esto es lo que ha quedado después de todo. Estas cosas son curiosas.

—¿Qué cosas?

—Nada. Cosas —contestó ella—. Ahora come y disfruta.

Charlotte me estaba mirando fijamente desde el otro lado de la mesa.

—Notas el sabor de la comida, ¿verdad? —me preguntó—. Porque odiaría tener que describírtelo más tarde.

—Sí —le contesté yo—. Estoy aquí.

Pensé en el verbo «estar», être. Y pensé en el verbo «ser». Pensé: «Estoy aquí, en el presente. Soy.»

—¿Te encuentras bien? —me preguntó Julien.

Probablemente debía de parecer un poco trastornada: exhausta, extasiada, con los ojos vidriosos...

—Soy. Estoy siendo —dije sin pensar.

Julien miró a Charlotte en busca de una explicación, pero ella se encogió de hombros.

—¿Se trata de una frase hecha? —preguntó Julien.

—Ni siquiera es una frase correcta, ¿no, Heidi? —me preguntó Charlotte.

—No, simplemente es cómo me siento —contesté yo.

—Estoy siendo —dijo Julien para ver lo que se sentía al pronunciar estas palabras.

—¡Yo también estoy siendo! —exclamó Abbot.

—Yo definitivamente estoy siendo —comentó Charlotte mientras introducía un trozo de pollo en su boca.

—¿Tú estás siendo? —le preguntó Julien a su madre.

—¿Siendo? —preguntó ella a su vez.

—Que si estás viviendo el presente —le explicó Charlotte.

—¿El presente? ¿Qué es el presente? —preguntó ella—. Yo soy *le passé*, el pasado.

Aquella noche mientras cruzaba el jardín de los Dumonteil camino de nuestra casa, con el estómago lleno y el pecho caliente gracias al vino, oí que Julien me llamaba desde la puerta trasera de su casa.

—¡No nos hemos comido todos los pasteles! ¡Venid mañana y nos los tomaremos para desayunar!

El aire era claro, y la noche, fresca. La montaña había adquirido un color liláceo, aterciopelado e intenso. Abbot y Charlotte estaban cerca. Habían arrancado unos cuantos hierbajos y se habían sentado en el borde de la fuente. Abbot se tapaba las orejas con las manos ahuecadas y las abría gradualmente para modular el canto de las cigarras. Charlotte contemplaba el cielo nocturno.

—De acuerdo —le contesté a Julien—. Y gracias. Por todo. Sobre todo por el día de hoy. Ha sido fantástico. ¡Abbot ha tocado a un jabalí! Quizá sí que se ha producido un milagro.

—Es posible —contestó él.

—Abbot es un poco nervioso, como su madre —le dije.

—¿Nervioso? —dijo Julien—. Abbot tiene unos nervios estupendos, como su madre.

—Gracias —contesté yo—. Lo tomaré como un cumplido.

—¡Es que es un cumplido! —dijo él.

—Eres un niño muy simpático —le contesté.

—Creí que te salpicaba demasiado.

—Creo que has dejado atrás la época de salpicar a las niñas en la piscina —repliqué.

—Y tú desde luego has dejado atrás la época del pasador floreado.

—¿Está usted flirteando conmigo, *monsieur* Dumonteil?

—¿Yo? —contestó él—. Desde luego que no. Me siento demasiado desgraciado para eso.

Entonces sonrió, cruzó el umbral de la puerta y desapareció.

14

Cuando me desperté, a la mañana siguiente, telefoneé a mi madre. La noche anterior, por culpa de la diferencia horaria, se hizo demasiado tarde, pero las nueve de la mañana en Francia eran las tres de la tarde en Florida.

Mi madre descolgó el auricular y fui directa al grano:

—¡En resumen, como mínimo se necesitan dos o tres meses sólo para conseguir los permisos y los presupuestos! ¿Es ésta la burocracia de la que me hablaste?

—¿De qué me estás hablando, Heidi?

—En seis semanas no voy a conseguir poner nada en marcha. Tendré suerte si consigo darle un leve empujoncito a la renovación de la casa.

—¡Ah, sí, pero...!

—¡Pero nada! —exclamé—. Me has hecho venir aquí con falsas expectativas. ¿Que sintiera, conectara y dejara que las decisiones se formaran solas? ¿Que escuchara a la casa?

—Y sigo opinando lo mismo. Quiero que hagas todas esas cosas.

Guardamos silencio durante unos instantes. La renovación de la casa era sólo una excusa, no era la cuestión de fondo.

Yo me había dicho a mí misma que no quería saber nada del verano que pasó sola en la Provenza, pero no pude contenerme. Me pareció justo saber qué había ocurrido aquel verano; al fin y al cabo, yo estaba allí, en la Provenza, y la presencia de mi madre me acosaba.

—¿Puedo hacerte una pregunta?

—Desde luego —me contestó ella.

—¿Qué robaste?

—¿Que qué robé? ¿De qué me estás hablando?

—Por lo visto, en el sur de Francia tienes la reputación de ser una ladrona.

—No es verdad.

—Bueno, no en toda la región, pero sí por esta zona.

—¿Quién te ha dicho que robé algo?

—Véronique.

Se produjo un silencio.

—No sé a qué se refiere.

—¡Ya!

—¿Qué quieres decir con ¡ya!?

—Te estás sonrojando.

—Estoy en Norteamérica, ¿cómo puedes saber si me estoy sonrojando?

—Lo noto en el tono de tu voz.

—Está bien. —Entonces se aclaró la voz—. Que yo sepa, no le robé nada a Véronique.

—Yo no he dicho que ella me dijera que le robaste algo.

—¡Sí que lo has dicho!

Mi madre se había puesto nerviosa.

—No, no lo he dicho. Y también me ha dicho que tiene algo para ti. Algo que te dejaste aquí y que encontraron después del fuego.

—¿Lo encontraron en la cocina?

—No me lo ha especificado, pero el fuego se produjo en la cocina.

Me acordé de lo nerviosa que estaba mi madre el día de la boda de Elysius. Cuando me contó que la casa se había quemado se echó a llorar y me dijo que no sabía por qué reaccionaba de aquella manera, pero yo creía haberlo adivinado.

—¿Por esto te pusiste tan nerviosa cuando te enteraste de que la casa se había quemado?

—No, me puse nerviosa porque tenía miedo de que alguien hubiera resultado herido y porque no quería perder la casa —me contestó.

—Pero tú sabías que nadie había resultado herido y que el fuego se había limitado a la cocina. ¿Qué dejaste olvidado en la cocina?

—¿Véronique te ha dicho qué encontraron?

—No has contestado a mi pregunta.

—No la he contestado a propósito. No sé qué pueden haber encontrado en la cocina. ¿Cómo quieres que lo sepa?

—Te dejaste algo en la cocina, algo que han encontrado gracias al fuego, de modo que debía de estar escondido y, de algún modo, el fuego hizo que quedara a la vista.

Me acordé de lo que Véronique me dijo acerca del aire de la Provenza en verano: era tan seco que hacía que la montaña fuera propensa a sufrir incendios, y que el incendio de 1989 había hecho posible que los arqueólogos realizaran la excavación. Quizá no se trataba de una metáfora como yo creí al principio. Quizá se trataba de una realidad. Quizás ella se refería a lo que encontraron en la cocina.

—¿Tenías miedo de que el fuego lo hubiera destruido?

—Te digo en serio que no sé qué han encontrado. ¡No sé de qué se trata!

Yo estaba convencida de que ella lo sabía.

—Véronique me dijo que no era nada, pero que para ti era importante. ¿De qué se trata? Intenta adivinarlo.

—Bueno, no puede tratarse de nada importante, porque si lo fuera, le habría pedido que me lo enviara hace tiempo, ¿no crees? Por cierto, ¿cómo está Abbot? ¿Y cómo le va a Charlotte lejos de Adam Briskowitz?

Estaba intentando desviar la conversación hacia otro tema y no se lo impedí. ¿Qué más podía decirle? Yo estaba convencida de que ella era una ladrona de algún tipo y que había escondido algo en la cocina, algo que no esperaba volver a ver nunca más pero de lo que no quería deshacerse.

Julien se había ido a Londres por cuestiones de trabajo. Y no se había despedido. Por la mañana, cuando fui a su casa para desayunar, simplemente, no estaba.

—Le ha surgido un trabajo urgente —me explicó su madre—. Me ha dicho que os diga que estará de vuelta más o menos dentro de una semana.

—¿Una semana?

Ella me miró un poco sorprendida. ¿Acaso le parecí desilusionada por el hecho de que estuviera fuera tanto tiempo?

¿Me sentía yo desilusionada? Dejé a un lado esta idea.

Entonces me di cuenta de que yo sola no podría resolver los entresijos culturales y burocráticos que implicaba renovar la casa. Le pregunté a Véronique si conocía a algún contratista, un gestor de proyectos o, como lo llaman los franceses, un *entrepreneur*. Me costaría entre un diez y un quince por ciento más, pero no tenía otra alternativa.

—Conozco a un hombre que es muy bueno. Es honesto y muy conocido en la zona —me dijo—. Y actualmente no hay mucho trabajo, así que quizá no te haga esperar mucho.

—Gracias —le contesté yo—. Te lo agradezco de corazón.

Ella asintió con la cabeza.

—De nada.

Mientras tanto, decidí que nosotros haríamos todo lo que estuviera en nuestra mano. Realicé una lista de los trabajos que no requerían *permis de construire* y *devis*: limpiar el jardín de maleza, plantar, pintar, limpiar las baldosas de la cocina...

Después de unos días, aprendimos que lo mejor era despertarse temprano. A primera hora de la mañana el aire era más fresco y resultaba más agradable trabajar en el exterior.

Abbot sacudía nuestros zapatos todas las mañanas en busca de escorpiones, pero ahora se sentía frustrado al no encontrarlos.

—¿Dónde están los escorpiones? —me preguntó una mañana—. ¡El libro decía que aquí había escorpiones!

—Yo vine muchas veces cuando era pequeña y nunca vi ningún escorpión —le expliqué yo.

Abbot, Charlotte y yo trabajamos en el jardín arrancando malas hierbas y podando vides. También plantamos plantas nuevas. Charlotte le preguntó a Véronique qué era lo más adecuado para plantar en aquella época del año, y ella le preparó una lista de plantas anuales: caléndulas, cosmos, petunias... y otra de plantas que florecerían en otoño, cuando ya nos hubiéramos ido: crisantemos, ásters y azafrán.

Yo trabajé sola en la cocina, con la boca y la nariz tapadas con un pañuelo que Véronique me prestó. Me deshice de la alfombra, eché abajo los armarios quemados... Véronique me permitió utilizar las herramientas que guardaba en el garaje y avisó a unos hombres de la localidad para que se llevaran la cocina en un camión. Froté la pared de piedra con un cepillo de alambre y una solución jabonosa y caliente que Véronique me preparó en un balde de gran tamaño. Después enjugué las paredes y el suelo. Me sentó bien vaciar la cocina. Fue algo personal y purificador. La transformación resultó muy evidente y gratificante.

Yo seguía, desde la distancia, la evolución de La Pastelería. Véronique nos permitió utilizar el ordenador que tenía en un rincón de la cocina y leía mi correo de vez en cuando. Jude me informaba de todo lo que ocurría, incluidas las ventas de un exitoso helado de café que se había inventado y que había bautizado con el nombre de Frespuchino. Abbot también leía ocasionalmente su correo, pero Charlotte no quiso abrir el suyo. Se negó incluso a dar una ojeada.

La agencia de alquiler de coches nos envió otro Renault y me desplacé con frecuencia a Aix para empezar a «sentir» lo que había allí y «conectar» con los azulejos para el lavabo y la pared de la cocina «sin tomar decisiones». Mientras esperábamos que instalaran una cocina nueva, un proceso que, teniendo en cuenta los daños que había sufrido la cocina sería largo, compré un hornillo, un microondas y una olla de barro cocido para poder sobrevivir. De todas formas, Véronique a menudo insistió en que comiéramos con ella.

Mi tarea favorita consistía en ir a la pastelería. Compraba pasteles cada dos días. El pastelero siempre se alegraba de verme. Yo supuse que se alegraba porque le compraba muchos pasteles y siempre estaba dispuesta a probar algo nuevo. Él me hablaba en francés y, una vez, me dijo que se acordaba de cuando yo era pequeña y acompañaba a mi madre. También me dijo que, en aquella época, era mi hermana la que se parecía más a mi madre, pero que ahora yo era igualita que ella. «Tiene usted los mismos gestos y la misma mirada avispada de su madre.»

Yo le conté, como le había contado a Véronique, que mi hermana se parecía más a mi madre que yo, pero él levantó el dedo índice y sacudió la cabeza. «Yo tengo razón —me dijo—. Estoy convencido.»

Me callé. Quizá, cuando una madre o una hija están perdidas, surge algo incuestionable de su interior que las hace parecer iguales.

En cierta ocasión, me preguntó cómo estaba mi madre y yo me acordé de Julien, de cuando me dijo que, entre verano y verano, esperaba oír noticias de nosotras. Me imaginé el pasado, a los tenderos acostumbrados a vernos durante un verano y a que, como pájaros migratorios, nos fuéramos para volver al verano siguiente o al otro.

A pesar de las visitas a la pastelería, yo no tenía ganas de preparar pasteles. No deseaba intentar cocinar aquellos pasteles que consideraba tan bonitos y perfectos. Normalmente, sólo con verlos me habría sentido inspirada, sobre todo porque tocaban una fibra de mi interior: el recuerdo de mi madre preparándolos, pero no, yo lo único que quería era comérmelos, alimentarme con ellos, extasiarme con cada bocado.

A veces, Charlotte y Abbot me acompañaban a hacer recados, pero normalmente preferían quedarse en casa. A Abbot le
gustaba contemplar a los arqueólogos mientras trabajaban en la
excavación con sus pequeñas y delicadas herramientas. A veces,
ellos se animaban y gritaban. Su trabajo era minucioso. Excava-
ban apenas medio centímetro y se detenían para tomar notas.
Al principio, Charlotte y yo nos quedábamos con Abbot para
mirarlos, pero después no me importó que se quedara solo y
ellos se acostumbraron a ver su obstinada sombra debajo de la
sombrilla que Abbot encontró en un armario que había debajo de las escaleras de la casa.

Los arqueólogos habían encontrado los restos de una villa
galo-romana y de una tumba. La excavación se encontraba a
unos cinco minutos caminando desde la casa, sobre terreno
llano, y la montaña se elevaba más allá, de modo que desde la
casa yo podía ver la pequeña figura de Abbot.

Comprendía que Abbot se sintiera fascinado por la excavación. Los arqueólogos también habían descubierto una
fuente antigua, un sistema de riego, unas baldosas con un diseño de crucecitas, una chimenea y varias habitaciones. Y
todo esto había permanecido durante siglos allí escondido,
debajo de la maleza que ardió en el incendio de 1989 y de unos
treinta centímetros de tierra.

Al cabo de unos días, los arqueólogos le enseñaron a Abbot sus herramientas: las paletas, los pinceles, los palillos, las
cintas métricas, los niveles, los cedazos... También le enseñaron lo que habían encontrado y le explicaron cómo fabricaron
los antiguos pobladores de la zona aquellos objetos, por qué
se habían instalado allí y la posible razón de que se hubieran
marchado.

Los arqueólogos eran trabajadores serios. Uno era un inglés delgado, rubio y de piel bronceada; era ágil y dinámico, y
parecía estar al mando de la excavación. Por la noche, cuando
acababan de trabajar, se volvían salvajes, como nos contó Julien el primer día, pero durante el día eran reservados y se

concentraban en su trabajo esperando encontrar algo que pudieran celebrar. Disponían sólo de un tiempo determinado para trabajar en la excavación, y la mayoría tenían que regresar a la universidad en otoño para dar clases, de modo que trabajaban tantas horas al día como podían. Por la noche, Abbot nos explicaba cómo creían los arqueólogos que los habitantes de la villa cocinaban sus alimentos y cuidaban a sus bebés.

—Eran gente de verdad —comentaba Abbot.

¿Le aportaría aquella experiencia una mayor perspectiva de la vida? ¿El hecho de ver que la gente vive, muere y deja cosas que no se encuentran hasta siglos después lo ayudaría a aceptar la muerte de su padre? ¿Lo ayudaría a comprender mejor la idea de la vida y la muerte en general o haría que percibiera la vida como algo que transcurría en un abrir y cerrar de ojos? Yo no estaba segura de qué conclusiones sacaría él, pero parecía estar muy interesado en la excavación, así que dejé que pasara allí todo el tiempo que quisiera. Quizás aprendería algo, algo importante. En cualquier caso, no me pareció buena idea impedírselo.

Cada vez que descansaba de pintar las habitaciones, me sentaba en mi lugar favorito y contemplaba la montaña y vigilaba a Abbot. Charlotte también lo vigilaba desde el ventanal de la cocina de Véronique. Por lo visto, Charlotte era muy buena cocinera, mejor que la adolescente francesa de las piernas arqueadas. Charlotte era eficiente, paciente y bien organizada y cumplía con esmero las indicaciones de Véronique. Me recordaba a mí cuando ayudaba a mi madre después de su regreso a casa. Me pregunté si la atracción que Charlotte sentía por Véronique y por el vapor cálido de la cocina reflejaba un deseo profundo de contar con una madre atenta y habilidosa. Véronique la alababa en mi presencia.

—Formula las preguntas adecuadas —decía Véronique—, y tiene unas manos hábiles y seguras.

Yo no le pregunté a Véronique nada más acerca de mi madre, la ladrona, ni tampoco volví a mencionar la caja que encontraron después del fuego. ¿Qué importancia podía tener después de tantos años? ¿Qué sentido tenía indagar en ello?

Elysius y Daniel estaban en un yate y resultaba difícil ponerse en contacto con ellos. Yo los ponía al día a través del correo electrónico y les contaba los arreglos que íbamos haciendo en la casa y lo que nos costaban. Charlotte telefoneaba a su madre de vez en cuando. Nunca mencionó a Adam Briskowitz en mi presencia, así que yo tampoco lo hice.

A media tarde, Charlotte, Abbot y yo solíamos estar cansados y a menudo nos encontrábamos en los rincones más frescos de la casa. Entonces leíamos los libros que había en las estanterías y que constituían una curiosa colección que habían dejado los ocupantes ocasionales de la casa. Entre ellos había una guía Hachette de Italia publicada el año 1956 por el Touring Club Italiano. La guía contenía pequeños y coloridos mapas que estaban pegados a sus delicadas páginas. Se trataba de una versión actualizada de la primera guía Hachette de Italia del año 1855, que intentaba atraer a los nuevos compradores con el siguiente texto: «Hemos introducido varias modificaciones para facilitar el manejo de la guía y la hemos adaptado a las condiciones actuales de los sistemas de viaje.» A mí me encantaba aquel libro, sobre todo por su lenguaje anticuado y porque me transportaba a través del tiempo y el espacio.

Abbot se interesó por una guía de campo de pájaros que se titulaba, simplemente, *Les Oiseaux*, «Los pájaros». No ponía la fecha de la publicación, pero era muy antigua. En cada página había cuatro imágenes de pájaros y algunas habían sido arrancadas, como si un lector previo las hubiera arrancado para pegarlas en su guía personal de pájaros identificados. Esto molestó a Abbot.

—¿Cómo voy a reconocer a los pájaros si no sé cuáles estoy buscando?

Yo le compré una libreta y él se la llevaba cuando iba a la excavación por si veía y conseguía identificar algún pájaro. Me contó que quería encontrar todos los pájaros que faltaban en el libro, los de las páginas que alguien había arrancado.

A última hora de la tarde, las golondrinas se volvían locas y, durante más de una hora, volaban de un lado a otro a toda velocidad mientras se comían tantos insectos como podían. Abbot y yo adquirimos la costumbre de observar su vertiginoso vuelo vespertino. Las golondrinas eran ruidosas y sus gritos eran agudos y estridentes. Nosotros intentábamos contarlas y Abbot las dibujaba en su libreta. A veces, también dibujaba a Henry justo en medio de las golondrinas, como si él estuviera allí con nosotros. A mí su percepción me parecía bastante realista; reflejaba una parte de la verdad.

Por la noche, comíamos las magníficas cenas que Véronique preparaba con la ayuda de Charlotte. A veces los arqueólogos cenaban con nosotros antes de irse a dormir a Aix, y otras cenábamos en compañía de otros huéspedes. Las comidas eran tan alocadas y vertiginosas como las golondrinas. Yo solía cerrar los ojos mientras comía porque quería asegurarme de que nada me distraía y así poder saborear plenamente aquellos manjares.

Y realmente los saboreé. De todos modos, el trabajo físico que realicé en el jardín y mi ambiciosa decisión de pintar todas las habitaciones me mantuvieron en forma. Finalmente decidí no pintar las paredes de las habitaciones con colores claros, como me había sugerido mi madre. ¿Qué puedo decir? La casa me habló y yo la escuché, así que pinté las paredes en tonos azules, rojo rubí y verde intenso. ¿Era una forma de venganza? Quizá, de todas maneras, decidí pintar una de las habitaciones en blanco. Sólo una.

Por las noches, contaba y volvía a contar a Abbot y a Charlotte las historias de la casa. Les conté la historia de las mariposas de la mostaza y lo del impresionante incendio que arrasó la montaña el verano que mi madre estuvo allí sola, y les conté que las llamas se extinguieron justo cuando llegaron a la puerta trasera de nuestra casa.

—¿Por qué vino ella sola? —me preguntó Charlotte.

—Se trata de una larga historia —le contesté yo, porque no me correspondía a mí explicársela—, pero ella está convencida de que, aquella noche, la casa realizó un milagro para ella y apagó las llamas.

—Como el que hizo para tía Elysius al conseguir que Daniel le pidiera que se casara con él —comentó Abbot.

—Eso es una exageración, ¿no crees? —me preguntó Charlotte.

—No lo sé —le contesté yo—. Las historias son lo que nosotros hacemos con ellas.

Más tarde aún, cuando Abbot ya estaba en la cama y Charlotte escuchaba la radio que había instalado en su dormitorio, yo me sentaba en el jardín con la única luz que procedía de la ventana de la cocina y contemplaba los últimos cambios de color que se producían en la montaña.

A veces, pensaba en Julien, que llevaba fuera más de una semana, y me preguntaba si algún día regresaría.

Lo echaba de menos de una forma que me sorprendía. Me preocupaba haberme enamorado de él. Si me había enamorado, ¿qué consecuencias tendría? La simple posibilidad me aterrorizaba. Me dije a mí misma que era lógico que me sintiera atraída por él. Julien era guapo. Él no tenía problemas para atraer a las mujeres y, al fin y al cabo, yo era un ser humano. ¿Qué significaba una simple atracción? Nada. No tenía por qué significar nada.

¿Qué pensaría Henry si supiera que me había enamorado? Él también pensaría que era algo normal. Me pregunté qué pensaría si me viera allí sentada, bebiendo vino y contemplando la montaña. ¿Tenía Henry ahora una visión más amplia del mundo, el tipo de visión de la que disponen los muertos?

Una noche, me introduje entre las blancas y crujientes sábanas de la dura cama y miré alrededor. Una de las paredes de mi dormitorio estaba pintada de azul, pero las otras tres todavía eran de un blanco sucio. La tela para proteger los muebles y la escalera de mano que Véronique me había prestado estaban en un rincón. Extendí las extremidades adoptando la forma de una estrella. Tenía los músculos doloridos y agarrotados. Me acordé de cuando era pequeña y me contaba a mí misma las historias que nos había contado nuestra madre susurrándolas en mis manos ahuecadas. Me llevé las manos a la boca, pero lo único que pude susurrar en ellas fue: «Estoy aquí. Soy. Estoy aquí. Ahora.» Estas palabras resonaron en mi interior como si fueran una oración. Me acordé de cuando vi rezar a Charlotte en Notre-Dame y Saint-Maximin-la-Sainte-Baume. Ésta fue mi oración en aquel momento, y la verdad es que me tranquilizó, tanto que me acurruqué y enseguida me dormí.

Aquella noche soñé con Henry, pero no lo que solía soñar en Norteamérica, donde su muerte era una especie de error burocrático, una confusión administrativa. No, en esta ocasión, él estaba de pie junto a una ventana, con las manos sucias de tierra por haber trabajado en el jardín. Llevaba puesta una camisa vieja de mangas largas. Entonces se desabrochó los botones de los puños. Cada uno de ellos con la mano contraria. En esto consistió mi sueño, en este gesto insignificante, íntimo y delicado.

Entonces la habitación se llenó de luz otra vez. Había amanecido. Y eché dolorosamente de menos a Henry, y aquel dolor me acompañó durante todo el día.

«¿Ves a Abbot en el campo?», le preguntaba yo mentalmente.

«¡A que el cielo está increíblemente claro!»

«¡Ojalá pudieras probar esto!»

Los días transcurrían a un ritmo pausado, y un estribillo se repetía en mi cabeza: «*C'est comme ça.*» Para mí esto no sólo significaba que las cosas eran simplemente así, sino que seguirían así indefinidamente... Pero me equivocaba.

15

¿En qué me equivocaba? Para empezar, había cosas que desconocía y que convergerían en el tiempo.

1. No conocía a Adam Briskowitz ni lo que significaba la expresión «quedarse Briskowitzada».
2. Véronique tenía la caja de mi madre y esperaba el momento adecuado para dármela. Yo no sabía qué contenía ni cómo me afectaría su contenido.
3. Abbot encontraría una golondrina herida y aquel pájaro cambiaría nuestras vidas.

Así es como sucedió:
Unos días más tarde, cuando ya habíamos sobrepasado la mitad de nuestra estancia de seis semanas en la Provenza, Julien volvió.

Una tarde, mientras la luz dorada del sol inundaba el fresco y seco aire del atardecer, Abbot y yo contemplábamos el frenesí alimentario de las golondrinas junto a un viñedo. Abbot estaba aprendiendo a dibujar alas en movimiento. También había dibujado a su padre agitando los brazos, como si fuera una golondrina. El dibujo era divertido y Abbot se había esforzado mucho en realizarlo. Incluso se había acordado de una pequeña cicatriz que Henry tenía en la rodilla y que le habían hecho en la universidad durante un partido de béisbol. Yo vi que una golondrina herida daba saltitos entre las vides, pero no quise decírselo a Abbot. No quería que aprendiera lecciones vitales de golondrinas heridas. Abbot ya había aprendido bastantes lecciones vitales para la edad que tenía. Era mejor que aprendiera las pautas de vuelo de las golondrinas o, mejor aún, la representación artística de las pautas de vuelo de las golondrinas.

Pero, cómo no, Abbot vio al pájaro.

—¡Mira! —exclamó, y se acercó en cuclillas al animal.

El pájaro tenía el ala izquierda rota y no podía volar.

—Tenemos que cuidarlo —dijo Abbot.

—No —dije yo—. Es un pájaro. Los instintos le dirán lo que tiene que hacer para curarse.

Abbot no me hizo caso.

—Necesitamos una caja —me indicó—. Hay una en el armario que hay debajo de las escaleras. Voy a buscarla. Tú vigila al pájaro.

—Yo iré a buscarla —le indiqué yo.

Cuando volví, Julien estaba agachado junto a Abbot, examinando de cerca al pájaro. Iba vestido con una camisa blanca sin corbata y con unos pantalones grises. La chaqueta del traje estaba doblada encima del asiento del descapotable.

—¿Cómo es que el coche no se inunda cada vez que llueve? —le pregunté.

—Cuando llueve cojo el tren y dejo el coche en el garaje de un amigo mío que vive en Aix —contestó él poniéndose en pie—. A ti te encanta este coche, ¿no?

—Es posible.

Julien me dio un par de besos en las mejillas.

—Hola —me saludó.

Sus labios eran suaves y sus besos fueron rápidos. Olía a loción para después del afeitado, un maravilloso olor dulce y fuerte a la vez.

—Nunca me acostumbraré a esto —comenté yo.

—¿A qué?

—A los besos en las mejillas.

—¡Oh! —exclamó él. Entonces me tendió la mano—. ¿Prefieres esto?

Yo estreché su mano fuerte y caliente.

—No —le contesté—. Los besos en las mejillas están bien, sólo que siempre me sorprenden.

—¡Tenemos un plan! —exclamó Abbot.

—¿En serio? —le pregunté.

—Julien dice que no podemos dejar suelta a la golondrina. No podría volar. Tenemos que curarla y después lanzarla desde un lugar alto, como un tejado —me explicó Abbot.

—¿De verdad? —le pregunté yo. Aquella idea me pareció una receta infalible para un desastre—. ¿Así que el plan consiste en lanzar al pájaro herido desde una especie de precipicio?

Julien asintió con la cabeza.

—Si vuela, vuela.

—¿Y si no vuela?

—Si no vuela, no vuela.

—¡Estupendo! —exclamé yo, y añadí bajando la voz—: ¡Entonces el muchacho ve cómo el pájaro al que ha estado alimentando se desploma contra el suelo y muere!

Julien se dio cuenta de que ésa no era la experiencia ideal para un niño cuyo padre había muerto y titubeó.

—Bueno, eso es lo que nosotros hemos hecho siempre con los pájaros heridos. A veces, vuelan.

—¡Estupendo!

—¡Al menos podemos intentar ayudarlo! —exclamó Abbot—. Si no lo hacemos, se lo comerá un gato y se morirá.

Abbot nos miró alternativamente a Julien y a mí. Yo suspiré.

—Está bien —dije mientras dejaba la caja en el suelo—. ¿Quién lo coge y lo pone en la caja?

—Yo —se ofreció Julien—. Cuando era niño lo hice bastantes veces.

Se acercó con calma al pájaro y, con un movimiento rápido, lo rodeó con las manos presionando las alas contra el cuerpo del animal. Después lo introdujo en la caja. El pájaro se revolvió en la caja y arañó el cartón con sus uñas. .

—Tendremos que alimentarlo con moscas muertas —declaró Abbot—. Y tenemos que ponerle un cuenco con agua.

—No —replicó Julien—, sólo tenemos que dejarlo descansar unas horas y después echarlo a volar.

—Pero primero tenemos que cuidarlo. Todavía no está preparado —insistió Abbot—. Míralo. Necesita cuidados.

—Abbot lo cuidará —le dije a Julien.

—De acuerdo —contestó él.

Charlotte y Véronique nos vieron desde la casa y se acercaron para ver qué ocurría.

—¿Qué pasa? —preguntó Véronique cojeando hacia nosotros.

—¡Hemos encontrado una golondrina! —gritó Abbot—. ¡Una golondrina herida!

Véronique y Charlotte llegaron a donde estábamos y miraron el interior de la caja.

—¡Ah, las golondrinas! —exclamó Véronique—. ¿Cuántas golondrinas heridas encontraste cuando eras niño?

Julien se encogió de hombros.

—Yo quería ser médico.

—¿Las golondrinas sobrevivieron? —preguntó Abbot.

—Algunas sí y otras no.

—Así es la vida —comentó Véronique—. No tenemos más remedio que aceptarla como es.

Yo no me vi capaz de soportar aquella conversación banal acerca de la aceptación de la muerte. Abbot estaba de rodillas, con la cara demasiado cerca del pájaro.

—Apártate, Abbot —le advertí yo—. El pájaro podría arrancarte los ojos con el pico.

Nos quedamos todos callados en aquel momento congelado en el tiempo.

Un taxi nos sacó de nuestro ensimismamiento. Llegó traqueteando por el camino y se detuvo a unos veinte metros de nosotros. A través del parabrisas vimos que alguien le pagaba al taxista desde el asiento trasero. El maletero se abrió.

—Un huésped sin reserva —comentó Véronique.

El taxista bajó del coche y sacó una maleta del maletero. Se trataba de una maleta antigua de tela escocesa, con cremallera y sin ruedas. Un joven salió del taxi. Era bajo, delgado y estaba moreno. Iba vestido con unos tejanos negros que estaban desteñidos en la zona de los muslos y una camiseta negra con el logo de un concierto, pero estaba demasiado lejos para leer lo que ponía. Encima llevaba puesta una americana. Tenía el cabello rizado, abundante y enmarañado, como si fuera un hombre lobo, aunque se notaba que el aire bohemio que le daban el cabello y la indumentaria, incluidas las gafas grandes de montura negra y cristales pivotantes que se parecían a las de mi padre, era deliberado. Y los hombres lobo muy pocas veces son deliberadamente bohemios. Debió de haberle dado una buena propina al taxista, porque éste le dio un abrazo que estuvo a punto de hacerle perder el equilibrio.

—Ése no es un huésped —comentó Charlotte con una mezcla de indignación y admiración en la voz—. Ése es Adam Briskowitz.

—¿Brisky? —exclamé yo—. Creí que sólo te iba a escribir una carta.

—¿Tú le diste nuestra dirección? —me preguntó Charlotte con voz acusatoria—. ¿Tú?

—Creí que sólo te iba a escribir una carta, una disculpa de enamorado —me justifiqué yo—. Ya sabes, en un gesto anticuado y romántico.

—Venir en persona desde Norteamérica para ver a una chica es anticuado y romántico —comentó Julien comprendiendo enseguida de qué iba la situación—. Sólo podría superarlo si hubiera venido en barco.

—¿Se va a quedar a dormir? —preguntó Véronique.

Mientras el taxi se alejaba, Adam Briskowitz se acercó y se

detuvo delante de nosotros sosteniendo su maleta de tela escocesa por el asa de plástico. Entonces pude ver bien el logo de su camiseta, que sólo podía referirse a una reliquia como Otis Redding. Llevaba puestas unas zapatillas náuticas de piel marrón con cordones blancos, un poco sucias del camino. Sin calcetines. Nos sonrió a todos y señaló a Abbot, que estaba sentado con las piernas cruzadas al lado de la caja. El pájaro se agitó. Adam levantó los cristales tintados de sus gafas y dijo:

—¿Qué tienes ahí dentro, chaval?

—Una golondrina herida —contestó Abbot—. La curaremos y después la tiraremos desde un tejado o desde otro lugar alto.

—Interesante plan —comentó Adam. Entonces se volvió hacia Charlotte—. ¿Eso es lo que vas a hacer conmigo?

—¿Por qué has venido? —preguntó Charlotte enfatizando las sílabas, como si estuviera hablando con alguien corto de entendederas.

Adam dejó la maleta en el suelo.

—Tú ya sabes por qué he venido. Todo el mundo lo sabe.

—No —replicó ella—. La verdad es que no lo sabemos.

Adam nos miró a todos con expresión perpleja.

—Mira, yo no soy un esnob. No soy un elitista, si es eso lo que estás pensando. ¡Para que lo sepas, abandoné el colegio Phillips Exeter en noveno grado porque quería abrazar el proletariado! Y soy... Soy...

No encontraba las palabras y se quitó la americana en una especie de gesto de protesta.

—¡Yo soy uno de los buenos!

Charlotte cerró los ojos y suspiró.

—¿Por qué hablas así?

—¿Así cómo?

—Como si todo el mundo supiera quién eres y nos estuvieras dando una conferencia.

—¿Acaso no saben quién soy? —preguntó Adam.

—La verdad es que no —contestó Charlotte—. Para ellos

eres un tío que acaba de llegar proclamando que quiere abrazar el proletariado.

—¿Se va a quedar a dormir? —preguntó Véronique.

—Sí —contestó Adam.

—No —contestó Charlotte.

—Sí que me voy a quedar a dormir —le dijo Adam a Charlotte.

Charlotte se dirigió enfadada hacia la casa.

—¡Haz lo que quieras, Briskowitz! ¡A nadie le importa una mierda lo que hagas!

Entonces entró en la casa y cerró la puerta dando un portazo. Adam le dio una patada a la maleta con las náuticas.

—¿También te quedarás a comer? —preguntó Véronique—. Ofrecemos la cena y el desayuno.

—Sí, por favor —contestó él—. Será estupendo, gracias.

—Yo soy Abbot Bartolozzi —dijo Abbot poniéndose de pie.

—Yo soy Adam Briskowitz —dijo Adam tendiéndole la mano.

Abbot contempló su mano durante unos instantes y entonces me miró a mí y después a Julien. Él asintió con la cabeza y Abbot estrechó la mano de Adam con rapidez.

—Todos sabéis por qué estoy aquí, ¿no? Por el embarazo de Charlotte y todo eso...

—¿Cómo? —le pregunté yo.

—¡Oh! —exclamó Julien. Entonces introdujo las manos en los bolsillos y retrocedió un paso—. Abbot —dijo—, vamos a buscar moscas para dar de comer al pájaro.

Abbot me miró.

—¿Charlotte está embarazada?

—Vamos a buscar moscas —insistió Julien.

—Ve con Julien —le dije yo—. Lo averiguaré y hablaré contigo más tarde.

Julien cogió la caja con el pájaro y se adentró en los viñedos.

—Lo sabía —comentó Véronique.

—¿Tú lo sabías? —le pregunté yo.

—¡Me alegro de que al menos se lo contara a alguien! —exclamó Adam—. Lo que quiero decir es que no es sano guardar secretos. En serio. Te impide respirar bien y la sangre no te circula.

—No, no me lo ha contado, pero me he dado cuenta de que se cansa de repente. A veces apoya la cabeza en la mesa y camina con pesadez, como si el centro de gravedad de su cuerpo se hubiera desplazado. Resulta evidente. —Entonces se dio la vuelta y se dirigió a la casa—. Trae tu maleta, te enseñaré tu habitación.

«Adam Briskowitz —pensé para mis adentros—. Briskowitzada. No quería que se quedara Briskowitzada ¿Era esto a lo que se refería?»

—¿Estás seguro, Adam? —le pregunté.

—Por eso estoy aquí —contestó él—. Buscaré un trabajo. Creo que en estos casos la gente deja los estudios y se pone a vender coches, ¿no? Yo quería estudiar filosofía, pero ¿qué importancia tiene que haya un estudiante de filosofía más o menos? Le pediré a Charlotte que se case conmigo y ella me dirá que no. Creo que eso es lo que pasará.

—Hoy en día hay otras maneras de enfrentarse a esta situación. No hay un modelo único —dije yo.

Él me miró con una expresión de sorpresa genuina.

—¡Vamos! —lo llamó Véronique.

—¡Ya voy! —exclamó él.

Adam volvió a colocar los cristales tintados de sus gafas sobre los graduados, cogió su maleta y siguió a Véronique en dirección a la casa.

Yo miré hacia la nuestra. Charlotte estaba junto a la ventana de la planta superior. Me estaba mirando. La luz dorada del atardecer iluminaba su cara. Su expresión era extrañamente serena, resignada, y entonces supe que era cierto.

—¿Charlotte?

Llamé con suavidad a la puerta de su dormitorio. Oí el amortiguado parloteo de la radio.

—Charlotte, ¿puedo entrar?

La radio se apagó, el pomo de la puerta giró y oí que el pestillo se descorría. Si Henry hubiera estado allí habríamos hablado y él me habría aconsejado. Me habría dicho que había cosas importantes que yo tenía que decirle a Charlotte. Pero ¿qué cosas? Henry lo sabría. Él era bueno en este tipo de cosas. Sabía, instintivamente, cómo ser abierto y cariñoso. Ésta era mi oportunidad para decir lo correcto. Lo más probable era que nunca tuviera una hija, y mucho menos una hija adolescente y embarazada, pero yo también había sido una adolescente. ¿Qué habría querido que me dijeran en una situación como aquélla? Quizá debía empezar por ahí.

Abrí la puerta despacio.

Charlotte estaba de pie frente a mí, con sus pantalones cortos y la camiseta del Monoprix. Me acordé del aspecto que tenía en la tienda a la que fuimos con Elysius y mi madre, con el vestido, el cinturón y las botas de lluvia. Charlotte era una mujer fuerte, increíblemente fuerte.

—Os lo ha contado, ¿no?

—No sé qué decirte, Charlotte.

—No se lo he contado a nadie —me confesó ella—. En realidad es un gran alivio que él lo haya hecho.

—¿Desde cuándo lo sabes?

—Desde antes de la boda —me contestó ella.

—Es mucho tiempo para guardar un secreto como éste. Podrías habérmelo contado a mí.

Me acerqué a ella y la abracé. Ella tardó unos segundos en reaccionar, pero al final me devolvió el abrazo. Hundió la cara en la curva de mi cuello y se echó a llorar. Yo no pensé en su embarazo y en todo lo que iba a suceder, sino en ella y en que había guardado aquel secreto durante todo aquel tiempo. Yo no le había contado a nadie que creía que estaba embarazada cuando Henry murió, que había una pequeña esperanza, pero si no lo hice fue porque no quería compartir aquella ilusión con nadie más. Pero esto era pedir demasiado de una persona tan joven como Charlotte. Ella sabía que estaba embarazada en la boda, en la tienda donde le compraron aquel horrible vestido, en París y durante el robo. Su fortaleza me emocionó y también me puse a llorar. Nos quedamos así hasta que oscureció, mientras escuchábamos los gritos de las golondrinas y el canto de fondo de las cigarras.

Charlotte volvió a respirar con regularidad y nos sentamos en la cama.

—Vine aquí para no tener que contárselo a mis padres —me explicó mientras cogía un pañuelo de papel de su mesita de noche y se sonaba la nariz—. Ellos habrían querido que contemplara todas las opciones y yo quería llegar al segundo trimestre del embarazo antes de hablar con ellos.

—¿Por qué?

Ella no me contestó.

—¿Para poder tener al bebé?

Ella asintió con la cabeza.

—Tus padres habrían aceptado cualquier decisión que tú hubieras tomado —le dije.

Ella sacudió la cabeza.

—No —replicó Charlotte—. Ellos se habrían puesto histéricos. Todos ellos. Pero no es por esto que vine. No es por ellos. Yo sabía que, si me quedaba, querría abortar. Pensaría en el colegio y... En mi colegio esto es peor que la muerte. Yo soy una privilegiada, ¿comprendes? —Pronunció la palabra «privilegiada» como si le molestara—. Quedarse embarazada a mi edad es como cagarse en los privilegios.

—Estas cosas pasan, Charlotte. Siempre han pasado y siempre pasarán. ¿Crees que estar embarazada te convierte en una desagradecida?

Ella se echó a reír.

—Estar embarazada me convierte en una mierda. En el

colegio al que voy, las amigas te dejan de lado por no elegir la universidad adecuada.

—¿De cuánto tiempo estás embarazada?

—De ocho semanas, científicamente hablando.

—¿Y cómo te encuentras?

—Un poco cansada, pero, curiosamente, me siento como si estuviera tomando tranquilizantes o algo parecido. No tengo náuseas matutinas ni me siento irritable. Resulta irónico, pero creo que estar embarazada me va. Lo que quiero decir es que yo nunca me he sentido maternal. De hecho, trataba mal a mis muñecas, pero quiero tener este bebé y hacerlo bien.

—Se te ve tan... segura.

—La verdad es que, desde que llegamos aquí, lo tengo todo muy claro.

—¿De verdad?

—De verdad.

—¿Y qué hay de Briskowitz? ¿Crees que será un buen padre?

—Briskowitz es un buen Briskowitz. Sinceramente, yo creo que será un filósofo fatal. Tiene buenas intenciones, pero sus ideas son demasiado dispersas. En cuanto a la paternidad... —Charlotte reflexionó durante unos instantes—. Al menos tiene un buen modelo en el que fijarse, Bert Briskowitz. Es un traumatólogo muy bien educado que no obliga a Brisky a jugar al golf. ¿Qué más se puede pedir en esta sociedad tan dividida?

—Se puede pedir mucho más —contesté yo.

Ella me miró con escepticismo y después bajó la mirada.

Me acordé de cómo reaccionó Henry cuando yo aborté, de cómo destapó las cañerías buscando el origen del escape, de que sacó los grifos de la bañera dejando tres agujeros en la pared. Una noche, yo me olvidé de apagar la luz del que iba a ser el cuarto del bebé y, cuando entré en el lavabo, los agujeros de la pared estaban iluminados. Me senté vestida en la bañera y contemplé el cuarto del bebé a través de los agujeros. Estaba contemplando lo que podía haber sido mi vida. Desde allí se veía perfecta e inalcanzable, como si fuera la vida de otra persona. La vieja cuna de Abbot tenía sábanas nuevas de vivos colores, y también había comprado una alfombra blanca y peluda.

Entonces me vino a la mente lo que le habría dicho a Charlotte si Henry hubiera estado allí. Le habría dicho que Henry y yo la ayudaríamos a criar al bebé. Le habría dicho que podía mudarse a vivir con nosotros. Podía seguir estudiando y Henry y yo la ayudaríamos con el bebé. Crearíamos un tipo nuevo de familia. Haríamos que funcionara. Pero yo no podía hacerlo sola. ¿Qué tipo de madre sería teniendo que cuidar a Abbot, a un bebé y a una adolescente? ¡Si apenas lo conseguía sólo con Abbot! Así que le dije a Charlotte algo muy racional:

—Tienes que contárselo a tus padres.

—Sólo necesito tiempo —me contestó ella—. Mi madre está un poco trastornada. No es una mujer estable. Ella cree en el poder de los minerales y, al mismo tiempo, puede ponerse histérica como se pondría Alanis Morissette si se tomara un ácido. No resulta agradable, la verdad. Y mi padre es fantástico, pero a Elysius y a él les gustan los niños en abstracto. No hay duda de que quieren mucho a Abbot, pero no son padres por naturaleza. ¡En serio, cada vez que han intentado educarme ha sido patético! Es como si jugaran a squash con la mano izquierda y con tacones de aguja. Simplemente, no tienen instinto paternal.

—No puedes llevar el embarazo adelante sin ellos.

Me pregunté si sus padres realmente se pondrían histéricos. Resultaba difícil saberlo.

—Yo creo que sí que puedo llevarlo adelante sin ellos —replicó ella.

—No sabes lo difícil que es. No tienes ni idea de los sacrificios que tendrás que hacer. Ya fue duro para mí, y eso que Henry estaba a mi lado y los dos estábamos preparados. No te imaginas lo duro que será para ti y para Adam.

—No quiero hablar de ello. —Charlotte se tumbó en la cama—. Por eso no se lo he contado a nadie.

—Lo siento —le dije. No quería presionarla—. No tienes por qué tener todas las respuestas ahora mismo.

Me levanté y me dirigí a la ventana. Julien y Abbot estaban sentados en la entrada trasera de la casa Dumonteil y tenían la caja a sus pies. Quizás estaban alimentando al pájaro o construyéndole una cama para que pasara la noche o pensando dónde dejarlo para que ningún gato salvaje se lo comiera. Al mirar a Abbot, me invadió un sentimiento maternal. ¡Charlotte estaba embarazada! Sentí una oleada de alegría. No pude evitarlo.

—¡Un bebé! —susurré.

—¡Sí! —exclamó ella—. Esto es lo más emocionante de todo. ¡Estoy embarazada de un bebé!

—¿Por eso rezabas en Notre-Dame y Saint Maximin?

Ella se encogió de hombros.

—Yo no sé rezar. Mis tres padres son agnósticos. Yo sólo me arrodillé y repetí lo mismo una y otra vez.

—¿Y qué era lo que repetías?

—Me sentía como si fuera un miembro de los Flying Wallendas.

—¿Los acróbatas de circo?

—Sí. La verdad es que leí algo sobre ellos cuando era pequeña y me impresionó. Construían pirámides humanas sobre el alambre.

—¿Y qué pedías mientras te sentías como una de los Wallenda?

—Pedía una buena red. Eso es todo, una buena red.

16

Aquella noche cenamos todos juntos. Compartimos el comedor con una familia inglesa con dos hijos que querían comer patatas fritas y tres mujeres mayores australianas que le preguntaron a Véronique dónde podían encontrar las mejores playas mediterráneas.

Julien también estaba. Ayudó a su madre a servir las mesas y se llevó a los niños ingleses al jardín para que contemplaran las luciérnagas y dejaran comer a sus padres con tranquilidad. Yo miré por los ventanales y vi que los niños corrían descalzos por la hierba. Julien me estaba mirando. ¿Quién era yo ahora?: una mujer acompañada de una adolescente embarazada, de su peculiar novio de cabello enmarañado y de su hijo de ocho años al que había tenido que convencer para que dejara el pájaro fuera del comedor. Todo había cambiado. La verdad es que Charlotte ya estaba embarazada el día anterior, cuando yo creía que todo estaba bien y que seguiría igual en el futuro, pero ahora todo era distinto. Me encontraba en un territorio nuevo. En aquel momento, todos nosotros estábamos conectados, acorralados por aquel secreto. Pero esto cambiaría pronto, claro. Charlotte tenía que contárselo a sus padres, y Briskowitz a los suyos, pero de momento me pregunté si Julien pensaba lo mismo que yo, que formábamos una extraña familia.

Charlotte nos explicó en qué consistía la cena: berenjenas rellenas de jamón, anchoas, carne de cerdo y setas, aderezadas con ajo, cebolla, sal y pimienta y cubiertas con mantequilla, pan rallado y limón.

—¿Tú has ayudado a prepararlas? —le preguntó Adam a Charlotte—. Creí que para ti cocinar consistía en mezclar el yogur con la mermelada de frutas del fondo.

—Eso era antes y ahora es ahora. He aprendido la diferencia que hay entre el ajo cortado y el prensado. Yo, personalmente, prefiero el prensado.

—¡Vaya! —exclamó Adam.

—Charlotte cocina de maravilla —intervino Abbot.

Nos quedamos callados unos instantes.

—Este lugar es bonito —dijo Adam.

Llevaba puesta una camiseta del grupo Velvet Underground y la americana.

—Heidi solía venir aquí cuando era pequeña —le explicó Charlotte.

—Yo cuando era pequeño era muy malo —comentó Adam—. Mis padres no creían en la disciplina. Un día, mientras veíamos la película *Gandhi*, pegué a mi madre.

—¡Vaya! —exclamé yo.

—Aprendí que la no violencia es dura. Ésa es una de las lecciones de la película. En general, mis padres son unos blandos, así que yo he tenido que aprender por la vía dura.

—¿Y qué vía es ésa? —le pregunté yo.

—Bueno, en el colegio me dieron un par de palizas por ser un mimado —contestó él—. El colegio era liberal y nos hacían relacionarnos con los pobres y servirles. El montaje era bastante artificial, pero a mí me convenció.

Adam había realizado un largo viaje para ver a Charlotte y ella ni siquiera podía mirarlo a la cara. Sentí lástima por él, aunque quizá me equivocaba, porque Charlotte debía de tener sus razones para mostrarse tan fría con él.

Abbot mencionó el tema del embarazo. Antes de ir a cenar, yo le confirmé que Charlotte estaba embarazada. Le dije que era muy joven y que esto hacía que la situación fuera difícil para ella, y también le dije que debíamos sentirnos contentos por ella, pero no tuve tiempo de comentarle nada más.

—Yo sé que aunque estés embarazada no quiere decir que estés casada. Como Jill y Marcy —comentó Abbot.

Jill y Marcy eran una pareja lesbiana amiga nuestra y habían tenido gemelos por fecundación in vitro.

—En realidad, Jill y Marcy es como si estuvieran casadas, porque llevan más de diez años juntas —respondí yo.

—¡Ah! —exclamó Abbot—. ¿Tú eres lesbiana? —le preguntó a Charlotte.

—Por desgracia no —contestó ella.

—Vaya, ¿así que en estos momentos preferirías ser lesbiana? —comentó Adam—. ¡Muy bonito!

—Lo que quiero decir es que si fuera lesbiana no estaría en esta situación.

—Le voy a pedir a Charlotte que se case conmigo —le dijo Adam a Abbot.

—Y Charlotte te contestará que no —replicó Charlotte.

—¿Lo ves? —me comentó Adam—. Te dije que me diría que no.

—Te diré que no porque no es una buena idea. ¿Qué pasa, de repente actúas como si estuvieras en los años cincuenta? —le preguntó Charlotte.

—Sólo intento hacer lo correcto —contestó él—. Y la última vez que lo analicé, casarse era lo correcto.

—La última vez que yo lo analicé, tú creías que el matrimonio era la institucionalización del dominio patriarcal. Creías que casarse era someterse a un código impositivo.

—Probablemente estaba colocado —replicó Adam. Entonces miró a Abbot, me miró a mí y añadió—: No te ofendas. Ya no fumo hierba.

—No pasa nada —contesté yo.

—En serio, lo dejé hace ya un par de meses.

—Muy bien —contesté yo sin estar segura de que aquello fuera motivo de celebración.

—¿Por qué no te quieres casar con él? —le preguntó Abbot a Charlotte.

—No me quiero casar porque, opinen lo que opinen nuestros padres, dieciséis años no es edad para casarse —declaró Charlotte.

—Ya —comentó Adam—. Y tu decisión no tiene nada que ver con que no me quieras lo suficiente, ¿no?

—¡Tú quieres casarte conmigo porque estoy embarazada! ¡Y eso no quiere decir que me quieras lo suficiente!

Charlotte utilizó un tono de voz un poco demasiado alto y llamó la atención de los ingleses y los australianos.

—¿Tus padres lo saben? —le pregunté a Adam en voz baja.

—No exactamente —contestó él.

—¿Y eso qué quiere decir? —preguntó Charlotte.

—Saben que estoy aquí, pero creen que he venido a realizar un curso sobre los grandes pintores franceses. —Adam me miró—. Mi madre es la que se encarga de los gastos educativos y no se entera mucho.

—Muy bien, escuchadme —dije yo—. Los dos tenéis que contárselo a vuestros padres. Os doy un par de días, tres a lo sumo, para que elaboréis algún tipo de plan o redactéis una lista de los temas que queréis tratar con ellos. Después, tendréis que telefonearlos.

Charlotte y Adam se miraron.

—Mi madre se pondrá furiosa o querrá retirarse a un *ashram*. Es difícil predecirlo —le contó Charlotte a Adam—. En cuanto a Elysius y Daniel, se pondrán histéricos. No resultará agradable.

—¿Qué es un *ashram*? —preguntó Abbot.

—Es una especie de comunidad. Es donde van los hippies extravagantes —le explicó Adam enseguida. Entonces se enderezó y añadió—: Yo creo que Bert y Peg se lo tomarán bien. Al fin y al cabo yo soy el hijo pequeño y ya han pasado por cosas peores. Quizá me hagan visitar a un loquero y Peg tendrá que aumentar la dosis de sus medicamentos, pero no creo que para ellos sea una catástrofe ni nada parecido.

—Quiero que sepáis que si no se lo contáis vosotros tendré que hacerlo yo —les dije.

—Supongo que no tengo elección —comentó Charlotte.

Adam sonrió.

—Podemos elaborar juntos una lista de temas que queremos hablar con ellos. Hasta ahí podemos llegar.

—De acuerdo —contestó Charlotte.

—¿Estás tomando vitaminas? —le preguntó Adam.

Esta pregunta tendría que habérsela formulado yo.

—Desde luego —dijo Charlotte—. En dosis de caballo. Las compré en una parafarmacia.

—¿Son para mujeres embarazadas? —preguntó Adam.

—Sí, son para mujeres embarazadas —replicó Charlotte—. ¿Quieres que vaya a buscar el prospecto?

—En realidad no me importaría —contestó él—. Se han realizado muchos estudios sobre el ácido fólico. ¿Las pastillas que tomas contienen ácido fólico?

En aquel momento, Adam Briskowitz empezó a caerme bien. Había estado investigando y había comprado libros sobre el embarazo. Adam siguió preguntándole cosas a Charlotte, como si padecía náuseas matutinas o mareos o si le habían salido granos. En todo lo relacionado con la salud de Charlotte y el bebé, no había nada filosófico o disperso en Adam Briskowitz.

Más tarde, arropé a Abbot en su cama. La golondrina herida estaba acomodada en la caja, en el suelo del dormitorio. Él y Julien le habían preparado un pequeño nido con hierba, ramitas y un paño de cocina en un rincón de la caja. Me dio la impresión de que aquella misión conjunta, la de salvar a la golondrina, era muy importante para ellos. ¿Qué pasaría si la golondrina se moría? Me sentí atrapada entre las dos alternativas. Por un lado, no podía decirles que renunciaran a cuidarla y, por el otro, cada segundo que dedicaban a este fin era como aumentar la inversión en una apuesta que estaba destinada al fracaso.

Abbot tenía la libreta a su lado, encima de la cama, y sostenía una linterna en la mano porque algunas noches le gustaba iluminar con ella el exterior, «... para ver lo que hay ahí fuera», decía. Yo sabía que también la utilizaba para dibujar por la noche, debajo de las sábanas. En aquel momento la encendía y la apagaba continuamente.

—Cuéntame una historia de Henry —me pidió.

En casa yo no le contaba historias de Henry todas las noches, ni mucho menos, pero desde que llegamos a Francia, Abbot no me había pedido ninguna. De hecho, no lo había hecho desde que me pidió que le contara una nueva, y a continuación encontré el huevo de Pascua y decidí ir a Francia. Me pregunté la razón y supuse que Abbot creía que yo había decidido viajar a Francia en parte para liberarnos del dolor que sentíamos por la muerte de Henry. Pero no estábamos allí para liberarnos de su recuerdo, sino, en cierto sentido, para desarrollar una nueva forma de relacionarnos con él. Además de nuestro hogar, que estaba lleno de recuerdos, yo había vivido momentos con Henry en las esquinas de las calles, en los parques, en la casa de Elysius y Daniel, en los jardines de los vecinos, en La Pastelería, en el centro de la ciudad, en el colegio de Abbot... Sin embargo, en Francia no había tantas cosas que me lo recordaran y podía, simplemente, llevarlo en mi interior. Por primera vez desde que llegamos, me di cuenta de que mi relación con Henry había cambiado. Ahora era más silenciosa, más tranquila.

—Así que una historia de Henry... —susurré yo.

Pensé en Adam Briskowitz. A Henry le habría encantado aquel muchacho. Entonces me acordé de una historia que todavía no le había contado a Abbot.

—Cuando tu padre tenía dieciséis años jugaba al béisbol. Aquel año su equipo ganó el torneo estatal y tu padre realizó la carrera del empate. Una vez me confesó que aquel año también se compró una pipa y un batín de fumador. Él era gracioso de esta manera.

—¿Qué es un batín de fumador? —me preguntó Abbot.

—Es algo elegante que los ingleses se ponían cuando fumaban en pipa —le expliqué yo—. Le pregunté dónde había comprado el batín y me confesó que, en realidad, sólo era una bata de estar por casa.

—¿Por qué quería ponerse un batín de fumador y fumar en pipa?

—Creo que quería ser sofisticado —le contesté—. Él no quería ser un simple jugador de béisbol, pero tampoco sabía exactamente en qué consistía ser sofisticado.

—¿Papá fumó con aquella pipa?

—No lo sé.

—Pero sólo era un niño, ¿no?, como Charlotte.

—Sí, era un niño que quería ser mayor.

—Pero nunca llegó a ser mayor —replicó Abbot.

—No.

—Entonces está bien que intentara serlo cuando tenía dieciséis años.

—Supongo que sí.

—Cuéntame otra historia de la casa —me pidió Abbot—. Una en la que salgas tú.

—Ya te he contado la de las mariposas blancas, ¿no?

—Cuéntame otra.

Reflexioné durante unos instantes.

—Esta historia tiene lugar un poco lejos de la casa, en la montaña.

—Muy bien —contestó Abbot.

—Ya sabes que Julien y yo nos conocimos cuando éramos niños. Un día, me convenció para que subiera con él a una capilla que está excavada en la roca de una montaña. Se trata de la capilla de Saint Ser. En ella vivía un ermitaño al que, según me contó Julien, le cortaron las orejas y después la cabeza.

271

—¿Un ermitaño sin orejas y sin cabeza? —me preguntó Abbot.

—Sí. Julien me contó que era un fantasma, pero era un fantasma bueno, porque cuidaba las almas de las personas que habían muerto en la montaña.

—¿Sostenía la cabeza en sus manos como en el cuadro de Notre-Dame?

—Yo no lo vi nunca, pero me pareció oírlo susurrar mi nombre.

—Un fantasma bueno que protege las almas... —murmuró Abbot.

—Sí, y vive en la capilla de la montaña. Quizá vayamos a verla algún día.

Abbot reflexionó unos instantes.

—Julien dice que tenemos que soltar a la golondrina mañana, que no tendríamos que haber esperado tanto, pero yo creo que tenemos que esperar hasta que se le cure el ala. —Abbot se agitó entre las sábanas—. ¿Crees que volará?

—No lo sé —le contesté yo—, pero tú estás haciendo todo lo posible para que vuele, y eso es más de lo que harían muchos niños. Y muchos mayores también. Normalmente la gente pasaría de largo y seguiría con su vida, pero tú te detuviste para ayudarla. Eso es notable.

Abbot sonrió.

—Hoy ha sido un día raro.

—Sí.

—¿Charlotte está embarazada de verdad?

—Sí.

—¿Y eso le causará problemas?

—Es difícil saberlo. A veces los padres se asustan por cosas como ésta.

—¿Tú te asustarías si fuera hija tuya?

—No lo creo.

—A mí me gustan los bebés. A todo el mundo le gustan.

—Tú fuiste un bebé maravilloso.

—Notable. Yo fui un bebé notable —comentó él.

Yo lo besé en la frente.

—Ahora duérmete, bebé notable.

—Mira a ver si la golondrina está durmiendo —me pidió Abbot.

Yo miré el interior de la caja. El pájaro estaba allí, con el ala encogida. Me miró.

—No —le contesté—, pero apagaré la luz y así le resultará más fácil dormirse.

—De acuerdo. Buenas noches.

—Buenas noches.

Charlotte ya estaba en su dormitorio, escuchando la radio. Ella y Adam habían dado un corto paseo después de cenar, pero regresaron a casa por caminos diferentes: él dando zancadas por el jardín y ella atravesando uno de los viñedos. Los dos volvieron acalorados y enfadados. Me pregunté si tres días sería suficiente para que encontraran un frente común, aunque quizá decidirían actuar por separado.

Bajé a la cocina y me serví una copa de vino tinto. Contemplé el agujero donde antes estaban la cocina y los armarios. «La cocina nunca estará reformada. Nunca estará acabada», pensé. Me senté a la mesa, puse la copa de vino delante de mí y apoyé la cabeza en las manos. Me imaginé a mi madre sentada en aquella cocina durante el verano que pasó allí sola. ¿Aprendió entonces a escuchar a la casa? ¿Qué le dijo ésta?

Cerré los ojos y, aunque me parecía absurdo, intenté escuchar. ¿Qué otra cosa podía hacer en un momento como aquél?

La casa no me dijo nada, claro, pero tuve la sensación de que se hinchaba alrededor de mí. Ahora que sabía que Charlotte estaba embarazada, parecía más llena. Me imaginé al feto moviéndose en la barriga de Charlotte y, curiosamente, a la golondrina agitándose en la caja. Me pregunté qué pasaría con el paso del tiempo. ¿Cómo serían nuestras vidas al cabo de un año? ¿Dónde estarían Charlotte y su bebé? ¿Vivirían con Elysius y Daniel en su enorme casa? ¿Vivirían con su madre mientras ella consultaba los minerales? ¿Charlotte habría elegido una universidad y estaría estudiando para las pruebas de acceso? ¿Estaría Adam estudiando filosofía y habría vuelto a su casa para pasar el verano? En ese caso, ¿quién estaría cuidando al bebé?

La casa no me dijo nada. Quizá le había formulado demasiadas preguntas. En realidad, yo me había puesto a barajar preguntas en mi mente y había dejado de escuchar.

Alguien llamó a la puerta y ésta se abrió ligeramente. En una fracción de segundo me di cuenta de que deseaba que fuera Julien.

—¡Entre!

—*C'est moi* —declaró él. Entonces entró y miró alrededor—. Es un lugar agradable. Has hecho un buen trabajo.

—Gracias —contesté yo—. Voy haciendo cosas poco a poco.

—Quería decirte una cosa.

—¿No estarás embarazado?

Él se echó a reír.

—Creo que no.

—Ha sido un día muy largo.

—Quizás, a la larga, todo acabe bien. El chico, Adam, es... interesante.

Asentí con la cabeza.

—A mí me cae bien —dije yo.

—Es algo excéntrico.

Julien estaba intranquilo y me pregunté si estaba dando un rodeo.

—¿Quieres que nos sentemos fuera? —me preguntó—. La noche es cálida.

Cogimos la botella y dos copas y nos sentamos junto a la fuente.

—¿Qué querías decirme? —le pregunté.

—Es sobre el pájaro.

—¿La golondrina?

—Sí —contestó él mientras sacudía la cabeza—. Es probable que no sobreviva.

—¿Normalmente se mueren?

—A veces. He estado pensando en lo que me dijiste cuando decidimos cuidarla y tirarla desde la ventana. He estado pensando en tu marido, el padre de Abbot, y encima hoy llega Adam y os enteráis de que Charlotte está embarazada. En fin, que he pensado que quizá no fue una buena idea. ¿Y si el pájaro no puede volar y se estrella contra el suelo? Siento haber tenido esta idea. Yo lo hacía cuando era niño, pero la situación de tu familia en estos momentos es... delicada.

Julien bebió un trago de vino. Yo le serví un poco más y suspiré.

—Yo también sé lo que es perder a un padre —dijo Julien—. Nosotros también éramos una familia delicada, aunque de otra manera. En cierto sentido comprendo cómo se siente Abbot. Tu padre está ahí y, de repente, ya no está.

Su declaración me sorprendió. La muerte y el abandono eran cosas distintas, pero me di cuenta de que Julien comprendía a Abbot de una forma que yo no podía experimentar. Mi madre había desaparecido, sí, pero sólo durante un verano, y después volvió a casa. Sin embargo, los padres de Abbot y Julien desaparecieron y no regresaron nunca más.

Julien apoyó los codos en sus rodillas.

—Podría llevarme la caja y decirle a Abbot que, mientras alimentaba a la golondrina, se produjo un milagro y echó a volar.

—No —repliqué yo.

—Entonces ¿qué hacemos?

—Debemos dejar que Abbot suelte al pájaro desde un lugar alto.

—¿Eso crees? Pero y si...

—Tenemos que vivir un poco, ¿no? Tenemos que trabajarnos la alegría. Esto es lo que me dijiste una vez. Y en la vida hay que asumir riesgos.

—Sí, tienes razón —dijo él rodeando la copa con las palmas de las manos.

—De todas maneras, no es fácil —continué yo—. Henry sabría qué hacer. Él sabría qué decir. Lo echo de menos.

Yo tenía la cara caliente y un nudo en la garganta. Sabía que estaba a punto de echarme a llorar. Había tenido ganas de hacerlo durante todo el día. Las lágrimas resbalaron por mis mejillas.

—Lo siento —dije mientras las enjugaba—. Todavía no logro contenerme.

—¿Cómo era él? —me preguntó Julien.

—¿De verdad quieres saberlo?

—Sí.

Yo empecé a hablar. Al principio entrecortadamente, pero después experimenté una extraña liberación al describir a Henry a alguien que nunca lo había conocido. Le hablé no sólo de Henry, de La Pastelería y de nuestra vida juntos, sino también de su estricto padre, Tony Bartolozzi, y de su madre, que lo adoraba, y de su hermano pequeño, el que estuvo a punto de morir ahogado en la piscina y a quien todo el mundo llamaba Jimbo. Cuando le conté cómo nos conocimos Henry y yo, Julien me pidió que le cantara la canción *Brandy*.

—Ni hablar —le contesté yo—. Canto fatal.

—Pero entonces también debías de cantar mal.

—Sí, pero estaba borracha.

—¡Entonces bebe y después canta!

Yo ya estaba un poco achispada, pero me negué con un gesto de la cabeza. A continuación, le expliqué la historia de la concepción de Abbot, aquella especie de accidente. Él me confesó que el embarazo de Frieda, su hija, fue planificado, con calendarios de ovulación y medicamentos para la fertilidad, y que le encantaba la idea de concebir un hijo por accidente, aunque no se tratara de un accidente verdadero.

Yo le conté la historia del aborto y de cómo Henry levantó las baldosas buscando el origen del escape, y le conté lo de la bañera, y la parte que no le había contado a nadie, la de que Henry me encontró allí, mirando por los agujeros de la pared.

—Yo tenía fiebre y, aunque ésta no tenía nada que ver con el aborto, Henry estaba preocupado, así que me cogió en brazos y me llevó de nuevo a la cama.

Julien guardó silencio unos instantes.

—Henry te quería.

—Sí, es verdad —contesté yo.

—No todo el mundo conoce el amor como él lo conoció —replicó él sacudiendo la cabeza—. Él te amaba de verdad. Todo el mundo cree que el hecho de que alguien te quiera es un regalo, pero están equivocados. El mejor regalo es poder querer a alguien como él te quería a ti. El mejor regalo es experimentar ese tipo de amor.

—Quizá tengas razón —corroboré yo—. Yo también lo quería de esa manera.

Permanecimos un rato en silencio. Me acordé de cuando me enamoré de Henry, de que él era el hombre al que había estado esperando, y que conocerlo fue como ir abriendo un regalo tras otro. Sin embargo, en aquel momento tuve la sensación de que era yo la que estaba ofreciendo regalos, de que cada historia que contaba era un regalo para Julien. Cuando me enamoré de Henry creí que lo había estado buscando durante toda mi vida, pero en realidad lo había estado esperando sin saberlo. En aquel momento tuve la impresión de que también me había estado buscando a mí misma sin saberlo. Mientras le contaba a Julien las historias de mi vida, me di cuenta de que me había perdido y de que ahora, historia tras historia, estaba volviendo a encontrarme otra vez.

Le pregunté a Julien acerca de Patricia, su ex mujer. Él inhaló hondo y entonces me di cuenta de que su belleza residía no sólo en su cara y en su cuerpo, sino también en la forma en que me había escuchado; y en su expresión divertida cuando le expliqué, con señas, el significado de una palabra inglesa que él desconocía; y en su forma de sacudir la cabeza cuando reía, como si no quisiera reírse pero no pudiera evitarlo. Y su belleza también residía en las cosas que me contó acerca de su ex mujer y su fracasado matrimonio. La madre de Patricia era una cantante de ópera, rigurosa y exigente, mientras que su padre era un blando y lloraba hasta con los anuncios de la televisión. Y él añoraba a su ex mujer en todos sus detalles. Ella estornudaba cada vez que salía al aire libre; cuatro veces. Y, aunque lo negaba, era supersticiosa. Por ejemplo, llevaba puesta la misma pulsera de colgantes desde que tenía diecisiete años, aunque había cambiado la cadena varias veces y, mientras cocinaba, hablaba consigo misma. Cuando se separaron, él quiso desaparecer y se fue a vivir con su amigo Gerard, un solterón que vivía en Marsella.

—Gerard es un seductor. Adora a las mujeres, pero odia el matrimonio. Pensé que sería divertido volver a ser soltero, pero la mayoría de las noches me iba a Notre-Dame de la Garde, la catedral que hay en la colina, cerca del mar. Aunque nunca entraba, sólo me quedaba junto al muro que hay en el exterior, contemplando el mar, como si esperara la llegada de un barco que me trajera de nuevo a casa. Pero el barco nunca llegó y, poco a poco, dejé de esperarlo.

Quizás ése era mi error, que yo nunca había dejado de esperar que Henry regresara.

—¿Por qué no funcionó vuestro matrimonio? —le pregunté.

—¡Podría decir tantas cosas! En el fondo yo no era lo que ella esperaba. Yo no era el hombre que ella creía que sus amigos adorarían. Yo era divertido cuando ella quería que fuera serio y a la inversa. Yo no era lo bastante bueno y al final me cansé de intentar serlo. —Julien sonrió con tristeza—. Ella se se equivocó de hombre al casarse. Es así de simple. —Entonces cambió de tema—. ¿Por qué estás aquí? —me preguntó—. Y no me refiero a lo de la casa, sino a por qué has venido.

Yo le expliqué que una noche encontré un huevo de Pascua y que éste me llevó a buscar el nombre «Henry» en el diccionario y que entonces encontré la palabra *hent*, que significa «agarrar». Agarrar la oportunidad.

—¿Y por esto estás aquí? ¿Por una palabra? —me preguntó.

Asentí con la cabeza.

Él se reclinó en la silla y contempló las piedras que el albañil, un hombre robusto, de mejillas caídas y con unas manos curtidas y bonitas, había dejado junto a la fuente.

—Yo creo que es por algo más —me dijo.

—¿Qué quieres decir?

—Mi mujer lleva puesta la pulsera de colgantes desde que tenía diecisiete años, pero ella no lo entiende.

—¿Qué es lo que no entiende?

—Que en el fondo no se trata de la pulsera, sino de que ella cree en la pulsera.

—¿Me estás preguntando en qué creo yo?

—Sí.

—Esta noche le he contado a Abbot la historia de Saint Ser, el protector de almas. Cuando era pequeña y subimos juntos hasta la ermita, yo creía un poco en él.

Julien se puso de pie.

—¿Qué pasa? —le pregunté.

—Ése es un buen ejemplo. El fantasma no existía, me lo inventé porque quería asustarte, pero entonces tuve miedo y te dije que era un fantasma bueno, un protector. Cuando lo llamamos, allí, junto al altar, tú lo oíste susurrar tu nombre.

—Entonces no era más que una niña.

—Una niña que creía en un fantasma.

Me sentí incómoda.

—¡No estarás sugiriendo que Henry es un fantasma!

—No, Henry es real, y Patricia también —dijo él—. En realidad creo que el problema está en nosotros. Nosotros somos los fantasmas.

Me acordé de mi fantasmagórico reflejo en el turbio espejo del estudio de Daniel. Pero entonces me di cuenta de que, en aquel momento, Julien era muy real para mí. Real y encantador.

—Será mejor que entre —comenté—. Es tarde.

—Pero todavía no has cantado.

Yo me levanté y me puse las chanclas.

—La canción trata sobre Brandy, que es una chica excelente, pero su amado es marinero y no se puede quedar con ella porque está casado con el mar.

—Eso no es cantar —dijo Julien.

—Te veré mañana —le contesté yo.

—¿Mañana me la cantarás?

Me dirigí a la puerta.

—¡No creo! —exclamé.

—Pero ¿puede que sí?

—Y puede que no.

17

Durante los tres días siguientes Abbot consiguió aplazar la liberación de la golondrina. Solía abrir las ventanas de la cocina para que entraran las moscas y, después, con gran concentración y buena puntería, las cazaba con un matamoscas para dárselas a comer al pájaro. Además, siempre llevaba su fiel libreta encima.

Aquello no iba bien.

—Se está encariñando con el pájaro y será más doloroso si... —me susurró Julien.

—Lo sé, lo sé —le contesté yo.

—¿Y si ocurriera un milagro? ¿Y si en mitad de la noche la golondrina echara a volar?

Yo negué con la cabeza.

—Se daría cuenta.

Adam y Charlotte tenían fuertes y acaloradas discusiones. A veces ella paseaba tranquilamente mientras Adam merodeaba a su alrededor como si él fuera una abeja y ella la miel. Ninguna de las discusiones que oí trataba sobre la maternidad, la paternidad, el enfado potencial de sus padres o el bebé, sino sobre temas abstractos como la política de Oriente Medio, el talento frente al esfuerzo, la avaricia corporativa, la educación religiosa de Michael Moore y una vez incluso juraría que oí la palabra «Reaganomía». No pude evitar pensar: «¿Qué le pasa a la juventud de hoy en día?»

Mientras tanto, yo intentaba escuchar a la casa, sentir, conectar y permitir que las decisiones se formaran.

El contratista que Véronique me recomendó se llamaba Maurice. Era ancho de hombros y estaba bronceado. Tenía más o menos la misma edad que ella, pero parecía más viejo y, desde luego, estaba más cachas. Cuando fue a hablar conmigo y con Véronique, quien se suponía que debía ayudarme con la traducción, juraría que flirtearon el uno con el otro. Además, no necesitábamos ninguna ayuda con el idioma, porque su inglés era impecable. Maurice había vivido una temporada en California y había aprendido a hacer surf. Cuando se enteró de que yo nunca lo había practicado, se quedó de piedra.

—¿En serio? —me preguntó—. ¡Pero si tenéis unas olas increíbles!

Yo me disculpé por no saber apreciar las maravillas de mi país.

Recorrimos la casa por fuera y le comenté los planes de mi madre. Maurice tomó nota. Después nos sentamos en la cocina y hablamos sobre la instalación eléctrica, la fontanería, los azulejos, los colores y el dinero. Él me prestó unos catálogos.

—Y en cuanto a los plazos, ¿realmente no podrá empezar antes de dos o tres meses? —le pregunté.

Él sonrió.

—Los bueyes son lentos, pero la tierra es paciente.

—¿Se trata de un dicho francés? ¿Hay muchos bueyes en Francia?

Maurice y Véronique sonrieron.

—No, no muchos.

Después telefoneé a mi madre, le conté que había decidido contratar a Maurice y le expliqué nuestra conversación.

—No consigo dormir por las noches —me dijo ella.

—¿Por la renovación de la casa? —le pregunté intentando establecer una conexión entre ambas cosas.

—No, no es por eso —respondió ella.

—¿Qué te pasa? —le pregunté mientras tendía ropa en el

destartalado tendedero que habíamos puesto en la habitación de Charlotte.

—No lo sé. Estoy intranquila. Tengo la impresión de que todo va a venirse abajo.

Yo deseé decirle que tenía razón, que lo había adivinado, que se iba a armar una buena, pero no pude. Si se lo contaba, la colocaría en una situación muy difícil, porque se vería obligada a contárselo a Elysius. Y si se enteraba aunque sólo fuera un día antes de que Charlotte se lo contara a sus padres y no se lo explicaba a Elysius, la confianza que mi hermana le tenía podría verse dañada.

—¿Qué te impide dormir? —le pregunté.

—Os imagino a vosotros tres en la casa y me acuerdo de la última vez que estuve allí. Ya sabes que fue una época difícil para mí.

—Sí, desde luego que lo sé.

—¿Qué más te ha dicho Véronique?

—Ya te lo conté. Me dijo que eras una ladrona, aunque lo dijo sin malicia.

—Ya, pero ¿te ha contado algo más?

—Me dijo que tenías lecciones para mí.

—¿Yo? Yo no tengo ninguna lección para ti.

—Cuéntame qué sucedió aquel verano.

Se produjo un silencio.

—Cuéntamelo —insistí yo.

—Yo me sentía perdida —susurró ella.

—¿Y alguien te encontró?

Ella guardó silencio.

—Eso es historia pasada —dijo finalmente.

—Una historia pasada que te impide dormir.

—Tu padre no sabe nada de esto y quiero que siga así.

—Si me estás diciendo que no se lo cuente a papá, sobrevaloras lo que sé. ¿Qué podría contarle? No tengo ni idea de qué pasó. ¿Tuviste una aventura?

—Fue más que una aventura —contestó ella—. Me enamoré.

A mí me costó asimilarlo. Se me cortó la respiración.

—¿Y por qué lo hiciste?

—¡Yo no quería! —exclamó ella como si fuera una niña.

—Pero volviste a casa. ¿Cómo terminó?

—Quizá no terminó del todo —contestó ella—. ¡No tendrías que haberme preguntado por qué no puedo dormir por las noches!

—¿Todavía piensas en él?

—No es que piense en él... —Guardó silencio unos instantes—. En lo que pienso es en esa otra vida que no he vivido.

Su afirmación me hizo pensar en Henry, claro. Yo siempre tendría una vida que no viviría con él. Sería como tener siempre un agujero en mi interior. ¿Era ésta una de las lecciones que tenía que enseñarme mi madre?

—Pero tú te fuiste. ¿Cómo acabó vuestra historia?

—Se produjo un incendio —me contó ella—. Un incendio impresionante. No te lo puedes imaginar. Toda la montaña estaba en llamas. Para mí fue una señal. No necesité ninguna otra.

—¿Qué te dijo esa señal?

—Que regresara a casa.

El día siguiente, el día que Adam y Charlotte iban a telefonear a sus padres, coincidió con el Día de la Bastilla. Yo tenía vagos recuerdos de cuando mi madre lo celebraba en casa. Era como una repetición del Cuatro de Julio. Comprábamos telas rojas, blancas y azules para confeccionar banderas, pero esta vez no eran las norteamericanas. Algunos años, lo celebramos en la Provenza. Recordaba haber desfilado con Elysius, Julien, su hermano mayor y otros niños por las calles del pueblo al anochecer, con unos farolillos de papel que colgaban en el extremo de unos palos.

—¿La gente todavía desfila por las calles con los farolillos de papel? —le pregunté a Julien cuando me lo encontré en el jardín por la mañana.

Yo iba vestida con los tejanos que utilizaba para pintar. Ya había terminado la habitación azul y la de color rojo rubí, que era la de Abbot, y había empezado a pintar la de Charlotte, así que mis tejanos tenían una capa nueva de gotas verdes.

—No lo sé —me contestó Julien—, pero lo averiguaré. ¿Quieres que vayamos a las fiestas del pueblo?

—Sí, me gustaría fingir que encajamos.

También quería comprobar si, después de tantos años, las fiestas eran como yo las recordaba. Pensé en lo extraño que debía de ser para mi madre tener tantos recuerdos de aquel lugar y no saber si volvería allí algún día. ¿Me ocurriría a mí lo mismo con los recuerdos de Henry? ¿Se alejarían y se dispersarían? ¿Los detalles se difuminarían y se volverían más metafóricos? Sólo con pensarlo se me rompió el corazón.

Charlotte y Adam me encontraron en el jardín, hablando con el fontanero al que Véronique había avisado para que arreglara la bomba de la fuente. Se trataba de un hombre joven, calzado con unas botas recias de goma y una camiseta sin mangas. Aunque era festivo, había ido a la casa para recoger su cheque. La fuente ya estaba llena de agua limpia y la bomba funcionaba. El agua borboteaba alegremente. Yo pensaba comprar los kois aquella misma semana.

Julien y Abbot estaban inaugurando la piscina, que también estaba arreglada. Era un día de fiesta para todo el mundo, así que el objetivo era relajarse. Oí que Julien le enseñaba a Abbot el himno nacional francés. La golondrina estaba en su caja, a la sombra de un árbol; siempre cerca, de esto se encargaba Abbot. Probablemente, su libreta tampoco estaba muy lejos.

—*Merci* —me dijo el fontanero.

Entonces cogió el cheque, lo dobló con una mano y se lo metió en el bolsillo. Cuando pasó por el lado de Charlotte, le sonrió. Adam se dio cuenta y enseguida se enderezó, incluso arqueó un poco la espalda y se acercó a Charlotte. Yo lo consideré una buena señal. No acababa de entender que a un estudiante que ni siquiera había empezado la universidad le apasionara la Reaganomía, pero aquello sí que lo entendía: estaba un poco celoso.

—Ya está todo listo para poner los peces —comenté.

—Durante la época galo-romana en esta región había manantiales —explicó Adam.

—Sí —contesté yo—. De hecho, en la excavación han desenterrado buena parte de una villa y, por lo visto, había una fuente.

—¿De verdad? ¡Qué interesante!

—Hoy es el tercer día —declaró Charlotte yendo al grano.

—¿Y bien? —pregunté yo—. ¿Cómo están las cosas?

—Hemos elegido unos cuantos temas sobre los que queremos hablar con nuestros padres —declaró Adam.

—¿Y habéis decidido una política común? —les pregunté.

—No —contestó Charlotte.

—Más o menos —contestó Adam—. Hemos hecho lo posible.

—Pero ¿tenéis una postura común? —repetí mientras me quitaba las manchas de pintura verde de las manos.

Ellos se miraron titubeantes, pero asintieron con la cabeza.

—Todavía somos países diferentes, pero formamos parte de las Naciones Unidas y tenemos pensado invitar a otros países a la mesa de las negociaciones.

—¿Habéis pensado cómo sería para vosotros el día a día en un mundo perfecto?

Adam iba a decir algo, pero Charlotte alargó el brazo y apoyó la mano en su pecho.

—No, todavía no lo hemos pensado —dijo Charlotte—. Antes queremos oír a los demás; queremos saber cuál es su postura.

—Bert y Peg se quedarán tan tranquilos. Antes eran medio hippies. Yo los he visto a los dos colocados.

—Entonces díselo tú primero —dijo Charlotte.

—¿Quieres que los llame aquí mismo, delante de todo el mundo? —preguntó Adam.

—Hazlo como quieras —intervine yo.

—Los llamaré mientras doy un paseo —contestó él.

Adam contempló su móvil durante unos instantes, como si se hubiera olvidado de cómo funcionaba, y después lo abrió, miró a Charlotte, marcó un número, se llevó el teléfono a la oreja y empezó a caminar. Oí que Julien cantaba un trozo del himno nacional francés: «*Aux armes, citoyens, formez vos bataillons.*» Después Abbot lo repitió con su voz tenue y aguda.

—¿Cómo os va realmente? —le pregunté a Charlotte.

—Fatal —contestó ella—. Lo quiero.

—¡Vaya!

No era eso lo que yo esperaba.

—Sé que no me crees, porque yo tampoco me creería. Sinceramente, en el fondo no creo que una chica de dieciséis años se pueda enamorar de verdad, pero no sé cómo expresarlo de otra forma.

—Sí que te creo. Nos enamoramos por instinto.

—Por instinto... Parece que seamos animales, que no tengamos elección —comentó ella.

—La verdad es que somos mamíferos —repliqué yo pensando en las ballenas beluga y su ombligo.

—Mi madre es incapaz de sentir amor verdadero. No sabe manejarlo. Y en cuanto a Elysius y Daniel es complicado. Ellos sienten algo parecido al amor, pero que no lo es, al menos no es el tipo de amor que yo quiero. Es otra cosa, como un acuerdo para cuidarse el uno al otro durante el resto de sus vidas. Pero tú y Henry... —dijo con voz suave—. Lo vuestro fue amor desde el principio, ¿no?

—No creo que debas menospreciar los otros tipos de amor. Probablemente tu madre puede sentir amor verdadero, pero quizá no sabe demostrarlo. Y Daniel y Elysius tienen algo que seguramente será duradero. Ya ha durado ocho años. Quizá...

—Lo sé, lo sé... —me interrumpió Charlotte—, pero dime, sinceramente, si lo vuestro fue amor desde el principio o si empezó de otra manera.

Yo no quería imponerle mi definición del amor porque sabía que era sólo una entre las múltiples formas del amor. Sin embargo, aquélla era mi forma de percibirlo y quería ser sincera con ella.

—Sí, fue amor desde el principio.

—Y fue duradero —comentó.

—Y sigue durando —añadí yo.

Ella asintió con la cabeza.

—Esto es lo que quiero para mí, tanto si es con Adam como si no.

—Sí, yo también quiero eso para ti —confirmé—. Pero, en estos momentos, que estés enamorada de Adam Briskowitz es casi una cuestión aparte.

—Lo sé, lo sé. Lo importante es si será un buen padre y si puedo contar con él.

—Exacto —dije yo—. ¿Hasta qué punto quieres que se implique?

—¿Eso depende de mí?

—Al menos deberías saber qué es lo que quieres.

Suspiró y levantó la vista hacia la montaña y el cielo. Adam estaba lejos, mirando hacia el suelo y con una mano apoyada en la cadera.

—A menudo pienso en las historias que me has contado acerca de esta casa; las historias de amor y los encantamientos. Pero quizás esa magia sólo funciona para vosotras, las mujeres de tu familia. ¿Tú qué crees?

—No estoy segura de creer en esas historias.

—Ya —contestó ella—. Al principio yo tampoco, pero ahora tengo dudas. De todos modos, no creo que me vaya a ocurrir a mí.

—Eso no lo puedes saber. Nunca se sabe... —comenté.

Adam, que seguía estando lejos, se giró. Estaba gritando, aunque nosotras no lo oíamos.

—No creo que le esté yendo tan bien como él creía —Señaló Charlotte.

—A mí me parece que es un tipo de optimista raro.

—Él cree que su madre querrá cuidar del bebé. De hecho me propuso que nos trasladáramos a la casa de invitados que sus padres tienen al lado de la piscina, pero es una locura. ¡Yo tengo dieciséis años! No puedo vivir en una casa de invitados junto a la piscina de los Briskowitz, darle mi bebé a Peg por las mañanas e ir corriendo a clase.

—¿Él te quiere?

Ella asintió con la cabeza.

—Creo que sí, pero está cagado de miedo. No lo reconoce, pero está cagado de miedo.

Adam dio una patada al suelo y una nubecita de tierra se elevó en el aire. Gritó algo, levantó el móvil por encima de la cabeza y lo cerró de golpe, como si fuera un gesto de un baile flamenco.

—Adam es divertido —comenté.

—No pretende serlo, pero lo es —corroboró Charlotte.

Adam se acercó a nosotras dando zancadas y con la cabeza baja.

—¡El plan A no ha funcionado! —gritó por el camino—. ¡A Peg y a Bert se les ha ido la olla!

—¿Qué ha pasado? —le preguntó Charlotte.

—Me han dicho que vuelva a casa enseguida. —Adam llegó a nuestro lado y apoyó las manos en las rodillas mientras respiraba con pesadez—. Peg sólo le da importancia al hecho de que le mentí acerca del curso sobre los pintores franceses.

—¿Le has dicho que estás justo delante de la montaña que pintó Cézanne? —le preguntó Charlotte.

—Desde luego, pero no le ha impresionado en absoluto.

—¿Y lo del embarazo? —pregunté yo.

—¡Eso sí que la ha impresionado! —contestó él mientras se enderezaba.

—¿Y qué te han dicho? —le pregunté.

—Me han dicho que vuelva a casa, que estoy castigado.

—¿Castigado? —pregunté yo frotándome la frente.

Bert y Peg Briskowitz. Me los imaginé sentados en su sofá, en aquel mismo instante, como si fueran dos muñecos de peluche. Pasmados, absolutamente pasmados. Uno le diría al otro: «¿Le hemos dicho que estaba castigado? ¿De verdad que se lo hemos dicho?» El otro, seguramente, ni siquiera contestaría.

—Es un poco tarde para castigos. Necesitan tiempo, eso es todo. Los has pillado desprevenidos.

—Esto pinta muy mal —comentó Charlotte—. Si es así como los hippies, que han hecho la revolución sexual, se enfrentan a un bebé estoy jodida. —Entonces levantó las manos en el aire—. ¡Totalmente jodida!

—¡No, que los jodan a ellos! —exclamó Adam—. Me alegro de haber visto su lado oscuro. Sólo tenemos que pasar al plan B. Se acabó la casa de invitados junto a la piscina. De todas maneras, a ti no te entusiasmaba la idea, ¿no?

—¿En qué consiste el plan B? —pregunté yo.

—Nos mudamos a un apartamento en la ciudad. Nosotros dos solos. Yo voy a clases nocturnas en la universidad de Florida y Charlotte termina sus estudios, quizá por internet. Nuestros padres nos dan el mismo dinero que les costaría tenernos en casa y nosotros buscamos un trabajo a tiempo parcial para cubrir los gastos adicionales del bebé, como los pañales, las toallitas y cosas así.

Ahora hablaba para sí mismo, caminando en pequeños círculos.

—Espera, no vayas tan deprisa —le aconsejé.

Julien y Abbot estaban cantando a pleno pulmón: «*Marchons! Marchons! Qu'un sang impur abreuve nos sillons!*»

Yo me concentré en Charlotte.

—Charlotte, ¿quieres llamar ahora a tus padres? ¿Estás preparada para hacerlo? —le pregunté.

Ella no me miró.

—Quiero terminar con esto —dijo finalmente—. Tenemos que saber algo seguro.

—Muy bien —dije yo—. ¿Quieres que me quede aquí contigo o...?

Ella ya había marcado el número y estaba esperando que alguien descolgara el auricular en el otro extremo de la línea.

Adam y yo esperamos juntos, sentados en el bordillo de la fuente.

—¿Qué se supone que tengo que hacer? —me preguntó.

—Tienes que mantenerte flexible.

—Flexible —repitió él—. Mantenerme flexible.

—En estos momentos tú no eres el protagonista. Tú estás en la órbita, y ella y el bebé son el sol. Tú sólo tienes que mantenerte flexible. Sigue orbitando y mantente preparado para cuando te necesiten.

—Sólo soy un planeta.

—Exacto.

—Pero la mitad de los genes del bebé son míos.

—Ahora mismo eso no es lo más importante.

—¡Oh!

—Créeme, en estos momentos tu papel es secundario.

—Lo sé —contestó—. Y, sinceramente, incluso teniendo en cuenta todos los privilegios socioeconómicos y toda la mierda de ventajas sociales que tenemos los hombres, nunca me había sentido tan contento de serlo en toda mi vida. Me siento feliz de ser un tío simplemente por la cuestión física.

—Sí, puedes estar contento.

—¡Lo estoy!

—Si no te importa que te lo pregunte, ¿cómo has permitido que sucediera? —le pregunté volviéndome hacia él.

—Desde luego que puedes preguntármelo. Es justo que lo sepas. Y es una buena pregunta. —Adam tosió tapándose la boca con el puño—. Bueno, fue sólo una vez, que después de... ya sabes. No es porque seamos unos insensatos o perdamos la cabeza continuamente...

—Ya. Sigue.

—En fin, que al final, no estaba. ¡Puf! No lo encontramos.

—¿El condón?

—¡Bingo! —exclamó él—. Simplemente...

—¡Puf!

—Desaparecido en combate —explicó él—. Después ella lo encontró. Bueno, en realidad fue una serendipia.

—Serendipia —repetí yo.

—Exacto. Lo que quiero que quede claro es que practicamos el sexo seguro. Quizá no me lo puse bien del todo. Quizá fui un poco descuidado en la ejecución de ese... punto... aspecto..., bueno la cuestión es que pasó. Bert y Peg no me lo han preguntado, pero me imagino que esto saldrá en una futura conversación con ellos.

—¿Puedo hacerte una sugerencia? —le pregunté.

—Sí, claro.

—Yo de ti no utilizaría la palabra «serendipia». Intentaría contar la historia con sinceridad y sencillez. —Entonces añadí—: ¿Quieres a Charlotte?

—Sí que la quiero —dijo él sin titubear—. No sé qué hacer con mis sentimientos, pero la quiero.

Nos quedamos en silencio hasta que Charlotte regresó. Se notaba que había estado llorando.

Adam se acercó a ella y la abrazó, y ella apoyó la cabeza en su hombro. Cuando la levantó, él le preguntó:

—¿Qué te han dicho?

Ella me miró y sonrió.

—Elysius es Elysius. Al principio, no estaba tan sorprendida como era de esperar. Supongo que siempre esperó que yo hiciera algo así. En cuanto a mi padre... —Charlotte soltó una risita—. Me ha dicho que estar embarazada a mi edad impedirá que siga creciendo. Yo le he dicho que no he crecido ni un centímetro desde séptimo grado. Él no se había enterado. Después empezó a ponerse histérico, muy histérico, pero Elysius intervino y estuvo genial. Lo tranquilizó y, al final, él me dijo lo correcto.

—¿Y qué es lo correcto? —preguntó Adam.

—Me ha dicho que, ahora mismo, mi salud y la del bebé son lo más importante. —Charlotte se sentó a mi lado—. Me ha dicho que quería venir a verme. —Se le apagó la voz—. Pero no puede, claro. Ya se ha tomado diez días para la luna de miel y ahora tiene que trabajar.

Yo le rodeé los hombros con el brazo.

—Lo siento mucho —le dije.

—La buena noticia es que él se lo contará a mi madre. —Charlotte inhaló hondo—. Y Elysius vendrá aquí en su nombre.

—¿Para qué? —le pregunté yo.

—Para llevarme a casa.

—¿Y tú quieres volver a casa?

—Yo podría llevarte a casa —declaró Adam.

—¿Tú no estás castigado? —le preguntó Charlotte.

—No hace gracia —contestó él.

—¿Tú quieres volver a casa? —repetí yo.

Charlotte miró alrededor.

—Me gusta estar aquí. Y me gusta la montaña. Aquí puedo estar a mis anchas y nadie me obliga a empollar y sacar buenas notas para que después entre, como un autómata, en la universidad. Aquí estoy aprendiendo a cocinar y Abbot me necesita. Y le caigo bien a la gente. Aquí me siento segura de mí misma. Además todavía nos quedan unas tres semanas de vacaciones, así que no, no quiero irme —dijo Charlotte—. No pueden obligarme.

Entonces me miró. Yo no supe qué decirle. Ella sacudió la cabeza y se enjugó las lágrimas.

—Aunque, en realidad, sí que pueden obligarme. Lo sé. Lo sé —murmuró.

Decidí esperar a que mi familia me telefoneara. Sabía que lo harían. Supuse que la primera sería Elysius, y quizá Daniel también se pondría al teléfono. Ellos querrían saber cómo estaba Charlotte realmente; querrían oír la historia de mis labios; querrían saber cuánto tiempo hacía que yo lo sabía; si había sido su confidente. Y me sonsacarían información acerca de Adam, a quien, de esto estaba segura, debían de considerar un problema que tenían que resolver.

Supuse que a continuación me telefonearía mi madre, porque Elysius se lo contaría enseguida. El embarazo de Charlotte espabilaría a mi madre de golpe. Se pondría en marcha enseguida. En un abrir y cerrar de ojos estaría preparada para ayudar a Charlotte y Elysius en todo lo que pudieran necesitar. En cuestión de segundos les estaría organizando la vida.

Lo que yo no esperaba era que me llamara mi padre. Yo estaba pintando la unión de las paredes con el techo de la habitación de Charlotte cuando el móvil, que estaba en la mesilla de noche, sonó. A mi padre no le gustaba hablar por teléfono. Tenía la idea anticuada de que el teléfono sólo se utilizaba para las emergencias. «Los teléfonos no son *walkie-talkies* —le decía mi madre—. No son sólo para que des tus coordenadas.» Yo creía que su rechazo hacia los teléfonos y las banalidades que solían contarse las personas a través de ellos tenían algo que ver con su definición de la masculinidad. Él tenía un móvil, pero seguramente porque se parecía a un *walkie-talkie*. El número que apareció en la pantalla del móvil de Charlotte fue el del teléfono fijo de la casa de mis padres, así que contesté la llamada pensando que era mi madre.

—¡Así que te has enterado!

—Pues sí —contestó mi padre.

Su voz me sobresaltó.

—¡Hola, papá! —Enseguida me alarmé—. ¿Te pasa algo?

—Tu madre también va para allá.

—¿Con Elysius? ¿Aquí a la Provenza?

—Exacto.

—¿Para qué? —le pregunté.

Yo creía saberlo: estaba relacionado con su imposibilidad para conciliar el sueño y con lo que significaba, para ella, ser una ladrona de corazones. Estaba convencida de que mi padre no sabía nada de todo esto, así que preguntárselo era inútil. Seguro que él no conocía la verdadera razón.

—Está destrozada, Heidi. Destrozada. Finge estar bien, pero no lo está. En absoluto. Y... —Le tembló la voz y me pregunté si podría terminar—. Y necesita cerrarlo.

—¿Cerrar el qué?

—Yo cerré mi pasado. Lo hice hace ya mucho tiempo, y ahora le toca a ella hacerlo.

—¿Qué tiene que cerrar ella?

—Su aventura —contestó él—. El verano que estuvo sola en la Provenza tuvo una aventura.

—¿Con quién? —le pregunté intentando que mi voz sonara adecuadamente sorprendida, como si fuera la primera vez que oía aquella noticia.

—Regresó a casa —dijo mi padre—. Eso es lo único que me importaba, pero estaba equivocado. Ella tiene que averiguar si hizo bien en regresar a casa. Y yo quiero que lo averigüe. Creo que será mejor para todos.

—¿Con quién tuvo la aventura? —volví a preguntar yo.

—¡Vamos! Te equivocas al formular la pregunta —me contestó él.

—Pues yo creo que es una pregunta muy buena.

—Es una pregunta infantil.

—¿Por qué me has contado todo esto? ¿Qué esperas que haga yo?

—Quiero que le digas que tiene que averiguar si hizo lo adecuado. Tiene que llegar al fondo de la cuestión. Tiene que averiguar cómo habría sido su vida si no hubiera regresado.

Se produjo un silencio y no supe qué decir.

—¿Lo harás por mí? —me preguntó mi padre.

—Sí —le contesté yo.

—De acuerdo. Y cuida de Charlotte. A quien más necesita es a ti.

—¿Lo dices en serio? Pero si Elysius y mamá vienen... y Adam está aquí, y...

—Ella ya te ha elegido a ti, cariño.

—¡Oh! —exclamé yo.

No supe si lo que me sorprendía era lo que me había dicho o que fuera él quien me lo hubiera dicho. Mi padre no era muy perspicaz, pero con sus reflexiones acerca de mi madre acababa de demostrarme que lo era más de lo que yo creía.

Me acordé de lo que Charlotte me había comentado acerca de que quería estar enamorada desde el primer momento, como me pasó a mí con Henry. ¿Era ésta una de las razones de que me hubiera elegido a mí?

—Bueno, no quiero acaparar la línea —comentó mi padre con su típica voz telefónica que indicaba, «acabemos con esto rápido»—. Ya hablaremos en otro momento.

—De acuerdo —le contesté yo sabiendo lo desesperado que estaba por colgar—. Te quiero.

Mi padre dio un pequeño respingo y guardó silencio unos instantes. Me sorprendió que acaparara la línea un poco más, pero lo hizo. Después, con voz ronca y emocionada dijo:

—Yo también te quiero.

18

Antes de que empezaran las celebraciones del Día de la Bastilla, comimos en el jardín delantero de la casa de los Dumonteil. Se trató de una comida suntuosa. Primero tomamos mejillones a la marinera: mejillones cocinados con vino blanco, mantequilla, cebollas, pimienta, limón y un montón de perejil. Después tomamos una bullabesa que incluía anguilas y cangrejo de mar. Charlotte nos explicó el origen de la palabra *bouillabaisse, bout et abaisse*, o sea, «hervir y reducir». Después comimos una ensalada con queso de cabra caliente y de postre un surtido de pasteles que yo había comprado en la pastelería.

Julien parecía nervioso. No paraba de mirar hacia el camino de la entrada. En más de una ocasión se levantó y caminó hasta el límite del jardín, donde empezaban las zarzas, como si hubiera visto acercarse a un coche.

—¿A quién espera? —le pregunté a Véronique, quien estaba sentada a mi lado.

—A su mujer —me contestó ella—. Trae más papeles para que Julien los firme. La burocracia no se acaba nunca. No sé por qué Julien no para de levantarse, porque ella siempre es puntual. Como un reloj. Como los suizos.

Patricia. Mi reacción me sorprendió. Sentí curiosidad, pero también una punzada de celos. En mi mente surgieron una serie de preguntas inocentes: ¿Estornudaría ella cuatro veces al bajar del coche? ¿Vería yo su pulsera de colgantes? Pero después me puse en plan malicioso: ¿Tendría el aspecto típico de las hijas de las cantantes de ópera? ¿Y qué aspecto era ése exactamente? ¿Su pose sería majestuosa, como si en cualquier momento fuera a ponerse a cantar a grito pelado? ¿Llevaría puesto un casco de vikingo con cuernos?

Me preparé por si era una mujer elegante, incluso guapa, con esa belleza distinguida y natural de las francesas. Las francesas no se arreglan en exceso. Nunca llevan el pelo rígido por la laca o el cutis bronceado por el maquillaje y el cuello blanco. Por su aspecto, la mayoría deben de utilizar cremas de noche caras y creen firmemente en la hidratación. Decidí que Patricia debía de tener una belleza natural de las que tiran de espaldas.

¿Vendría con Frieda? Yo esperaba que no, porque sería un suplicio para Julien. Me di cuenta de que la rotura del matrimonio era una cosa, pero la rotura de la familia causaba una herida mucho más profunda. En cualquier caso, el encuentro sería doloroso para él.

Estábamos hablando todos al mismo tiempo sobre el socialismo y el fin de la semana laboral de treinta y cinco horas que había establecido el gobierno francés, cuando un coche se aproximó lentamente por el camino. Véronique nos estaba contando que el pueblo subsistía gracias a los fondos gubernamentales. ¿Cómo si no iban a competir las tiendas con la oferta y los precios del Monoprix? Esto explicaba los horarios reducidos de las tiendas y la sensación que yo tenía de que no necesitaban ganar dinero. De hecho era cierto. También discutíamos acaloradamente sobre el mercado libre, el capitalismo y todas esas cosas sobre las que los norteamericanos deben discutir, ya sea a favor o en contra, mientras están en Europa.

—Disculpadme —dijo Julien, y se levantó discretamente.

Lo contemplé mientras cruzaba el jardín. Una de las puertas traseras del coche se abrió y una niña pequeña bajó rápidamente del vehículo. Era guapa y ágil. Julien la cogió en brazos y la subió a su espalda. Ella le rodeó el cuello con los brazos y juntó su cara a la de él desde atrás. Frieda. Sus facciones eran delicadas y tenía los labios fruncidos en un ligero mohín. Era preciosa, y su cabello rubio flotaba como un halo alrededor de su cabeza.

La puerta del copiloto se abrió y Patricia bajó del coche. Vestía unas bermudas con dobladillo, una camiseta negra sin mangas con un pronunciado escote en uve y unas elegantes sandalias de tacón alto. Tenía los brazos largos y bronceados, llevaba puestas unas gafas de sol sofisticadas y el pelo teñido con mechas rubias.

Se dieron unos educados besos en las mejillas. Ella llevaba en la mano una carpeta. Hablaron con expresión seria junto al coche mientras Frieda seguía colgada de la espalda de su padre.

Entonces, para mi sorpresa, se abrió la puerta del conductor y salió un hombre. Era un poco más alto que Julien y también más robusto. Tenía los ojos y el pelo oscuros, como Julien, y su expresión era sonriente. Estuve a punto de reconocerlo, pero antes de que pudiera hacerlo Véronique se puso de pie y exclamó:

—¡Pascal!

Hay momentos en la vida en los que de repente comprendes algo con claridad; momentos en los que algunas cosas del pasado que, inconscientemente, guardabas en un rincón porque no acababan de cuadrar, encajan de golpe en su lugar, como los engranajes de un reloj.

En aquel momento me acordé de todos los detalles que podían haberme preparado para aquel impacto. ¿No me había dicho Véronique que, últimamente, sus hijos tenían problemas entre ellos? Me lo dijo como si yo supiera lo que ocurría, pero supuse que se refería a las típicas diferencias entre hermanos, no a aquello. Julien también me había dicho que, cuando se casó con él, Patricia no había elegido al hombre adecuado y yo lo tomé como un comentario general. Pero entonces, cuando vi que Pascal se colocaba al lado de Patricia y le rodeaba la cintura con el brazo, comprendí que Julien se refería a ellos dos. Él era la elección equivocada, el hermano equivocado, y ahora ella había corregido su error.

Y lo que era peor, el día que llegamos, mientras hablaba con Julien bajo la lluvia, yo le dije que prefería al otro hermano, al que hacía malabares con el saltador, y él me contestó que no era la única.

Véronique los saludó con la mano y se acercó a ellos renqueando. Pascal se separó de Patricia y le dio a su madre sendos besos en las mejillas. Patricia le entregó a Julien la carpeta y un bolígrafo, y él firmó los documentos encima del capó del coche. Véronique le hizo carantoñas a su nieta y le dijo algo a Patricia. Seguramente, la invitó a que se uniera a nosotros. Ella dio una ojeada en nuestra dirección y yo cogí la copa de vino y bebí un sorbo. Entonces hice un comentario banal acerca de mi sentimiento de patriotismo.

—En Norteamérica, cuando alguien me pregunta de dónde soy, yo no contesto, simplemente, que soy norteamericana, sino que me remonto a generaciones pasadas y les cuento de dónde proceden mis antepasados, pero aquí puedo decir, sin entrar en detalles, que soy norteamericana. Y esto me hace sentir bien.

—Sí, pero a veces ser norteamericano no hace que uno se sienta bien —comentó Adam.

—Es cierto —contesté yo—. A lo largo de la historia hemos vivido momentos vergonzosos bajo el mandato de unos presidentes vergonzosos.

Vi que Pascal volvía a entrar en el coche. Ahora Patricia tenía a Frieda en brazos y la niña lloraba. Tenía la cara enrojecida y brillante a causa de las lágrimas y frotaba un mechón del cabello de su madre entre sus dedos. Patricia la sentó en el asiento trasero y le abrochó el cinturón de seguridad.

Julien se quedó allí y, cuando su ex mujer entró en el coche, apoyó la mano en la oscura ventanilla del asiento trasero y la mantuvo allí todo el tiempo que pudo mientras el coche se ponía en marcha y se alejaba.

Al anochecer nos reunimos en el centro del pueblo con el resto de los lugareños. Multitud de banderines rojos, blancos y azules colgaban de la fachada del ayuntamiento y estaban enrollados en los troncos de los árboles. Julien le explicó a Abbot la toma de la Bastilla, la revolución francesa y la república, y lo vinculó todo con la historia norteamericana, con el Día de la Independencia, explicándole que las dos ideologías eran similares en muchos aspectos.

Charlotte y Adam estaban silenciosos. Parecían un poco traumatizados. Quizá pasaba desapercibido para la gente en general, pero yo me fijé en que caminaban cogidos firmemente de la mano. Incluso levantaban los brazos unidos cuando un niño pasaba corriendo entre ellos en lugar de soltarse. Charlotte me había dicho que Adam estaba muerto de miedo, pero yo sabía que los dos lo estaban, y era bueno que se tuvieran el uno al otro. Por mucho que yo quisiera ayudarlos, no había nada como aquel gesto sencillo e ingenuo de darse la mano.

Véronique se había quedado en casa.

—Ya he visto suficientes niños con farolillos —nos explicó—. Me quedaré a cuidar del pájaro.

Abbot le entregó la caja con sumo cuidado y le dio instrucciones acerca de cómo conseguir que el pájaro se durmiera. Ella asintió con la cabeza y escuchó pacientemente todas sus indicaciones.

Una mujer con el cabello negro y brillante llamó a todos los niños. Abbot se unió a ellos. Yo miré alrededor y me di cuenta de que ya podía reconocer algunas caras. Vi a los hombres que trabajaban en el Cocci y en el bar Sainte Victoire; a la mujer de edad que un día limpiaba el banco de mármol; al albañil y a su mujer, que era rolliza y de mejillas coloradas; y al pastelero, que estaba con una niña de unos tres años de edad y de tirabuzones negros y elásticos que debía de ser su nieta. Contemplé la multitud y también reconocí a los hombres mayores que jugaban a la petanca todas las tardes, y a los que hacían carreras de coches teledirigidos en una pista diminuta situada en el sótano del ayuntamiento. Me pregunté si el hombre con quien mi madre tuvo una aventura viviría aún en el pueblo. ¿Era uno de aquellos hombres? Volví a imaginarme a Hercule Poirot, el tenaz detective belga, esta vez investigando la aventura de mi madre.

—El alcalde está aquí. ¿Quieres conocerlo? —me preguntó Julien mientras señalaba a un hombre atractivo que parecía un actor de Hollywood.

El alcalde era enjuto, moreno y de cincuenta y pocos años. Tenía el pelo negro y llevaba puestos unos tejanos oscuros y una camiseta negra con un logo que, por lo que pude leer, apoyaba al movimiento de liberación de las cigarras de la Provenza.

—¿De qué quiere liberar a las cigarras? —le pregunté a Julien.

—Creo que se trata de una broma. ¡Vamos, si te lo presento haremos feliz a mi madre! A él también le gustará conocerte.

—No, gracias —contesté yo—. Además, quiero decirte algo.

—¿Estás enfadada porque le he enseñado a Abbot el himno nacional francés? —me preguntó bromeando—. Él tiene sangre francesa, y creo que es bueno que sepa cosas sobre sus orígenes.

—Sí, ya os he oído cantando a grito pelado en la piscina.

—¿A grito pelado? Perdona, pero somos unos profesionales. Lo hemos hecho realmente bien, no como tú cantando *Brandy*. Nosotros cantamos de verdad.

—Sí, ya os he oído, y creo que en Irlanda también.

Julien sonrió.

—Abbot es un niño increíble. Me ha contado las historias de la casa, los milagros, los encantamientos y las historias de amor.

—Ah, ¿sí?

—Yo ya las había oído antes. Mi madre me las contó cuando era pequeño. No todas, pero sí algunas. Abbot cree en esas historias.

Tuve la impresión de que quería saber si yo también creía en ellas.

—Sí, Abbot es un niño profundo y sensible. Lo percibe todo.

—En cierto sentido, me recuerda a Frieda. Como diría mi madre, las puertas de sus corazones están abiertas de par en par.

Abbot estaba relacionándose con los otros niños. En aquel momento intentaba comunicarse con un niño en una extraña mezcla de francés e inglés. Llevaba encima su libreta, pero estaba demasiado entretenido para dibujar nada.

—Siento lo de Patricia —le dije a Julien—. No sabía que tu hermano era...

—La verdad es que no te lo había contado —contestó él.

—Pues podrías haberlo hecho. Eso eleva considerablemente tu grado de desgracia.

—Entonces, ¿he ganado?

—No, el primer puesto sigue en manos de los países que sufren una guerra.

—La dejaría ir sin problemas si supiera que así podía ser padre al cien por cien, no a tiempo parcial. Si pudiera ser un padre de verdad.

—¡Tú ya eres un padre de verdad! —exclamé yo—. Te vi con Frieda durante cinco minutos y supe que estaba mirando a un padre, a un padre auténtico con su hija. Sólo pasas con ella la mitad del tiempo, pero eres su padre todo el tiempo.

Julien miró a Abbot. La mujer del cabello negro y brillante le estaba dando un farolillo de papel colgado de un palo.

—Elysius y tu madre van a venir —comentó Julien.

—Sí —repuse yo—, y todavía no sé qué pasó el último verano que mi madre estuvo aquí.

—¿No te lo ha contado?

—Sé que tuvo una aventura, y mi padre también lo sabe. Ahora sé que es una robacorazones, pero ¿qué hizo realmente? ¿Y lo que hizo estuvo mal?

—Nosotros somos franceses, y los franceses perdonamos a los que se enamoran, incluso cuando ellos creen que no deberían hacerlo —repuso Julien.

Me miró durante un instante y el corazón me golpeó con fuerza el pecho. Julien levantó la mano y deslizó las yemas de los dedos por mi brazo hasta llegar a mi mano. Me pregunté si iba a besarme y lo hizo. Apoyó sus labios en los míos y me dio un beso suave, tierno, dulce. El beso se prolongó y yo cerré los ojos. El mundo desapareció y, durante un instante, sentí que el beso era lo único que me mantenía allí, lo que me conectaba con el suelo. Sentí que sin él me elevaría en el aire como un farolillo de papel perdido. Me relajó poder entregarme a alguien de aquella manera, sentirme anclada. En aquel momento no éramos unos fantasmas. Éramos reales. Entonces abrí los ojos y retrocedí un paso. Él me dio la mano. Su mano era grande, fuerte y cálida.

Julien señaló, con la cabeza, los farolillos que los niños sostenían.

—¿Te acuerdas de los farolillos?

—Sí —respondí casi sin aliento.

—Es como si los niños llevaran peces luminosos —dijo Julien.

—Es verdad —respondí.

Entonces vi la cara de Abbot iluminada por la luz dorada de su farolillo. Nos sonrió y nos saludó agitando la mano. Solté rápidamente la mano de Julien y le devolví el saludo. ¿Nos había visto cogidos de la mano? Julien también lo saludó, pero entonces Abbot dejó de hacerlo, cogió el palo del farolillo con ambas manos y nos miró fijamente. Su expresión era difícil de interpretar.

Me quedé sin palabras, aunque Julien no parecía esperar que yo dijera nada en concreto. Charlotte y Adam estaban sentados en un banco cerca de la pista de petanca, con la cabeza apoyada el uno en el otro, a la tenue luz de una farola. Se había levantado una ligera brisa. Abbot se puso en fila con los otros niños y empezaron a subir por una calle estrecha. Los farolillos se balancearon y cabecearon en la oscuridad.

Elysius y mi madre nos telefonearon y se turnaron para hablar. Realizaron la llamada en modo de emergencia. Ya habían organizado su viaje. Viajarían desde Jacksonville a Marsella y llegarían a última hora del día siguiente. Yo anoté el número y el horario del vuelo.

—¿Queréis que os recoja en el aeropuerto?

—No —respondió mi madre—, no dejes sola a Charlotte.

—Ella no se quedaría sola. Incluso podría ir conmigo.

—Ahora mismo es mejor que no viaje en coche. Tomaremos un taxi —repuso mi madre.

—El trayecto es largo. Será caro.

Entonces se puso mi hermana.

—Sólo son euros —replicó Elysius como si los euros valieran tanto como el dinero del Monopoly.

En realidad, cuanto más dinero se gastaran Elysius y Daniel en Charlotte, más se demostrarían a sí mismos que eran unos buenos padres. Y eran buenos padres. Tenían sus defectos, claro, como todo el mundo, pero ahora dudaban de ellos mismos en lo más fundamental. Estaban impactados. Hacia el final de la conversación Elysius me dijo:

—¿Qué hemos hecho mal?

—No puedes considerarlo un fallo personal —repuse yo—. No se trata de esto.

—Para ti es fácil decirlo —replicó ella con voz condescendiente—. Nos veremos mañana por la noche. ¡Al menos mamá y yo hemos sacado un viaje al sur de Francia de todo esto!

—Es verdad —respondí yo.

Su comentario no podía considerarse desacertado, pero tampoco era oportuno.

—Según mis cálculos, llegaremos mañana por la noche, alrededor de las ocho.

—¡Espera, una cosa más! —la interrumpí—. En tu opinión, ¿cómo está mamá estos días?

Yo habría querido preguntárselo en un aparte, pero quizá pudiera responderme sin que mi madre la oyera.

—¿Y cómo estamos todos estos días? —contestó ella con exasperación—. Teniendo en cuenta lo ocurrido, está bien. Mamá es una roca, como siempre. —Entonces se alejó del auricular—. ¡Mamá! —gritó—. ¿Cómo llevas todo esto?

—¡Bien, muy bien! —exclamó mi madre—. ¡Todos estamos bien!

Pues yo no lo llevaba bien. Aquella noche, en la cama, intenté tranquilizarme, pero mi corazón estaba conmocionado. Veía a Julien en mi imaginación: se volvía hacia mí, yo sentía sus labios en los míos, sus dedos deslizándose por mi brazo, el calor de su mano en la mía... Entonces veía los farolillos iluminados a lo lejos y la extraña mirada de Abbot. ¿Me estaba enamorando de Julien? ¿Por qué precisamente de él? ¿Por qué en aquel preciso momento? A diferencia de Jack Nixon, él era complicado y, por lo tanto, no era perfecto. Entre él, yo y nuestros respectivos equipajes emocionales, todo se complicaba exponencialmente. Sin duda Julien era la elección equivocada.

¿Y si en contra de toda lógica y razonamiento me estaba enamorando de Julien? En ese caso, ¿lo habría percibido Abbot? Yo le había dicho a Charlotte que nos enamorábamos por instinto. ¿Tenía razón Julien cuando hablamos la otra noche junto a la fuente? ¿Éramos fantasmas y sólo en el momento del beso fuimos reales? Si Abbot nos había visto besarnos, ¿qué pensaba al respecto? Julien era muy importante para él y yo estaba segura de que Abbot también lo era para Julien. Él le estaba enseñando a Abbot a jugar al fútbol, alimentar a un pájaro, a cantar el himno nacional francés... Además, Abbot lo consultó con la mirada antes de estrechar la mano de Adam y, lo que era más significativo, los dos habían perdido a sus padres.

Me pregunté si Julien estaba realmente interesado en mí. Al fin y al cabo, había tenido un mal día. Había visto a su ex mujer con su hermano. Había podido estar con su hija apenas unos minutos y después se la habían llevado. ¿Estaba interesado en mí o, simplemente, necesitaba consuelo?

Me tapé con la sábana hasta el pecho, me di la vuelta y miré por la ventana, que estaba abierta. Yo amaba a Henry. Siempre lo amaría. ¿Era justo que mostrara afecto por otro hombre sabiendo que nunca podría darle todo mi amor, que sólo tendría una parte de mí?

Entonces me acordé de cuando Julien subió a su hija a su espalda y ella apoyó la mejilla en la de él, y de cuando él la miró por encima del hombro. Vi la cara de Julien en mi mente, vi un montón de farolillos a su alrededor, y oí que me decía: «Somos franceses, y los franceses perdonamos a quienes se enamoran aunque ellos crean que no deberían hacerlo.»

19

Al día siguiente, no paré de hacer cosas preparando la casa
para la llegada de Elysius y mi madre. Ellas compartirían el
cuarto dormitorio, el único que todavía no había pintado y en
el que había dos camas individuales. Puse sábanas limpias y
limpié la cocina tanto como pude, porque todavía se veía algo
carbonizada. Y puse flores en los jarrones. Fui a la pastelería
y al puesto de vegetales de la carretera. También fui a Trets y
me detuve en una tienda de mascotas para comprar tres gordos
kois. Los llevé en el asiento trasero del coche, en sendas bolsas
de plástico, donde agitaban sus aletas.

Cuando llegué a casa, dejé las pesadas bolsas junto a la
fuente. Charlotte, Adam y Abbot estaban cocinando crepes
en el hornillo que teníamos encima de la mesa de la cocina.
Ella también había preparado un helado con crema agria, melocotones y azúcar. Abbot se sentía como si estuviera en el
cielo.

Cuando terminaron de comer las crepes y el helado de melocotón salimos al jardín. Abbot dejó la caja con la golondrina
a la sombra y se sentó en el borde de la fuente con su libreta.
Adam me ayudó a echar los peces y el agua de las bolsas en la
fuente y Abbot creó ondas en la superficie del agua con las
manos. Los peces agitaron las aletas y las colas.

—Aquí son felices —comentó Abbot.

—Sí, están satisfechos —comentó Charlotte.

—No es un mal lugar para ellos —dijo Adam.

—Si pudiera, viviría en un estanque para peces —comentó Charlotte.

—Yo también —dije yo.

Abbot había encontrado una pelota de fútbol abandonada en el jardín de los Dumonteil y Julien le había dicho que podía quedársela. Abbot la introdujo de una patada en unos arbustos y ahora intentaba sacarla. De repente anunció que quería dejar en libertad a la golondrina.

—Si no te importa que te lo pregunte, ¿por qué ahora? —le preguntó Adam.

—A los peces les gusta la fuente. Aquí pueden nadar y están mejor que en la tienda. Ayer todos hablabais de la Bastilla y dijisteis que era una prisión. Para mí la caja es como un hospital, pero, desde el punto de vista de un pájaro, podría ser una prisión —explicó Abbot.

Entonces sacó la pelota de los arbustos, se levantó y se la puso debajo del brazo.

—Como yo —comentó Charlotte—, que antes era claustrofóbica y tenía miedo de los armarios y los espacios pequeños. Pero ahora yo soy el armario y el bebé es el que está en un espacio pequeño. Nunca se me había ocurrido pensar qué es la claustrofobia desde el punto de vista del armario.

—O la agorafobia desde el punto de vista de los espacios abiertos —intervine yo.

—O la hidrofobia desde la perspectiva del agua —añadió Adam.

—O la fobia a los padres desde la perspectiva de los padres —dijo Charlotte.

—La pregunta clave es si tú estás preparado, Abbot —dijo Adam.

Abbot dejó la pelota en el suelo, miró su libreta y después miró la caja del pájaro.

—Supongo que sí.

—A veces, no se trata de preguntarte si estás preparado o no, sino que tienes que estarlo y ya está —dijo Charlotte.

—En realidad, poder preguntarse si uno está o no preparado es una suerte —dijo Adam.

—Estáis hablando del embarazo, ¿no? —preguntó Abbot.

Adam asintió con la cabeza.

—En estos momentos, todo está relacionado con el embarazo. ¿Desde dónde soltarás a la golondrina?

Después de comer, Abbot y yo dimos un paseo para buscar el lugar más alto y accesible de la zona, el lugar perfecto para dejar libre a una golondrina. Abbot decidió que era el tejado de la casa de los Dumonteil.

—De ningún modo vas a pasearte por ese tejado —le dije yo.

—¡Pero si es el lugar perfecto! —exclamó él mientras jugueteaba con la espiral de la libreta, que, como de costumbre, llevaba encima—. Podríamos ponernos algún equipo de seguridad.

—Sí, como un paracaídas. ¡Ni lo sueñes! —repliqué yo.

—¿Y desde allí? —preguntó Abbot señalando uno de los balcones de la segunda planta de la casa Dumonteil.

Yo no quería pedirle a Véronique que nos permitiera acceder a uno de sus balcones para lanzar desde él a una golondrina herida. De hecho, no quería entrar para nada en la casa Dumonteil. Me di cuenta de que intentaba evitar a Julien y que esperaba que el alboroto y la energía apremiante de Elysius y mi madre me distrajeran y me permitieran poner la distancia adecuada entre él y yo. Y para ello necesitaba mucha energía apremiante y grandes cantidades de alboroto. Mi madre y mi hermana podían proporcionarme ambas cosas, aunque nunca había considerado que fueran cosas positivas hasta entonces.

—Supongo que esa habitación debe de estar ocupada por un huésped, así que no creo que... —empecé yo.

—Es la habitación de Véronique —me interrumpió Abbot—. Un día Charlotte y yo jugamos al escondite y yo subí a su dormitorio y me escondí debajo de la cama.

Su confesión me sobresaltó, pero no tanto porque creyera que Abbot había hecho algo malo, sino porque yo no sabía que lo había hecho. Él podría haberse escondido en cualquier lugar. ¿Y si hubiera elegido un viejo congelador? ¿Y si hubiera decidido esconderse en la secadora? ¿Y si se hubiera metido en la habitación de un pervertido? ¿Dónde estaba yo mientras ellos jugaban al escondite?

—Abbot —le dije—, deberías cumplir las normas.

Nada más decirlo, me di cuenta de que yo no había establecido ninguna norma. Me regañé a mí misma. Tendría que haber estado más atenta.

—No pasó nada —replicó Abbot—. Charlotte me encontró enseguida. Cuando estoy solo, como no sé silbar, canto, así que siempre me encuentran enseguida.

—¿Por qué cantas cuando estás solo?

—Para no sentirme solo —me explicó él—. Me lo enseñó papá.

—¡Ah! —exclamé yo.

—Quiero que todo el mundo esté presente cuando suelte a la golondrina —dijo Abbot.

Su propuesta me alarmó. Me imaginé el espectáculo: todos mirando cómo Abbot lanzaba al pájaro desde el balcón y éste caía en picado mientras agitaba frenéticamente las alas.

—¡No! —respondí—. Hagámoslo en privado. Solos tú y yo.

—¡Pero eso no sería justo! —exclamó él—. Todo el mundo ha ayudado a cuidarlo.

—Sí, pero de todos modos creo que será mejor que lo hagamos tú y yo solos.

—¡Pero yo no quiero que nadie se lo pierda! —dijo con expresión seria.

Se había encariñado con el pájaro y lo había estado cuidando desde que lo encontró, y yo no quise infravalorar la importancia que para él tenía aquel acontecimiento.

—De acuerdo —dije—. Podemos soltarlo cuando todo el mundo empiece a reunirse para la cena.

—Está bien —contestó él—. Será un buen momento porque verá volar a las otras golondrinas y se acordará de cómo se hace.

—Abbot, tienes que pensar que, aunque la hayas cuidado muy bien, quizá la golondrina no pueda volver a volar.

—Lo sé.

—Pero también sabes que lo mejor para ella es que lo intente. Estar en una caja no es vida para una golondrina.

—Lo sé —contestó Abbot—. Es un pájaro migratorio, así que tiene que migrar.

—Exacto —dije yo, aunque no me había parado a pensar en ese hecho hasta entonces—. Y también tienes que pensar que, cuando la lances desde el balcón, quizá no pueda volar y se caiga al suelo. Y podría morirse.

—Sí, lo sé, pero no tengo elección —me dijo mirándome a la cara y bizqueando a causa del sol—. Es así. Eso es lo que dicen los franceses, ¿no? *C'est comme ça!*

Su acento fue sorprendentemente bueno. En realidad, impecable.

—Exacto —dije yo—. *C'est comme ça.*

Yo esperaba que la golondrina también nos sirviera de distracción. Esto era horrible, pero era la verdad. Sabía que tendría que ver a Julien, pero quizás en medio de toda la confusión causada por el vuelo o la caída y subsiguiente muerte del pájaro, nos olvidaríamos de que me había besado. De repente me pregunté si no me lo habría imaginado. ¿Se estaba desvaneciendo ya aquel momento en mi mente? Me aferraba a él y al mismo tiempo deseaba que desapareciera.

Entré con cautela en la casa Dumonteil.

—¿Véronique? —llamé con suavidad.

La cocina estaba vacía.

Recorrí el largo pasillo hasta el vestíbulo. El comedor también estaba vacío. Volví sobre mis pasos y entré en el salón.

Julien estaba allí, de pie junto a los ventanales, con una mano apoyada en el soleado cristal, como hizo con la ventanilla del coche justo antes de que su hermano se alejara con su mujer y su hija. Su ordenador portátil estaba abandonado encima de una mesilla y la pantalla negra contemplaba la habitación. Me fijé en la nuca de Julien, en la curva de su mandíbula, en su mano iluminada por el sol, y sentí una punzada de dolor en el pecho. Hacía mucho tiempo que no sentía un dolor que no fuera el de la pérdida, pero no supe cómo llamar a aquel dolor. Me negué a llamarlo amor, aunque se trataba de algo exquisito y exquisitamente matizado de arrepentimiento. ¿Se trataba de nostalgia, quizás? ¿Aquel sentimiento que mi madre conocía tan bien? Deseé oír la voz de Henry advirtiéndome desde la orilla: «Demasiado lejos. Demasiado lejos.» Julien debió de notar mi presencia, porque de repente se dio la vuelta.

—Abbot quiere soltar hoy a la golondrina —le expliqué mientras jugueteaba con el dobladillo de mi camiseta—. Ya está preparado. Quiere soltarla desde el balcón del dormitorio de tu madre.

Julien ladeó la cabeza.

—Sí —dijo como si acabara de salir de un sueño—. La golondrina. ¿Abbot quiere soltarla desde el balcón de mi madre?

Asentí con la cabeza.

Entré en la habitación. Numerosas motas de polvo doradas estaban suspendidas en el aire como si fueran pequeños planetas perdidos. Yo también me sentía como si hubiera perdido mi órbita. Eso es lo que yo le había aconsejado a Adam, que siguiera orbitando.

—Mira —dije bajando la voz—. Ayer fue un día duro para ti. Lo sé.

—Ah, ¿sí? —susurró él también mientras se acercaba a mí.

—Así que... ya sabes... si no querías...

Julien se acercó todavía más.

—¿Estamos susurrando? —me preguntó. Percibí el olor de su loción para después del afeitado—. ¿Crees que alguien podría oírnos? *Chuchote* —dijo—. Susurro.

Entonces inclinó la cabeza y su frente casi tocó la mía.

—Te estaba diciendo que... —insistí.

—Estabas susurrando —susurró él rozando mi oreja con sus labios.

—Sí —susurré yo—. Te estaba susurrando que seguramente ayer tú no eras tú mismo y que, aquí en Francia, tampoco yo soy la misma. Ya sabes, por el hecho de estar tan lejos de todas las cargas de mi vida.

Estaba pensando en todas las cosas que me mantenían con los pies en el suelo, las cosas que constituían mi sentido de la gravedad, mi órbita. ¿Dónde estaba yo en aquel momento?

—Lo que quiero decir es que todavía tengo muchas responsabilidades y...

Realmente no sabía cómo acabar. Lo que quería decirle era que lo nuestro sería demasiado complicado y que, al fin y al cabo, yo sólo era un conejito.

Julien levantó la cabeza y me miró con sorpresa. Entonces volvió a bajarla y me susurró al oído.

—Yo no quiero volver atrás.

—¿Atrás?

—Tú quieres volver atrás, al momento anterior a cuando te besé, antes de que te diera la mano, ¿no es cierto?

Sus palabras hicieron que todo volviera a ser real. Julien me había besado. Me había cogido de la mano. Lo había hecho a propósito y no se arrepentía. Me quedé quieta durante un instante. Paralizada. No quería moverme. ¡No podía moverme! Cerré lentamente los ojos y pensé que él podía desaparecer. «Esto es estar cerca —reflexioné—. Esto es, prácticamente, apoyarse en la otra persona.» Sabía que podía inclinarme hacia delante y descansar mi cabeza en su pecho. Podría haber escuchado su corazón y él me lo habría permitido. Él me habría abrazado.

—Yo sí que quiero volver atrás —susurré finalmente.

Abrí los ojos. Me costaba respirar. Me separé de él y me dirigí deprisa y nerviosa hacia la puerta. Me detuve en el umbral y volví la cabeza hacia él.

—¿Te parece bien que Abbot suelte a la golondrina desde el balcón de tu madre?

Él me miró con expresión dolida y asintió con la cabeza.

—Sí —contestó—. Creo que no pondrá ninguna objeción.

—¿Se lo preguntarás de mi parte?

—Sí, se lo preguntaré.

—Muy bien. Estupendo. ¿Puede ser cuando estemos todos juntos? Ya sabes, poco antes de la cena. Abbot quiere que estemos todos.

Él volvió a mirar por la ventana.

—¿Te parece una buena idea que estemos todos allí?

—Abbot insiste en que estemos todos porque dice que todos hemos ayudado a salvarla.

—Allí estaré —afirmó él.

—Estupendo. Yo también.

Adam y Charlotte estaban afuera, debajo del balcón. Julien, Véronique y yo estábamos con Abbot en el dormitorio de Véronique. La habitación me pareció más moderna de lo que uno esperaría en una casa de la campiña francesa. Había muy pocas cosas y el mobiliario era elegante. Abbot sostenía la caja, que despedía un olor fuerte y agrio: el fondo estaba salpicado de excrementos. Intenté concentrarme en la decoración y en los excrementos en lugar de ser consciente de la presencia de Julien, pero lo era; era consciente de todos sus movimientos, de sus gestos, de sus miradas y sus palabras.

—¿Estás preparado? —le preguntó Julien a Abbot.

—Sí —contestó Abbot. Entonces miró dentro de la caja y le preguntó a la golondrina—: ¿Estás preparada?

Los ojos de la golondrina eran oscuros, vidriosos y de movimientos rápidos. Nos contempló con la cabeza ladeada, nerviosa, preguntándose qué íbamos a hacer. ¿Íbamos a matarla y preparar un estofado o quizá sólo quizás, íbamos a soltarla?

Miramos, con actitud expectante, a Abbot.

—Está preparada —contestó él.

Véronique abrió la puerta del balcón y salimos uno detrás de otro. Las otras golondrinas se estaban alimentando a lo lejos. Sus cuerpos se veían borrosos a la luz del atardecer. Yo me acerqué a la barandilla y me agarré a ella con una mano. En la otra llevaba la libreta de Abbot. Miré hacia abajo.

—Te pareces a Madonna en la película de Eva Perón —me dijo Charlotte.

—No llores por mí, Argentina —dijo Adam con voz cansada.

Abbot dejó la caja en el suelo.

—¿La capilla del ermitaño está allí arriba, en la montaña? ¿Se puede ver desde aquí?

—¿La capilla de Saint Ser? —preguntó Julien—. Desde aquí no se puede ver, pero está allí arriba.

—Por allá —dijo Véronique señalando a un lado de la montaña y a medio camino de la cima.

—Si la golondrina se muere, puede ir a vivir con el ermitaño y él protegerá su alma —comentó Abbot.

—Sí, tienes razón —contesté yo.

—¿Quieres que lo haga yo? —se ofreció Julien.

Se lo veía triste, pero su voz sonó firme, profunda y tranquila. Todos sabíamos lo que podía pasar.

—No —contestó Abbot—. Yo puedo hacerlo.

Entonces rodeó el frágil cuerpo del pájaro con las manos.

—Eres muy bueno, como un veterinario —declaró Véronique.

Abbot se dirigió a la barandilla, que le llegaba hasta las axilas. Le susurró algo al pájaro y entonces dijo:

—¡Uno, dos y tres!

En un rápido movimiento soltó al pájaro en el aire, hacia arriba.

La golondrina estaba aturdida. Siguió la trayectoria que le había inferido Abbot con las alas todavía pegadas al cuerpo y los ojos brillantes y redondos. Entonces empezó a caer. Yo alargué el brazo de una forma instintiva y me agarré con fuerza a la manga de la camisa de Julien. Él se volvió hacia mí y, durante una décima de segundo, la luz dorada del atardecer iluminó su cara. Solté su manga.

Abbot se agarró a la barandilla.

—¡Vuela! —gritó—. ¡Vuela! ¡Vuela!

La golondrina extendió las alas de golpe y las agitó con torpeza, como si fueran unos remos. Entonces, mientras caía, se impulsó hacia arriba, lo que retrasó momentáneamente su descenso. La golondrina se dio otro impulso, y otro, y otro, y entonces, como si su cuerpo recordara lo que tenía que hacer, empezó a batir sus alas de una forma rítmica. Su memoria muscular todavía estaba activa. Seguía perdiendo altura, pero al menos aleteaba.

Contuve el aliento.

—¡Sí! —gritó Abbot—. ¡Sí!

La golondrina aleteó con más firmeza.

—¡Vamos, sube! —exclamó Julien—. *Monte, monte!*

—*Monte, monte!* —repitió Abbot.

Supongo que debió de pensar que la golondrina hablaba francés.

Como si nos oyera, la golondrina estabilizó su vuelo y sus alas la propulsaron hacia arriba. Volaba con cierta dificultad, pero lo estaba consiguiendo. Entonces se dirigió hacia donde estaban las otras golondrinas.

Adam y Charlotte aplaudieron y vitorearon desde abajo. Charlotte emitió un potente silbido.

—¡Vuela! —exclamó Véronique sorprendida.

—¡Vuela! —exclamó Abbot.

—Vuela —declaró Julien mirándome—. Es un milagro, un encantamiento.

—¡Ya tenemos otra historia de la casa! —exclamó Abbot con la cara iluminada por la alegría—. ¡Una historia de verdad!

—¡No me lo puedo creer, pero está volando! —declaré yo.

—Lo has conseguido, Abbot —dijo Julien.

—Sí —contestó él, pero todavía se lo veía un poco nervioso.

Supuse que sentía, en retrospectiva, el peso de la responsabilidad. Me pregunté si no se sentiría un poco desanimado por el hecho de que la historia del pájaro hubiera terminado. Entonces cruzó los brazos encima de la barandilla y apoyó la barbilla en las manos.

—¡A cenar! —exclamó Véronique.

—Sí, pero nada que contenga pollo o aves. Nada que tenga alas —pidió Charlotte.

—Vamos a comer —le dije a Abbot.

Él sacudió la cabeza sin mirarme.

—Me quedaré aquí un rato. Déjame la libreta, ¿eh?

—Está bien —contesté yo.

Dejé la libreta cerca de la caja y apoyé la mano en la cabeza de Abbot.

—¿Estás contento?

Él asintió con la cabeza.

—Cuando estés listo, baja —le dije.

Él volvió a asentir con un gesto de la cabeza.

Cuando entramos en el dormitorio, Véronique le pidió a Julien que bajara y ayudara a Charlotte y Adam a poner las mesas.

—Quiero hablar con Heidi —le explicó.

Julien miró a su madre y después a mí.

—¿Crees que Abbot está bien? —me preguntó.

—¡La golondrina ha volado! —exclamé yo—. ¡Estábamos practicando la alegría y viviendo un poco y ha funcionado!

Todavía sentía el tacto de la camisa de Julien en la mano. Me había agarrado a él para estabilizarme. Quizá necesitaba estabilizarme. Quizá no debería haber cortado la relación con él de una forma tan brusca. Y también me pregunté si el vuelo de la golondrina constituía un nuevo milagro para Abbot. Después de chocar contra la pared de metacrilato que protegía los supuestos restos de María Magdalena, acarició a los jabalíes y dejó de frotarse las manos compulsivamente. ¿Fue aquello un milagro? ¿Qué consecuencias tendría este segundo milagro?

Julien asintió con la cabeza, pero su expresión seguía siendo de preocupación. Yo me estaba acostumbrando a ver esa expresión en su cara y me pareció profundamente enternecedor. Al fin y al cabo Julien también era padre, y uno bueno, de esto estaba convencida. Julien salió de la habitación y cerró la puerta con cuidado. Véronique y yo vimos a Abbot en el balcón. Abbot... ¡La golondrina había volado! Yo todavía me sentía extasiada y sumamente aliviada.

Véronique se sentó en la cama y señaló la mesilla de noche con un gesto de la cabeza. Encima de la mesilla había una caja de madera.

—Es para tu madre —me indicó—. Ella va a venir, así que podrás dársela cuando venga.

—¿Esto es lo que se había dejado en la casa?

Véronique asintió con la cabeza.

—Cuando la abra, entenderá el significado del contenido.

Yo cogí la caja. Estaba un poco chamuscada en uno de los extremos. La sostuve en las manos.

—¿Qué hay dentro?

La caja no pesaba mucho, y cuando Véronique me la dio no se movió nada en su interior, lo que indicaba que no contenía ni una joya ni nada parecido.

—Dentro está la prueba de su amor hacia ti —contestó Véronique.

—¿El hombre del que se enamoró todavía vive aquí?

Ella negó con la cabeza.

—No, cuando ella se fue, él se mudó a París y se volcó en su trabajo. Se hizo famoso gracias a él. Te caería bien. Es guapo y tenía una gran presencia y una voz bonita.

—¿Solía cantar?

—Cantaba de maravilla.

—Es una situación extraña para mí. Entiendo que mi madre no me lo contara, pero...

—Yo lo vi hace pocos años. Me lo encontré en París. Él me preguntó si seguía en contacto con tu madre. Quería saberlo todo sobre ella, y yo le conté lo que pude.

—¿Es una buena persona? —le pregunté.

No sabía por qué me parecía importante, pero sentí el impulso de preguntárselo.

—Sí —contestó ella—. Y la amaba profundamente, igual que ella a él. Era uno de esos amores de verdad.

Asentí con la cabeza.

—Tu madre me contaba sus secretos y yo le contaba los míos.

—Así que era uno de esos amores... —comenté.

—Tu corazón es como el de tu madre.

—No, las puertas del mío están cerradas —declaré yo.

—Sí, pero las puertas del corazón no tienen cerrojos.

Me pregunté si sabía lo de Julien, y supuse que sí. Ella parecía saberlo todo.

—No sabía que Patricia estaba con Pascal. Julien no me lo había contado —declaré.

—¡Pascal! —exclamó ella con un suspiro—. Él no sabía cómo construirse una vida para sí mismo y robó la de su hermano. Él sí que es un ladrón de corazones. Yo lo quiero, pero eso se acabará.

—¿Qué se acabará, su relación con Patricia?

Ella asintió con la cabeza.

—Sí, se acabará.

—¿Y después qué pasará?

—Después nada, viviremos sobre las ruinas.

Me pregunté si la caja contenía papeles.

—¿La caja contiene cartas de amor? —le pregunté a Véronique.

Ella reflexionó unos segundos.

—Sí —contestó—. En cierto sentido son cartas de amor.

«¿En qué sentido?», me pregunté yo. O eran cartas de amor o no lo eran.

—Ella apenas habla de aquel verano y de lo que vivió aquí —expliqué—. Se niega a traspasarme lo que aprendió.

—Pero ahora va a venir y se producirán cambios en su interior. Tienes que tener esperanza.

—*J'espère* —dije yo, y sentí que en el interior de esta palabra que significa esperanza, también había desesperación y aire.

«Soy aire», pensé.

20

Me sentí incapaz de bajar a cenar. Me disculpé deprisa y me dirigí a nuestra casa. Me quedé de pie en la cocina, con la caja en las manos.

Contemplé el agujero ennegrecido donde pronto colocarían la nueva cocina. ¿Era allí donde mi madre había escondido la caja? ¿Por qué? ¿Qué contenía? La dejé encima de la mesa. Quería abrirla, claro, pero no me correspondía a mí hacerlo. «Era uno de esos amores», pensé. ¿Como el que yo había vivido con Henry? ¿Era eso lo que ella había sacrificado por mí y por mi hermana? Si era así, decidí que era dar y pedir demasiado de una persona.

No conseguía tranquilizarme y me puse a caminar de un lado al otro de la cocina. Mi padre quería que ayudara a mi madre a llegar al fondo de aquella cuestión. Pero ¿cómo? Yo no estaba a la altura de aquel papel. Yo intentaba no enamorarme de Julien y esto requería todas mis fuerzas. ¿Escondería yo también un recuerdo de aquel verano en algún lugar de la cocina? ¿Era éste el camino que seguiría mi futuro? ¿Dejaría que Elysius y mi madre tomaran el mando de repente y se llevaran a Charlotte de regreso a Norteamérica? ¿Nos quedaríamos Abbot y yo el resto de las seis semanas y después empaquetaríamos nuestras cosas y nos iríamos sin más? ¿Regresaríamos a casa fingiendo que no había pasado nada?

Decidí que tenía que dejar de pensar en lo que significaba la caja y seguir con mi vida. Probablemente a Abbot le había entrado el hambre y había bajado a cenar. Y yo, aunque no tenía hambre, también debería comer algo.

Dejé la caja encima de la mesa y volví a la casa de los Dumonteil. Julien estaba en la cocina, de espaldas a mí, lavando los platos. La camisa le quedaba tirante sobre sus fornidos hombros. Véronique estaba hablando con una de las huéspedes, una mujer francesa que llevaba un vestido con vuelo y unas sandalias. Charlotte y Adam estaban en el jardín delantero, enzarzados en una discusión seria, a la tenue luz del anochecer. Probablemente se estaban preparando para el próximo encuentro con Elysius y mi madre.

Subí las escaleras, recorrí el pasillo y abrí la puerta del dormitorio de Véronique.

—¿Abbot? —lo llamé—. Es hora de ir a cenar.

Enseguida vi que no se encontraba en el balcón, donde sólo estaban la caja de cartón vacía y la libreta, que estaba en un rincón, como si él la hubiera tirado allí. Estaba abierta en una página en la que Abbot había dibujado, como otras veces, a su padre con una gorra de los Red Sox, pero en esta ocasión Henry no estaba conectado al suelo, sino que volaba con los pájaros. Su cara seguía siendo humana, pero tenía unas alas enormes y la cola ahorquillada de las golondrinas.

Me levanté, observé el jardín que había debajo y más allá del balcón y oteé los viñedos y la lejana excavación arqueológica. Me costaba ver con claridad. Estaba oscureciendo.

—¡Abbot! —grité—. ¡Abbot!

Me di la vuelta y corrí escaleras abajo.

—¿Dónde está Abbot? —le pregunté a Julien, quien seguía en la cocina.

—Creo que está arriba.

—¡No, allí no está! —grité.

Pasé corriendo por el lado de Véronique y la huésped francesa me miró sorprendida. Salí al jardín delantero.

—¡Abbot ha desaparecido! —les grité a Charlotte y a Adam.

—Seguro que está bien —contestó Charlotte, quien sabía que yo solía entrar en estado de pánico sin razón cuando me preocupaba por Abbot.

—¡Empezad a buscarlo! —grité yo.

Adam parecía afectado.

—¿Qué pasa? ¿Adónde ha ido?

—¡No lo sé! —le contesté yo gritando.

Charlotte empezó a llamar a Abbot por el jardín y Adam la siguió medio aturdido.

Véronique lo buscó por la casa. Incluso la mujer francesa, una completa desconocida, lo buscó en los lugares que, supuestamente, elegiría un niño para esconderse.

—¡Estad atentos por si lo oís! —nos gritó Charlotte a todos—. Cuando está solo, canta.

Charlotte tenía razón, yo estaba demasiado asustada para acordarme de ese detalle. Salí corriendo al jardín trasero.

Julien se me había adelantado y estaba buscando a Abbot por el lado izquierdo de la excavación arqueológica. Oí que lo llamaba y vi el brillo de su camisa blanca.

Me dirigí a los viñedos y recorrí las hileras de vides de un extremo al otro.

—¡Abbot! —grité. Presté atención y oí el eco de todas las otras voces que lo llamaban—. ¿Dónde estás? ¡Maldita sea, Abbot, no me hagas esto! ¿Dónde estás, Abbot?

¿Se trataba quizá de una reacción tardía al hecho de haberme visto cogida de la mano de Julien el día de la fiesta de la Bastilla? ¿Se asustó al vernos cogidos de la mano? ¿O era por el pájaro y su padre? Yo no podía apartar de mi cabeza la imagen de Henry con alas y rodeado de golondrinas. Corrí hasta que ya no pude más y deseé estar en mejor forma. Tendría que ser capaz de correr eternamente. ¿Qué tipo de madre era yo? Caí de rodillas en la suave tierra, sin aliento. Ya casi había oscurecido del todo.

—¡Abbot! —volví a gritar.

¿Y si estaba muerto? ¿Y si se había ido para siempre?

Yo no podía respirar. Me acurruqué en el suelo, con la frente presionada contra las rodillas. No podía venirme abajo. No había tiempo para ello. Levanté la cabeza y volví a llamarlo desde lo más profundo de mi ser.

Entonces oí la voz de Julien.

—¡Heidi! ¡Heidi!

—¡Aquí! —grité yo—. ¡Estoy aquí!

Me levanté y corrí hacia su voz mientras él corría hacia la mía.

—¡Julien!

Julien llevaba una linterna y el haz de luz me iluminó.

¿Y si Abbot se había ido a nadar, se había dado un golpe en la cabeza y se había ahogado?

—¡La piscina! —grité.

Corrí hasta Julien y me agarré de su brazo para equilibrarme.

—Ya he mirado allí y no está. Mi madre está hablando con la policía —me explicó él—. Enseguida llegarán, pero se me ha ocurrido una idea.

—¿De qué se trata? —le pregunté casi sin aliento.

—Saint Ser —contestó él—. Cuando estábamos en el balcón, Abbot preguntó dónde estaba la capilla y mi madre se lo indicó. El ermitaño es un fantasma bueno, el protector de las almas, y Abbot cree en las historias de la casa, en los milagros y los encantamientos. Él cree en estas cosas.

—¡Pero si el pájaro voló! —exclamé yo—. Está vivo. Abbot dijo que si el pájaro moría su alma podía ir a la capilla, pero el pájaro no ha muerto.

—Quizá no es su alma lo que está buscando —dijo Julien.

Escalar el monte de Sainte-Victoire era difícil a la luz del día, pero de noche era horroroso. Las sombras se movían a lo largo del estrecho camino y convertían cada roca en un niño acurrucado. Yo temblaba a causa de la adrenalina y me costaba respirar. El camino era empinado y estaba cubierto, principalmente, de piedras, pero también había alguna que otra roca. Julien y yo llamábamos a Abbot. La maleza que bordeaba el camino era densa y oscura. ¿Y si Abbot se había caído? ¿Y si estaba inconsciente? La luz de la linterna apenas penetraba las sombras de los arbustos. ¿Y si habíamos pasado junto a él y no lo habíamos visto? Cada segundo que pasaba, cada grito vacío, cada vez que Abbot no contestaba a nuestra llamada constituía una tortura. ¡No podía perderlo! Ya había perdido demasiado. Estaba furiosa, con la furia que surge inmediatamente después del terror. Henry me había abandonado. ¿Cómo esperaba que me enfrentara a todo aquello yo sola? Aunque no era lógico, me culpaba a mí misma por lo sucedido y sentía que Henry también lo hacía, así que yo lo culpaba a él. Mi mente buscó en los recuerdos de los últimos días intentando descubrir qué había ido mal y por qué. Sentí que podía estallar en sollozos en cualquier momento e intenté respirar con calma. «No es culpa de Henry», me dije a mí misma. Al final, toda la rabia y la culpabilidad volvieron a mí, pero no a mí sola. Aquello también era culpa de Julien.

—Abbot nos vio —le dije a Julien mientras avanzaba con dificultad—. Nos vio cogidos de la mano el Día de la Bastilla. Puede que incluso nos viera besarnos. Deberíamos estar en nuestra casa de Norteamérica. En cualquier caso, yo debería estar simplificando mi vida. Debería estar en casa saliendo con *Sinvergüenza* Nixon.

—¿Tú quieres salir con Nixon?

—¡No! —grité yo—. ¡Pero tú eres demasiado complicado! Intentabas ser el padre de Abbot.

—¿Su padre? —preguntó él enfocándome con la linterna—. No sé a qué te refieres.

Yo seguía escalando. El cuerpo me temblaba.

—Como no puedes ser el padre de tu propia hija, intentabas hacer de padre con mi hijo.

Cuando lo dije, tenía para mí mucho sentido. Entonces resbalé y me arañé la rodilla con una roca. Esbocé una mueca de dolor, pero recuperé el equilibrio.

—Abbot ya tiene un padre. Tú sólo eres una distracción. De no ser por ti, yo podría haber evitado todo esto.

—Yo nunca he intentado ser Henry, ni por Abbot ni por ti —replicó Julien.

—¡No menciones su nombre! —grité mientras me agarraba con fuerza a una roca.

Estaba furiosa y sentía que mi cabeza era un hervidero. Los ojos me escocían debido al esfuerzo que realizaba para ver en la oscuridad. No me había permitido estar tan furiosa desde que Henry murió, y mi furia estaba alimentada por la desesperación.

—¡No se te ocurra pronunciar su nombre!

Julien se detuvo y me contempló fijamente. El haz de luz de la linterna iluminó mis pies.

—Lo encontraremos, Heidi. Seguro que lo encontraremos.

Vislumbré las vagas facciones de su cara y el brillo acuoso de sus ojos. Yo necesitaba creer en sus palabras y su voz sonó tierna, tranquila y esperanzada, pero no era suficiente para mí. Incliné la cabeza y respiré hondo para tranquilizarme. Quise decirle que sí, que seguro que lo encontraríamos. «Y después regresaré a mi vida, a mi vida estable y segura, y dejaré todo esto atrás.» Me imaginé a mi madre escondiendo la caja en la cocina y regresando a su vida mientras fingía que aquel verano no había existido jamás. ¿Por qué no podía hacerlo yo también? Al fin y al cabo, era hija de ella. Esto era lo único que quería: volver a como era todo antes y refugiarme en casa con Abbot sin ser consciente del paso del tiempo. En cuanto a Charlotte, ¿qué podía hacer yo para ayudarla?

Asentí con la cabeza, pero no como signo de conformidad con lo que Julien me había dicho, sino para reafirmar mi nueva promesa: si encontrábamos a Abbot sano y salvo, daría por finalizado el verano y abandonaría aquel peregrinaje de los corazones rotos y la casa de los supuestos milagros. Abbot y yo regresaríamos a nuestras establés vidas antes de que aquel lugar nos agarrara. «A casa —me prometí a mí misma—. A casa.»

Fue esta promesa la que me empujó a seguir escalando. No miraba a Julien y los dos llamábamos a Abbot con voz grave. Yo tenía la garganta irritada y las manos y las rodillas escocidas.

Julien rastreó la montaña con la luz de la linterna.

—Creo que he visto algo —me indicó.

—¿Qué has visto? —le pregunté recorriendo el terreno con la mirada a toda prisa.

Él señaló un lugar con el haz de luz.

—Allí. Se ve una lucecita.

Entonces yo también la vi. Se trataba de una lucecita que se encendía y apagaba de vez en cuando, un poco más arriba, cerca de lo que parecía ser una pared blanca.

Julien empezó a subir tan deprisa como pudo. Él sabía desplazarse con rapidez y agilidad en la montaña.

—¡Abbot! —gritó Julien—. Ya llegamos. No te muevas.

—¡Abbot, mantén la luz encendida! —grité yo—. ¡Ya estamos aquí!

Yo quería llegar la primera, pero Julien ya estaba allí, arrodillado junto a Abbot. Le iluminó la cara y yo vi fugazmente sus mejillas. Abbot apretó los párpados para evitar el haz de luz. Sentí una oleada de alivio y las rodillas me flaquearon.

—¡Está bien! —me indicó Julien mientras examinaba con la linterna las piernas flacas, amoratadas y ensangrentadas de Abbot—. ¡Se ha caído, pero está bien!

Cuando llegué, Julien estaba tranquilizando a Abbot. Yo me arrodillé a su lado.

—Ya estoy aquí —le dije a Julien todavía un poco enfadada. Él se levantó y nos dejó espacio—. ¿Te duele algo, Abbot?

—El tobillo —me contestó él con voz cansada.

Julien volvió a iluminar sus rodillas, que estaban despellejadas. La sangre resbalaba por sus piernas y tenía un tobillo visiblemente hinchado, lo que se percibía incluso a través del calcetín blanco de deporte.

—Quizás está roto —dije mirando a Julien.

—Es posible, no lo sé —contestó él.

Abbot levantó las manos. Las tenía llenas de arañazos y ensangrentadas.

—¿Por qué te has escapado, Abbot? —le pregunté con la voz entrecortada por la emoción.

—Quería ver la capilla —susurró él.

La barbilla le temblaba. Entonces cerró los ojos, aquellos ojos tan parecidos a los de su padre, y giró la cabeza a un lado.

—Pues has llegado muy cerca —comentó Julien—. ¡Mira!

Iluminó con la linterna un poco más arriba. Allí estaba la humilde entrada de la capilla. Varios escalones semicirculares, como un pastel de pisos, conducían a una puerta oscura. En realidad, se trataba de un portal, porque no había ninguna puerta, sólo la entrada. Dos contrafuertes de piedra sostenían la pared derecha, y la montaña misma constituía las paredes izquierda y posterior de la capilla.

—Será mejor que lo llevemos adentro —comentó Julien.

Abrió el móvil, seguramente para comprobar si tenía cobertura, y volvió a cerrarlo.

—Realizaré un par de llamadas. Los miembros del servicio de rescate en montaña son jóvenes y fuertes y conocen muy bien el terreno. Además tienen unas linternas muy potentes y podrán iluminar bien el camino. Ellos lo bajarán con seguridad y delicadeza. ¿De acuerdo?

—Sí, sí.

Yo cogí la linterna de Abbot y él cogió la de Julien. Julien lo cogió en brazos y lo apretó contra su pecho mientras Abbot iluminaba el camino.

—Un poco más arriba —le indicó Julien—. Muy bien.

La montaña era empinada y las piedras resbalaban debajo

de nuestros pies. Julien tomó la última curva, subió los escalones y entró en la capilla. Yo lo seguí. Vi que Abbot se agarraba con fuerza a la camisa de Julien y, por alguna razón, esto hizo que, finalmente, me derrumbara. Las lágrimas resbalaron por mis mejillas y las enjugué.

Dejé la linterna en el suelo, pero el haz de luz se difuminó en el aire frío y seco y apenas iluminó el entorno. Julien dejó a Abbot en el suelo de piedra y yo me senté a su lado con las piernas cruzadas. Apoyé mi mano en su frente. La capilla era pequeña y silenciosa. Parecía más una cueva que un lugar sagrado, pero en mi opinión su simplicidad aumentaba su sacralidad.

Julien cogió su linterna.

—Voy a buscar un lugar donde haya cobertura. Volveré enseguida.

—Gracias —le dije en voz baja. Me sentía avergonzada por haber descargado mi mal humor en él—. Gracias por todo. Ten cuidado.

—De nada —contestó él—. Cualquiera habría hecho lo mismo.

Eso no era verdad. No todo el mundo lo habría hecho. Julien salió de la capilla con el móvil abierto. El ruido de sus pasos se desvaneció enseguida y el silencio vacío de la capilla nos envolvió a Abbot y a mí.

—Abbot —le dije. Él me miró con ojos llorosos—. ¿Por qué te has escapado? Estaba muy asustada. ¡No puedes hacer algo así! Creí que te había perdido para siempre. ¿Lo entiendes?

Él se tapó la cara con los brazos.

Aquél no era un buen momento para enseñarle una lección. Intenté tranquilizarme e inhalé hondo.

—¿Estabas nervioso por lo del pájaro? —Abbot no me respondió—. Tú lo salvaste y ahora él puede volar.

Abbot negó con la cabeza. No, no era por el pájaro. Yo no estaba segura de poder enfrentarme a un motivo más profundo y doloroso en aquel momento. Me acordé de la imagen de su padre con alas de pájaro. ¿Era ésa la causa de su huida o éramos Julien y yo? Tampoco estaba segura de poder soportar esa culpa, porque sabía que la responsabilidad del beso no era sólo de Julien.

—¿Por qué te has escapado? Cuéntamelo, por favor.

Abbot se dio la vuelta y sacudió la cabeza con más ímpetu.

Contemplé el comulgatorio y las paredes de la capilla, que estaban cubiertas de pintadas. Tenía que averiguar la razón, no podía permitir que Abbot la guardara para sí mismo. Era demasiado peligroso.

—Está bien —le dije—. Hagamos un ejercicio tipo test, como los que hace Charlotte para las pruebas de evaluación de la universidad. Tú elige la opción A, B, C o D.

Abbot me miró de reojo. Tenía la cara manchada de tierra.

—¿Estás de acuerdo?

Él asintió con la cabeza.

—Date la vuelta y te limpiaré la cara.

Abbot se dio la vuelta. Yo le quité un poco de tierra y aparté el cabello de su frente.

—A: Es por la golondrina. B: Tiene que ver con papá y con el hecho de que lo eches de menos. C: Tiene que ver con Julien y conmigo. Y D: Por todo lo que te he dicho.

Mi voz sonó aguda a causa de la emoción. Abbot miró hacia el techo.

—D: Por todo lo que has dicho.

Durante unos instantes, no dije nada. Contemplé la capilla, aquel lugar sagrado. Entonces apoyé la mano en su frente y le susurré:

—He visto tu dibujo de papá con cuerpo de golondrina. Es muy bonito.

—La golondrina se fue volando —dijo Abbot—. No se murió, pero yo la había curado y ella se fue y no regresó.

—¿Por qué querías venir a la capilla? ¿Por qué subir hasta aquí? —le pregunté con voz suave—. ¿Estabas buscando el alma de papá?

—El alma de papá no puede estar aquí. Él no murió en la montaña, sino en Norteamérica.

—Entonces, ¿por qué has subido hasta aquí?

—Para ver al fantasma —contestó él—. Si es un protector de almas, quizá sepa algo.

—¿Acerca de dónde está el alma de papá?

Abbot se sentía avergonzado. Asintió con rapidez y apartó la mirada.

—El alma de papá está en todas partes —le expliqué yo—. Él está con nosotros continuamente.

Abbot apretó los puños y dio un puñetazo en el suelo de piedra.

—Odio a ese pájaro. Yo lo curé para que pudiera volar y se marchó. ¡No se puede confiar en los pájaros!

—Pero sí que puedes confiar en mí. Yo nunca me marcharé.

—Pero podrías morirte.

—Sí, pero la probabilidad de que muera joven es muy remota. Papá murió en un extraño accidente. Su muerte no tiene sentido.

Me acordé de algo que Henry decía: «Cuando el mundo no tiene sentido, tenemos que ser sinceros y reconocerlo.» Yo intentaba ser sincera.

—Seguramente, viviré mucho tiempo y, cuando sea una viejecita, tendrás que llevarme en silla de ruedas.

Abbot no dijo nada. Yo contemplé el altar, donde estuve de pequeña, cogida de la mano de Julien, mientras él me preguntaba si había oído al fantasma. El altar se veía gris a la tenue luz de la linterna. Más que un altar, parecía una valla.

—Papá me contaba historias sobre ti —me confesó Abbot—. Eran historias de Heidi.

—¿Qué historias te contó? —le pregunté.

—Me contó que, cuando eras pequeña, tu mamá vino aquí y os dejó solas y que el abuelo os dijo que a lo mejor teníais que elegir entre los dos. Era una historia triste.

—¿Por qué te la contó?

—Un día tú te enfadaste conmigo durante la cena. Yo pensaba que no tenías razón. Papá me dijo que tú también habías sido una niña como yo, pero que las vidas de los niños no eran todas iguales y que la tuya no siempre había sido alegre.

—Es verdad —dije yo—. Aquel verano pensé que quizá tendría que elegir entre mi mamá y mi papá; que tendría que decidir con cuál de los dos quería vivir.

Abbot se apretó los párpados con los dedos. Las lágrimas resbalaron por sus mejillas y se sonrojó.

—¿Qué te pasa? —le pregunté con dulzura—. Cuéntamelo, Abbot.

Él inhaló hondo.

—Yo habría elegido a papá.

Su confesión me sorprendió. Durante un instante me dolió, pero entonces pensé en él. ¿Cuánto tiempo llevaba sufriendo, guardando lo que él consideraba un oscuro secreto?

—Has hecho bien contándomelo, Abbot —le dije—. ¿Te has sentido culpable por elegir a papá? No deberías sentirte culpable. Decidas lo que decidas está bien.

—Pero esta noche he pensado que a lo mejor tú también habrías elegido a papá. Si tú pudieras elegir... también lo habrías elegido a él, no a mí.

Abbot se acurrucó de espaldas a mí y empezó a sollozar.

—No, Abbot, no —lo tranquilicé yo. Me tumbé junto a él en el frío suelo y rodeé su pequeño cuerpo con mis brazos—. En primer lugar, el mundo no nos obliga a elegir y, en segundo lugar, yo te habría elegido a ti, Abbot. Y papá también te habría elegido a ti. Es el instinto paternal. Cuando nace un hijo, los padres enseguida saben que darían la vida por él. Ésa es la verdad, Abbot. Y yo no me iré a ninguna parte. No me marcharé.

Lo estreché entre mis brazos y lo acuné sobre la fría piedra.

—Yo no me marcharé.

21

Tres guardas forestales llegaron a la capilla y rasgaron la oscuridad con las luces de sus cascos. Como Julien había dicho, eran jóvenes y fuertes y conocían la montaña perfectamente. Llevaban una camilla de mano. Examinaron el tobillo de Abbot y le limpiaron las rodillas y las manos. Nos dijeron que se trataba de un esguince serio, pero que no se había roto nada. Julien habló con ellos en francés y les explicó la situación. Yo me sentí agradecida. Estaba demasiado agotada para traducir mis palabras al francés y todavía estaba trastornada. Abbot se había escapado y yo casi lo había perdido. Tenía que centrarme en él exclusivamente. No podía pensar en Julien ni en Charlotte ni en Adam. Elysius y mi madre se harían cargo de ellos. Yo me había prometido a mí misma regresar a casa si encontrábamos a Abbot y sería fiel a mi promesa. Hablé mentalmente con Henry: «Abbot está vivo y a salvo. Su corazón palpita. Lo llevo de vuelta a casa, Henry. Volvemos a casa.» Dos de los guardas colocaron a Abbot encima de la camilla, le inmovilizaron la pierna, lo taparon con una manta, ataron unas cintas por encima de ésta y colocaron otra enrollada debajo de su cabeza. Abbot contempló el claro y sereno cielo nocturno. Los dos guardas contaron hasta tres y levantaron la camilla hasta la altura de sus caderas. Entonces emprendieron la marcha mientras charlaban animadamente en francés. Estaba demasiado cansada para intentar entenderlos. Confiaba en ellos. Al fin y al cabo, eran unos expertos. El tercer guarda me tomó de la mano y me ayudó a caminar sin perder el equilibrio. Yo pensaba en las golondrinas, en la voz del fantasma de la capilla y en mi hijo, que no se había perdido, que no se había ido, que estaba sano y salvo. No paraba de repetirme: «Casa, casa, casa.»

Cuando llegamos al pie de la montaña vi, a la luz de la casa, que todos nos estaban esperando: Charlotte, Adam, Véronique y la huésped que nos había ayudado. Julien había telefoneado a su madre y le había contado que el tobillo de Abbot estaba bien, que sólo tenía algún golpe, unos cuantos morados y un esguince. Curiosamente, Adam parecía sentirse más alterado que los demás. Estaba sentado en el suelo, con las rodillas dobladas y la cabeza apoyada en las manos.

Véronique me abrazó.

—Todo está bien —me susurró al oído—. Abbot está en casa y está bien.

Yo quise decirle que estaba equivocada, que aquello no era nuestra casa. Véronique me soltó.

—Gracias a todos —dije yo. Entonces les di las gracias a los guardas forestales—: *Merci. Merci pour tout.*

Ellos bajaron al somnoliento Abbot de la camilla.

—¿Quieres que lo suba a su dormitorio? —me preguntó Julien.

Yo negué con la cabeza.

—No, gracias, ya puedo yo sola.

Todavía lo culpaba de lo ocurrido, aunque sabía que no era justo que lo hiciera. Cogí a Abbot en brazos y él se agarró a mí con los brazos y las piernas. En otro momento, habría pensado que era demasiado grande para llevarlo en brazos, pero aquel verano, después de subir y bajar botes de pintura de la escalera y arrancar malas hierbas en el jardín, me había puesto en forma. Abbot se agarró a mí con fuerza y nos dirigimos a la casa. Oí que Julien se despedía de los guardas forestales. Charlotte se nos adelantó y abrió la puerta trasera de la casa. Entramos en la cocina, que tenía las luces encendidas.

—Charlotte, ¿quieres llevar arriba una palangana con agua tibia y un paño?

—Sí —contestó ella.

Yo subí a Abbot hasta su dormitorio. Las rodillas me escocían y las palmas de las manos me ardían. Dejé a Abbot en la cama con suavidad. Tenía dos almohadas, así que utilicé una para mantener su hinchado tobillo en alto. Después lo tapé con la sábana.

—Ya estamos en casa —comentó Abbot.

—Todavía no —repliqué yo—. No en casa, casa. De hecho, mientras te buscaba, me prometí a mí misma que si te encontrábamos empaquetaría nuestras cosas inmediatamente y volveríamos a Norteamérica, a como eran las cosas antes. Creo que podremos estar en casa en pocos días.

Elysius y mi madre llegarían en cualquier momento y se encargarían de Charlotte, y Abbot y yo ocuparíamos un puesto secundario. Pensé que se sentiría aliviado, pero él me miró con los ojos muy abiertos, como si, de repente, tuviera miedo.

—¡No, no puede ser! —exclamó—. ¡Yo quiero que seas feliz!

—¡Claro que soy feliz! —exclamé yo—. Te hemos encontrado, Abbot. ¡Estás a salvo!

Él giró la cabeza a uno y otro lado encima de la almohada.

—La golondrina no era feliz en la caja. La caja hacía peste y la golondrina no quería comer moscas muertas. Ella quería echar a volar.

Yo me tumbé junto a él y apoyé la cabeza en la almohada.

—Abbot —le susurré—, ya te he dicho que yo no me iré, ¿te acuerdas? Te lo prometo.

Nuestras caras estaban muy cerca y nuestras narices casi se tocaban.

—Yo quiero que vueles un poco —me dijo él.

—¿Quieres que vuele un poco?

Él asintió con la cabeza.

—¿Quieres que vuele un poco y vuelva?

Él volvió a asentir con la cabeza.

—Julien es bueno —dijo Abbot—. Es un buen tío.

Yo me quedé de piedra.

—¿Quieres que vuele un poco con Julien y que luego vuelva?

Él volvió a asentir con la cabeza y frotó su nariz con la mía.

—¡Bing bong!

Yo no sabía qué hacer. Abbot sólo era un niño. La madre era yo y me correspondía a mí cuidar de él, pero no podía hacerlo si Julien entraba a formar parte de mi vida. Ya había comprobado que no podía manejar ese tipo de distracción. El mundo era demasiado peligroso y quería arrebatarme a mis seres queridos. Volveríamos a casa. Teníamos que hacerlo. De hecho, lo único que quería hacer en aquel momento era empaquetar nuestras cosas. En cualquier otro momento, habría frotado mi nariz con la de él y habría dicho: «¡Bing bong!» Pero no pude.

—Tenemos que volver a casa, Abbot. Lo siento. Es inevitable.

Él cerró los ojos, dejándome fuera.

Charlotte entró en el dormitorio con una palangana de agua jabonosa y un paño. Me ayudó a lavar a Abbot. Trabajamos juntas apenas sin hablar. Le quitamos la ropa y lo dejamos en paños menores. Le lavamos la cara, los brazos y las piernas y le lavamos con cuidado los arañazos de las manos y las rodillas. Abbot hizo gestos de dolor, pero no se quejó mucho. Estaba demasiado agotado para quejarse. Cuando terminamos, ya estaba medio dormido.

—Teniendo en cuenta lo ocurrido ha reaccionado muy bien —comentó Charlotte mientras volvía a coger la palangana con el agua sucia—. Yo intenté escaparme una vez, pero sólo llegué hasta detrás del sofá. Es un niño atrevido.

—Todavía tengo el corazón en la garganta. No me quito de la cabeza que he estado a punto de perderlo.

—No te olvides de cuidar de ti misma —me recordó ella señalando mis escocidas rodillas, una de las cuales estaba cubierta de sangre y tierra.

—Lo haré. —Dejé el paño en la palangana y alargué los brazos—. Dámela, ya la bajo yo a la cocina.

Charlotte me entregó la palangana y yo me dirigí a las escaleras.

—¡Espera! —me dijo.

Me volví hacia ella.

—¿Qué pasa?

—Elysius y la abuela van a venir y yo te mentí cuando te dije que no sabía cómo sería mi día a día en un mundo perfecto.

—¿Y cómo sería?

—Viviendo contigo y con Abbot.

—En estos momentos yo soy un desastre, Charlotte. ¡Un auténtico desastre!

No era un buen momento para pedirme nada.

—Creo que, en cierto sentido, me necesitas, ¿no crees?

Su expresión era serena y esperanzada. Charlotte me había demostrado que yo la necesitaba. Ella era equilibrada y mantenía la calma en las situaciones de emergencia. Era paciente y fuerte y, por encima de todo, segura de sí misma.

—Y yo te necesito a ti, pero sólo quiero vivir con alguien en una situación de igualdad, dando y recibiendo al mismo tiempo.

—¿Y qué pasa con Adam?

—No estamos preparados para la farsa del matrimonio. Me refiero al hecho de que es una institución y todo eso... pero sí que nos gustaría empezar a salir y construir una relación. Al menos tener algo normal en nuestra vida. —Charlotte guardó silencio durante unos segundos—. Adam está muy

alterado. No sé qué le pasa exactamente, pero algo relacionado con la huida de Abbot le ha asustado.

Contemplé los grandes ojos de Charlotte y el hoyuelo de
su barbilla. Sólo tenía dieciséis años, era una niña, pero en algunas cosas era más lista que yo. Un día me dijo que desde
que llegó a la Provenza se había sentido más segura de todo.
Yo también quería sentirme segura. Primero Abbot y ahora
Charlotte me estaban haciendo dudar de mi intención de volver al pasado. Mi padre me había dicho que ella ya me había
elegido a mí y tenía razón. Si Henry estuviera allí para ayudarme, yo le habría respondido que sí. La habría abrazado y
le habría dicho: «Pídeme cualquier cosa, lo que necesites. Estamos a tu lado para lo que sea.» Pero yo estaba sola y apenas
me sostenía a mí misma. Contemplé la palangana y el agua
jabonosa y sucia que se balanceaba en su interior.

—No puedo decirte que sí, Charlotte. Demasiadas cosas
se están moviendo ahora mismo en mi vida. Creo que mañana
buscaré un vuelo de vuelta a casa y empaquetaré mis cosas y
las de Abbot. Él y yo necesitamos volver a casa, no podemos
prolongar esta, esta...

—¡No me dejes aquí con ellas! ¡No puedes dejarme! Tú
me necesitas y yo te necesito a ti.

Fue ella la que me abrazó, no yo. El agua de la palangana
se desbordó un poco. Yo todavía tenía un nudo en la garganta
y me sentía perdida y asustada, pero durante un instante me
sentí segura y tranquila.

—Al menos piénsalo —me susurró Charlotte—. ¿Lo harás?

Asentí con la cabeza.

—Buenas noches —me dijo, y se dirigió a su dormitorio.

Me quedé paralizada. ¡Charlotte estaba tan segura de sí misma! ¿Por qué no lo estaba yo? Me oí a mí misma decir: «Aquí
estoy, Henry, intentando hacer lo correcto, pero creo que lo estoy haciendo todo mal.»

Bajé las escaleras. Julien estaba en la cocina, de pie junto al fregadero. Tenía la cara manchada de tierra y la camisa sucia con rastros de las manos de Abbot. Una de las perneras de sus pantalones estaba rasgada a la altura de la rodilla. Cruzó los brazos sobre el pecho y suspiró.

—Tu madre ha telefoneado a mi madre. Tu hermana y tu madre han sufrido un retraso y se quedarán a dormir en Marsella. Están cansadas.

Estaba guapo con todas aquellas manchas de tierra; manchas que se había hecho mientras buscaba a mi hijo. Estaba tan guapo que no presté atención a lo que me decía. Me encantaban sus labios carnosos y sus dientes, y la pequeña curva ascendente de la comisura de sus ojos. Deseé acercarme a él y apoyar la cabeza en su pecho. Si hiciera lo que mi madre me dijo que hiciera, sentir, conectar y dejar que las decisiones se formaran en mi interior, eso es exactamente lo que habría hecho, pero sabía que no podía hacerlo. Tenía el permiso de Abbot, pero no era esto lo que esperaba que ocurriera en Francia. No podía permitirme la debilidad que implicaba enamorarse. Estaba harta de perder y de perderme. Yo también debía de estar sucia de tierra y sin duda estaba ofuscada, porque le pregunté:

—¿Qué pasa con mi madre y Elysius?

—Que pasarán la noche en un hotel de Marsella. Llegarán aquí mañana por la mañana.

—De acuerdo —contesté.

Me dirigí al fregadero, vacié la palangana, escurrí el trapo y me limpié la rodilla. Me escoció, pero me sentí bien limpiándomela, al menos así tuve la impresión de que estaba arreglando algo.

—¿Te encuentras bien? —me preguntó Julien.

—Sí, muy bien —aseguré.

Él guardó silencio.

—¿Tu madre les ha contado lo de Abbot?

—No —respondió él—. Le dije que no se lo contara para que no se preocuparan. ¿Se ha dormido ya?

—Sí —contesté yo. Me enderecé y dejé el trapo en el borde del fregadero—. Lo siento, en serio. No debería haberte dicho lo que te dije allí arriba. Estaba aterrada. No lo dije en serio.

No quería mirarlo y fijé la vista en la caja chamuscada que tenía que darle a mi madre. En aquel momento, la caja me pareció un importante recordatorio, pero ¿de qué? ¿De la nostalgia que sentía mi madre y que yo había heredado o de su capacidad para empaquetar el pasado y volver a casa?

—Lo comprendo —respondió Julien—. Sólo quería contarte lo de tu madre y asegurarme de que estabas bien.

—Voy a volver a casa —le dije yo—. Allí arriba, en la montaña, me hice una promesa. Abbot me necesita y mi vida es demasiado complicada. Creo que volver a casa es lo mejor que puedo hacer. Y cuanto antes mejor.

—Pero tus vacaciones no han terminado, ¿no? Te quedan tres semanas.

—Sí, pero ya hemos aprendido lo que teníamos que aprender. Ha llegado la hora de volver. —Me callé durante un instante—. Y quiero darte las gracias por todo.

Desafortunadamente, extendí el brazo para estrecharle la mano. No sé qué esperaba con ello, ¿que aquella repentina formalidad me salvara?

Mi gesto le sorprendió, pero él cogió mi mano, que estaba tan sucia como la suya, aunque no la sacudió, simplemente la sostuvo.

—Yo no intentaba ser su padre —me dijo—. Ni tu marido.

—Lo sé.

Aparté la mano y lo miré.

Él me sonrió con expresión cansada y sacudió la cabeza.

—Supongo que yo también volveré a casa. En realidad, estaba aquí por ti.

—Creí que estabas aquí para ayudar a tu madre —repuse yo.

—En el fondo no me necesita. Sólo tiene que contratar a la

muchacha del pueblo para que la ayude con la limpieza, eso es todo. Mi madre es la persona más fuerte que conozco.

Asentí con nerviosismo.

—Tienes razón.

¿Julien estaba allí por mí? Intenté asimilar esta información. Él alargó el brazo y acarició con dulzura mi cabello apartando un mechón que me tapaba la mejilla.

—Echo de menos el pasador con la flor —me dijo—, y seguiré echándolo de menos.

Yo quise decirle que echaría de menos al chico malhumorado que estaba sentado en el jardín, el que no mantenía el saltador en equilibrio sobre su frente, el que conducía el descapotable bajo la lluvia... pero apenas podía respirar. Quería volver a casa, volver atrás, pero ¿dónde estaba mi casa? ¿Cómo podía regresar con Abbot a Norteamérica y empezar una nueva vida cuando él consideraba que la casa de la Provenza era su hogar? Nada volvería a ser igual. Julien existía allí, en aquella cocina, y en aquel momento entendí que todo había cambiado, pero no dije nada.

Julien se frotó la clavícula, como si recordara un antiguo dolor, o quizá fue un reflejo de la intranquilidad que percibí cuando llegamos.

—Está bien, lo comprendo —me dijo—. Buenas noches. Que tengas felices sueños.

Entonces se dio la vuelta y salió de la casa.

Yo me quedé allí, paralizada, en aquella cocina de paredes chamuscadas. Y me acordé de la cocina de la casa de mis padres, cuando mi madre volvió a nuestro lado, y me acordé del dulce olor de los postres fallidos. Conocí a Henry en una cocina llena de gente... Henry, con su esmoquin alquilado, joven, guapo, vivo... Y ahora estaba en la cocina de la casa de la Provenza, mientras mi hijo dormía profundamente en la planta superior, en aquella cocina donde había dejado que Julien saliera de mi vida.

22

Dormí de manera irregular y me desperté preguntándome si había dormido siquiera. La noche anterior volvió a mí en imágenes nítidas y descarnadas: el milagro del vuelo de la golondrina, mi loca carrera por la casa buscando a Abbot, la débil lucecita de la montaña, el abrazo de Charlotte junto al dormitorio de Abbot, el roce de la mano de Julien en mi cabello... Abbot estaba vivo. Yo no podía ser la madre de Charlotte. Dejé que Julien se marchara. ¿Tenía una visión clara del futuro? En realidad no. Sólo sabía que tenía que estar alerta y ser fuerte.

Empaquetaría mis cosas y las de Abbot y, cuando Elysius y mi madre llegaran y se hicieran cargo de Charlotte, telefonearía a las compañías aéreas. Entonces oí un ruido en el dormitorio de Abbot y decidí que esperaría antes de empaquetar. No quería hacerlo delante de él.

—¿Abbot? —lo llamé mientras me levantaba de la cama y corría hacia su habitación.

Abbot se estaba poniendo las deportivas.

—¿Ya las has sacudido? —le pregunté.

—Sí, y no hay escorpiones —me contestó—. Supongo que ahora que nos vamos nunca podré ver un escorpión.

Yo no quería discutir con él sobre la vuelta a casa. Mi decisión era definitiva y hablar sobre ello podía hacerle pensar que era algo negociable. Quería permanecer firme en mi decisión.

—¿Te encuentras mejor?

Abbot se había puesto ropa limpia y tenía el cabello húmedo.

—¿Te has duchado?

Sus manos y rodillas todavía estaban escocidas.

—¿Cómo está tu tobillo?

Abbot acabó de abrocharse una de las deportivas y se dispuso a hacer lo mismo con la otra.

—Todavía está hinchado y me duele. ¡Ahora cojeo como Véronique!

Lo dijo con ese extraño orgullo que experimentan los niños cuando les ponen gafas, aparatos dentales o un yeso.

—La tía Elysius y la abuela han pasado la noche en Marsella y llegarán hoy —le expliqué—. ¿Quieres ayudarme con las flores o será demasiado para tu tobillo?

Yo quería tenerlo cerca.

—Julien me había dicho que me enseñaría unas estrategias para jugar al fútbol, pero supongo que no podré jugar por lo del tobillo.

El nombre de Julien había surgido antes de lo que esperaba. Sentí una punzada en el pecho. Todavía me dolía más oírlo en boca de Abbot.

—Julien seguramente se irá —le dije.

Y quise añadir: «Es por tu bien. Es lo mejor para nosotros dos.»

—¿Adónde se va?

—A trabajar —contesté—. Él tiene un trabajo, ¿sabes? Igual que yo. No podemos dejarlo todo y vivir en un sueño.

Abbot me miró con fijeza.

—No es un sueño —dijo a la defensiva.

—Tenemos que ser prácticos.

Abbot se sentó en la cama y me miró.

—¿La abuela y Elysius se llevarán a Charlotte a Norteamérica? —me preguntó.

—No lo sé.

Ayudé a Abbot a bajar con cuidado las escaleras y le preparé un bol de cereales y un cruasán con mantequilla y mermelada de albaricoque.

La caja de mi madre estaba allí, encima de la mesa. La cogí para meterla en un armario, pero cambié de idea. La caja tenía que estar a la vista. El fuego la había sacado a la luz y yo quería que mi madre la tuviera. La caja le pertenecía y yo no quería guardarla en un armario donde pudiera pasarle inadvertida, donde pudiera ignorarla, donde pudiera ignorar el pasado. ¿Y si mi madre se negaba a llegar al fondo de lo sucedido de una vez por todas?

—Enseguida vuelvo, ¿de acuerdo?

Cogí la caja y subí a la planta superior. Mi madre y Elysius compartirían el dormitorio que estaba al final del pasillo. Abrí la puerta y entré. Había dos camas individuales. Mi madre siempre leía por las noches para coger el sueño y dejaba las gafas encima del libro, en la mesilla de noche. Allí es donde dejé la caja, donde ella la viera y tuviera que enfrentarse a lo que contenía. Además, en el dormitorio podría hacerlo con más intimidad. Sentí que, de esta forma, hacía lo que mi padre me había pedido sin implicarme demasiado. Me sentí aliviada de deshacerme de la caja y, al mismo tiempo, me sentí orgullosa de mí misma por no haberla abierto.

Abbot y yo terminamos de desayunar y nos dirigimos al parterre de flores que habíamos plantado. Le enseñé a deslizar el dedo por las plantas secas y sentir la aspereza de las semillas. Recolectamos quince semillas cada uno, aunque algunas todavía no habían madurado, cavamos surcos cerca de los arbustos crecidos de las cosmos y las plantamos. Las cubrimos con tierra suelta y las regamos. Después regamos el resto del jardín. Abbot descansó de vez en cuando sentado en una de las sillas de hierro forjado del jardín y con el pie apoyado en otra silla.

Vimos a Charlotte a través de la ventana de la cocina de los Dumonteil. Estaba hablando con Véronique, seguramente planificando las comidas del día. En aquellos momentos a Charlotte le iba bien estar concentrada en algo y Véronique debía de saberlo. Estaban trabajando en la cocina más temprano que de costumbre.

No había ni rastro de Adam Briskowitz. Empecé a ponerme un poco nerviosa. ¿La desaparición de Abbot lo había asustado realmente? ¿Elysius y mi madre le aterraban? ¿Con razón? A mí, personalmente, sí que me aterraban un poco.

Y tampoco había ni rastro de Julien. Supuse que estaba en la casa, quizás empaquetando sus cosas. Me fijé en que las puertas del garaje estaban cerradas, así que no pude ver si el descapotable de su padre estaba o no. Yo deseaba volver a ver a Julien sólo una vez más, pero verlo también me daba miedo. ¿Qué podíamos decirnos que no nos hubiéramos dicho ya?

Dejando a un lado lo que se avecinaba, la mañana transcurrió con normalidad. Si no hubiera estado tan nerviosa, habría disfrutado de aquella normalidad. Mientras cuidaba las flores, el sol calentó mi espalda. Abbot estaba silencioso, aunque, de vez en cuando, lo oía tararear el himno nacional francés. Pensé que nunca olvidaría aquellos momentos. Intenté convencerme de que, cuando llegara a casa, mi nostalgia se desvanecería y podría recordarlos y valorarlos. ¿Qué había aprendido yo allí? Pensé en la desesperación con la que me había aferrado a las historias de Henry porque creía que, si me olvidaba de algún detalle, sería señal de que me estaba olvidando de él. Pero quizá lo que ocurría era que los detalles se estaban afianzando en mi interior y se estaban convirtiendo en otro tipo de recuerdo, en un recuerdo quizá no tan claro, pero igual de intenso y más impresionista, como los cuadros de la montaña de Cézanne o los de Daniel, los que reflejaban la pérdida... así serían mis recuerdos de Henry.

Sabía que la normalidad de aquel día no duraría, y así fue. Cuando Abbot y yo estábamos terminando de comer, oí voces en el jardín. Se trataba de Elysius y mi madre, que estaban hablando con el taxista. El motor del coche runruneaba en la entrada y oímos los portazos del maletero y las puertas.

Me asomé a la puerta trasera de la casa y vi al taxista. Se trataba de un hombre corpulento, tenía las piernas arqueadas y acarreaba las maletas, porque no podía hacerlas rodar por el camino de grava. Entonces aparecieron Elysius y mi madre. Mi madre se detuvo para contemplar la montaña, suspiró y después miró hacia la casa.

—¡Has venido! —exclamé yo.

—Por fin —dijo ella.

Elysius estaba pagando al taxista y, de paso, practicaba un poco el francés.

Abbot apareció a mi lado, junto a la puerta, y bajó cojeando los escalones. Yo lo seguí.

—¿Qué te pasa, jovencito? ¿Por qué cojeas? —le preguntó mi madre.

Abbot me miró y después miró a Elysius y a mi madre.

—Solté a una golondrina y voló, y después resbalé en la montaña y me hice un esguince en el tobillo.

Ellas parecieron contentarse con su respuesta y yo me alegré de no tener que dar más explicaciones. Por suerte, Abbot a menudo contaba las cosas de una forma dispersa. Nos abrazamos los unos a los otros y las apremié para que entraran en la casa.

—¿Tenéis hambre? ¿Estáis cansadas?

—Estamos bien —contestó mi madre mientras examinaba la cocina.

Me pregunté si desaprobaba su aspecto, aunque no me dio esa impresión. Me pareció que miraba sin ver y que los recuerdos la embargaban, como si con cada mirada rememorara las situaciones que había vivido allí a lo largo de los años. La casa tenía una gran carga sentimental para ella.

—Estoy empapada en sudor —declaró Elysius mientras tiraba de su blusa—. Aquí hace más calor del que recordaba.

Entonces se dejó caer en una de las sillas de la cocina. Mi madre, sin embargo, estaba animada y, sin ninguna razón aparente, volvió a abrazarme. Me encantaron el olor de su perfume y el brillo de la laca en su cabello. Me tomó de la mano.

—¿Te acuerdas de las historias que os contaba de niñas? —me preguntó—. ¿Y de las mariposas? ¿Te acuerdas de cuando salimos a ver la boda en la montaña y las mariposas nos rodearon?

—Sí, las mariposas de la mostaza —contesté yo—. Claro que me acuerdo.

—¡Yo conozco esa historia! —exclamó Abbot.

—Después de tantos años y de todas las historias que te he contado, cuando te dije que al venir aquí sucedería algo tú no me creíste, pero sé que algo ha cambiado, lo noto en tu cara. ¿Qué ha sucedido? —me preguntó mi madre.

—Muchas cosas —dije yo con voz cansada.

Quería decirle que regresaba a casa, que se había terminado, que había fracasado. Quería decirle que había viajado hasta allí y que quizá se habían producido uno o dos milagros, pero ninguno para mí.

—No, me refiero a algo en particular —me dijo mirándome fijamente—. Mírala, Elysius, ¿a que está diferente?

Elysius se encogió de hombros.

—Por suerte está un poco morena, porque en la boda estaba muy pálida.

—¿Algo ha ido mal? —me preguntó mi madre.

¿Qué veía en mi cara? ¿Melancolía? ¿Añoranza? O algo peor, ¿la consabida nostalgia?

—Bueno, ayer fue un día horrible —le expliqué yo pellizcándome las mejillas—. Pero estoy bien. ¡Todos estamos bien!

—Yo me escapé —confesó Abbot con voz arrepentida.

—¿Que hiciste qué? —preguntó mi madre.

—¿Por qué te escapaste? —preguntó Elysius.

—Había muchos factores —contesté yo—, pero aparte del tobillo, se encuentra bien.

Le di un apretón a Abbot en el hombro indicándole que no era el momento de entrar en detalles.

—¿Dónde está Charlotte? —preguntó Elysius—. ¿Se encuentra bien?

—Sí —contesté yo—. Nos está ayudando muchísimo. Ahora está en la casa de Véronique. Las dos suelen cocinar como locas.

¿Dónde estaba Adam? Quizás Elysius también se lo preguntaba. Me dirigí a las escaleras.

—Tienes un plan respecto a la casa, ¿no? —me preguntó Elysius mientras daba una ojeada a la cocina.

—He estado intentando escuchar a la casa pero creo que a ella le gustaría que alguien más lo hiciera —contesté.

—¡Ah, no! ¡Ni hablar! No puedes escabullirte de esta tarea —replicó mi madre.

Yo quería decirle que me estaba escabullendo de algo más que de aquella tarea. De hecho, me escabulliría hasta llegar a Norteamérica.

—¡Yo no podría vivir así! —exclamó Elysius.

—Según dicen por aquí, el buey es lento, pero la tierra es paciente —declaré yo.

Elysius ladeó la cabeza, me miró y cambió de tema.

—Tenemos que reunirnos —dijo—. Tú, Charlotte, mamá y yo. Y después, Adam. Hablaremos con él más tarde.

Yo estaba convencida de que Elysius había preparado un programa. Como cuando comimos juntas y me propusieron realizar el viaje. Seguro que ella y mi madre se habían puesto de acuerdo y habían elaborado una estrategia. Una vez más, yo no sabía lo que contenía su programa, pero seguro que sería apremiante y difícil de eludir. Charlotte y yo ni siquiera conseguimos escabullirnos en la tienda de ropa. ¿Qué podríamos hacer en un momento crucial para la familia?

—Primero quiero ver a Véronique —dijo mi madre—. Necesito verla.

—¿Nos encontramos dentro de una hora? —sugirió Elysius.

—Sí, sí, claro —contestó mi madre.

Me pregunté si vería a Julien en la casa de Véronique. ¿Percibiría también en su cara que algo había ocurrido? ¿Véronique ya lo sabía y le contaría lo nuestro a mi madre? Yo no quería que lo supiera, ni ella ni nadie. Mi madre apoyó la mano en su corazón y dijo:

—¡Aquí estamos las tres de nuevo! —Entonces miró a Abbot—. Ahora puede pasar cualquier cosa, ¿lo sabías?

Abbot asintió con la cabeza.

—Las historias de la casa. Las conozco todas.

—No todas —repliqué yo mirando intencionadamente a mi madre.

Ella me miró fijamente.

—Dentro de una hora —dijo mi madre—. Ya hablaremos después.

Mi madre salió de la casa. Agarraba su bolso como si en ello le fuera la vida. Yo me acerqué a la ventana y la observé mientras se dirigía a la casa Dumonteil.

—Es una mujer con secretos —dije sin dirigirme a nadie en concreto.

Mi madre llamó a la puerta trasera, una formalidad que nosotros habíamos abandonado hacía tiempo, y Véronique la abrió. Ella y mi madre se abrazaron. Se trataba de un extraño reencuentro: dos personas unidas por unos secretos compartidos que yo nunca llegaría a conocer. «Eso es lo que significa ser hermanas», pensé. Elysius y yo crecimos juntas y conocíamos cosas sobre nuestra existencia que nadie más conocía. Por muchas cosas que yo le hubiera contado a Henry sobre mi infancia, él nunca la conocería como la conocía Elysius, desde dentro. Mi madre y Véronique compartían este tipo de vínculo, un vínculo basado en una infancia feliz, pero hecho, también, de rupturas.

Más o menos una hora más tarde, al mismo tiempo que Elysius salía, recién duchada, de nuestra casa, mi madre salía de la casa de Véronique. Yo estaba observando a Abbot, quien, apoyado en su pie sano, daba de comer a los kois e intentaba domesticarlos. Echaba de menos a la golondrina.

—¿Dónde está Charlotte? —preguntó mi hermana.

—Ahora viene —contestó mi madre.

—¿Alguien ha visto a Adam? —pregunté yo.

—También vendrá —contestó mi madre mientras se sentaba en una de las sillas de hierro forjado—. Véronique quería decirte que Julien siente no haber podido despedirse.

Me sobresalté.

—¿Cómo dices?

—Julien —repitió mi madre vocalizando la palabra. Yo estaba convencida de que Véronique se lo había contado—. Creo que ya sabes a quién me refiero.

—¿Julien estaba aquí? —preguntó Elysius sentándose al lado de mi madre.

Julien se había ido. Pero ¿adónde? Yo estaba trastornada. ¡Se había ido tan deprisa! Esto era todo.

—¿Cuándo se ha ido? —le pregunté.

—Esta mañana.

Mi madre me lanzó una mirada rápida y llamó a Abbot.

—Véronique necesita que alguien la ayude a decorar algo. ¿Quieres ir tú?

Abbot me miró pidiéndome permiso y yo asentí con la cabeza.

—Sí, claro, pero no salgas de la casa.

Abbot se dirigió cojeando a la casa de Véronique y se cruzó con Charlotte, que iba vestida con una camiseta negra y ancha sin mangas y una falda larga. Se dirigió a nosotras con la cabeza baja y las manos entrelazadas a la altura del pecho, como si fuera un monje que rezaba mientras caminaba.

—¿Dónde está Adam Briskowitz? —preguntó mi madre.

Justo entonces se abrió la puerta trasera de la casa Dumonteil. La maleta de hombre viejo de Adam apareció primero, y después él. Iba vestido igual que la primera vez que lo vi, con unos tejanos, la camiseta de Otis Redding, las náuticas y las enormes gafas con los cristales tintados levantados. Deduje que era su atuendo de viaje.

Charlotte estaba delante de nosotras. Se la veía nerviosa y nos miraba alternativa y rápidamente a la cara, intentando adivinar qué le esperaba. Me recordó a la golondrina justo antes de que Abbot la lanzara desde el balcón.

—¿Adónde va Adam? —le pregunté yo.

—Vuelve a casa —contestó Charlotte—. Está castigado.

Adam y Abbot se encontraron a medio camino.

—Nos vemos, Abbot.

Adam hizo ver que le disparaba una flecha. Abbot, como si estuviera herido, se llevó las manos al hombro, soltó un gemido, se tambaleó y se dobló por la cintura. A mí no me gustaba que se hiciera el muerto ni en broma y me sentí aliviada cuando se enderezó, saludó a Adam y se fue cojeando hacia la casa.

Adam parecía que estuviera a punto de llorar. Bajó los cristales oscuros de sus gafas y se acercó a nosotras.

—Siento irme ahora, pero el taxi está de camino. Lo esperaré en la entrada, por si no ve el letrero, que es muy pequeño.

—Estaría bien que te quedaras aunque sólo fuera un rato —comentó mi madre.

—Para que podamos hablar —añadió Elysius.

—Lo siento pero no puedo —replicó él—. Tengo que tomar un tren y después un avión. Mis padres lo han organizado todo.

—Pero Adam... —dije yo.

—Lo sé, lo sé. ¿Crees que no lo sé? —dijo él. Yo no estaba segura de qué quería decir—. Necesito tiempo para aclararme. Ni siquiera puedo construir frases enteras. Quiero ser un gran padre y puedo serlo, pero esto no puedo hacerlo. Todavía no —dijo mientras realizaba un semicírculo con la mano que indicaba... ¿qué?, ¿la conversación, nuestra familia, Francia?

—Pues a mí me parece que construyes muy bien las frases —replicó mi madre enfadada.

—¿Por qué te vas en este preciso momento? —preguntó Elysius.

—En serio, dinos qué te pasa —le pedí yo.

Adam dejó su maleta en el suelo.

—Abbot había desaparecido y yo no conseguía encontrarlo. ¡Mierda, esto es una pesadilla! Oí que una pareja se dejó a su bebé, quien estaba durmiendo en una sillita debajo de la mesa del restaurante. Se trataba de una pareja muy normal, muy agradable. Incluso habían estudiado en una de las mejores universidades del país, pero se olvidaron del bebé y se fueron. Así me siento yo. ¿Y si no puedo cumplir con mi papel de padre? Dentro de pocas semanas empezaré a estudiar en la facultad de filosofía. ¿Cómo se puede educar a un hijo y, al mismo tiempo, estudiar filosofía? Tengo que volver a casa y hablar con mi familia.

—Está perdido —me dijo Charlotte—. Se está Briskowitzando totalmente.

Yo estaba furiosa. Intenté tranquilizarme, cogí a Adam por el brazo y lo aparté de los demás.

—Enseguida volvemos —les dije.

—¿Qué pasa? —me preguntó Adam.

—Mírame —le pedí.

Él se detuvo y levantó los cristales tintados de sus gafas, pero no apartó la vista del suelo. Esperé. Al final me miró a los ojos.

—Lo conseguirás —le dije—. Aprenderás a ser mejor persona porque no tendrás más remedio que hacerlo.

Él se echó a llorar y se sintió avergonzado. Mi madre y Elysius estaban a mi espalda. Me imaginé sus caras. Debían de estar cansadas. Allí estábamos todas las mujeres, con la perspectiva de tener que solucionar aquella situación y hacer que todo saliera bien. Adam miró a Charlotte y susurró su nombre.

Ella sacudió la cabeza. No podía ayudarlo.

Adam carraspeó.

—Tengo que irme —dijo mientras cogía la maleta—. El taxi podría saltarse la bifurcación.

—Adam —dijo Charlotte—. Brisky.

Nadie se movió.

Adam se dio la vuelta y se alejó por el camino.

Charlotte se sentó en una silla. Instintivamente, todas acercamos las nuestras y formamos un círculo.

—Siento que se haya ido, pero necesita tiempo —comenté yo.

Charlotte se quedó callada y con una expresión impertérrita que iba más allá de la tristeza. Al final se encogió de hombros.

—Supongo que no es cuestión de ir tras él —dijo, indicando que la vida no funcionaba así.

—En realidad no es más que un muchacho —comentó mi madre.

—Y Charlotte también —añadió Elysius—. Por encima de todo, no debemos olvidarlo.

Esta idea era propia de Daniel. Charlotte era su niña pequeña y supuse que le había dicho a Elysius que se asegurara de que todos lo tuviéramos presente.

—La edad es algo relativo —comentó Charlotte.

—En este caso, tu edad tiene repercusiones sumamente prácticas y tenemos que ocuparnos de ellas —replicó Elysius.

—Y supongo que tú vas a decirme cómo tengo que afrontarlas —dijo Charlotte a la defensiva.

—Si vas a ponerte hostil yo me retiro —declaró Elysius.

—Charlotte no está siendo hostil —repliqué yo—. Tiene dieciséis años, está embarazada y el padre acaba de irse. Y ella está enamorada de él.

—¡El amor! ¡Por favor! —exclamó Elysius.

—¿Quién está siendo hostil ahora? —preguntó Charlotte.

Mi madre se puso de pie.

—Escuchadme. Elysius se ha ofrecido a construir un apartamento en su casa, un lugar donde Charlotte pueda sentirse independiente. Elysius y Daniel pagarán a una niñera y Charlotte podrá terminar el colegio. Daniel podrá seguir con sus obras de arte y yo os ayudaré con el bebé tanto como pueda. Y estoy segura de que tú también lo harás, Heidi. Será un trabajo de equipo.

—Y todo tendrá un aire de normalidad —intervino Elysius—. Podremos seguir con nuestras vidas y Charlotte podrá ir a la universidad de Florida, que está cerca de casa. Incluso podría seguir un horario normal. —Elysius sonrió. Se sentía orgullosa de su plan—. Y haremos lo posible para que la madre de Charlotte pueda ir a ver al bebé y así no tendremos que sacarlo a él de su ambiente.

—Me parece que esto resultaría muy caro —comentó Charlotte.

—El dinero no lo cura todo, pero ayuda —replicó Elysius.

—Es una oferta muy generosa, pero paso —dijo Charlotte.

Elysius enderezó la espalda.

—¿Perdona?

—Que paso, pero, en serio, muchas gracias. Es una propuesta muy considerada y generosa.

—¿Acaso tienes un plan alternativo? —preguntó mi madre.

Yo me recliné en la silla y contuve el aliento.

—Quiero vivir con Heidi y Abbot.

Elysius me lanzó una mirada iracunda y antes de que abriera la boca supe que utilizaría el argumento de siempre, que Charlotte era una ingrata y yo su cómplice. Mi madre alargó el brazo con la intención de darle unas palmaditas en la pierna para tranquilizarla, pero Elysius ya estaba de pie.

—¿Te estoy ofreciendo construirte tu propio apartamento, tu propia casa y me contestas que no? ¿Sabes lo difícil que es esta situación para tu padre y para mí? ¿Tienes una ligera idea al respecto?

—Ya te he dado las gracias y te he dicho que es una propuesta considerada y generosa.

La expresión de Charlotte era impasible, como si estuviera

recitando las respuestas de las pruebas de evaluación de la universidad.

Elysius se volvió hacia mí.

—No me puedo creer que le hayas metido esta idea en la cabeza. ¿Charlotte va a tener un bebé y tú te pones a jugar a ser su salvadora? Porque de esto se trata, ¿no? ¡Pues así no conseguirás revivir a los muertos!

Me sentí como si me hubiera abofeteado. De hecho, las mejillas me ardieron y sentí un fuego intenso en el pecho, pero no pude pronunciar ni una palabra.

—Heidi ni siquiera me ha dicho si está o no de acuerdo —intervino Charlotte—. Y nadie me ha metido nada en la cabeza. La idea es mía. Solamente mía.

Mi hermana estaba equivocada. Aquello no tenía nada que ver con devolver a Henry a la vida, aunque sí que estaba relacionado con la posibilidad de recuperar el resto de las cosas que constituían mi vida. De modo que, en cierto sentido, tenía razón. Yo podía empaquetar mis cosas y regresar a casa, pero no podía volver atrás. Nada podía hacer revivir a los muertos. De todas maneras, lo que dije a continuación no fue para castigar a mi hermana. Quizá por fin yo estaba escuchando, sintiendo y conectando, y la decisión, simplemente, se formó en mi interior.

—Estoy deseando intentarlo —le dije a Charlotte.

—Es lo único que pido —respondió ella.

Elysius se sentó en el borde de la fuente. Parecía destrozada. Contempló los viñedos con la cara tensa y la mirada perdida.

—¿Estás segura, Heidi? —me preguntó mi madre.

—Sí —le contesté—. Quiero ayudar a Charlotte en todo lo que ella necesite.

Mi madre levantó las manos en el aire y nos dijo:

—Coged las sillas y seguidme.

—¿De qué estás hablando? —le pregunté yo.

—Venid conmigo —nos indicó—. ¡Vamos! ¡Vamos!

—¿Que vayamos adónde? —preguntó mi hermana.

—Vamos a contemplar la montaña —contestó mi madre.

Arrastró su silla por el camino de grava hasta la hierba, desde donde se gozaba de una panorámica completa de la montaña.

Charlotte cogió su silla y yo la mía y las pusimos al lado de la de mi madre.

—¿Estáis todas locas? —preguntó Elysius.

—No —contestó mi madre—. Aquí encontraremos nuestras respuestas y la determinación para llevarlas a cabo.

Me acordé de lo que Véronique me había dicho acerca de la montaña, acerca de que nuestra visión del lienzo era alargada, y que mi madre solía contemplarla durante el verano que pasó allí sola.

—¿Encontraremos las soluciones contemplando la montaña? —preguntó Elysius.

—¿Para qué crees que está ahí la montaña? —preguntó mi madre.

—A lo largo del día cambia de color —expliqué yo.

—Algunas personas se gastan mucho dinero para que un gurú las lleve a la montaña a mirar los cambios de color y encontrar sus respuestas —declaró Charlotte.

Yo sabía que, aunque eso era mentira, atraería el interés de Elysius, y me sentí orgullosa de que a Charlotte se le hubiera ocurrido esa idea sobre la marcha.

—¿En serio? ¿A un gurú? —preguntó Elysius.

—Vamos, Elysius —la apremió mi madre—. Siéntate a nuestro lado.

Elysius cogió su silla y se sentó a mi lado.

—No debemos hablar de nada, al menos hasta que el sol se ponga. Después podremos hablar tanto como queramos pero, de momento, debemos guardar silencio —dijo mi madre—. Nos quedaremos aquí sentadas durante todo el día y las respuestas llegarán.

De modo que nos quedamos allí sentadas, en silencio, observando la montaña y esperando las respuestas.

23

La montaña tenía fuerza. Yo había sentido su atracción desde que llegamos. En el pasado, le dio respuestas a mi madre. Ella la contempló durante aquel lejano verano y quizá le dijo que estaba bien que se enamorara, que fuera una robacorazones y, después, al final del verano, cuando se incendió, le dijo que regresara a casa.

Yo no esperaba nada tan dramático. Quizá mirándola tendríamos tiempo para pensar o, al menos, encontraríamos la manera de medir nuestras palabras. Y sentí que allí me encontraría a mí misma, porque ya estaba preparada para ceder. Necesitábamos ir más allá de nosotras mismas. ¿Por qué no tratar de encontrar unas respuestas y algo de determinación?

El día transcurrió. Abbot apareció al cabo de un rato y jugó a ser camarero. Nos llevó bebidas, bocadillos de jamón, aceitunas y un helado de melocotón que Charlotte había preparado. Ella se sentó en el suelo. Después Abbot sacó unas almohadas y una manta y yo me tumbé en ella boca arriba, crucé los tobillos y apoyé la cabeza en mis manos. Charlotte se tumbó de lado y puso las manos debajo de su cara.

Como era de esperar, a Elysius aquello le resultó extremadamente difícil. Ella era muy nerviosa y, de vez en cuando, dio un paseo y realizó algunas flexiones y posturas de yoga. Pero se lo tomó en serio. Incluso, en determinado momento, le dejó su BlackBerry a Abbot, lo que fue para ella un gran sacrificio. Lo estaba intentando, como dijo a principios de verano en la tienda de ropa. En el fondo, ella sabía que la observación silenciosa y la contemplación no eran sus puntos fuertes, pero se había propuesto hacer las cosas bien y se estaba superando.

En determinado momento, Véronique se acercó a nosotras y nos preguntó qué estábamos haciendo. Mi madre se lo explicó.

—¡Vaya! ¿Puedo sentarme con vosotras? —nos preguntó.

—¡Claro! —contestó mi madre, y Véronique se sentó a su lado.

Me las imaginé de niñas, observando a las mujeres adultas en las que se habían convertido. En la casa no había huéspedes. Estaba vacía. Contemplamos la montaña y sus estribaciones y, a veces, cerrábamos los ojos. De vez en cuando, ellas daban una cabezadita, pero yo no quería dormirme. Estaba comprometida. No quería perderme las respuestas.

Las golondrinas llegaron. Observamos cómo se arremolinaban, se dispersaban y descendían en picado con el telón de fondo de la montaña. Abbot realizó dibujos en su libreta. Esta vez nos dibujó a nosotras con alas y volando con las golondrinas. Henry formaba parte del grupo y aleteaba entre nosotras. Esta forma de ver las cosas me pareció adecuada. Henry no era un fantasma, y nosotras tampoco, y estábamos todos juntos.

Cuando la montaña adquirió una tonalidad azul morada, me impresionó su increíble belleza. Me acordé de cuando aborté y le dije a Henry que lo sentía por él. Él me contestó que no lo sintiera. «Yo sólo soy un mendigo.» La montaña, que parecía la espalda arqueada de la tierra, me hizo sentir humilde, como una mendiga, afortunada simplemente por el hecho de estar allí aunque sólo fuera durante un breve espacio de tiempo. En comparación con ella, nuestra vida era realmente breve. Me eché a llorar en silencio por el dolor que me producía haber perdido a Henry. Pero se trataba de un dolor simple, y las lágrimas también eran simples. Abbot se dio cuenta de que lloraba, se acercó a mí y apoyó la cabeza en mi barriga.

Véronique calentó unas sobras de comida y Abbot la ayudó a servírnoslas. Después de cenar, volvieron a entrar en la casa y sacaron una bandeja con velas, vino tinto y copas. Colocamos las velas alrededor de las sillas, nos servimos el vino y seguimos contemplando la montaña mientras las estrellas salpicaban el cielo nocturno.

Allí estábamos: Charlotte, mi hermana, mi madre, Véronique y yo sentadas en un círculo de velas. Abbot dormía apoyado en mi barriga. Me sorprendió lo alto que nos habla el mundo cuando no lo llenamos con nuestro ruido. Los colores de la montaña eran sorprendentemente brillantes. Aunque yo creía que, anteriormente, había prestado atención a la montaña, en realidad no era cierto. Percibí el olor a lavanda, que todavía estaba en época de floración. Se trataba de un olor agudo, dulce y penetrante que se desplazaba con la brisa.

Pensé en Henry, pero esta vez no pensé en cuánto lo quería, sino en cuánto me quería él a mí. Y me acordé de las palabras de Julien: «Todo el mundo cree que el hecho de que alguien te quiera es un regalo, pero están equivocados. El mejor regalo es poder querer a alguien como él te quería a ti.» ¿Cómo me quería Henry? Henry era el mayor experto mundial en los misterios de Heidi Buckley. Él me conocía hasta en los detalles más leves; conocía mis contradicciones, mis pequeñas vanidades, mis defectos y falsedades... A veces, lo pillaba observándome mientras yo elaboraba un pastel en la cocina de La Pastelería.

—¡Para! —le decía yo.

—¿Que pare el qué? —me preguntaba él sabiendo, exactamente, a qué me refería.

—Pareces tonto —le contestaba yo sonriendo.

—¿No puede un hombre demostrar que está enamorado? ¿La sociedad actual no lo permite?

—Sí, pero tienes una expresión ridícula en la cara.

Y era cierto. Se trataba de una expresión ensoñadora, casi de borracho.

—Es extraño —respondía él—, me siento como si sufriera un ataque de apoplejía y los bordes de las cosas se desvanecieran, y sólo quedas tú, y tú eres el éter. Todos los elementos de la habitación se descomponen en partículas y estoy en presencia del amor. Y no me lo puedo creer, y el amor eres tú. Y me parece increíble haberte encontrado y que tú me hayas encontrado a mí y que también me ames. Cuando me siento así, me sorprende no caerme al suelo y hacerme daño. Sí, soy víctima del amor. Estoy herido. Soy víctima de un ataque de apoplejía y pongo cara de bobo. Y te quiero.

Henry a veces soltaba parrafadas como ésta acerca del amor. Al principio, eran cortas, como: «Te quiero y quiero pasar el resto de mi vida contigo.» Pero con el tiempo, necesitó más palabras para hablar del amor y de cómo me amaba.

En esto consistían mis miedos: del mismo modo que había perdido muchas versiones de Henry, también estaba perdiendo su versión de mí. Y me encantaba aquella versión: la que se inventó mientras me miraba cuando yo estaba trabajando, la que se inventó cuando nos conocimos en aquella cocina atiborrada de gente... la que se había dejado las llaves y no podía entrar en su casa, la que quería que él la besara, la que salió del coche en medio de la calle para decirle que estaba embarazada, la que estaba segura de que se moriría en el parto, la que tuvo un aborto y la que él sacó de la bañera vacía para llevarla de nuevo a la cama.

¿Dónde estaban todas aquellas versiones de Heidi? ¿Se habían perdido para siempre?

Pero allí, frente a la montaña, mientras el sol se escondía detrás del horizonte, los colores púrpura se oscurecían y el cielo adquiría consistencia, me di cuenta de que cada vez que vivía el día a día, principalmente por Abbot, me convertía en una mujer más fuerte. Quizá la Heidi de Henry no se había esfumado, sino que seguía allí, sólo que ahora era más fuerte. ¿Y si Julien me quería de verdad y yo lo quería a él? ¿Y si había más versiones de mí misma y yo las había rechazado?

Charlotte se puso de pie. Las velas titilaban a sus pies.

—Lo siento. Yo no me quedé embarazada a propósito ni nada parecido, pero siento haberos puesto a todos en esta situación.

Todas empezamos a hablar al mismo tiempo. Fue un auténtico desahogo. Mi madre dijo que quería a Charlotte y que estaba segura de que no se había quedado embarazada a propósito. Yo le dije que para eso estaban las familias, para ayudarse los unos a los otros. Y le dije a Charlotte que podía contar con nosotros. Incluso Elysius estuvo a punto de decir algo, pero Charlotte levantó las manos y nos interrumpió.

—No tenéis por qué decirme todo esto. Ya lo entiendo. También me he dado cuenta de que amo a Adam Briskowitz, pero, ahora mismo, no estoy interesada en él. Él me descentra, así que prefiero dejarlo ir.

Elysius la miró, se levantó y dijo:

—Yo ya tengo un bebé. No todo el mundo tiene un hijo propio y yo siento que tu padre es mi bebé. Yo protejo y cuido a un artista. Por eso no te he educado muy bien a ti, Charlotte, porque lo estoy educando a él.

Charlotte asintió con la cabeza. Supuse que, aunque le resultara duro oírlo, lo entendía. Y era la verdad. Elysius acababa de expresar en palabras algo que Charlotte intuía desde hacía años.

—Heidi lo hará mejor que yo. Su casa será un hogar para ti. Y siento lo que he dicho antes acerca de revivir a los muertos.

—No pasa nada —contesté yo.

Elysius miró a mi madre.

—¿Esto es lo que se suponía que tenía que pasar? —le preguntó.

Mi madre miró a Véronique.

—C'est clair? —preguntó Véronique.

—¿Para ti está claro? ¿Realmente claro? —le preguntó mi madre a Elysius.

Mi hermana apoyó las manos en sus caderas e inhaló hondo.

—Pues sí.

—Entonces esto es lo que se suponía que tenía que pasar —dijo mi madre.

—¿Y tú sigues queriendo vivir con Abbot y conmigo, Charlotte? —le pregunté yo.

Charlotte sonrió.

—Sé que será duro y que es pediros mucho a Abbot y a ti, pero yo estaré más que encantada.

—Yo también —dije yo.

—Yo también —dijo Elysius. Y añadió con toda naturalidad—: ¿Puedo irme ya a la cama? Estoy reventada.

—Sí, ¿puedo irme yo también? —preguntó Charlotte.

Mi madre estaba contemplando de nuevo la montaña. Véronique asintió con la cabeza y mi madre dio su conformidad con un gesto de la mano. De nuevo estaba en su papel de matriarca.

—Abbot también tiene que irse a la cama —comenté yo mientras señalaba su cabeza, que seguía encima de mi barriga.

—Yo me lo llevaré —se ofreció Charlotte.

Zarandeé ligeramente a Abbot y le susurré su nombre al oído. Él se sentó y se frotó los ojos. Charlotte le tendió una mano y yo le di un empujoncito en el trasero. Entonces él se levantó y se fue cojeando y medio dormido con Charlotte. Por el camino oí que ella le decía:

—Tío Abbot. ¿Te gusta así o prefieres el nombre completo, tío Absterizer?

Estuve tentada de levantarme e irme a dormir con Abbot y Charlotte. Yo también había encontrado una especie de respuesta. Estaba aprendiendo a sentir, conectar y dejar que las decisiones se formaran por sí solas. Me tumbé boca abajo, me apoyé en los codos y miré hacia la casa Dumonteil, que estaba a oscuras. Después me volví hacia Véronique y mi madre y dije:

—¡La caja!

Mi madre miró a Véronique, se inclinó y cogió una bolsa de lona y de asas rígidas que estaba en el suelo, al lado de su silla. Introdujo la mano en su interior y sacó la caja.

—¿Te refieres a ésta? —me preguntó.

—¡La has encontrado!

—Sí —contestó ella—. Estaba en la mesilla de noche. Es como si me hubiera estado esperando, pacientemente, durante todos estos años. ¿O has sido tú quien la ha puesto allí?

—Puede que yo haya tenido algo que ver —dije—. ¿La has abierto?

—No, ya sé lo que contiene.

—La caja es para ti, Heidi —intervino Véronique—. Es tu regalo. Ella lo dejó aquí escondido durante todos estos años.

—¿Un regalo para mí?

Mi madre me tendió la caja.

—Ábrela —me dijo.

Yo cogí la caja, abrí el pasador y levanté la tapa. En el interior había papeles doblados, unos rosas y otros blancos. Cogí uno de los papeles rosas y lo desdoblé. En la parte superior estaban mis iniciales grabadas. Era el papel de carta de mi infancia. Era una de las cartas que le escribí a mi madre el verano que desapareció, y en la caja encontré otra, y otra, y otra más...

—¡Pero si nunca te las envié! —exclamé.

—Tu padre las encontró y me las envió en un sobre grande.

—Eran cartas privadas —repliqué yo.

—Tu padre estaba desesperado —me explicó mi madre—. Habría hecho cualquier cosa.

—Tú me dijiste que la caja estaba llena de cartas de amor —le dije a Véronique.

—Ésas son cartas de amor —me contestó ella.

Hurgué en la caja y saqué uno de los papeles blancos. Se trataba de una receta escrita a mano, de forma caótica y en francés. El papel estaba manchado de grasa y algunos trozos se veían translúcidos. En la parte de arriba y subrayado dos veces se leía: *Tarte Citron*. La letra no era de mi madre.

—¿Quién las escribió? —le pregunté a mi madre.

—Esto es lo que dejé atrás. Me resultó difícil. Aquel otoño, intenté preparar todos sus postres, pero ninguno me salió bien. Nada tenía el mismo sabor, así que dejé de intentarlo.

—¿Él era un pastelero? —le pregunté.

Asintió con la cabeza.

—¿Y tú lo querías? —le pregunté.

—Con todo mi corazón —me contestó ella.

—Pero volviste a casa.

—Tu padre lo habría superado y, con el tiempo, quizás habría vuelto a ser feliz. Y Elysius no me necesitaba tanto como tú o me necesitaba de formas que yo entonces no supe identificar. Mientras estuve fuera, ella aprendió a cuidar de sí misma. Creció y se hizo a sí misma, pero tú... —dijo mi madre—, tú eras muy pequeña y me necesitabas.

—¡Pero tú lo amabas a él! —exclamé—. Podríamos haber conseguido que funcionara. Según dicen, los niños tienen una gran capacidad de recuperación, ¿no es cierto?

—Las puertas de tu corazón estaban abiertas —intervino Véronique—. Lee las cartas.

—Tú habrías hecho lo mismo que yo, Heidi —dijo mi madre—. Tu amor era más fuerte que cualquier otra cosa en el mundo.

—¡Era lo bastante fuerte para provocar un incendio en la montaña! —exclamó Véronique.

—Lee las cartas —me sugirió mi madre—. Tú sabías mucho acerca del amor.

—Es curioso que aquel desconocido, el hombre al que tu madre amó, te haya transmitido el arte de hacer pasteles —comentó Véronique—. Él le transmitió a tu madre la idea de que la comida dulce es amor y viceversa, y de algún modo ella te la transmitió a ti. Y esta idea se alojó en tu interior.

—¿Por qué escondiste la caja aquí? —le pregunté a mi madre.

—La llené con el amor que dejaba atrás y con la razón de que volviera a casa, que eras tú —me contó ella—. Tú eras el amor al que regresaba. Ésa era mi historia de amor, la que me dio la casa, así que decidí que la caja pertenecía a este lugar.

—Comprendo —dije yo.

Permanecimos unos instantes en silencio y mi mente intentó encajarlo todo.

—Si no te hubieras enamorado de aquel hombre y yo no te hubiera escrito estas cartas, papá no te las habría enviado y tú no habrías vuelto a casa ni te habrías puesto a preparar pasteles. Entonces yo no te habría ayudado a prepararlos, no me habría enamorado del arte de la pastelería, no me habría apuntado a las clases de cocina y no habría conocido a Henry.

—Nunca lo había relacionado todo de esa manera, pero es verdad —comentó mi madre.

—Pero tú podrías haber tenido una vida aquí, una vida diferente —dije.

—Pero no me arrepiento, Heidi —respondió ella—. Nunca me he arrepentido. Ni por un segundo.

La caja chamuscada se balanceaba sobre mis rodillas. Inhalé hondo y contemplé la montaña.

—¿La montaña te ha dado respuestas, Heidi? —me preguntó Véronique.

—Sí —le contesté—. Me he dado cuenta de que me estoy enamorando de tu hijo, del que no sostiene el saltador de muelles sobre su frente.

24

Leí las cartas que le escribí a mi madre aquel verano. Todo lo que escribí con mi letra de los trece años era sencillo, bonito, sincero. «Vuelve a casa. Vuelve a casa. Vuelve a casa. Si no vuelves, no dejaré de quererte. Te querré siempre.»

Doblé las cartas, volví a meterlas en la caja con las recetas y cerré el pestillo. «¿Y si las cosas que siempre he pensado acerca del amor tuvieran una parte de verdad?», pensé.

El amor es infinito. El dolor de la pérdida puede llevar al amor. El amor puede llevar al dolor de la pérdida. El dolor es una historia de amor contada desde el final hasta el principio de la misma manera que el amor es una historia de dolor contada desde el final hasta el principio. Todas las buenas historias de amor tienen muchos amores escondidos en su interior.

Quizá debería explicarlo de esta manera: imagínate una bola de cristal con nieve dentro. Imagina que en su interior hay una casa diminuta y que la nieve cae sobre ella, pero esta vez la mujer está junto a la ventana. Y la ventana no tiene persianas. Y la mujer abre los cristales de par en par. Y la nieve no cae sobre la casa. La nieve ni siquiera es nieve.

Nunca lo fue.

En realidad lo que parecía nieve son mariposas de la mostaza, con sus bonitas alas blancas moteadas de negro. Es una preciosa lluvia de mariposas.

Y la casa no está silenciosa, sino llena de voces que hablan, ríen y se llaman unas a otras por encima del ruido de la radio. Entre ellas está la voz de su amado. Y la de su hijo. En un dormitorio de la planta de arriba un bebé se despierta y llora. Una madre joven sube las escaleras a toda prisa.

Esta vez la mujer no está sola en absoluto.

La nieve que no es nieve sino mariposas de la mostaza le recuerda a su marido, cuando de niño iba en bicicleta por una carretera y unos enormes perros gran pirineo se abalanzaron sobre él aullando y dando saltos de alegría. Y la imagen de su marido cuando era un niño le recuerda a su hijo, y su hijo le recuerda a su marido, y ella deja que las mariposas entren en la casa y la llenen con su aleteo.

25

Decidí volar un poco y, después, volver.

Llamé a Julien al móvil, pero no me extrañé cuando no me respondió, sino que saltó, directamente, el buzón de voz. Yo nunca lo había visto responder a las llamadas. Era de ese tipo de personas. Véronique me dijo que se había ido a Marsella. Me acordé de que, cuando se separó de Patricia, hizo lo mismo, se fue a Marsella a casa de Gerard, el soltero ligón.

—¿Se ha ido a casa de Gerard? —le pregunté a Véronique.

—No estoy segura —me contestó ella, pero escribió la dirección de Gerard en un trozo de papel y me lo dio.

Mi madre me dijo que estaría atenta por si Abbot se despertaba durante la noche y preguntaba por mí.

—No te preocupes, estará bien. Tú vete.

Marsella estaba a sólo una hora de distancia. Al poco rato, yo conducía por la estrecha y serpenteante carretera secundaria envuelta en el estridente canto de las cigarras, camino de la autopista. No encendí la radio, sino que conduje en silencio. Me aferré a mis respuestas esperando que la fuerza de la montaña me acompañara y la determinación se afianzara en mi interior.

Tomé la salida de Marsella y, gracias a un viejo mapa de Véronique, encontré el edificio en el que vivía Gerard. Aparqué en su calle. La noche era fresca y el cielo estaba un poco nublado. Amenazaba lluvia. Había bastante tráfico. A pesar de que era tarde, la ciudad hervía de vida. Al fin y al cabo, era una ciudad portuaria. Siempre había bullicio. Por suerte, en la entrada del edificio sólo había un timbre con el nombre de pila «Gerard». No le había preguntado a Véronique cuál era su apellido. Pulsé el timbre y la puerta se abrió sin que nadie me pidiera que me identificara. Subí por las escaleras hasta la tercera planta. La puerta del final del pasillo estaba entreabierta.

—*Allô? Bonjour?* —saludé mientras me acercaba.

La puerta se abrió del todo y apareció un hombre alto, desgarbado y con pecas. Tenía el pelo corto y húmedo e iba desnudo salvo por una toalla que llevaba enrollada en la cintura. Estaba hablando por teléfono y, al mismo tiempo, hurgaba en una cartera.

—*Excusez-moi* —le dije—. *Je cherche Julien Dumonteil.*

Él me miró, cerró la cartera, separó el móvil de su oreja y dijo:

—¿Heidi?

—Sí. ¿Gerard?

—Creía que eras el repartidor del restaurante chino —me explicó en inglés.

Me sonrió y cortó la comunicación del teléfono sin decirle nada a la persona con la que estaba hablando. ¿Era un amigo? ¿Su madre?

—¿Quieres quedarte a cenar?

—En realidad estoy buscando a Julien. ¿Está aquí? —le pregunté.

—Lo has dejado muy triste —me contestó—. Estaba aquí, pero se fue.

—¿A dónde? —pregunté yo.

Él se encogió de hombros.

—Es un hombre sin rumbo.

—¿No sabes adónde ha ido?

—Quédate a cenar. Ahora me visto —dijo Gerard con una sonrisa medio avergonzada—. La comida china no tardará en llegar y es posible que Julien vuelva.

—Gracias —contesté yo—, eres muy amable, pero no puedo.

Me di la vuelta y me dirigí a las escaleras.

—¡Heidi! —gritó Gerard.

—¿Sí?

—Espero que traigas buenas noticias. Julien las necesita.

Asentí con la cabeza y bajé las escaleras a toda velocidad. Salí a la calle y me detuve en la acera, jadeando. Una mujer joven pasó con paso rápido mientras tiraba de un perrito atado con una correa. El perro me miró y siguió trotando. Miré hacia el cielo y vi, en la distancia, una catedral iluminada. ¿Se trataba de Notre-Dame de la Garde, la catedral de la que Julien me había hablado? Estaba en la cima de una colina y el campanario, coronado con una estatua dorada, casi desaparecía en el cielo cubierto de nubes.

Decidí dirigirme hacia allí. Mientras recorría las calles en el coche de alquiler, perdí momentáneamente de vista la catedral. Al final, doblé una esquina y allí estaba, justo encima de mí. Entré en un aparcamiento con paredes de piedra clara y vi el descapotable del padre de Julien. Aparqué a su lado y apagué el motor. Me pregunté si Julien habría decidido que no quería saber nada de mí. Él ya había sufrido bastante y quizás era demasiado tarde.

Bajé del coche y empecé a subir las escaleras de piedra. Eran larguísimas. Al final, había un rellano. Levanté la mirada y por fin pude ver con claridad la estatua del campanario. Se trataba de una imagen de la Virgen y el niño de un color dorado brillante.

Alguien me llamó por mi nombre. Me di la vuelta y allí estaba Julien, solo, junto a un muro de piedra. Detrás de él se extendía la ciudad atestada de gente, el puerto enorme y oscuro, las grúas y los buques de carga, y más allá el mar, que se extendía interminablemente.

Me acerqué a él. El viento nos alborotaba el cabello e hinchaba nuestras camisas. Julien tenía los ojos húmedos y brillantes.

—Está un poco nublado. Podría llover —dije.

—¿Has venido para hablarme del tiempo?

—Tu descapotable tiene la capota estropeada y pensé que te interesaría saberlo —contesté.

Después de subir las escaleras, me faltaba la respiración. Julien se acercó a mí. Se acercó tanto que sentí el calor de su aliento. Me rodeó la cintura con los brazos y me besó, pero aquel beso no tuvo nada que ver con el beso tierno y suave que me dio entre los farolillos de papel. Aquel beso recorrió todo mi cuerpo y me hizo estremecer. Sin dejar de besarme, Julien me levantó del suelo y yo cogí su cara entre mis manos. ¿Cuánto duró? El tiempo dejó de existir. Descendí lentamente por su cuerpo hasta que mis pies volvieron a tocar el suelo.

—Te he comprado una cosa —dijo Julien.

Introdujo la mano en su bolsillo y la sacó con el puño cerrado. Yo cogí su mano y extendí sus dedos uno a uno. En su palma había un pequeño pasador de pelo de plástico rojo adornado con una flor.

—¿Es para mí?

Él cogió un mechón de mi cabello y lo sujetó hacia atrás con el pasador.

—¿Quieres que lo intentemos? —le pregunté.

—Será complicado.

—Todo es complicado, pero prefiero ser complicada contigo que sin ti.

—Los dos tenemos hijos —replicó él—. Y vivimos en países diferentes.

—¡Y eso no es lo peor!

—¿Y qué es lo peor?

Julien me abrazó. Yo apoyé la cabeza en su pecho y escuché su corazón, y él apoyó la barbilla en mi coronilla.

—No sé si es justo —dije yo.

—¿Si es justo el qué?

—Tienes que saber que siempre amaré a Henry.

—Eso es bueno. Yo sé que siempre amarás a Henry. Pero él forma parte de ti y yo quiero quererte en tu totalidad.

—Practicaremos la alegría —susurré yo.

—Sí, e intentaremos vivir un poco —susurró él.

26

Todavía se produjo otro pequeño milagro.

Vuelve a ser verano. Charlotte está bañando a Pearl, su hija de tres meses. Pearl es preciosa, y tiene los ojos de Charlotte. Julien está junto a la ventana que da a la parte de atrás de la casa y vigila a los niños. Abbot está dibujando golondrinas junto a la excavación arqueológica y Frieda, que se quedará con nosotros todo el verano, está con él. Patricia y Pascal están atravesando un mal momento. Julien ha pasado temporadas con nosotros en Florida durante todo el año y, cuando Frieda no estaba con su madre, también venía con él. Las cosas son más complicadas de lo que imaginamos. ¿O debería decir complejas? ¿Pero para qué querer que sean simples?

Yo estoy preparando pasteles en la casa de la Provenza, que tiene una cocina nueva y reluciente, pero todavía quedan muchas cosas que hacer. No creo que las reformas se acaben nunca. Yo conservo lo viejo y voy añadiendo lo nuevo. No tomo decisiones, sólo escucho. El proceso es lento, como indica el dicho del buey y la tierra. En estos momentos, toda la casa huele como si fuera una pastelería, lo que en sí mismo constituye una reforma.

Elysius, Daniel, mi madre y mi padre llegarán pronto. Será la primera vez que mi padre venga a la Provenza. Mis padres dormirán en el cuarto dormitorio, el que pinté de color marfil por mi madre.

Charlotte se ha pasado la mañana ayudando a Véronique a preparar la comida, con el bebé colgado a la espalda, en una mochilita. Yo estoy al cargo de los postres, como debe ser. Este año, en La Pastelería, he utilizado tantas veces las recetas de la caja chamuscada que ya me las sé de memoria. Están en mi interior, profundamente arraigadas. Mientras las preparo, improviso algunos cambios, introduzco pequeños toques y variaciones personales. De vez en cuando, preparo pasteles de boda, pero Charlotte me ha dicho que nunca cocinaré uno para ella y Adam. Los dos son buenos padres y buenos amigos, pero ya no mantienen una relación amorosa entre ellos. Demasiada presión. «¿Quizás algún día?», le pregunté a Charlotte en una ocasión, pero ella simplemente se encogió de hombros. Adam llegará a mitad de verano y se quedará durante un mes. De momento, sólo estamos nosotros seis, y formamos una familia peculiar. Estamos haciendo nuestra la casa, aunque sólo sea para el verano. Lo único que puedo decir acerca de Charlotte es que día a día me demuestra que es una madre increíble. De hecho, ejerce la maternidad con tanta paciencia y gracia que resulta elegante. Aunque suene irónico, podría decirse que se ha vuelto eternamente elegante.

Alguien llama a la puerta delantera dando tres golpes decididos con los nudillos. Henry lo definiría como una llamada policial. Nosotros nunca utilizamos la puerta delantera.

—Ya voy yo —dice Julien.

Yo siento tanta curiosidad que, aunque tengo las manos cubiertas de azúcar en polvo, lo sigo.

Julien abre la puerta y aparece el agente de la comisaría de Trets que conocimos el verano anterior. Lleva puesto el mismo chaleco que entonces y junto a él hay una maleta con ruedas.

—*Allô!* —nos saluda.

—*Bonjour* —lo saludamos Julien y yo.

—Ustedes dos están juntos —dice guiñándonos un ojo—. Yo ya se lo dije y no me creyeron, pero ahora sí que están juntos de verdad, ¿no?

Miro a Julien.

—Sí, ahora sí que lo estamos —le contesto.

Lo invitamos a entrar. Él tira de la maleta. Está vieja, descolorida y desgastada, pero la expresión del agente es triunfante.

—¿Es de ustedes? —nos pregunta.

—Creo que sí —contesto yo.

Charlotte sale del lavabo con el bebé en brazos, envuelto en una toalla.

—¿Qué pasa?

—¿Puedes llamar a Abbot y a Frieda? —le pido yo.

Ella asiente con la cabeza y sale de la habitación. Oigo que llama a los niños desde la puerta trasera de la casa.

—La encontramos y me acordé de ustedes. Usted es amiga de Daryl Hannah, ¿no es cierto? —dice el agente.

—No —le contesto—. Yo nunca dije eso.

Él suspira.

—Bueno —dice dejando a un lado este detalle—. Les robaron esta maleta, ¿no?

Abbot y Frieda entran corriendo en la habitación, ven al policía y se quedan paralizados.

—*Bonjour* —les saluda el agente en tono oficioso.

—*Bonjour!* —contestan ellos al unísono.

Charlotte regresa a la habitación. Le está dando palmaditas al bebé en la espalda.

—¿Qué ocurre? ¿Ésa es tu maleta, Absterizer?

Abbot me mira.

—¿Es mi maleta? —me pregunta.

—Creo que sí —le contesto yo.

El agente dirige el asa de la maleta hacia mí, pero yo tengo las manos cubiertas de azúcar, así que Julien la coge y tiende la maleta en el suelo para que Abbot pueda examinarla. Abbot se arrodilla y Frieda se sienta a su lado con las piernas cruzadas. Sus tirabuzones rebotan elásticamente alrededor de su cara.

—Por lo visto la maleta ha estado en el arcén de una carretera durante todo el año. Cuando la encontramos, me acordé de un detalle —nos explica el agente—. Usted puso un asterisco junto a un artículo de la lista de los objetos robados y yo no lo he olvidado.

Abbot abre la cremallera de la sucia maleta. La ropa huele mal. Está seca pero mohosa. Frieda se tapa la nariz, sacude la cabeza y se aparta enseguida. Abbot hurga entre la ropa hasta que encuentra lo que está buscando.

—¡Todavía está aquí, mamá! —exclama.

Entonces saca el diccionario. La tapa está deformada a causa de la humedad y el diccionario, aunque seco, está un poco hinchado. Abbot lo abre por la página de la dedicatoria, que está borrosa, pero todavía se puede leer.

—*Le dictionnaire!* —exclama el agente con expresión radiante—. Lo hemos encontrado.

Frieda mira a Abbot con expresión confusa.

—Lo habíamos perdido —le explica Abbot—. ¡Es especial y lo habíamos perdido, pero ha vuelto a casa con nosotros!

Estamos en casa. Así de sencillo. Ahora la casa de la Provenza también es nuestro hogar. El diccionario ha vuelto a casa, como mi madre después del verano que desapareció, como las cartas que le escribí. De igual forma que, a veces, cuando menos te lo esperas, las tristezas se transforman en alegría.

Julien me rodea con el brazo y yo me agarro a su camisa.

—Es un regalo —me dice—. Acéptalo.

—Todo es un regalo —le digo yo—. ¡Todo!

Agradecimientos

Quiero dar las gracias a los habitantes de Puyloubier por su hospitalidad y su increíble paciencia. En concreto, quiero dar las gracias a los estupendos y cariñosos Laurent y Jerome, quienes fueron sumamente generosos. También quiero dar gracias al atractivo dúo formado por Frédéric y Beatrice Guinieri, el alcalde y su mujer; y a J. F., por su amabilidad. Elizabeth Dumon, gracias por contestar a todas mis preguntas acerca de tu preciosa casa, tu terreno, tus viñedos, la excavación galo-romana y tu fantástica cocina. Gracias por ser tan generosa con las diversas generaciones de mi familia. Kevin Walsh, te agradezco mucho toda la información que me facilitaste acerca de la excavación arqueológica y tu trabajo de campo. Gracias, Melina, por organizarlo todo, y gracias, Eric, por ser un hombre de acción. Después del robo, contamos con la generosidad de Helène Mitchell y su marido, el ingenioso Brit. Gracias a los dos. Aprovecho la oportunidad para darle las gracias a Neal, su invitado, quien me causó una profunda y duradera impresión y me confió una misión a la que dedicaré toda mi vida. ¡Mi más ferviente agradecimiento a la comisaría de policía de Trets! Y también a ti, Bastien, nuestro hijo ocasional, gracias por tus lecciones. Gracias, Jacob Newberry, por tu ayuda con la traducción. Frankie Giampietro, gracias por permitirme contar contigo y tu brillante mente. También quiero dar las gracias a la universidad estatal de Florida. Margaret Kyle, gracias por considerar que la pastelería es un arte y por fusionar la comida con el amor. Linda Richards, maestra pastelera, te agradezco que me introdujeras en el mundo de La Pastelería, un lugar perfecto para soñar. Y gracias a Ph., F., T., O. y Lola, que me dieron la visión propia de los niños. Y, como siempre, gracias también a ti, David. Permíteme decirlo otra vez: sí.

Gracias, Nat Sobel. *Il faut d'abord durer!*

Y, sobre todo, gracias a Caitlin Alexander, mi editora de calibre mundial. Estoy en deuda contigo. Gracias por todo el cariño y cuidado que pusiste en la realización de este libro.

Secretos (y recetas) de la Provenza

Cena familiar
(¡RECETAS INCLUIDAS!)

«Un poema empieza como un nudo en la garganta, una añoranza o un desamor», escribió Robert Frost. Yo quería explorar el desamor, ese amor que se valora tanto precisamente porque se ha perdido. Sin embargo, no quería escribir una novela que tratara sobre un final, sino sobre la creación de un nuevo principio. Por esto *Secretos en la Provenza* consiste en realidad en dos historias de amor contadas con el telón de fondo de una casa que es famosa por sus historias de amor, historias que cuentan actos de devoción, milagros del corazón y curas para los corazones rotos. Y como el origen de esta novela fue un sentimiento de desamor, mi labor consistió en darle forma a ese sentimiento con palabras y mi propia reserva de nostalgia.

Mi manera de enfocarlo fue a través de los sentidos y, en concreto, el del gusto. Quería escribir acerca de la comida, pero de la comida como cultura, historia, familia, arte y quizá, por encima de todo, como medida de la vitalidad. En la novela, Heidi reprime sus sentidos para sentir menos, para sufrir menos. Cuando sus sentidos vuelven a despertarse, uno de los más potentes es el del gusto. Al fin y al cabo está en Francia, donde el sentido del gusto se vive intensamente.

Si dais una ojeada a los agradecimientos, veréis que buena parte de esta novela está inspirada en hechos reales (permitidme aclarar rápidamente que mi marido está vivo y disfruta de buena salud). Mientras me documentaba para escribir la novela, pasamos seis semanas en Francia con nuestros hijos. Uno tiene más o menos la edad de Abbot y la otra la de Charlotte. Vi París y el sur de Francia a través de sus ojos. Fue mi hija quien acuñó el término «graffitis antiguos». Y mi hijo chocó accidentalmente contra la pared de metacrilato que hay en la cripta de María Magdalena. También vimos los pequeños caracoles blancos, los jabalíes y los farolillos de papel que los niños llevaban colgando de unos palos mientras desfilaban por el pueblecito de Puyloubier el Día de la Bastilla. También nos robaron y a continuación se puso a llover de una forma torrencial y, sí, también hubo una golondrina herida.

Pero lo que juega un papel fundamental en la novela es la comida, ya sea por medio de los postres que Heidi y su madre preparan cuando ella regresa a Norteamérica, los pasteles que Heidi no puede seguir cocinando después de la muerte de Henry o las comidas que les prepara Véronique.

La creación de una comida puede empezar como uno de los poemas de Frost o como empieza a veces una novela: con un nudo en la garganta, una añoranza o un desamor. Cuando recurres a una receta, te empuja el deseo de re-crear una comida, pero también un momento, un sentimiento.

La casa de la Provenza, que en la novela pertenece a la familia de la protagonista desde hace generaciones, es producto de mi imaginación, porque me enamoré de la casa de Elizabeth Dumon. Elizabeth regenta una casa de huéspedes en Bastide Richeaume, a los pies del monte de Sainte Victoire. Fue allí, en el comedor de Elizabeth, donde nos sirvieron la comida que resulta fundamental para Heidi en la novela.

Al cabo de un tiempo de estar en casa, después de nuestra estancia en Francia, deseé volver a disfrutar de aquella comida. Le envié un correo electrónico a Elizabeth, pero ella no se vio capaz de escribir las recetas. Supongo que aquella comida existe en su mente, o quizá como un sentimiento, como algo que ella es capaz de reproducir pero sólo de una forma instintiva.

Lo dejé correr durante una temporada y me convencí a mí misma de que, de todas maneras, no se puede volver a un momento, a un sentimiento.

Con el tiempo, este deseo volvió a inquietarme. Esta vez, decidí ponerme en contacto con Eric Favier, el propietario de Chez Pierre, un famoso restaurante francés de Tallahassee, Florida. Conocía a Eric superficialmente y decidí hablar con él mientras mi marido y yo comíamos en la zona de quesos y chocolates de su restaurante, donde puedes comer grandes cantidades de quesos y chocolate, cosa que hice mientras convencía a Eric de que me pasara algunas recetas.

Al día siguiente me hizo llegar las recetas: *tapenade*, pollo a la provenzal y patatas russet. También me propuse preparar algo que probé en la zona de quesos y chocolate de Chez Pierre, una reducción balsámica para acompañar al queso Brie.

Eric es de origen francés y habla un inglés afrancesado. Cuando recibí las recetas, tuve que traducir algunas expresiones. ¿Un *robot coupe*? ¿*Vers* en un bol? Eric también tiene treinta años de experiencia como cocinero y había omitido detalles importantes porque daba por sentado que yo los sabía. Él calcula la cantidad de la sal en la palma de su mano y nunca especifica las cantidades ni los grados de temperatura. ¿Ciento cincuenta grados? Este tipo de dato es para novatos, así que tuve que pedirle un montón de aclaraciones.

Conforme se acercaba el día en que tenía planeado celebrar la comida, comenté mi idea con otras personas con nerviosismo. Se lo conté a Linda Richards, mi pastelera favorita, la dueña de La Pastelería, la que, con el beneplácito de Linda, ha dado nombre a la pastelería de Heidi. Linda me envió varias recetas de postres para que las probara.

Un día, mientras recogía a mis hijos en el colegio, le comenté mi proyecto a Betsey Brown, el fundador del colegio. Por lo visto su madre conocía una sencilla receta de pollo a la crema que le había enseñado su abuela. En honor al origen familiar de los protagonistas de *Secretos en la Provenza*, me pareció adecuado preparar una sencilla receta provenzal con más de cuatro generaciones de antigüedad. Así que añadí la receta de su madre, Sara Wilford, a mi menú.

Yo también estaba decidida a reproducir la atmósfera de nuestra comida original en la Provenza. Nuestra casa no se parecía en nada al comedor de los Dumon, así que decidí celebrar la cena en el jardín. Mis hijos me ayudaron a sacar la mesa y las sillas, que eran todas diferentes, como las de la casa de Heidi. Mi hijo de tres años puso flores en un jarrón y mi hija tomó fotografías.

Cuando estábamos a punto de empezar a comer, llegó una amiga mía que había venido para acompañar a uno de mis hijos a casa. Ella servía comidas a domicilio y tenía a gente famosa entre sus clientes. Entre ellos a Richard Nixon (quien en el último momento se disculpó porque su hija se puso de parto y tuvo que acompañarla al hospital) y Leona Helmsley (quien insistía en que mi amiga le contara cuántas capas de espinacas ponía en el *spanakopita*). Yo le pedí a mi amiga que se quedara, así que al final formamos un numeroso grupo: mis hijos mayores, mi hija, el peque de tres años, mi buena amiga, su hijo, mi marido y nuestro perro, un collie que era un auténtico devorador de comida.

El *tapenade* estaba justo como yo lo recordaba. El aceite de trufas le dio a las patatas un toque exótico que yo nunca habría podido imaginar. El pollo no tenía nada que ver con el que comimos en la Provenza, pero de todas maneras estaba delicioso. Lo mejor de todo fue el toque que la reducción balsámica le dio al Brie y que les encantó a todos. El pollo a la crema estaba de ensueño, y los postres increíbles. El vino rosado, que es muy popular en la Provenza, estaba frío y era ligeramente afrutado. Incluso el tiempo fue provenzal: soleado, con una ligera brisa e inusualmente seco para Florida.

En cuanto a si conseguí recrear la comida que supuso un momento de inflexión para Heidi, la verdad es que no exactamente. Sin embargo pasamos una tarde maravillosa y diferente en el jardín mientras mi hijo de tres años le daba de comer a nuestro collie y mis hijos mayores, mi amiga, Dave y yo charlábamos a la veteada sombra de nuestro pino de Florida.

De todos modos, el intento de recrear el momento que vivimos en la Provenza satisfizo algo en mí. En realidad no fue sólo la comida la que creó aquel momento o la que lo mantuvo vivo en mi memoria, porque la comida no es sólo comida. La comida consiste en ralentizar un momento en el tiempo, en vincularlo a unos olores y unos sabores y permitir que se prolongue. Sé que la comida que celebramos en mi jardín, comida que fue producto de la nostalgia, el desamor, la añoranza y un nudo en la garganta, se ha convertido en un recuerdo que perdurará.

En realidad, lo que ha perdurado hasta ahora es la imagen de todos nosotros en el ocaso, entrando los platos, la mesa y las sillas desiguales en casa, satisfechos y contentos. Encendimos las luces de la casa y se produjo un nuevo alboroto mientras Dave y los niños se ponían a lavar los platos. Antes de irme a dormir, llamé a nuestro perro, que había estado olisqueando a las lagartijas que se escondían entre las flores, y él vino hacia mí corriendo y dando saltos por el jardín.

Recetas de la cena
familiar al estilo provenzal

DE ERIC GASTON FAVIER,
PROPIETARIO DE CHEZ PIERRE

TAPENADE O PATÉ DE ACEITUNAS

Poner en un robot *coupe* (robot de cocina) un puñado de aceitunas de Niza (Picholine) sin hueso. Añadir pimienta, ajos y un poco de paté de anchoas al gusto.

Mezclar hasta conseguir una pasta con textura para untar.

POLLO A LA PROVENZAL

Cortar un pollo de corral en octavos. (También se puede comprar cortado.)

Sofreír el pollo en aceite de oliva a temperatura media hasta que esté dorado por todos los lados.

Salpimentar al gusto.

Añadir dos pimientos verdes y un bulbo de hinojo cortados en dados.

Sofreír hasta que los vegetales estén un poco blandos.

Añadir seis dientes de ajo, tomillo fresco y la ralladura de dos naranjas.

Cortar en dados diez tomates e incorporarlos a la olla.

Cocer a fuego lento durante una hora, hasta que el pollo esté bien hecho.

Al final, añadir un vaso de vino tinto.
Hervir a fuego lento durante unos minutos, tapar y dejar reposar hasta el momento de servirlo.

PATATAS RUSSET CON ACEITE DE TRUFAS

Cortar en dados las patatas.
Hervirlas hasta que estén un poco blandas. Escurrir y freír en aceite de oliva hasta que se doren.
Añadir abundante perejil picado, una pizca de sal, pimienta y una cucharada sopera de aceite de trufas. Servir.

REDUCCIÓN BALSÁMICA (Es muy fácil de preparar)
Llevar el vinagre balsámico al punto de ebullición y dejarlo hervir hasta que espese (aproximadamente una hora). Una botella de unos 250 ml de vinagre balsámico producirá algo menos de 60 ml de reducción, aunque se necesita muy poca cantidad para crear un exquisito contraste con el queso. En la zona de quesos y chocolate de Chez Pierre yo tomé la reducción balsámica con un queso Brie doble cremoso y pan francés.

RECETA PROVENZAL DE SARA WILFORD
DE CUATRO GENERACIONES DE ANTIGÜEDAD

POLLO PROVENZAL A LA CREMA

1 y 1/2 cucharadas soperas de mantequilla
1 y 1/2 cucharadas soperas de aceite de oliva
1 pollo pequeño cortado en octavos
16 cebolletas peladas
Una taza de nata para montar
3/4 de taza de vino blanco seco
Harina
Sal y pimienta

1 cucharada de postre de tomillo seco
Perejil fresco picado

Salpimentar el pollo y rebozarlo en harina.

Calentar la mantequilla en una sartén grande a fuego medio alto y dorar ligeramente las cebolletas. Reservarlas.

Incorporar el aceite de oliva a la mantequilla.

Echar el pollo en la sartén y dorar a fuego medio.

Añadir la nata, el vino, el tomillo y las cebolletas. Tapar y dejar hervir a fuego lento hasta que el pollo esté tierno y bien cocinado (aproximadamente media hora). Voltear el pollo una vez.

La salsa se espesará gracias a la harina usada para rebozar el pollo.

Echar el contenido de la sartén en una olla o una fuente honda, espolvorear con perejil y pimienta recién molida y servir acompañado de arroz.

RECETAS DE POSTRES DE LINDA RICHARDS,
PROPIETARIA DE LA PASTELERÍA

Las recetas de La Pastelería son secretas, pero Linda me envió estas dos recetas de postres que son fantásticas. Una es típicamente francesa y la otra es una receta del corazón.

TARTA DE MANZANA FRANCESA CON CREMA INGLESA
MASA:
2 tazas de harina sin blanquear
1 cucharada de postre de sal
1/2 de taza de manteca vegetal (fría)
2 cucharadas soperas de mantequilla sin sal (fría)
1 cucharada sopera de azúcar
4 cucharadas soperas de agua helada

Mezclar los ingredientes secos.
Cortar la mantequilla y la manteca y mezclarlas con los ingredientes secos.
Añadir el agua helada y remover hasta que la masa haya ligado.

En una superficie espolvoreada con harina extender la masa hasta crear un rectángulo de 30 x 40 centímetros.
Poner la masa en una bandeja de horno.
Colocar el relleno de manzana en el centro y doblar los bordes de la masa encima de las manzanas dejando un hueco en el centro.
Hornear a 200 ºC durante 45-50 minutos.

RELLENO DE MANZANA:
2 kg de manzanas
1 cucharada sopera de zumo de limón y la ralladura de un limón
1/4 de taza de azúcar moreno ligero
1/2 taza de azúcar
1 cucharada de postre de canela
2 cucharadas soperas de mantequilla

Pelar las manzanas y cortarlas en láminas finas.
Mezclarlas con los azúcares, el jugo y la ralladura de limón y la canela.
Poner la mezcla encima de la masa.
Esparcir mantequilla por encima y hornear.

CREMA INGLESA:
2 tazas de leche
5 yemas de huevo batidas
1/3 de taza de azúcar
1/8 de cucharada de postre de sal
1 cucharada de postre de esencia de vainilla

Calentar la leche en un cazo al baño María. Incorporar poco a poco las yemas de huevo, el azúcar y la sal. Remover constantemente hasta que espese.

Apartar el cazo del fuego. Cuando empiece a enfriarse, batir para expulsar parte del vapor.

Incorporar la vainilla.

Servir templado como acompañamiento de la tarta de manzana.

POSTRE PARA ROMÁNTICOS

Uno de los postres favoritos de Linda. Ella lo utilizó para atraer a su nuevo pretendiente. A mí me encanta porque soy una fanática del chocolate.

MASA CRUJIENTE:
1 y 1/2 tazas de galletas integrales Granola desmigadas
1/2 taza de pacanas tostadas
1/2 taza de trocitos de chocolate
6 cucharas soperas de mantequilla fundida
1/4 de taza de azúcar moreno
1/4 de taza de azúcar blanco

Echar todos los ingredientes en un robot de cocina y mezclar bien.

Verter en un molde redondo y hornear a 180 °C durante quince minutos.

RELLENO:
250 gr. de queso cremoso a temperatura ambiente
1/4 de taza de azúcar
1 cucharada de postre de vainilla
1 taza de trocitos de chocolate derretidos
1/4 de taza de nata para montar

Echar todos los ingredientes en el robot de cocina y mezclar hasta que se forme una masa de textura fina.

Verter la mezcla sobre la base fría de la tarta y refrigerar.

Opcional: cubrir con fresones u otros frutos rojos y/o bañar con chocolate blanco.

Para profundizar en la experiencia
de *Secretos en la Provenza,*
explore las páginas siguientes:

Bastide Richeaume
http://www.bastidedericheaume.com

Puyloubier
http://www.puyloubier.com

Pavillon Monceau Palais des Congrès
http://www.pavillon-monceau-etoile.com

La Pastelería
http://tallycakeshop.com

Chez Pierre
http://www.chezpierre.com

Para encontrar más recetas,
direcciones y otras cosillas, visite a Bridget en
www.bridgetasher.com

2/15 ③ 2/14
10/18 ④ 4/16